GJ MOFFAT

Todeszorn

Buch

In Denver, Colorado, stürzt ein Flugzeug ab. Keiner der Passagiere überlebt. Aber dann erfährt Alex Cahill, dass ein früherer Kollege des Secret Service an Bord war – dessen Name jedoch nicht auf der Passagierliste steht. Alex verspricht der Frau des verschollenen Mannes, diesem merkwürdigen Vorfall auf den Grund zu gehen. Gemeinsam mit seinem besten Freund Logan Finch stellt Alex Nachforschungen an und stößt auf eine Mauer des Schweigens. Auch seine Kontakte bei den US-Geheimdiensten weigern sich, Informationen herauszugeben.

Eine Spur führt direkt auf die Straßen Glasgows, wo Detective Rebecca Irvine Ermittlungen zu einer mysteriösen Droge anstellt, die ihre Konsumenten tötet. Aber wie hängen diese beiden Fälle zusammen? Plötzlich werden Alex, Logan und Rebecca in einen tödlichen Strudel von Ereignissen hineingezogen, der sie zu verschlingen droht ...

Autor

GJ Moffat hat an der Universität von Glasgow Jura studiert und praktiziert auch heute noch als Anwalt. In seiner Freizeit beschäftigt er sich am liebsten mit seinen beiden kleinen Töchtern, doch immer, wenn er ein paar Minuten Ruhe hat, setzt er sich an seinen Schreibtisch und geht seinem größten Hobby nach – dem Schreiben von Thrillern. GJ Moffat lebt mit seiner Frau und den Kindern in Kilmarnock, Schottland.

Von GJ Moffat bei Blanvalet lieferbar

Verfehlung (37445)
Ungnade (37960)
Todeszorn (38023)

GJ Moffat

TODESZORN

Thriller

Aus dem Englischen
von Leon Mengden

blanvalet

Die Originalausgabe erschien unter dem Titel »Blindside«
bei Hachette Scotland,
an imprint of Hachette UK, London.

MIX
Papier aus verantwortungsvollen Quellen
FSC® C014496
FSC
www.fsc.org

Verlagsgruppe Random House FSC® N001967
Das FSC®-zertifizierte Papier *Holmen Book Cream*
für dieses Buch liefert Holmen Paper, Hallstavik, Schweden.

1. Auflage
Deutsche Erstveröffentlichung Juni 2013 bei Blanvalet,
einem Unternehmen der Verlagsgruppe Random House GmbH, München.

Umschlaggestaltung: © bürosüd°, München,
unter Verwendung eines Motivs von Getty Images/Nick Veasey
Redaktion: Susanne Bartel
HS · Herstellung: sam
Satz: Buch-Werkstatt GmbH, Bad Aibling
Druck und Bindung: GGP Media GmbH, Pößneck
Printed in Germany
ISBN: 978-3-442-38023-7

www.blanvalet.de

Für meine Großeltern,
die alle auf die eine oder andere Weise gedient haben –
Jimmy, Hannah, John und Isobel.

Prolog

Außenstelle des FBI, Denver, Colorado
Sonntag, Mitternacht

Die oberste Etage des *Federal Building* an der 1961 Stout Street am Rande des Stadtzentrums von Denver lag in tiefem Dunkel – bis auf zwei Räume am Ende eines langen Korridors. Peter Ames, ein fünfundzwanzig Jahre alter Special Agent, der erst jüngst seine Ausbildung an der FBI-Akademie in Quantico, Virginia, abgeschlossen hatte, eilte den Flur entlang. Er trug ein zusammengerolltes Blatt Papier, das er im Gehen zwischen den Fingern drehte.

Als er an dem ersten der beiden erleuchteten Räume vorbeikam, sah er die Umrisse dreier Männer, die in einem Zimmer an einem Konferenztisch saßen. An der nächsten Tür blieb Ames stehen und warf einen Blick auf das Namensschild daneben: Dahinter lag das Büro von Randall Webb, dem verantwortlichen Dienststellenleiter des FBI in Denver. Ames räusperte sich, glättete den Bogen in seiner Hand und öffnete die Tür.

Webb blickte nicht auf, als Ames den Raum betrat. Er hatte seinen Stuhl so gedreht, dass er aus dem Fenster schauen konnte. In der Spiegelung in der Scheibe sah Ames, dass Webb sich ein Telefon ans Ohr hielt. Der Special Agent warf ebenfalls einen Blick hinaus, konnte aber außer der Finsternis nichts erkennen. Er fragte sich, was Webb da draußen wohl sah.

»Ich warte immer noch darauf, dass er sich meldet«, sagte Webb gerade. »Bis jetzt habe ich noch keine Informationen erhalten.«

Ames ging um Webbs Schreibtisch herum, bis er seinem Boss vis-à-vis gegenüberstand, und hielt ihm das Papier hin. Webb hob den Blick, nickte und streckte die Hand aus, um ihm das Dokument abzunehmen. »Hier tut sich grad was«, sagte er ins Telefon. »Ich rufe Sie gleich zurück.«

Mit seinem Stuhl vollführte er eine Drehung, beendete das Gespräch und legte das Schriftstück vor sich auf den Schreibtisch.

»Da ist es, Sir.« Ames zeigte mit dem Finger auf einen der Namen auf der Passagierliste: John Reece. Webbs Blick verharrte für einen längeren Moment auf der Zeile, bevor er sich in seinem Schreibtischstuhl zurücklehnte. Randall Webb war schwarz, ein sportlicher Typ von Anfang fünfzig und stammte aus Baltimore. Beim FBI genoss er einen tadellosen Ruf.

Webb sah Ames an. »Haben wir schon irgendwas Konkretes vom Unglücksort? Was Überlebende betrifft, meine ich.«

»Nein, Sir. Es ist noch zu früh, um eine offizielle Verlautbarung abgeben zu können.«

Webb seufzte. »Unseren Fachjargon kenne ich selbst, mein Junge. Ich will wissen, ob die schon einen ungefähren Eindruck haben.«

Ames schluckte; von Klimaanlagen bekam er immer einen trockenen Hals.

»Die Aussage lautet, es gibt keine Überlebenden, Sir.«

Webb warf einen Blick auf den Flachbildfernseher, der neben seinem Schreibtisch an der Wand hing. Die Absturzstelle war aus der Vogelperspektive zu sehen, der Ton abgedreht. Die Aufnahme stammte von einem Hubschrauber, der über dem brennenden Wrack des Passagierjets kreiste.

»Wo steckt Coop?«, fragte Webb und wandte sich wieder Ames zu.

»Er ist mit den anderen nebenan.«

»Bringen Sie ihn her.«

Ames verließ den Raum, und Webb nahm das Telefon in die Hand, um seinen vorherigen Gesprächspartner zurückzurufen, einen *Assistant Director* in der Zentrale des FBI in Washington.

Er meldete sich nach dem ersten Rufton. »Was gibt es Neues?«

»Ich habe die Liste.«

»Und?«

»Der Name John Reece ist drauf.«

Der andere erwiderte nichts.

»Es heißt, dass es keine Überlebenden gibt«, fügte Webb hinzu.

»Dann wecke ich jetzt den Chef und überbringe ihm die schlechte Nachricht. Wir unterhalten uns später weiter.«

Wieder öffnete sich die Tür zu Webbs Büro, und Special Agent Cooper Grange trat ein, gefolgt von Ames. Grange war mindestens fünf Zentimeter größer als der mit knapp eins fünfundachtzig ohnehin nicht gerade kleinwüchsige Ames und zwanzig Jahre älter als dieser. Er trug einen langsam grau werdenden Bürstenhaarschnitt, der mit seinem Markenzeichen, einem tiefschwarzen, perfekt auf seinen athletischen Körperbau zugeschnittenen Anzug, kontrastierte.

»Hat er's dir gesagt?«, wollte Webb von Grange wissen.

»Ja.«

Grange verlor nie ein Wort zu viel.

»Damit hat die Sache soeben eine neue Dimension angenommen.«

»Ist mir schon klar. Soll ich den Rest unseres Sonderkommandos jetzt hereinrufen?«

Webb legte eine Hand auf die Passagierliste vor ihm auf seinem Schreibtisch. »Joint Terrorism Task Force«, war in Rot in die obere rechte Ecke des Blattes gestempelt worden. »Kooperative Sondereinheit zur Terrorismusbekämpfung«.

»Nur zu.«

»Wir müssen uns diesen Kerl vornehmen. Und zwar gründlich.«

»Ich weiß, Coop, ich weiß.«

Grange und Ames verließen den Raum. Webb starrte wieder in die Nacht hinaus.

1. Teil: Vermisst

1

Montag

Alex Cahill tastete nach dem Mobiltelefon, das auf seinem Nachttisch vibrierte. In der Dunkelheit seines Schlafzimmers wirkte das Display unglaublich hell. Seine Frau Samantha, die von allen nur Sam genannt wurde, drehte sich auf die andere Seite und seufzte.

Cahill bekam das Telefon zu fassen, schaute auf die Anzeige und realisierte zwei Dinge: Es war fünf Uhr früh an einem Montagmorgen im April, und die angezeigte Nummer sagte ihm nichts – abgesehen davon, dass der Anruf aus den USA kommen musste.

Er drückte die Anruftaste, schwang die Beine aus dem Bett und rieb sich den Schlaf aus den Augen.

»Spreche ich mit Alex Cahill?«, fragte eine weibliche Stimme, die er ebenfalls nicht einordnen konnte.

»Geh doch bitte nach unten«, beklagte sich Sam.

Cahill stand auf und verließ das Schlafzimmer, bevor er an den Zimmern seiner beiden Töchter vorbei und dann die Treppe hinunter zu seinem Arbeitszimmer im rückwärtigen Teil des Hauses ging.

»Am Apparat«, sagte er zu der Frau am anderen Ende der Leitung.

»Ich rufe wegen Tim an«, hörte er ihre Stimme.

Sie klang belegt; als hätte sie geweint. Cahill fuhr sich durch das Haar; er war noch immer nicht ganz wach.

»Welcher Tim?«, fragte er, während er auf nackten Füßen sein Arbeitszimmer betrat und die Tür hinter sich schloss.

»Tim Stark. Ich bin Melanie, seine Frau.«

Cahill ließ sich in den Ledersessel hinter seinem großen Schreibtisch nieder und drehte ihn so, dass er hinaus in seinen Garten schauen konnte.

»Tut mir leid, Melanie«, entschuldigte Cahill sich, »aber bei uns ist es noch sehr früh. Was ist mit Tim?«

»Ich weiß sonst niemanden, den ich anrufen könnte«, sagte Melanie Stark. »Ich hab's schon bei der Polizei und den Leuten am Flughafen versucht, aber die wollen mir nichts sagen.«

Cahill kniff die Augen zusammen und zwang sich, trotz seines vom Schlaf vernebelten Gehirns klar zu denken.

»Ich habe Tim schon seit Ewigkeiten nicht mehr gesehen, Melanie. Nicht mehr seit meinem Aufenthalt in den USA im letzten Sommer, als ich in Washington war. Wir haben hier in Großbritannien fünf Uhr früh. Worum geht es überhaupt?«

»Das tut mir leid. Ich habe die Zeitverschiebung total vergessen. Es ist bloß ...«

Cahill knipste seine Schreibtischlampe an, griff nach einem Stift und schrieb in die oberste Zeile einer leeren Seite seines Notizbuches: »Tim Stark«. Er hörte, wie Melanie die Nase hochzog, um die Tränen zu unterdrücken, und spürte plötzlich, dass sich sein Magen zu einem Knoten zusammenzog. Tim war ein guter Freund von ihm, und offenbar war etwas mit ihm nicht in Ordnung.

»Hör zu, Melanie. Eins nach dem anderen, sonst kann ich dir nicht folgen. Fangen wir doch mal ganz von vorn an. Du hast irgendwas von einem Flughafen gesagt. Welchen meinst du?«

»Denver International.«

Auch das notierte er sich.

»Bist du jetzt dort?«

»Nein, ich bin zu Hause in Kansas City.«

»Ich weiß immer noch nicht, worum es geht, Melanie.«

»Es geht um den Flugzeugabsturz«, sagte sie. »Im Fernsehen berichten sie nur noch davon. Habt ihr nichts davon mitbekommen?«

Der Knoten in seinem Magen zog sich enger zusammen.

»Bleib mal einen Moment dran.«

Er stand auf, ging mit dem Telefon am Ohr zur Couch, nahm die Fernbedienung und richtete sie auf den Fernseher. Als das Bild erschien, schaltete er auf einen Nachrichtensender um.

Unruhige Aufnahmen zeigten Feuerwehrmänner, die versuchten ein gewaltiges Feuer zu bekämpfen; Notfallsanitäter hasteten ins Bild und wieder hinaus, während der Nachthimmel ins blau pulsierende Licht ihrer Fahrzeuge getaucht wurde.

Cahill drehte den Ton leise und las das vorbeilaufende Textband am unteren Bildschirmrand. Außerhalb von Denver, Colorado, hatte sich ein Flugzeugabsturz ereignet. Denver. Seine Heimatstadt.

Er ließ sich auf die Couch fallen und starrte auf den Bildschirm.

»Jetzt sehe ich es auch«, sagte er ins Telefon. Seine Stimme klang hohl.

»Tim hat gemeint, dass er diesen Flug nehmen würde«, sagte Melanie Stark. »Er war in Denver und rief mich an, um mir mitzuteilen, dass er beruflich nach Washington müsse und nur wegen einer Stornierung in letzter Minute überhaupt noch einen Platz bekommen hätte. Deswegen war er …«

Ihre Stimme überschlug sich fast.

»Mir ist trotzdem nicht ganz klar, warum du gerade mich jetzt anrufst«, sagte Cahill, »oder wie ich dir deiner Meinung nach helfen soll. Ich wohne jetzt in Glasgow, in Schottland.«

»Das weiß ich doch«, sagte sie. »Ich habe eure Adresse in einer Schublade von Tims Schreibtisch gefunden. Du und er, ihr wart doch zusammen beim Service, nicht wahr? Dem Secret Service.«

»Das stimmt.«

»Er hat oft von dir und den anderen Kameraden erzählt. Wie es damals war. Hat immer gesagt, dass du der Beste warst.«

Sie konnte vor lauter Schluchzen nicht weitersprechen. Cahill wusste nicht, was er sagen sollte. Der Nachrichtenticker auf dem Bildschirm lief immer weiter; es hieß nun, dass sehr wahrscheinlich niemand den Absturz überlebt hätte.

»Das tut mir wirklich schrecklich leid, Melanie. Tim war ein feiner Kerl. Ein Freund.«

Er strich sich mit der Hand übers Gesicht und durch das Haar. Er hatte nur einen Wunsch – sich wieder ins Bett zu legen –, ahnte aber, dass er wohl doch keinen Schlaf finden würde, weil die Bilder von dem Absturz sich in sein Gedächtnis gebrannt hatten.

»Tim ist im letzten Herbst vom Secret Service entlassen worden«, sagte Melanie gerade. »Nicht einmal seinen Pensionsanspruch haben sie ihm gelassen.«

»Das habe ich nicht gewusst. Als ich ihn zuletzt sah, schien es ihm gut zu gehen.«

»Selbst mir hat er nie den Grund für den Rauswurf sagen wollen. Dann fand er eine andere Arbeit. Er meinte, die neue Stelle hätte mit etwas zu tun, worüber er nicht reden könne, aber sie würde gut bezahlt.«

Cahill spitzte immer mehr die Ohren.

»Bloß, dass die Arbeit eben *nicht* gut bezahlt wurde«, fuhr sie fort. »Jedenfalls nicht, soweit ich das einschätzen konnte. Es wurde nie ein Gehalt überwiesen, und trotzdem war jederzeit ein Guthaben auf unserem gemeinsamen Konto. Nichts Berauschendes, gerade so viel, wie wir brauchten. So als würde Tim sorgsam darauf achten, nicht zu viel einzuzahlen. Ich machte mir Sorgen, suchte nach irgendwas, wodurch ich erfahren könnte, was er eigentlich machte – einen Gehaltszettel, einen Arbeitsvertrag, egal was.«

»Aber du hast nichts finden können, stimmt's?«

»Stimmt. Es gab einfach nichts, und trotzdem war er dauernd tagelang weg. Manchmal sogar länger als eine Woche.«

»Du weißt, wonach sich das anhört, Melanie?«

Sie schwieg.

»Dir ist klar, dass sich das so anhört, als wäre er in eine üble Sache verstrickt«, sagte er. »Irgendwas Kriminelles.«

»Ich weiß.«

Sie schniefte laut, und als sie wieder sprach, zitterte ihre Stimme.

»Aber das kann ich mir einfach nicht vorstellen. Tim würde so etwas nicht tun. Es passt einfach nicht zu ihm, verstehst du?«

Cahill verstand in der Tat. Stark war der reinste Musterknabe gewesen – er war mit einer Menge bester Referenzen vom FBI zum Secret Service gewechselt –, der typische untadelige amerikanische Staatsbürger, dazu noch blitzgescheit und als Agent ein zäher Hund. An nichts davon hatte sich in all den Jahren ihrer Bekanntschaft etwas geändert.

»Hört sich gar nicht nach dem Tim Stark an, den *ich* gekannt habe«, sagte er.

»Danke«, erwiderte sie, und es klang, als käme das Wort von Herzen.

»Aber was hast du bei dir nun für Probleme? Warum will dir die Polizei nichts sagen?«

»Oh, so ist es nicht; sie haben mir schon etwas gesagt.«

Ein Mann erschien auf dem Bildschirm. Mittels einer Texteinblendung wurde verkündet, dass es sich um einen Sprecher des NTSB, des *National Transportation Safety Board,* handelte, einer US-amerikanischen Verkehrsbehörde zur Aufklärung von Unfällen im Transportwesen, die somit natürlich auch für diesen Absturz zuständig war.

»Das habe ich jetzt nicht ganz verstanden, Melanie«, hakte Cahill nach. »Ich dachte, du hättest mir eben gesagt, man habe sich geweigert, dir nähere Auskünfte zu geben?«

»Das tun sie auch.«

Er seufzte.

»Ich weiß, dass Tim in der Maschine war, Alex. Schließlich hat er mich vor dem Boarding noch vom Flughafen aus angerufen und mir seine Flugnummer, seine Ankunftszeit in Washington und den Namen seines Hotels dort durchgegeben. Allerdings hat er sich dabei ziemlich komisch angehört, so gar nicht wie er selbst.«

Cahill konnte ihr nicht mehr folgen und brachte das Melanie gegenüber auch zum Ausdruck.

»Sie sagen, sie hätten keinerlei Hinweise darauf, dass er an Bord gewesen ist«, sagte sie. »Sein Name befand sich nicht auf der Passagierliste.«

2

Alex Cahill war hellwach.

»Hast du es schon auf seinem Handy versucht?«, wollte er wissen.

»Natürlich«, sagte Melanie. »Aber da geht sofort die Mailbox ran.«

»Was ist mit seinem Wagen?«

»Was meinst du?«

»Steht er vielleicht irgendwo am Flughafen auf einem Langzeitparkplatz?«

»Keine Ahnung. Daran habe ich noch gar nicht gedacht.«

»Hör zu, Melanie, setz dich noch einmal mit der Polizei in Verbindung und sag ihnen, Tim hätte dir mitgeteilt, dass er die Maschine nimmt. Sag ihnen auch, dass er früher beim Geheimdienst gearbeitet hat. Das sollte dir deren Aufmerksamkeit sichern. Bitte sie, nach seinem Wagen zu forschen und auch die Fluggesellschaft anzurufen.«

Sie holte ein paarmal tief Luft.

»Das werde ich tun.«

»Die Polizei hat Zugang zu den Überwachungskameras, die jeden Zentimeter des Flughafens erfassen; wenn sein Wagen irgendwo auf dem Gelände steht, werden sie ihn finden. Trotzdem muss dir klar sein, dass auch das bloß bedeuten würde, dass er sich am Flugplatz aufgehalten hat, nicht dass er die Maschine genommen hat – oder überhaupt irgendwo hingeflogen ist.«

»Besser wäre es, wenn er nicht in der Maschine war. Sie sagen, es gäbe keine Überlebenden.«

»Geh jetzt erst mal Schritt für Schritt vor. Eins nach dem anderen. Sieh zu, was du herausbekommst.«

Er wollte gerade das Gespräch beenden, als ihm noch ein Gedanke wie eine geistige Pistolenkugel durch den Kopf schoss.

»Melanie, du hast doch gesagt, er wäre vom Service entlassen worden. Hast du es schon bei denen versucht?«

»Schon, aber ich bin nicht weiter gekommen als bis zur Vermittlung. Es kam mir fast so vor, als hätten sie mich mit einem vorbereiteten Text abgespeist. Ich habe keine Ahnung, was los ist.« Wieder begann sie zu weinen. »Ich habe ihm immer vertraut«, schluchzte sie. »Er hat mich noch nie belogen.«

»Man konnte Tim immer vertrauen«, pflichtete Cahill ihr bei.

»Dasselbe hat er über dich auch gesagt. Er hat dich so bewundert.«

Cahill wusste nicht, was er darauf erwidern sollte.

»Also gut«, sagte sie. »Dann werde ich jetzt noch einmal mit der Polizei sprechen und dich später anrufen. Darf ich dir meine beiden Nummern geben, damit auch du mich notfalls erreichen kannst?«

Er notierte sich ihre Adresse und ihre Telefonnummern.

»Ist jemand bei dir? Deine Familie?«

»Mein Sohn ist mit seiner Frau auf dem Weg. Sie müssten bald hier sein.«

»Das ist gut. Halt die Ohren steif, Melanie.«

Cahill blieb an seinem Schreibtisch sitzen und starrte auf den Fernsehbildschirm und die Verwüstung, die der Absturz angerichtet hatte. In Washington musste es jetzt kurz nach Mitternacht sein. Er scrollte sich durch das Adressbuch seines Handys, bis er auf den Namen stieß, nach dem er gesucht hatte – Scott Boston, sein früherer Vorgesetzter beim Secret Service.

Zunächst versuchte er es in Bostons Büro. Irgendwie hatte er das Gefühl, dass sein ehemaliger Chef immer noch ganz der Alte war, was bedeuten konnte, dass er auch an einem Sonntag nach Mitternacht noch an seinem Schreibtisch saß. Er hatte bei der Arbeit schon immer gern seine absolute Ruhe gehabt.

Boston meldete sich nach dem zweiten Läuten.

»Scott, ich bin's. Alex Cahill.«

Einen Moment lang herrschte Stille am anderen Ende.

»Himmel, Alex. Das ist lange her. Wie geht's dir?«

»Mir geht's gut, Scott. Und was macht das Leben beim Service?«

Die üblichen Floskeln.

»Derselbe alte Haufen, wie du dir denken kannst. Aber was kann ich um diese späte sonntägliche Stunde für dich tun?«

»Für mich ist es eigentlich schon Montagmorgen.«

»Habe ich ganz verdrängt. Wie läuft das Geschäft mit dem Personenschutz?«

Unwillkürlich fuhr Cahills Hand an seine Seite, um die Rippen zu befühlen, die er sich im vergangenen September bei der Explosion einer Autobombe gebrochen hatte. Er war als Bodyguard einer Schauspielerin bei einer Filmpremierenfeier engagiert gewesen – normalerweise eine seiner leichtesten Übungen. Er war sich sicher, dass Boston über einen seiner Kanäle von dem Zwischenfall gehört hatte – auch, dass Chris Washington, einer von Cahills Männern, dabei ums Leben gekommen war.

»Die letzten Jahre waren ganz schön aufregend. Hör zu, ich rufe wegen eines unserer Kollegen an. Tim Stark.«

»Aha?«

Cahill war der leichte Argwohn in Bostons Stimme nicht entgangen.

»Nachdem ich bei euch aufgehört habe, sind wir in Verbindung geblieben, aber gerade habe ich erfahren, dass er vom Service entlassen worden ist.«

»Alex, du weißt genau, dass ich mich zu so etwas nicht äußern kann. Wer hat dir das überhaupt erzählt?«

»Seine Frau.«

»Melanie? Wann hast du mit ihr gesprochen?«

»Vor ein paar Minuten. Sie hat mich aus Kansas angerufen. Sie meint, er wäre in der Maschine gewesen, die bei euch abgestürzt ist.«

Ein Geräusch erklang am anderen Ende der Leitung – als hätte Boston sich abrupt erhoben, und sein Schreibtischstuhl wäre nach hinten gerollt und gegen etwas gestoßen.

»Was denn für eine Maschine?«

»Hast du noch nichts davon gehört? Die, die am Stadtrand von Denver niedergegangen ist. War auf dem Weg zu euch.«

»Er wollte nach Washington? Tim Stark wollte hierher?«

»Sieht so aus.«

Boston verfiel in Schweigen.

»Scott, was ist das für eine Geschichte?«

»Ich muss jetzt auflegen, Alex, Tut mir leid.«

Cahill hielt das Telefon vom Ohr weg, als Boston den Hörer aufknallte, um das Gespräch zu beenden. Dann saß er allein in der Stille seines Arbeitszimmers und lauschte dem Summen des Freizeichens nach.

3

Anschließend rief Cahill Tom Hardy an, einen über einen Meter neunzig großen Texaner, bei CPO Security sein Mann fürs Grobe. Nach einer Karriere bei der US Army und beim

Secret Service hatte er zusammen mit Hardy CPO Security ins Leben gerufen – eine Sicherheitsfirma, die jedem Personenschutz anbot, der ihn nötig hatte und es sich leisten konnte, die besten Leute zu bezahlen.

»Schon auf, Tom?«, fragte er, als Hardy sich meldete.

»Mach gerade Frühstück«, antwortete Hardy in breitem Texanisch. »Gejoggt bin ich auch schon 'ne Runde.«

Cahill glaubte ihm aufs Wort.

»Sag mal, hast du noch Kontakt mit einem von den Jungs beim Service?«, fragte Cahill.

»Mit ein paar schon. Warum?«

»Kannst du dich noch an Tim Stark erinnern?«

»An den vom FBI?«

»Eben den.«

»Was ist mit ihm?«

»Ich habe heute Morgen einen Anruf von seiner Frau bekommen. Sie glaubt, er wäre in der Maschine gewesen, die bei Denver abgestürzt ist.«

»Hab ich in den Nachrichten gesehen. Sieht richtig schlimm aus.«

»Keine Überlebenden, heißt es.«

»Und wieso hat sie gerade dich angerufen?«

»Tim und ich sind immer in Verbindung geblieben. Auf jeden Fall hat sie erzählt, Tim wäre im vergangenen Jahr gefeuert worden und jetzt möglicherweise in eine illegale Angelegenheit verstrickt.«

»Tim? Nie im Leben.«

»Habe ich auch gesagt. Er hat sie angerufen, gesagt, dass er die Maschine nehmen würde, aber sein Name war nicht auf der Passagierliste, und die Bullen scheinen sich sehr bedeckt zu halten.«

»Und was hat das mit dir zu tun?«

»Es könnte sein, dass ein guter Freund in Schwierigkeiten steckt, Tom. Oder etwas noch Schlimmeres.«

»Und was ist mit der Polizei?«

»Die wollen ihr nichts sagen. Außerdem habe ich gerade schon mit Scott Boston telefoniert. Es hat sich so angehört, als würde er einen Herzinfarkt erleiden, als ich ihm erzählte, dass Tim angeblich in einem Flugzeug gesessen hätte, das auf dem Weg nach Washington war. Er wollte mir auch nicht erzählen, warum sie Tim im letzten Jahr rausgeworfen haben – er war überhaupt sehr wortkarg, um es genau zu sagen.«

»Dann rufe ich jetzt die Jungs an, die ich noch von früher kenne. Mal sehen, was ich aus denen herauskriege.«

Als Cahill gerade das Gespräch mit Tom Hardy beendete, kam seine Frau in sein Arbeitszimmer. Sie setzte sich zu ihm auf die Couch und legte den Kopf auf seine Schulter.

»Konntest du nicht weiterschlafen?«, fragte er.

Sie schüttelte den Kopf. »Was ist los?«, fragte sie. »Etwas Wichtiges?«

»Ich weiß es noch nicht. Könnte was sein, könnte aber auch nichts sein. Einer von meinen Kameraden von damals aus dem Secret Service war möglicherweise in der Maschine da. Seine Frau hat mich angerufen, um mich um Hilfe zu bitten.« Er wies mit dem Kinn auf den Fernseher, und Sam nahm ihren Kopf von seiner Schulter, um die Nachrichten zu verfolgen. Cahill drehte den Ton wieder lauter.

»Möchtest du was frühstücken?«, fragte sie.

»Klar doch.«

Cahill guckte noch ein paar Minuten die Nachrichten, während seine Frau Kaffee kochte und Rühreier mit Toast zubereitete. Als er etwas im Magen hatte, fühlte Cahill sich gleich wieder wie ein Mensch. Sam frühstückte mit ihm und ging dann wieder ins Obergeschoss, wo Anna und Jodie, die beiden Töchter der Cahills, sich lautstark bemerkbar machten.

Um kurz vor sieben rief Cahill Logan Finch an, den Syndikus von CPO Security. Die beiden verband mehr als nur das Geschäft; Logan war Cahills bester Freund, und mittlerweile konnten sie auf mehrere gemeinsam bestandene Abenteuer zurückblicken.

Logan hörte sich munter an, als er an den Apparat kam; im Hintergrund waren mehrere Stimmen zu hören.

»Hallo, Logan«, begrüßte Cahill ihn. »Klingt ja, als hättest du heute Nacht Logierbesuch gehabt.«

Logan war mit Rebecca Irvine zusammen. Sie war geschieden, hatte einen kleinen Sohn und war bei der Strathclyde Police als Detective Constable beschäftigt. Die Wochenenden verbrachten sie und ihr Sohn immer gemeinsam mit Logan und seiner Tochter Ellie, und bisweilen blieben sie auch über Nacht. Cahill freute sich für Logan. Er und Rebecca schienen glücklich zu sein.

»Was soll ich dazu sagen?«, erwiderte Logan. »Wir hatten viel Spaß.«

»Das kann ich mir denken.«

»Da wir uns in zwei Stunden sowieso im Büro treffen, gehe ich davon aus, dass du nicht einfach nur mal so anrufen wolltest?«

»So ist es. Liege ich richtig damit, dass du in deiner Zeit als Anwalt auch wegen einiger Fälle mit der US-Regierung zu tun hattest? Oder zumindest mit einer Organisation, die der Regierung untersteht?«

»Ja, mit unserem Ministerium für innere Sicherheit. Ich habe die in ein paar Schadenersatzfällen vertreten, die schottische Touristen, denen die gründlichen Untersuchungen bei der Einreise in die USA nicht passten, vor hiesigen Gerichten angestrengt hatten.«

»Hatten wohl was auf dem Kerbholz, wie? Solche Leute mögen es nicht, wenn man ihnen allzu sehr auf den Zahn fühlt.«

»So was in der Art, ja«, sagte Logan und musste lachen. »Kannst du den Kontakt zum DHS wieder herstellen?«

»Keine Ahnung. Es käme auf einen Versuch an. Wieso?«

»Das erfährst du dann später.«

»Okay. Aber wir müssen jetzt die Kinder für die Tagesmutter und die Schule fertig machen. Können wir unser weiteres Gespräch bis nachher im Büro vertagen?«

»In Ordnung. Aber sieh zu, dass du so bald wie möglich da bist, ja? Ich habe da so eine Ahnung, dass zwischen dem DHS und dir irgendwann plötzlich Funkstille herrschen könnte, wenn wir zu lange warten.«

»Klingt ja richtig geheimnisvoll.«

»Du wirst dich noch wundern.«

4

CNN blendete gerade die Nummer der Hotline ein, die die Fluggesellschaft für Angehörige der Opfer in den Vereinigten Staaten eingerichtet hatte. Cahill beschloss, dort auch einmal sein Glück zu versuchen, während er auf den Rückruf von Hardy wartete.

Es vergingen Minuten, bis er durchgestellt wurde. Dann meldete sich eine gehetzt klingende männliche Stimme.

»Oh … ich rufe an wegen des Flugzeugunglücks.« Cahill gab sich alle Mühe zu klingen, als wäre er außer sich vor Sorge.

»Wie kann ich Ihnen helfen, Sir?«

»Mein Bruder. Er ist …« *Hust.*

»Ich weiß, dass es schwer für Sie ist, Sir, aber bevor ich etwas für Sie tun kann, bräuchte ich zunächst einmal einen Namen.« Die Stimme klang schon etwas mitfühlender.

»Ja, natürlich. Entschuldigung.« *Schnief.* »Sein Name ist Tim. Tim Stark. Ich weiß, dass er in der Maschine war. Er hat's mir gesagt.«

»Ich überprüfe das eben für Sie, Sir.«

Schweigen.

Cahill hörte, wie die Tastatur eines Computers klapperte. Kurze Pause. Dann wieder.

Der Mann sprach mit jemandem in seiner Nähe, hielt dabei aber die Hand vor sein Mikro.

Wieder herrschte Schweigen.

»Ich muss Sie bitten, einen Moment in der Leitung zu bleiben, Sir«, meldete sich die männliche Stimme wieder.

Cahill wartete.

Wartete eine ganze Weile.

Schaute auf seine Uhr und sah, wie fünf Minuten vorbeitickten. Das war doch keine Art, einen trauernden Bruder zu behandeln.

»Guten Morgen, Sir«, meldete sich schließlich eine andere männliche Stimme. »Sie möchten sich nach Ihrem Bruder erkundigen? Nach Tim Stark?«

»Ja.«

Cahill verzichtete darauf, den verzweifelten Angehörigen zu spielen. Der Mann hörte sich nicht so an, als wäre er in der Stimmung, sich von jemandem verschaukeln zu lassen.

»Wie lautet Ihr Name, Sir?«, erkundigte sich der Mann.

»Alexander Cahill.«

»Das verstehe ich nicht ganz, Sir.«

»Wir sind Halbbrüder.«

Erneut trat Stille ein, und wieder ließ man ihn warten. Cahill hatte seinen richtigen Namen genannt, weil er wusste, dass sie ihn nun überprüfen und dabei feststellen würden, dass er beim Secret Service kein ganz kleines Licht gewesen war und dass auch über den Service eine Verbindung zwischen ihm und Stark bestand.

Wiederum hing er eine Weile in der Leitung. Diesmal verstrichen beinahe zehn Minuten, bis sich der zweite Mann wieder meldete.

»Mr. Cahill«, sagte er, »aus welchem Grund interessieren Sie sich für diese Angelegenheit?«

»Gehören Sie zur Fluggesellschaft?«, fragte Cahill zurück.

»Ich denke, Sie wissen, dass ich ebenso wenig zu der Fluggesellschaft gehöre wie Sie Mr. Starks Halbbruder sind.«

»Wir sind also ehrlich miteinander, ja?«

»Mal sehen, wie wir damit klarkommen.«

»Tim und ich kennen uns schon sehr lange.«

»Das wissen wir. Wir haben uns erkundigt.«

»Dann wissen Sie auch, dass er auf unserer Seite steht.«

»Ich weiß, dass er einmal dort *stand.*«

»Seine Frau hat mich heute früh angerufen. Sie war völlig fertig mit den Nerven, weil Tim ihr gesagt hatte, dass er diesen Flug nehmen würde, er aber nicht auf der Passagierliste stand und ihr jetzt niemand etwas sagen will. Also habe ich meine Hilfe angeboten, denn das ist meine Stärke – hilfsbereit zu sein, meine ich. Vor allem, wenn meine Freunde Hilfe brauchen.«

»Die Information, die die Frau erhalten hat, ist korrekt. Der Name erscheint nicht auf der Passagierliste für diesen Flug.«

»Wohlüberlegte Worte.«

Keine Reaktion.

»Zu wem gehören Sie? Zum FBI?«

»Ich fürchte, da kann ich Ihnen nicht weiterhelfen, Sir.«

»Sind Sie hinzugezogen worden, weil Sie glauben, dass der Flugzeugabsturz absichtlich herbeigeführt wurde?«

»Dies ist ein sehr schwerer Unglücksfall, und viele Familien trauern heute um ihre Angehörigen. Eine Menge Menschen haben ihr Leben verloren.«

»Das verstehe ich. Aber ich will doch nur wissen, ob Tim Stark in diese Maschine gestiegen ist und ob er noch an Bord war, als sie startete.«

»Sie sind von dieser Angelegenheit in keiner Weise persönlich betroffen, daher bin ich nicht in der Lage, Ihnen weitere Informationen zu geben, egal was für eine Beziehung zwischen Ihnen und Mrs. Stark besteht.«

Die Anspielung schmeckte Cahill gar nicht.

»Sie machen es sich ein bisschen zu einfach. Sie versuchen mich abzuwimmeln, oder? Das wäre nicht besonders klug, denn die meisten Leute, die es sich mit mir verderben, bereuen es irgendwann.«

»Wollen Sie mir etwa drohen? Es ist ein Bundesvergehen, einen Ermittlungsbeamten bei seinen Ermittlungen zu behindern.«

»Hören Sie«, versuchte Cahill es noch einmal, »Sie wissen doch, wer ich bin. Was ich für unser Land getan habe. Also: Was ist da los?«

»Ich beende das Gespräch jetzt, Mr. Cahill. Guten Abend.«

Klick.

Cahill rief wieder bei Tom Hardy an.

»Glück gehabt?«, fragte er.

»Nein, ich habe niemanden erreicht.«

»Ich habe gerade mit einem Offiziellen am Flughafen gesprochen. Weiß aber nicht, zu wem er gehörte. FBI wahrscheinlich. Die sind bestimmt schon alle ausgeschwärmt.«

»Und was ist das nun für eine Geschichte? Was war mit Tim? Was meinst du?«

»Keine Ahnung. Aber ich fange an zu glauben, dass er wirklich in der Maschine war – oder zumindest eingestiegen ist. Ob er beim Abflug noch an Bord war, dazu würde ich mich nicht äußern wollen.«

»Und was soll jetzt werden? Ich kenne dich doch, Alex. Mach bloß keinen Kreuzzug daraus. Wir haben gerade erst die Bestätigung bekommen, dass die britischen Behörden unseren Vertrag um drei Jahre verlängern, und ich brauche dich ja wohl nicht daran zu erinnern, dass die unsere einträglichsten Kunden sind. Du musst deinen Kopf für die wichtigen Dinge frei halten.«

»Ich fahre jetzt ins Büro. Könnte sein, dass Logan aus seiner Zeit, als er noch ein kleiner Winkeladvokat war, jemanden kennt, der uns helfen kann.«

Hardy musste lachen, obwohl ihm nicht danach zumute war – Cahill hatte seine Warnung vollkommen ignoriert.

»Er ist immer noch Anwalt, Alex.«

»Du weißt genau, was ich meine.«

5

Logan Finch sah von der Couch aus zu, wie seine Freundin Rebecca seiner Tochter das Haar zu einem Zopf flocht. Er mochte es, wenn Ellie und Rebecca zusammen waren, freute sich, dass die beiden sich zusammengerauft hatten.

Als Rebecca merkte, dass er sie beobachtete, zog sie eine Fratze. Er lächelte ihr zu, stand auf und ging in die Küche.

Connor, Rebeccas dreijähriger Sohn, saß auf dem Fußboden und malte Muster in den Orangensaft, den er verschüttet hatte. Als er Logan sah, streckte er ihm lachend beide Arme entgegen.

»Dann wollen wir dich auch mal für die Tagesmutter fertig machen, Kumpel«, sagte Logan, hob ihn von den Fliesen auf und wäre dabei beinahe in der Saftlache ausgerutscht.

So war das Familienleben.

»Zeit, dass wir in die Puschen kommen!«, rief er, während er aus der Küche in den Flur trat.

Rebecca kam ihm entgegen und schnappte sich Connor.

»Bist du spät dran?«, fragte sie.

»Etwas. Alex hat schon angerufen. Er braucht mich heute früh gleich für irgendetwas. Hörte sich dringend an.«

»Soll ich die Kinder fahren?«

»Würdest du das tun? Das wäre großartig.«

Rebecca lächelte. Er war so leicht zu durchschauen.

»Du hättest bloß zu fragen brauchen.«

»Aber es fühlt sich besser an, wenn man den Eindruck hat, man wäre ganz von selbst auf die Idee gekommen, oder nicht?«

»O ja.«

Er schob sich an den fuchtelnden Ärmchen ihres Sohnes vorbei und beugte sich vor, um sie zu küssen. Als sich ihre Lippen berührten, ließ Rebecca ihre Hand seinen Rücken hinauf bis zu seinem Nacken gleiten.

»Das Wochenende was sehr schön«, sagte er.

»Fand ich auch. Lass uns das bald wiederholen.«

Er küsste sie noch einmal, bevor er ins Schlafzimmer ging,

um sein Jackett zu holen. Kurz blieb er neben dem Bett stehen und legte eine Hand auf die Matratze, um den letzten Rest der Wärme von ihren Körpern darauf zu spüren und dran erinnert zu werden, wie …

»Logan …«

Ellie stand mit einem wissenden Lächeln in der Tür. Es störte ihn nicht, dass sie ihn bisweilen noch mit seinem Vornamen anredete, anstatt »Dad« zu ihm zu sagen – schließlich war sie erst vor gerade mal drei Jahren zu ihm gekommen, nachdem ihre Mutter auf tragische Weise umgebracht worden war. Mit ihren jetzt vierzehn Jahren kam sie ihm viel reifer vor, als er sich selbst in dem Alter in Erinnerung hatte.

»Ich muss los, Ellie.« Er drängte sich an ihr vorbei und gab ihr einen Kuss auf den Kopf.

»Heute Abend ist Klavierstunde«, sagte sie. »Hast du daran gedacht?«

»Klar«, sagte er, obwohl es nicht stimmte. »Ich hole dich dann gegen sieben bei Valerie ab.«

»Du hast es wieder vergessen gehabt.«

»Habe ich gar nicht.«

Logan durchquerte den Empfangsbereich von CPO Security und nickte der Frau hinter dem Schreibtisch zu. An der Wand über ihr prangte das Firmenlogo, das »O« war eine stilisierte Zielscheibe aus konzentrischen Kreisen.

Im sogenannten Generalstabszimmer, dem größten der Besprechungsräume auf der von CPO angemieteten Etage, warteten Cahill und Hardy bereits auf ihn. Sie saßen in der Mitte des fensterlosen Raumes an einem kleinen Konferenztisch, auf dessen auf Hochglanz polierter Tischplatte sich die Deckenstrahler spiegelten. An der Wand rechts von der Tür hing ein großer Fernsehbildschirm.

Cahill blickte auf, führte den Zeigefinger an die Lippen und deutete auf das Konferenztelefon, das auf dem Tisch stand. Logan zog sich einen Stuhl unter dem Tisch hervor und nahm leise Platz.

»Also, Leute«, hörten sie eine Stimme mit amerikanischem Akzent, »ich kann euch bei dieser Sache nicht helfen. Vorerst jedenfalls nicht. Sie haben den Laden komplett dichtgemacht, und niemand will mir etwas sagen.«

»Trotzdem vielen Dank«, sagte Hardy, bevor er den Knopf drückte, mit dem das Gespräch beendet wurde.

Logan sah Cahill fragend an.

»Wir kommen nicht weiter«, sagte dieser. »Niemand will mit uns reden.«

»Aber ihr müsst mir zumindest erklären, worum es hier eigentlich geht, bevor ich meine Kontaktfrau im Ministerium für Innere Sicherheit anrufe«, sagte Logan.

Cahill nahm eine Fernbedienung vom Tisch und richtete sie auf den Bildschirm. Ein Filmmitschnitt eines amerikanischen Nachrichtensenders begann zu laufen – natürlich drehte er sich um den Flugzeugabsturz am Stadtrand von Denver.

Cahill ließ Logan eine Weile lang zusehen, ehe er ihm die Zusammenhänge erklärte.

Logans Blick war noch immer auf den Fernseher gerichtet. »Sie glauben, es wäre absichtlich runtergeholt worden?«, fragte er schließlich. »Das Flugzeug, meine ich?«

»Wer weiß? Der Sender macht keine derartigen Andeutungen.«

»Aber das würde die Geheimniskrämerei erklären, oder?«

»Könnte sein. Und der einzige Grund, aus dem bei der Erwähnung von Tims Namen gleich alles aufhorcht und niemand mit Informationen rausrückt, wäre, dass er als Verdächtiger gilt.«

Logan nickte, als stimme er zu.

»Aber das kann nicht sein. Der Tim, den ich kenne, würde sich nie in so was reinziehen lassen.«

»Also ist es etwas anderes.«

»Kannst du jetzt den Anruf erledigen?«

»Natürlich. Aber meine Kontaktfrau lebt in New York, und da drüben ist es jetzt mitten in der Nacht. Ich glaube, wir müssen noch ein bisschen warten. Und falls sich das als eine delikate Sache herausstellt, könnte es sein, dass sie mir überhaupt nichts sagen darf.«

Cahill stand auf, trat vor den Fernseher und betrachtete die Bilder aus weniger als zwei Metern Entfernung, bevor er sich wieder Logan zuwandte.

»Wenn ich mich recht entsinne«, sagte er, »war deine Beziehung zu deinem Kontakt nicht bloß rein beruflicher Natur?«

Logan spürte, wie ihm die Hitze in die Wangen stieg.

»Habe ich recht?«

Logan nickte.

»Siehst du.«

»Gar nicht ›*Siehst du*‹«, korrigierte Logan ihn. »Es war eine flüchtige Sache. Wir haben uns nur ein paar Mal privat getroffen, als ich drüben in New York war, und ich habe kein gutes Gefühl dabei, die Beziehung auf diese Weise auszunutzen.«

»Das verlange ich auch gar nicht von dir.«

»Sondern?«

»Ruf sie an. Stell deine Frage. Und wenn sie Nein sagt, ist die Angelegenheit erledigt. Du brauchst sie nicht unter Druck zu setzen.«

Logan sah Hardy an, der bloß mit den Schultern zuckte zum Zeichen, dass er sich heraushielt.

»Na schön«, sagte Logan, wieder an Cahill gewandt. »Aber ich werde die Sache professionell abwickeln. Ich werde die Frage rein geschäftsmäßig stellen, nicht mehr.«

»Mehr verlange ich auch nicht.«

»Also, was möchtest du wissen?«

»Lass uns zuerst Tims Frau anrufen.«

6

Melanie Stark nahm Cahills Anruf nach dem ersten Klingelton entgegen.

»Zwei Kollegen sind bei mir«, sagte er und erklärte ihr, wer Logan und Hardy waren.

Beide begrüßten Melanie Stark mit einem kurzen Hallo.

»Bist du mit den Bullen in irgendeiner Weise weitergekommen?«, wollte Cahill wissen.

»Nicht richtig. Was ich sagen will … Sie waren nicht daran interessiert, mit mir zu reden. Konnten gar nicht schnell genug die Leitung wieder frei machen.«

»Was ist mit der Fluggesellschaft?«

»Nichts Neues. Sein Name steht nicht auf der Liste, und mehr können sie mir nicht sagen.«

»Das überrascht mich nicht.«

»Ich habe keine Ahnung, was ich noch tun soll.«

Sie hörte sich an, als stünde sie wieder kurz davor, in Tränen auszubrechen.

»Wir haben auch mit ein paar Leuten telefoniert«, sagte Cahill.

»Und was habt ihr herausgefunden?« Sie schien Hoffnung zu schöpfen.

»Nichts Konkretes«, sagte Cahill.

»Oh …«

»Am Interessantesten war das, was man uns *nicht* gesagt hat.«

»Das verstehe ich nicht.«

»Ich habe die Hotline der Fluggesellschaft angerufen. Die Nummer, die im Fernsehen eingeblendet wird, weißt du? Ich habe so getan, als wäre ich Tims Bruder, und ihnen erklärt, dass ich glaube, er wäre in der Maschine gewesen. Der Typ von der Fluglinie hat mich fünf Minuten lang schmoren lassen, bis jemand anderes das Gespräch für ihn übernahm.«

»Und wer?«

»Das hat er nicht genau gesagt, nur dass er von irgendeiner Strafverfolgungsbehörde ist. Aber nicht von der Polizei.«

»Von welcher denn?«

»Vom FBI, schätze ich.«

»In was ist Tim da bloß verwickelt?«

»Ich weiß es nicht. Außerdem habe ich auch Scott Boston, unseren früheren Chef beim Secret Service, angerufen. Kennst du ihn?«

Einen Moment lang schwieg sie.

»Ja«, sagte sie schließlich. »Er hat Tim entlassen.«

»Also, ich weiß ja nicht, was bei euch losgewesen ist, aber er schien ziemlich schockiert darüber, dass Tim in einem Flugzeug nach Washington gewesen sein soll. Hatte es verdammt eilig, mich wieder loszuwerden.«

Melanie seufzte.

»Was zum Teufel geht da nur vor?« Mit einem Mal klang sie zornig. »Warum will mir niemand sagen, was mit meinem Ehemann passiert ist?«

Dann erstickte ein Schluchzen wieder ihre Stimme. Cahill presste die Lippen zu einem schmalen Strich zusammen.

»Wir haben noch nicht sämtliche unserer Erkundungsmöglichkeiten ausgeschöpft«, sagte er. »Logan ist Anwalt und kennt jemanden im Ministerium für Innere Sicherheit.«

»Werdet ihr da anrufen?«

»Ja. Sobald deren Abteilung in New York erreichbar ist.«

»Ich will nach Denver«, erklärte Melanie.

»Das solltest du besser lassen«, sagte Hardy. »Du würdest nur stundenlang in einem Hotelzimmer herumsitzen und doch nichts erfahren.«

»Bleiben Sie in der Nähe des Telefons, Melanie«, schaltete Logan sich ein. »Wir werden uns wieder bei Ihnen melden, sowie wir mit meiner Kontaktperson gesprochen haben.«

Im Hintergrund hörten sie, wie es an der Tür läutete.

»Das wird mein Sohn sein«, sagte Melanie. »Ruft mich wieder an, so schnell es geht.«

»Machen wir«, versprach Cahill und beendete das Gespräch. Dann wandte er sich Logan und Hardy zu. Sie sollten sich am Nachmittag wieder im Besprechungszimmer einfinden, um dann das Telefonat mit New York zu erledigen.

»Jemand sollte besser mal den Mund aufmachen«, knurrte Cahill. »Sonst könnte es sein, dass ich selbst rüberfliege und denen die Hölle heißmache.«

7

Rebecca Irvines Mobiltelefon läutete, als sie vor Ellies Schule wieder in ihren Wagen stieg. Sie winkte Ellie zu, bis diese in der Schar ihrer Mitschülerinnen verschwunden war. Connor saß in seinem Kindersitz auf der Rückbank des Wagens.

»Detective Constable Irvine«, meldete sie sich, da sie auf dem Display die Nummer des Oberkommissariats der Strathclyde Police erkannt hatte.

»Becky? Ich bin's.«

Es war ihr Vorgesetzter, Detective Superintendent Liam Moore.

»Guten Morgen, Sir.«

»Wo sind Sie gerade?«

Er klang verstimmt. Kein allzu ermutigender Start in den Tag.

»Ich bin auf dem Weg, meinen Sohn bei seiner Tagesmutter abzugeben. Wieso? Brauchen Sie mich?«

»Ja. Woran arbeiten Sie im Moment?«

»An dem Johnson-Fall. Sie wissen doch – die Leiche in dem Range Rover. Ewen Cameron ist der zuständige Detective Sergeant.«

»Aber die Ermittlungen stecken in einer Sackgasse, nicht wahr?«

Damit hatte er allerdings recht. Man hatte das Opfer als Andrew Johnson identifiziert, einen ehemaligen Soldaten, der sich eine Zeit lang als privater Bodyguard verdingt hatte und danach … als etwas anderes. Er war durch zwei Kopfschüsse getötet worden – in *Hinrichtungsmanier,* wie die Presse es formuliert hatte. Doch darüber hinaus gab es bisher keinerlei Anhaltspunkte.

»Sie brauchen sich deshalb nicht zu rechtfertigen«, sagte Moore, als Rebecca ihm eine Antwort schuldig blieb. »Ich weiß, dass Sie und Cameron an der Sache dran sind. Aber ich denke, ich sollte Sie zwischendurch mit etwas anderem beschäftigen, damit Sie anschließend vielleicht einen neuen Zugang zu dem Fall finden.«

Rebecca war seiner Meinung.

»Ich habe im Moment sowieso sonst niemanden zur Verfügung«, sagte Moore, »und die Arbeit wächst uns über den Kopf.«

Das war ja nun wirklich nichts Neues.

»Was liegt denn vor?«, fragte sie.

»Eine Wasserleiche. Ist heute Morgen unten am Broomielaw-Kai aus dem Clyde gefischt worden.«

Rebecca kniff die Augen zusammen. Wasserleichen bedeuteten immer Ärger.

»Allerdings gibt es einen kleinen Haken an der Sache«, sagte Moore.

»Ach ja? Und der wäre?«

»Es ist eigentlich ein Fall der Drogenfahndung. Die Kollegen sind bereits vor Ort, haben allerdings um Unterstützung durch das CID gebeten.«

»Und dafür soll ich mich zur Verfügung stellen?«

»Sie haben es soeben getan.«

Sie klemmte sich das Handy zwischen Kinn und Schulter und ließ Moore weiterreden, während sie in die Innentasche ihrer Jacke griff, ein Notizbuch hervorholte und sich den Fundort der Leiche notierte. Sie wollte gerade den Namen des Beamten von der Drogenfahndung dazuschreiben, mit dem sie sich dort in Verbindung setzen sollte, als sie stutzte.

»Haben Sie eben gesagt, der Direktor der SCDEA wäre am Tatort?«

»Genau.«

»Was hat denn der Chef der Sonderabteilung für Rauschgiftkriminalität an einem Leichenfundort verloren?«

»Das habe ich ihn nicht gefragt. Muss wohl eine wichtige Sache sein, oder sind Sie anderer Meinung?«

»Sieht so aus. Und wir sind für die Ermittlungen am Fundort zuständig?«

»Ja. Ich habe bereits Jim Murphy darauf angesetzt.«

Murphy war ein lang gedienter Detective Sergeant, der sich in den letzten Jahren auf die Koordinierung der Tatortsicherung spezialisiert hatte. Der Schreibtischjob füllte ihn, der mittlerweile seiner baldigen Pensionierung entgegensehen konnte, vollkommen aus, was nicht heißen soll, dass er ein schlechter Ermittler war. Er zog lediglich einen Alltag hinter dem Schreibtisch einem Leben vor, in dem man ständig über Leichen steigen musste.

Wer konnte ihm das verdenken?

Rebecca hatte nur wenig Erfahrung im Umgang mit der SCDEA – der *Scottish Crime and Drug Enforcement Agency* –, aber sie wusste genug über die Hierarchie innerhalb des Polizeiapparates, um sich ausmalen zu können, dass es sich um eine ziemlich große Sache handeln musste, wenn deren Leiter, der Herr *Director General,* sich persönlich an einen vermeintlichen Tatort begab.

8

Obwohl die Sonne schien, fröstelte Rebecca, als sie am Flussufer entlang auf die kleine Menschenansammlung zuging, die sich hinter dem gelben Absperrband versammelt hatte. Uniformierte Beamte blickten gelangweilt drein und standen herum, während sich ihre Kollegen von der Spurensicherung in voller Montur – weiße Overalls mit Kapuzen und Mundschutz, dazu Gummistiefel – an die Arbeit machten.

Die Sonne stand am klaren Himmel; lediglich kleine Wolkenfetzen störten das makellose Blau des Firmaments. Rebecca wusste, dass es ihre Körpertemperatur war, die in den Keller gesackt war, die wärmende Kraft der Sonne hatte nichts an Stärke eingebüßt.

Einem der Polizisten gegenüber, der sich ihr in den Weg stellen wollte, wies sie sich als Ermittlungsbeamtin aus und trat sofort zu der Gruppe. Hier erblickte sie zwei Männer von Mitte dreißig in dunklen Anzügen mit den goldenen Emblemen der SCDEA am Revers. Sie konnte das Gefühl der Wichtigkeit, das die beiden als Angehörige der Sonderabteilung ausstrahlten, beinahe körperlich spüren.

Sie ging auf die beiden zu und stellte sich vor; bei den Ermittlern handelte es sich um Detective Chief Superintendent Eric Thomson, den Einsatzleiter der SCDEA, und Detective Inspector Bryan Fraser, der sich ihr als Syndikatsleiter vorstellte. Die Dienstbezeichnung sagte ihr nichts.

»Und was verbirgt sich hinter einem Syndikatsleiter?«, fragte sie.

»Mit Syndikat bezeichnet man bei uns die Untersuchungsteams«, setzte Thomson sie in Kenntnis.

Rebecca verstand zwar nicht so recht, was mit dem ansonsten verwendeten Begriff Team nicht in Ordnung sein sollte, enthielt sich aber jeden Kommentars. Sie wollte es sich nicht gleich mit den beiden verderben.

Thomson war ein kleiner Mann mit gepflegtem Bart und einer Brille mit rechteckigen Gläsern. Er machte auf Rebecca den Eindruck, als achte er sehr auf sein Äußeres; Fraser war wesentlich größer – über eins achtzig – und vorzeitig ergraut.

»Was ist passiert?«, fragte sie.

Sie blickte an den beiden Männern vorbei zu einem der Kriminaltechniker, der in seinem weißen Overall auf allen vieren auf dem Boden herumkroch und ihn Zentimeter für Zentimeter nach Spuren absuchte.

Fraser drehte sich in die Richtung, in die sie schaute.

»Heute Morgen ist hier ein junges Mädchen gefunden worden«, sagte er. »Sie trieb mit dem Gesicht nach unten im Wasser.«

»Wie alt?«

»Wir schätzen sie auf achtzehn oder neunzehn.«

Rebecca wand sich innerlich.

»Wo ist die Leiche jetzt?«

»Der Gerichtsmediziner ist vor einer halben Stunde mit der Muschel hier gewesen.«

Immerhin wusste Rebecca, was dieser Terminus bedeutete: Mit »Muschel« wurde der unauffällige Lieferwagen bezeichnet, mit dem Leichen in die Pathologie abtransportiert wurden.

»Was erwarten Sie von mir?«, fragte sie.

Diesmal antwortete Fraser nicht, sondern sah stattdessen Thomson an.

»Das sollten Sie mit dem Chef besprechen«, sagte der. »Und mit Kenny Armstrong. Beide müssen hier irgendwo sein.«

Er wandte den Kopf suchend hin und her.

Rebecca hatte einmal ein Foto von Paul Warren, dem Direktor der SCDEA, gesehen. Er schien es zu lieben, im Rampenlicht zu stehen.

»Da sind sie ja«, sagte Thomson und winkte zwei Männern zu, die sich zu ihnen durchdrängten.

Warren war Anfang fünfzig und trug einen dunkelgrauen Anzug. Er hatte kurzes, langsam ergrauendes Haar und ein schmales Gesicht. Sein Begleiter war ungefähr so groß wie Rebecca, hatte kurz geschorenes Haar und dunkle Bartstoppeln. Auch seine Bekleidung sah aus, als hätte sie schon bessere Tage gesehen: fleckige Jeans, Pullover mit V-Ausschnitt und schwarze Lederjacke.

Thomson stellte sie einander vor. Der Mann in der Lederjacke war Detective Sergeant Kenny Armstrong.

»Tut mir leid deswegen«, sagte er und blickte an sich hinunter, während er Rebecca die Hand schüttelte. »Aber ich bin seit dem Morgengrauen wegen dieser Sache auf den Beinen und hatte noch keine Gelegenheit, mich umzuziehen.«

Rebecca fiel auf, dass er mit einem leichten Highland-Akzent sprach.

»Machen Sie sich deswegen mal keine Gedanken«, sagte sie. »Ich weiß, wie es ist.«

»Kenny hat sich in den letzten Wochen ziemlich in diese Sache hineingekniet«, sagte Warren. »Seit das alles angefangen hat.«

»Nicht dass uns das irgendwie weitergebracht hätte«, ergänzte Armstrong und rieb sich mit den Händen über das Gesicht.

»Seit was angefangen hat?«, fragte Rebecca.

»Entschuldigung«, sagte Warren, »ich glaube, wir müssen Sie erst auf den neuesten Stand bringen, nicht wahr?«

Er blickte Armstrong an. »Kenny, würdest du dich unter Führung von DC Irvine noch weiter hier umschauen, sodass wir uns nachher alle im Präsidium zu einer Lagebesprechung einfinden können? Ich rufe später an und gebe dir die Uhrzeit durch.«

Dann versicherte er Rebecca, es sei nett gewesen, sie kennengelernt zu haben, und zog schließlich mit Thomson und Fraser im Schlepptau von dannen.

»Ich bin mir nicht ganz sicher, wie ich Sie anleiten soll, solange ich nicht weiß, worum es hier geht«, sagte Rebecca zu Armstrong. »Im Moment tappe ich noch völlig im Dunkeln.«

»Willkommen bei der Operation Roter Platz«, war alles, was Armstrong sagte.

9

»Die Leute vom Kriminalpolizeilichen Ermittlungsdienst sind die Experten«, sagte Armstrong, während er mit Rebecca zum Ende der Kaimauer ging. »Was die Ermittlungen in einem Mordfall angeht, meine ich. Deswegen haben wir das CID auch um Unterstützung gebeten.«

An der Mauerkante hielten sie inne. Zu ihren Füßen floss trübe der River Clyde dahin. Rebecca beobachtete, wie einem der Kriminaltechniker geholfen wurde, sich zur Wasseroberfläche hinunterzulassen. Dann sah sie wieder Armstrong an.

»Sie haben also schon mehr als eine Leiche?«, fragte sie.

»Ja.«

»Und Sie haben bisher noch nicht das CID eingeschaltet, weil Sie nicht glaubten, es mit einem Mörder zu tun haben? Bin ich so weit richtig im Bild?«

Armstrong nickte. »Sie sind nicht schlecht«, sagte er und lächelte zum ersten Mal.

»Wie viele?«, fragte Rebecca.

»Wie viele was?«

»Leichen.«

»Das war die vierte.«

Rebecca runzelte die Stirn. »Soll das heißen, dass wir vier unaufgeklärte Morde haben?«

»Nun, wir sind uns nicht sicher, dass es sich bei allen Fällen um einen Mord handelt.« Er machte eine ratlose Geste mit den Händen.

»Na schön«, sagte Rebecca. Sie hatte das Gefühl, jetzt noch weniger über die Sachlage zu wissen als bei ihrem Eintreffen. »Befassen wir uns zunächst einmal damit, womit wir es hier zu tun haben, und dann reden wir über den Rest. Was an der Leiche dieses Mädchens ist es, dass Sie veranlasst zu glauben, man hätte sie ermordet?« Sie blickte zu den Kriminaltechnikern hinunter, die im Fluss ihrer Arbeit nachgingen. Am Ufer war das Wasser so flach, dass es ihnen gerade mal bis zur Hälfte ihrer Stiefelschäfte reichte.

»Wir sind nicht überzeugt davon, dass sie ermordet worden ist«, sagte Armstrong. »Jedenfalls nicht auf die Weise, an die Sie denken. Indem jemand ihr Gewalt angetan hat.«

»Also unterscheidet sich diese Leiche von den ersten dreien?«

»Ja. Das Mädchen war nackt.«

»Und wer geht in Glasgow abends schon nackt aus, bevor er nachher mal eine Runde im Clyde schwimmt?«

»Das haben wir uns auch gedacht.«

»Also muss kurz vor ihrem Tode jemand bei ihr gewesen sein. Hat sie ausgezogen und dann hier ins Wasser geworfen.« Rebecca kam ein weiterer Gedanke. »Warum glauben Sie, dass dies hier ein Fall für die Drogenfahndung ist? Wo ist die Verbindung zu den anderen drei Leichen?«

»Wir wissen noch nicht einmal mit Sicherheit, dass es eine solche Verbindung gibt. Soweit wir feststellen konnten, sind die anderen drei an einer Überdosis gestorben. Bei diesem Mädchen haben wir zwar Nadeleinstiche am Körper gefunden, aber sonst nichts, was ihren Tod herbeigeführt haben könnte.«

»Klingt ziemlich weit hergeholt.«

»Da gebe ich Ihnen recht. Aber wir halten es für besser, den Fall so zu behandeln, als gäbe es eine Verbindung, damit die Ermittlungen gleich in die hoffentlich richtige Richtung gehen. Und falls wir uns geirrt haben sollten, haben wir nichts verloren. Sie müssen verstehen, dass wir dieser Sache oberste Priorität einräumen – mit bereits drei Leichen und jetzt auch noch der vierten.«

»Das leuchtet mir ein. Gibt's denn irgendwas, an dem wir ansetzen können? Wissen wir wenigstens, wer das Mädchen ist?«

»Einer der Polizisten, die auf den Notruf hin hier eintrafen, konnte sich an sie erinnern. Sie ist eine Prostituierte und polizeibekannt wegen Besitzes von Betäubungsmitteln. Einen Namen haben wir allerdings noch nicht.«

»Also müssen wir mit der Streifenwagenbesatzung sprechen.«

Armstrong pflichtete ihr mit einem Kopfnicken bei.

»Aber warum war sie ausgezogen?«, sinnierte Rebecca. »Wo doch keines der anderen Opfer nackt war?«

»Ich weiß es nicht.«

Rebecca überlegte. Es war schon ein bedeutsamer Unterschied, wenn dieser Todesfall mit den ersten drei zusammenhängen sollte.

»Vielleicht wollte derjenige, der zuletzt mit ihr zusammen war, nicht mit ihr in Verbindung gebracht werden«, sagte sie schließlich. »Vielleicht wollte er Beweise vernichten.«

Einer der Kriminaltechniker, die am Flussufer arbeiteten, hatte etwas im Schlamm gefunden und ließ es in eine durchsichtige Plastiktüte fallen.

»Ja«, sagte Armstrong, »das wäre denkbar.«

»Was wieder alles Mögliche bedeuten könnte«, sagte Rebecca. »Zum Beispiel könnte ein Prominenter oder ein Politiker einen Skandal vermeiden wollen.«

»Oder jemand aus der Verteilerkette wollte nicht mit den Drogen, die den Tod der anderen drei Opfer herbeigeführt haben, in Verbindung gebracht werden.«

Wieder sah Rebecca Armstrong an.

»Ist das die Gemeinsamkeit? Die gleichen tödlichen Drogen?«

Er nickte. »Bei der Besprechung nachher werden Sie das alles noch detaillierter erfahren.«

Rebecca blickte auf den Fluss. Das Sonnenlicht spiegelte sich auf der Wasseroberfläche, sodass sie die Augen zusammenkneifen musste. Als es deutlich wurde, dass es hier nichts mehr zu sehen gab außer ein paar Polizeibeamten, die ihre Arbeit verrichteten, begann sich die Menge der Gaffer zu zerstreuen.

»Es ist jetzt Ihre Ermittlung«, sagte Armstrong. »Also, wie wollen Sie vorgehen?«

»Erst einmal sehe ich mir die Indizien an. Wir müssen herausfinden, wer das Mädchen war, und dann Informationen über andere Mädchen einholen, die sie gekannt haben. Die werden wir dann wie die Angehörigen des Opfers befragen, falls es welche gibt. Außerdem werden wir die Aufnahmen der Überwachungskameras auswerten, vielleicht erfahren wir ja so, wo sie sich gestern Abend aufgehalten hat.«

Armstrong zog einen Notizblock hervor, klappte ihn auf und schrieb etwas hinein, während Rebecca weitersprach.

»Wenn wir ihre Identität geklärt haben, wissen wir auch, wo sie gewohnt hat. Dann reden wir mit ihren Mitbewohnern.«

»Noch etwas?«

»Wir müssen ihre Kleider sicherstellen. Oder das, was davon noch übrig ist. Wie ich Mörder kenne und einschätze, ist deren erster Gedanke normalerweise, sich der Kleider ihres Opfers zu entledigen – etwa indem sie sie verbrennen. Wahrscheinlich ganz hier in der Nähe. So etwas will man ja schnell hinter sich bringen. Haarreste, Stofffasern oder Flecken könnten uns zu einer DNA-Spur verhelfen.

Natürlich muss dann auch der Gerichtsmediziner Indizien sammeln. Das Opfer könnte vor seiner Ermordung Sex gehabt haben.«

»Wir versuchen währenddessen herauszufinden, bei wem sie sich mit Stoff versorgt hat und wer ihre Stammkunden waren.«

»Wenn das möglich ist. Aber Kolleginnen von ihr könnten es wissen.«

Armstrong machte sich immer noch Notizen.

»Es sind fast immer Beziehungstaten«, sagte Rebecca.

»Wie bitte?«, fragte Armstrong.

Sie sah ihn an und schüttelte den Kopf. Sie hatte die ganze Zeit hauptsächlich mit sich selbst gesprochen.

»Das ist fast die Regel in Mordfällen«, sagte sie. »Meistens kannte der Täter das Opfer.«

»Ach, wirklich?«

»Ich wette darauf, dass derjenige, der sie hier in den Fluss geworfen hat, sie schon länger kannte als erst seit gestern. Und deshalb werden wir demjenigen auch auf die Schliche kommen.«

10

Logan Finch war in sein Büro gegangen, um dort den Stapel von Verträgen, die für neue Auftraggeber von CPO noch aufgesetzt werden mussten, durchzuarbeiten, ehe er seine Kontaktfrau im Ministerium für Innere Sicherheit anrufen wollte. Er war mit der abschließenden Feinarbeit an dem letzten Dokument beschäftigt, als Cahill eintrat, dessen Büro gleich nebenan lag.

Logan hatte sein kleines Reich schlicht eingerichtet: ein Schreibtisch aus Walnussholz, ein Drehstuhl und ein Aktenschrank mit Regalen darauf. Er schaute sich das Foto von Ellie auf dem mittleren der Regale an, als Cahill vor seinem Schreibtisch stand.

»Bist du so weit?«, fragte Cahill. Er hielt Logan seine Armbanduhr hin und tippte auf das Zifferblatt. »Es ist schon zwei vorbei.«

Logan schaute auf seine eigene Uhr und musste zu seiner Überraschung feststellen, dass sein Freund recht hatte. Er hatte die Mittagszeit durchgearbeitet, ohne es zu merken.

»Ich war wohl über beide Ohren in den Kram vertieft«, entschuldigte er sich und stand auf, um Cahill auf den Flur hinaus zu folgen.

Im Besprechungszimmer wartete Hardy bereits. Er trank Wasser aus einer Flasche und verfolgte im Fernsehen die Berichterstattung über den Flugzeugabsturz.

»Was Neues?«, fragte Cahill.

»Nein. Nur das übliche Gerede davon, dass man die Black Box bergen muss und keine Schlüsse ziehen kann, ehe man nicht mehr weiß.«

»Keine Erwähnung von Terroristen?«

»Nichts. Nach dem, was sie sagen, scheint es ein Unglücksfall gewesen zu sein, aber wer weiß, was die möglicherweise zurückhalten?«

Logan setzte sich neben Hardy und zog das Telefon mit der Freisprecheinrichtung zu sich heran. »Wenn es keine Terroristen waren, warum dann die ganze Geheimniskrämerei um deinen Freund?«, fragte er Cahill.

Cahill zuckte mit den Achseln und nahm neben Logan Platz. »Jetzt ruf endlich deine Kontaktfrau an. Vielleicht kann die uns ja was sagen.«

Logan nahm das Mobilteil und wählte die Nummer von Susan Jones in der New Yorker Außenstelle des Ministeriums für Innere Sicherheit.

»Ich würde gerne mit Susan Jones sprechen«, sagte er, als eine männliche Stimme sich meldete.

Er landete in der Warteschleife und drückte eine Taste, um die Mithörfunktion des Apparates zu aktivieren. Ein Song von Tom Petty lief.

»Gute Musik für eine Warteschleife«, kommentierte Hardy und tippte im Rhythmus des Liedes mit einem Kugelschreiber auf die Tischplatte.

Dann verstummte die Musik, und die männliche Stimme meldete sich wieder.

»Wen darf ich ankündigen, Sir?«

»Logan Finch.«

Tom Petty spielte weiter. Hardy begann mitzusummen.

»Hallo, Logan«, meldete sich Susan Jones nach ungefähr einer Minute. »Lange nichts voneinander gehört. Wie geht's dir?«

Sie hörte sich munter und gut gelaunt an, so wie sie Logan in Erinnerung geblieben war. Mit ihrer Art und ihren umwerfenden Wangenknochen.

»Mir geht's gut. Und wie läuft's bei dir?«

»Ach, du weißt ja. Ich versuche immer noch, die Welt vor Unheil zu bewahren.«

Sie lachte – ein helles, flötendes Lachen. Logan hatte immer gefunden, dass es nicht zu einer hochgewachsenen, athletischen Frau wie ihr passte.

»Ich schalte dich auf Lautsprecher, Susan. Ist das okay?«

Damit wollte er ihr zu verstehen geben, über nichts als über rein berufliche Dinge zu reden. Cahill zwinkerte ihm zu.

»Klar. Wen hast du denn bei dir? Vielleicht Mandanten, die sich an einem unserer Flughäfen unfair behandelt gefühlt haben?«

»Nein. Ich arbeite nicht mehr in einer Rechtsanwaltskanzlei. Ich bin überhaupt nicht mehr bei Gericht tätig.«

»Das freut mich für dich. Ich habe nie etwas für Rechtsanwälte übriggehabt.«

Wieder dieses Lachen.

»Ich arbeite jetzt für eine Sicherheitsfirma. Personenschutz. Bei mir sitzen zwei meiner Kollegen, Alex Cahill und Tom Hardy.«

Beide begrüßten Susan Jones.

»Hören sich an wie anständige, aufrechte Amerikaner.«

»Jawoll, Ma'am«, sagte Hardy.

»Ganz die Südstaatenart«, lachte sie. »Was liegt an?«

»Hast du das mit dem Flugzeugunglück bei euch in Denver mitbekommen?«, fragte Logan.

»Natürlich. Furchtbar, nicht wahr?«

Keine Veränderung ihres Tonfalls, die etwas verraten hätte.

»Wir haben einen Anruf von einer Frau bekommen, die glaubt, ihr Mann wäre an Bord der Maschine gewesen ...«

»Aha?«

»Aber die Fluggesellschaft hat seinen Namen nicht auf der Passagierliste stehen.«

»Alles schön und gut, aber ich sehe nicht, was das mit unserem Ministerium zu tun haben soll.«

»Alex hat die Fluggesellschaft angerufen. Man hat ihn lange warten lassen, und als sich wieder jemand meldete, war derjenige von einer Bundesbehörde.«

»FBI wahrscheinlich«, fügte Cahill hinzu.

Susan Jones antwortete nicht, aber sie konnten hören, wie ihre Finger etwas auf einem Keyboard tippten.

Cahill schaltete den Mithörmodus aus. »Sie lässt uns hängen«, sagte er zu Logan. »Noch so eine Vertuschungsscheiße.«

Logan gab ihm ein Zeichen, Ruhe zu bewahren, und schaltete das Mikrofon wieder ein. »Gibt es etwas, was du uns über diesen Flug sagen kannst, Susan?«

»Ich checke gerade alles durch. Bleibt dran.«

Tipptipptipp.

»Soweit ich sehen kann, ist bei uns keine Alarmbereitschaft ausgelöst worden. Wie lautet denn der Name eures Freundes?«

»Tim Stark«, sagte Cahill. »War früher beim FBI und dann beim Secret Service.«

»Herrje. Lasst mich mal in Ruhe den Namen abchecken und schauen, was ich über ihn finde. Ich melde mich in fünf Minuten wieder.«

Aus den fünf Minuten wurden erst zehn, dann zwanzig.

Endlich klingelte das Telefon. Logan drückte die Taste, mit der er den Anruf entgegennahm und gleichzeitig den Lautsprecher einschaltete.

»Ich bin's, Susan.«

»Das waren aber lange fünf Minuten.« Logan versuchte möglichst gelassen zu klingen.

»Ich weiß. Euer Mann Tim Stark ist mit einem Fähnchen markiert.«

Cahill zog die Stirn in Falten. »Was heißt das?«

»Das kann ich euch nicht sagen. Und offen gestanden sollte ich überhaupt nicht weiter mit euch reden.«

»Tim ist so ziemlich der glühendste Patriot, den ich kenne«, sagte Cahill. »Sein Blut ist rot, weiß, blau. Seine Frau sitzt zu Hause und rauft sich vor lauter Panik die Haare, weil niemand ihr sagen will, was los ist.«

»Tut mir leid. Auch ich habe dazu schon mehr als genug gesagt.«

»Kannst du uns wenigstens verraten, ob er in der Maschine war?«, fragte Logan.

Sie schwieg.

»Susan, bitte …«

»Tim Stark war nicht für den Flug gebucht, aber ein John Reece steht auf der Passagierliste.«

Cahill lehnte sich in seinem Stuhl zurück, sah Hardy an und schüttelte den Kopf.

»Danke, Susan«, sagte er. »Ich weiß das sehr zu schätzen.«

»Keine Ursache. Tut mir leid.«

Dann legte sie auf.

Logan sah Cahill an, dann Hardy und dann wieder Cahill. »Was geht hier vor?«, fragte er.

»Sie hat uns gerade gesagt, dass Tim an Bord gewesen ist.«

»Das hat sie nicht gesagt.«

»Doch. Sie hat gesagt, dass er unter falschem Namen in die Maschine gestiegen ist.«

»Und das heißt?«

Cahill sagte nichts.

»Das heißt, dass Tim tot ist«, beantwortete Hardy die Frage.

II

Cahill stand auf und streckte sich.

»War's das?«, fragte Logan.

»Das war alles, was sie uns sagen konnte, und selbst das hätte sie nicht tun dürfen. Noch mehr können wir nicht aus ihr herausholen.«

»Und was hast du jetzt vor?«

»Ich werde ein sehr schwieriges Telefongespräch mit Melanie Stark führen, in dem ich ihr sagen werde, dass ihr Mann tot ist. Aber dazu möchte ich allein sein.« Cahill ließ Logan und Hardy im Beratungszimmer sitzen und ging in sein Büro, das am südwestlichen Ende der Etage lag. Es war größer als das von Logan, aber keineswegs protzig. Es gab zwar eine Couch, war aber ansonsten ähnlich wie das von Logan eingerichtet. Auf dem Schreibtisch standen jede Menge Fotos von seiner Frau und seinen beiden Töchtern.

Er setzte sich an den Schreibtisch und nahm den Hörer ab. Nach kurzem Zögern wählte er Melanie Starks Nummer. Ein Mann meldete sich.

»Ich würde gern mit Melanie Stark sprechen«, sagte Cahill.

»Ich bin ihr Sohn. Kann ich etwas für Sie tun?«

Deine Mutter wird gleich deine volle Unterstützung brauchen, dachte Cahill. »Danke, nein. Ich müsste schon mit Melanie persönlich sprechen.«

»Worum geht es denn?« Die Stimme klang gereizt.

Im Hintergrund hörte Cahill eine weibliche Stimme fragen, wer am Telefon sei.

»Mein Name ist Alex Cahill, ich bin ein Freund Ihres Vaters. Ihre Mutter wird bestimmt mit mir sprechen wollen.«

»Bleiben Sie dran.«

Der Hörer fiel scheppernd auf eine harte Oberfläche. Cahill hielt bei dem Krach unwillkürlich seinen eigenen Hörer ein Stück von seinem Ohr weg. Er konnte es dem jungen Mann nicht verdenken, dass er so eine Laune hatte – vielleicht war er sogar wütend. Er selbst war ja ähnlich mies gestimmt.

»Alex?« Melanie Stark war dran. »Hast du was gehört?«

»Sagt dir der Name John Reece irgendwas?«

»Nein … ich glaube jedenfalls nicht«, sagte sie nach einer kurzen Pause. »Ich habe ihn noch nie gehört.«

»Du hast diesen Namen also nie irgendwo bei euch im Haus aufgeschrieben gesehen?«

»Worum geht es hier, Alex? Hat dieser Reece etwas damit zu tun, worin Tim verstrickt ist?«

»So in etwa.«

»Alex …« Sie merkte, dass er zögerte.

»Melanie …«

Bevor man eine schlechte Nachricht überbringt, spricht man meistens behutsam den Namen der Person aus, für die sie bestimmt ist. Als würde es das leichter machen.

»Nein …«

»Ich kann es nicht mit hundertprozentiger Sicherheit sagen, aber alles, was wir herausgefunden haben, bestätigt die Annahme, dass Tim mit der Maschine von Denver abgeflogen ist.«

Keine Reaktion.

»Es tut mir so leid, Melanie. Ehrlich.«

Er konnte hören, wie der Aufschrei sich tief in ihrem Inneren aufbaute, von einem so verborgenen Ort aufstieg, dass kein anderer Mensch je den Schmerz nachvollziehen sollte, den er mit sich brachte, als er aus ihr herausbrach. Er hatte diesen Aufschrei schon oft gehört. Zu oft.

»Ich kann es nicht glauben, dass Tim in eine illegale Angelegenheit verwickelt gewesen sein soll«, sagte er. »Das wäre nicht der Tim, den ich gekannt habe. Falls dir das etwas hilft …« Er wusste, dass er ihr das heute schon einmal versichert hatte, doch was sollte er sonst sagen?

»Bist … du … dir sicher?« Zwischen ihren Schluchzern war sie kaum in der Lage zu reden.

»So sicher, wie man sich nur sein kann. Er war in der Maschine, als sie abstürzte.«

»Ich kann es nicht …«

Plötzlich war die Leitung tot.

Cahill stand auf, ging ans Fenster und schaute auf die Passanten hinunter, die draußen vorbeigingen.

Was hast du nur in der Maschine verloren gehabt, Tim?

12

Als sie vom Fluss zurück ins Oberkommissariat der Strathclyde Police an der Pitt Street kamen, suchte Rebecca Irvine Detective Sergeant Ewen Cameron auf, um ihm mitzuteilen, dass sie in einem neuen Fall zu einer Lagebesprechung müsse und nicht wisse, wie lange sie dauern würde. Die Neuigkeiten schienen ihn nicht sonderlich zu berühren, denn er steckte bis über beide Ohren in einem Haufen Papierkram, der mit jedem Tag höher wurde.

Kenny Armstrong machte sich indessen auf die Suche nach den leitenden Beamten der SCDEA, die zwischendurch angerufen und mitgeteilt hatten, dass die Besprechung bereits im Gange war.

Rebecca wollte nicht den Betrieb aufhalten. Vielmehr war ihr daran gelegen, so zügig wie möglich die Ermittlungen einzuleiten, da sie wusste, dass die ersten paar Tage nach einem Mord entscheidend für dessen Aufklärung sein konnten. Als sie in der Gerichtsmedizin anrief, um sich nach dem Termin der Obduktion zu erkundigen, erhielt sie die Auskunft, dass diese für den folgenden Tag angesetzt war.

Anschließend sprach sie mit der Betreiberfirma der Überwachungskameras rund um das Veranstaltungszentrum am

Old Fruitmarket und bat sie, ihr die Aufnahmen der vergangenen Tage zu schicken. Damit hoffte sie, nachvollziehen zu können, wo sich das Mädchen wann im Stadtzentrum aufgehalten hatte. Man vertröstete sie damit, man würde tun, was man könne, doch in dieser Woche sei man personell unterbesetzt.

Armstrong betrat den Raum und gab ihr ein Zeichen, ihn zu begleiten.

»Alle sitzen schon oben«, sagte er.

»Ist gut. Aber können wir noch ein paar Minuten warten? Ich will mich nur eben mit Detective Sergeant Murphy kurzschließen, unserem Koordinator für die Beweissicherung.«

»Ja, gehen Sie nur. Ich sage meinen Leuten, dass sie noch warten sollen. Wir sind eine Etage höher, letzte Tür links.«

»Ich komme gleich mit. Murphy hat sein Büro auch in der ersten.«

Jim Murphy starrte Rebecca über die rechteckigen Gläser seiner Brille an, die ihm auf die Nase gerutscht war. Eine dichte Haarlocke hing ihm in die Stirn. Mit seinem schwarzen Pullunder über dem weißen Hemd und der Krawatte mit dem abstrakten Paisley-Muster erinnerte er sie an ihren früheren Geschichtslehrer.

»Die Wasserleiche?«, fragte er, als sie vor seinem Schreibtisch stand.

Sie nickte.

»In dem Fall habe ich noch nichts für dich. Ich warte noch immer darauf, dass die Labortrottel von oben mir verraten, was sie am Tatort zusammengesammelt haben.«

»Okay, aber lass es mich sofort wissen, wenn du etwas erfährst.«

Rebecca wusste, dass Murphy ziemlich schwerfällig sein konnte und manchmal einen kleinen Tritt brauchte. Er selbst hingegen betrachtete seine Arbeitsweise als methodisch und gewissenhaft.

»Ich habe beim *Old Fruitmarket* angerufen«, sagte sie. »Wegen der Überwachungsbänder.«

Mit einem bedächtigen Kopfnicken ließ er sie wissen, dass er verstanden hatte.

»Und beim Pathologen. Die Obduktion findet morgen statt. Kannst du für mich an beidem dranbleiben?«

Er zog den Kopf ein wie eine Schildkröte.

Rebecca wertete seine Reaktion als ein Ja.

Der Besprechungsraum am Ende des Korridors war mit zwei Stuhlreihen vor einem langen Tisch eingerichtet, hinter dem drei weitere Stühle standen. Es hielten sich bereits mehrere Beamte hier auf. Niemand trug Uniform bis auf Eric Thomson und Bryan Fraser, die beiden hohen Tiere von der SCDEA, die Rebecca schon am Morgen am Tatort kennengelernt hatte. Thomson und Fraser hatten an dem langen Tisch Platz genommen.

Zu ihrer Freude erblickte Rebecca auf einem Beistelltisch eine Kaffeekanne. Sie füllte zwei Pappbecher, setzte sich neben Armstrong und reichte ihm einen der Becher, aus dem er sogleich hastig einen Schluck nahm. Die Frau auf der anderen Seite von Armstrong spielte nervös mit einem schmalen blauen Schnellhefter, der aufgeschlagen auf ihrem Schoß lag. Rebecca war ihr im Haus schon öfter begegnet, von daher nahm sie an, dass sie zur regulären Drogenfahndung gehörte und nichts mit der SCDEA zu tun hatte.

Paul Warren, der Leiter der Sonderabteilung, betrat den Raum und schloss die Tür, bevor er hinter dem dritten leeren Stuhl an dem langen Tisch Position bezog. Auf den Stühlen gegenüber saßen sieben Beamte.

»Wir begrüßen DC Irvine von der Abteilung für strafrechtliche Ermittlungen«, begann Warren.

Als Rebecca eine Hand hochhielt, sahen die übrigen Anwesenden sie an und nickten ihr zu.

»Unter Ihrem Stuhl sollte eine Mappe mit Unterlagen für unsere Besprechung liegen«, sagte Warren. »Greifen Sie also bitte zu, falls Sie es noch nicht getan haben.«

Rebecca bemerkte, dass außer ihr und Armstrong jeder einen solchen blauen Schnellhefter mit mehreren Zetteln darin bereits auf seinem Schoß liegen hatte. Sie stellte ihren Kaffeebecher auf den Boden und griff unter ihren Stuhl, um den Hefter hervorzuholen. Armstrong folgte ihrem Beispiel.

Rasch blätterte sie den Inhalt durch: Auszüge aus den Obduktionsberichten der drei bisherigen Opfer und ein mit Fachausdrücken überladener Text über verschiedene Sorten von Rauschdrogen. Das war zu hoch für sie.

»Eric wird das Material jetzt mit Ihnen durchgehen.«

Warren setzte sich, während sich der Einsatzleiter der SCDEA erhob.

»Ich möchte Sie zunächst über das Wesentliche ins Bild setzen«, begann Eric Thompson. »Wie die meisten von Ihnen ja wissen, wurde heute früh eine vierte Leiche gefunden. Ein junges Mädchen, eigentlich noch eine Jugendliche. Damit hat die Sache eine neue Dimension erreicht.«

Er legte eine Pause ein, um die Worte wirken zu lassen.

»Die in den bisherigen drei Leichen gefundene Substanz war Fentanyl – neben geringeren Spuren von Heroin.«

In der vordersten Reihe meldete sich jemand zu Wort.

»Die gleiche Menge bei allen Opfern?«

»Nein«, erwiderte Thomson. »Leichte Schwankungen bei allen dreien. Auf das Resultat der Obduktion des vierten Opfers warten wir noch.«

»Experimentiert da vielleicht jemand herum?«

»Es ist noch zu früh, um das definitiv sagen zu können. Aber wir haben unsere Task Force erweitert, weil es danach aussieht. Bis wir mehr wissen, betrachten wir sämtliche Todesfälle als mögliche Straftaten – abgesehen davon, dass in sämtlichen Fällen auch illegale Substanzen im Spiel waren. Deswegen ist auch das CID mit im Boot.«

Thomson warf Rebecca einen kurzen Blick zu, ehe er sich wieder seinem Publikum zuwandte.

»Wir sollten alle Fälle wie Mordfälle behandeln«, meldete sich Warren zu Wort. »Wenn jemand wissentlich einen tödlichen Cocktail verkauft, muss ihn die volle Härte des Gesetzes treffen.«

»Scheinbar haben wir es mit einem neuen Produkt auf dem Markt zu tun«, fuhr Thomson fort. »Nach allem, was wir bisher herausfinden konnten, wird es über die üblichen Vertriebskanäle verkauft. Wir wissen allerdings nichts von Händlern, die neu in Erscheinung getreten sind. Die Todesfälle können mit verschiedenen Verkäufern in Verbindung gebracht werden.«

»Deshalb glauben wir auch, dass es sich um einen neuen Großverteiler handelt«, unterbrach ihn Warren schon wieder. »Wären plötzlich neue Händler in der Szene aufgetaucht, hätte es die üblichen Rangeleien um die Gebietsverteilung gegeben. Wir hätten durch unsere Informanten Wind davon bekommen. Ein Großhändler im Hintergrund kann hingegen eher unauffällig operieren.«

»Super!«, rief jemand dazwischen. »Vier Leichen? Tolle Methode, um unauffällig zu operieren.«

Ein Kichern ging durch den Raum.

»Es scheint ein relativ hohes Maß an krimineller Organisation dahinterzustecken«, fuhr Thomson fort. »Möglicherweise operieren sie vom Ausland aus, denn unsere üblichen Quellen scheinen nicht viel über die Sache zu wissen.«

»Gibt es Anzeichen für eine vermehrte Einfuhr illegaler Drogen?«, fragte jemand.

»Nicht dass uns das aufgefallen wäre. Aber das hat nicht viel zu bedeuten. Sie könnte über Kanäle laufen, die uns noch unbekannt sind. Wir müssen uns informieren. Vielleicht sind sie aber auch nur gerissen oder hatten bisher einfach nur Glück.«

»Wir planen, mehr Mittel in die Bekämpfung des Drogenhandels zu investieren«, sagte Warren, »müssen aber natürlich vorher kalkulieren, ob unser Etat das hergibt.«

Rebecca kam sich in der Runde ein wenig verloren vor und beschloss, ein paar grundsätzliche Fragen zu stellen.

»Könnten Sie mir den Gefallen tun und etwas mehr über diese Drogen erzählen?«

Warren blickte Detective Inspector Fraser an.

»Selbstverständlich.« Fraser erhob sich und überragte sogleich seinen Kollegen Thomson. »Fentanyl ist keine Substanz, über die man viel hört, aber ihre Wirkung übertrifft sogar die von Heroin. Die Ähnlichkeit besteht darin, dass es sich in beiden Fällen um Opiate handelt …«

»Was im Klartext was bedeutet?«, hakte Rebecca nach.

»Ein Opiat ist eine Droge, die sich auf das zentrale Nervensystem und die Atemorgane auswirkt. Opiate verlangsamen Prozesse. Sie werden zur Schmerzlinderung eingesetzt, etwa bei Krebspatienten.«

»Ich dachte, in diesen Fällen verwendet man Morphium?«

»Auch das ist ein Opiat. Aber die Auswirkungen von Fentanyl unterscheiden sich etwas von denen von Heroin. Der Rauschzustand wird nicht so intensiv empfunden und hält auch nicht so lange an. Gerade deswegen könnte seine Suchtwirkung jedoch stärker sein – weil der Benutzer schneller wieder runterkommt.«

»Und wenn man die zwei Stoffe miteinander vermischt, erhält man sozusagen von beiden das Beste?«

»Exakt.« Fraser lächelte und nickte ihr anerkennend zu.

Rebecca zog einen Stift aus ihrer Jackentasche und kritzelte ein paar Notizen auf die Rückseite eines der Obduktionsberichte.

»Aber wieso die vielen Toten?«, fragte jemand anderes aus dem Publikum.

»Unserer Meinung nach hat derjenige, der diesen neuen Stoff vertreibt, die richtige Mischung noch nicht ganz raus. Das würde auch die unterschiedlich hohen Dosen erklären, die wir bei den ersten drei Opfern festgestellt haben. Die negative Auswirkung von Fentanyl auf den Respirationstrakt ist wesentlich ausgeprägter als die von Heroin. Wenn man es jemandem also als Heroin verkauft, kann derjenige leicht eine Überdosis nehmen, ohne es zu ahnen. Dann legt es im Prinzip dessen Atemwege lahm.«

Rebecca machte sich weitere Notizen, schrieb den Namen der Task Force darüber und blickte zu Fraser auf. »Wieso eigentlich Operation Roter Platz?«

»Es kursieren Gerüchte, dass die Russen vor einiger Zeit in Moskau ein Fentanyl-Heroin-Derivat gegen Terroristen und Geiselnehmer eingesetzt haben.«

»Sie glauben, dass die Händler Russen sind?«

»Das wissen wir nicht. Aber noch können wir nichts ausschließen.«

Nun erhob sich Warren, um wieder die Moderation zu übernehmen.

»Wir werden uns fürs Erste auf den vierten Todesfall konzentrieren. Ein junges Mädchen, das auf diese Weise aufgefunden wird, dürfte in der Presse für Wirbel sorgen. Vielleicht stoßen wir bei ihr auf vielversprechendere Spuren als bei den anderen Opfern. Ich habe übrigens um Unterstützung seitens des CID nicht nur gebeten, weil es sich bei den Todesfällen um Strafrechtsbestände handelt, sondern auch, damit wir durch die Kollegen möglicherweise einen neuen Zugang zu den Ermittlungen bekommen.«

Dabei sah er Rebecca an.

»Wenn Sie und DS Armstrong nach Ende des Meetings bitte noch einen Moment bleiben würden, möchte ich Ihnen gern unsere geplante Vorgehensweise erläutern, DC Irvine.«

Rebecca nickte eifrig – das Jagdfieber hatte sie gepackt. Das brachte ihr Beruf mit sich.

13

Nach der Besprechung warteten Rebecca und Armstrong, bis die übrigen Teilnehmer den Raum verlassen hatten, und gingen dann nach vorn.

Warren kam um den Tisch herum und stellte sich vor sie, wobei er sich an der Tischkante abstützte.

»Nun wissen Sie, womit wir uns befassen«, sagte Warren an Rebecca gewandt. »Kenny kniet sich schon eine Weile lang in die Sache rein, glaubt aber nicht, dass wir zu irgendwelchen Ergebnissen kommen, solange wir uns nur auf unsere gewohnten Quellen stützen.«

»Ganz bestimmt nicht«, pflichtete ihm Armstrong bei.

Warren lächelte gütig wie ein Vater, der mit seinem leicht reizbaren Kind spricht. Rebecca überlegte, ob es Spannungen zwischen den beiden gab.

»Meiner Ansicht nach«, fuhr Warren fort, »müssen wir die Sache aus allen Perspektiven betrachten. Wir müssen jeden Stein umdrehen, wenn Sie wissen, was ich meine.«

Rebecca wollte vermeiden, sich auf die Seite einer der beiden zu schlagen. Es könnte die falsche sein.

»Was erwarten Sie von mir?«, fragte sie.

»Ich möchte, dass Sie sich von Kenny über die hiesige Drogenszene ins Bild setzen lassen – er soll Ihnen die Vertriebswege, die Hierarchien und so weiter erklären, damit Sie ein Gefühl dafür bekommen, womit wir es hier zu tun haben. Dann zeigt er Ihnen die Fundorte der ersten drei Leichen. Was halten Sie davon?«

»Geht in Ordnung.«

Warren verließ den Raum, und Rebecca folgte Armstrong zu dem Tisch, auf dem die Kaffeekanne stand. Sie nahm sich ein Stück Mürbegebäck und biss hinein.

»Sie mögen Ihren Chef wohl nicht besonders?«, fragte sie.

Armstrong sah sie von der Seite an.

»Als Vorgesetzter ist er ganz in Ordnung, aber er ist eben noch von der alten Schule. Ein harter Hund, was den Umgang mit Straftätern betrifft. Er sitzt bestimmt nicht auf diesem Posten, weil er Reformpolitik betreiben will.«

Rebecca war bisher davon ausgegangen, dass jemand sich um einen Posten wie den des Direktors der SCDEA nur bemühte, um fortan eine ruhige Kugel zu schieben. Die Stelle war ein Verwaltungsjob, aber doch nichts für einen Polizisten mit Leib und Seele.

»Und warum dann?«, fragte sie.

»Weil er etwas gegen den Mist unternehmen will, der überall im Land kursiert. Ich spreche von Drogen. Sie werden kaum einen Zweiten finden, der wie er durch und durch Polizist ist.«

»Wie kam es überhaupt zu dieser Task Force?«

»Ich habe DI Fraser, meinem Syndikatsleiter, signalisiert, dass wir nicht weiterkommen, und von da ging die Info ganz schnell in Richtung Spitze. Der Boss übernimmt gern selbst eine Funktion. Er schätzt es nicht, den ganzen Tag lang hinter dem Schreibtisch zu sitzen.«

»Und er hat sich auch den Namen einfallen lassen?«

»Er möchte die Leute glauben machen, dass alle großartigen Ideen von ihm stammen. Soll mir recht sein.«

Rebecca biss noch ein Stückchen von ihrem Keks ab und legte den Rest zurück auf den Teller. Eigentlich mochte sie Mürbegebäck, aber dieses Zeug war einfach nur billig und nicht besonders gut.

»Was ist mit Fraser?«, fragte sie. »Wie ist der so?«

Armstrong nahm ihren halb gegessenen Keks und steckte ihn sich in den Mund. Rebecca wusste nicht, was sie von seinem Verhalten halten sollte.

»Nun, *der* ist ein echter Politiker. Seine nächste Beförderung interessiert ihn mehr als alles andere.« Armstrong zerdrückte seinen Pappbecher, bevor er ihn in den Papierkorb warf. »Aber denken Sie sich nichts dabei. Ich bin heute nur so ungenießbar, weil ich seit ungefähr einer Woche nicht eine Nacht richtig durchgeschlafen habe und wir mit der Untersuchung trotzdem nicht einen einzigen Schritt weitergekommen sind. Und dann das Mädchen heute Morgen …«

Er beendete den Satz nicht.

»Normalerweise bin ich wirklich nicht so«, versicherte er ihr. Er versuchte zu lächeln, aber es wirkte nicht überzeugend.

Rebecca trug es niemandem nach, wenn er ungenießbar war – solange es einen guten Grund dafür gab. Und irgendwie mochte sie Armstrong auch – trotz seiner etwas unterentwickelten Teamfähigkeit.

»Wohin geht's jetzt?«, fragte sie.

»Wie wär's mit einer Tour durch meine Albträume?«

2. Teil: Soldaten

1

Denver, Colorado
Montagmorgen

Seth Raines ging in die Küche seines Apartments auf dem Capitol Hill, schenkte sich ein Glas Orangensaft ein und leerte es in einem Zug. Dann schaltete er die Kaffeemaschine ein, setzte sich an den Küchentisch und rieb sich den Schlaf aus den Augen. In seinem Kopf spukten noch die Bilder aus einem Traum herum, einem Traum von Krieg und Tod. Alle Details waren zu erkennen gewesen, die Geräusche hallten ihm noch im Ohr nach, und die Gerüche waren noch so präsent, als wäre alles erst gestern passiert.

Damals, in einem anderen Leben, war Raines in der Provinz Helmand in Afghanistan gewesen – als Oberfeldwebel der sich mit dem Beinamen *Charlie Company* schmückenden Dritten Kompanie der Ersten Aufklärungsdivision der US Marines. Dann war die simple Kontrollfahrt vor zwei Jahren gekommen, bei der er das Niederbrennen eines Mohnblumenfeldes überwachen sollte. Bevor sein Konvoi auf der Rückfahrt von dem Opiumfeld zum britischen Truppenlager vor der Stadt Lashkar Gah, einem Brigadehauptquartier des 42. Infanteriekommandos der Royal Marines in einen Hinterhalt geraten war.

In seinem Traum gab es nur kurze, bruchstückhafte Bildfetzen von diesem Tag – der klumpige Stumpf eines abgerissenen Beins, Blut, das in den Wüstensand sickerte. Doch nun, da er wieder wach war, kam seine Erinnerung daran wieder hoch und traf ihn wie ein Schlag.

Er saß neben einem seiner Männer – Private First Class *Matthew Horn. Sie schwitzten wie die Schweine in ihren Panzerwesten, während sie von dem befehlshabenden Offizier der britischen Marinebrigade ihre Anweisungen empfingen. Der Mann war ein britischer Soldat, wie man ihn sich vorstellte – tadellos sitzende Uniform, gepflegter Schnurrbart, tief sonnengebräunter Teint.*

Die Tür stand offen, sodass er in dem leichten Wind draußen einen Union Jack flattern sah. Am Fuße des Flaggenmastes standen zwei britische Marinesoldaten und bewachten die nunmehr eingeholten Stars and Stripes ihrer amerikanischen Kameraden. Er knuffte Horn in die Seite, damit der sich den draußen stattfindenden Flaggenwechsel ansah.

»Die meisten von euch werden den Lieutenant ja schon kennen«, sagte der britische Offizier gerade, während er auf eine noch ziemlich jung wirkende Frau deutete, die in der ersten Stuhlreihe des Raumes saß. »Sie ist heute unsere Repräsentantin für die zivil-militärische Zusammenarbeit und wird mithilfe unseres Dolmetschers mit der Abordnung der ANP kommunizieren.«

Wenn es etwas gab, was beiden Armeen gemeinsam war, dachte Raines, dann war es ihre Vorliebe für Akronyme mit drei Buchstaben.

ANP – Afghanische Nationalpolizei.

»Das ist eine Angelegenheit, die die Herzen und Gemüter der örtlichen Bevölkerung erregen wird«, fuhr der Offizier fort. »Die ANP wird in aller Öffentlichkeit eine Opiumplantage niederbrennen, und unsere Aufgabe wird es sein, dafür zu sorgen, dass währenddessen nichts Unvorhergesehenes passiert.«

Die Briten waren gut darin – in Angelegenheiten, die Herzen und Gemüter erregten. Während des Nordirlandkonflikts hatten sie ja auch reichlich Zeit zum Üben gehabt.

»Außerdem haben wir heute zwei Kameraden von der US-Marine unter uns. Sergeant Raines und seinen Rekruten PFC Horn.«

Zwölf Soldaten hatten sich in dem Raum eingefunden, um den Auftrag auszuführen. Er und Horn waren die einzigen Amerikaner unter ihnen. Die Engländer drehten sich nach ihnen um, und er nickte zur Begrüßung.

Raines wusste sehr wohl, was für einen ersten Eindruck er bei anderen hinterließ. Auf beiden Seiten seiner Schultern trug er identische Tätowierungen im Maori-Stil – geschwungene, spiralförmige Muster mit spitz zulaufenden Enden –, die sich bis zu seinem Hals hochzogen und sogar dann noch zu sehen waren, wenn er seine Panzerweste anhatte. Sein Haar trug er so kurz geschnitten, dass es eigentlich nur aus weichen Stoppeln bestand, und seine Augen waren so dunkel, dass sie sogar aus der Nähe betrachtet schwarz wirkten.

Neben ihm sah Horn mit seinem kahl geschorenen Blondschädel und seinem rotwangigen Gesicht wie ein Chorknabe aus.

»Sie fahren im vordersten Wagen mit«, fuhr der britische Kommandant fort, »und begleiten den Lieutenant und Corporal Johnson von der Royal Military Police. Weiß jeder, was er zu tun hat? – Gut, dann brechen wir auf. Es wird heute verflucht heiß werden; je schneller wir das hinter uns bringen, desto besser.«

Er und Horn erhoben sich, nahmen ihre Helme und ihre MPs und traten in die Hitze hinaus, die ihnen schon entgegenschlug, als sie sich der offenen Tür näherten.

Draußen erblickten sie die drei Landrover, die ihnen bei dieser Operation als Transportmittel dienen sollten; zwei leicht bewaffnete Kommandowagen und ein WMIK – eine mit voller Kriegsbewaffnung ausgerüstete Variante des Fahrzeugs. Auf dem Dach von Letzterem war ein Kaliber-.50-Maschinengewehr montiert.

»Ihr Jungs seid heute für die Aufgabe abkommandiert?«

Raines und Horn wandten sich um und sahen den weiblichen Lieutenant von hinten auf sie zukommen. Die Frau trug den regulären Wüstendrillich in Tarnfarben, Panzerweste und Helm. In ihrem Holster steckte ihre Dienstwaffe, aber sie besaß keine MP. Unter ihrem Helm hingen lose Strähnen ihres dunklen Haares hervor.

»Jawohl, Ma'am«, sagte Raines. »Wir sind gern dabei.«

»Gut. Wie lange müsst ihr noch?«

»Ende des Monats sind wir fertig. Dann waren wir ein Jahr hier.«

»Ihr Glückspilze. Ich bin gerade erst angekommen.«

»Es geht schnell vorbei«, tröstete er sie.

»Wollen wir's hoffen.«

Sie ging ihnen voraus zum ersten Wagen. Raines warf einen Seitenblick auf Horn und stellte fest, dass sein junger Rekrut die Augen nicht von dem weiblichen Lieutenant lassen konnte. Als Horn merkte, dass sein Kamerad ihn ertappt hatte, setzte er eine schuldbewusste Miene auf.

»Sie scheint nett zu sein, was?«, sagte Raines.

»Ja, Sergeant. Das stimmt.«

Für Matt Horn ging es immer so aus – egal ob im Traum oder in der Erinnerung.

Er zwang sich, an etwas anderes zu denken. Strich sich mit der Hand über die wulstige Narbe der Schusswunde an seinem Schienbein und beobachtete, wie in der Kaffeemaschine der Kaffee in die Kanne zu tröpfeln begann.

Sein Apartment war spartanisch eingerichtet: ein einfacher Tisch mit zwei Stühlen in der Küche, Sofa und Fernseher im Wohnzimmer, ein Bett mit einem Nachttisch daneben im Schlafzimmer. Er betrachtete die Wohnung nicht als sein Zuhause. Es war ein Ort, an dem er lebte – mehr nicht. Die Einrichtung hatte er nach und nach gebraucht gekauft – hauptsächlich über Zeitungsannoncen und Aushänge in den Läden der Umgebung. Er konnte alles jederzeit zurücklassen und würde ihm keine Träne nachweinen.

Das Apartment war perfekt auf seine Bedürfnisse zugeschnitten: eine Ein-Zimmer-Wohnung mit Bad in einem viktorianischen Backstein-Gebäude. Für die anderen Hausbewohner war er der schweigsame, etwas bedrohlich wirkende Typ mit den Tätowierungen, der allein lebte und mit niemandem etwas zu tun haben wollte. Er grüßte zwar immer, wenn ihm jemand begegnete, und lachelte auch dabei, kannte aber nicht einen seiner Nachbarn beim Namen. Aber das war ihm nur recht. Niemand lud ihn zu einer Party ein oder sprach ihn an, um sich mit ihm über Fußball, die Arbeit oder sonst was zu unterhalten.

Er hätte nie von sich behauptet, irgendwo *zu Hause* zu sein. Das war er weder in seiner Wohnung noch in der Hütte in den Bergen außerhalb der Stadt. Dort am allerwenigsten.

Als das Telefon läutete, ging er zum Küchentresen, um das Gespräch anzunehmen.

»Ich bin's«, sagte eine männliche Stimme.

»Ja?«

»Hast du's gehört?«

»Nein.«

»Stark hat gestern die Maschine bestiegen.«

Raines schwieg und kratzte sich mit den Fingernägeln seine Bartstoppeln.

»Die Maschine, die abgeschmiert ist«, sagte die Stimme.

»Bist du dir ganz sicher? Hast du *gesehen,* wie er eingestiegen ist?«

»Er war auf jeden Fall an Bord, hat aber nicht den Namen Stark benutzt. Das Ticket war auf John Reece ausgestellt.«

Raines lauschte dem Zischen und Gluckern der Kaffeemaschine.

»Damit hat sich das dann wohl erledigt«, sagte er.

Er legte auf, trat ans Fenster und verstellte die Lamellen der Jalousie. Sonnenlicht drang durch die schmalen Schlitze.

Er fühlte sich wie betäubt. Aber eigentlich hatte er sich nie anders gefühlt, seit er aus dem Krieg zurückgekommen war.

2

Raines fuhr in die Innenstadt. Er warf einen Blick auf das Schild, das ihn in »LoDo«, in *Lower Downtown,* willkommen hieß. Er passierte umgebaute viktorianische Lagerhäuser, die jetzt Bars und Läden beherbergten, und parkte seinen Pick-up vor einem Speiselokal an der Ecke Seventeenth und Market Street.

Er betrat das Lokal und erklärte der Bedienung, er erwarte noch jemanden, würde sich aber gern schon einmal setzen. Die Frau schnappte sich zwei Speisekarten und führte ihn zu einem Tisch direkt neben der kahlen Ziegelwand. Das Lokal war ganz nett, wenn auch nichts Besonderes – anonym eben.

Und Anonymität gefiel ihm.

Als er einen pochenden Schmerz im Bein verspürte, rieb er durch den Stoff seiner Jeans hindurch über die Narbe.

Von seinem Platz aus konnte er das Treiben auf der Straße beobachten; das Sonnenlicht wurde von dem Schaufensterglas der Läden auf der gegenüberliegenden Seite reflektiert. Wieder musste er an die glühende Hitze an jenem Tag in Lashkar Gah denken, an die Ofenglut im Innenraum des Landrover, mit dem sie zu dem Mohnfeld gefahren waren.

Er und Horn warteten mit dem weiblichen Lieutenant und dem Corporal der Royal Military Police an der hinteren Tür des Landrover. Aus der Gruppe der übrigen britischen Soldaten lösten sich zwei Rekruten und schlossen die Hecktür auf, bevor sie nach vorn zum Führerhaus gingen.

Der Corporal wirkte kaum älter als Horn mit seinen dreiundzwanzig Jahren. Raines konnte es immer noch nicht begreifen, dass Horn sein Collegestudium der Chemie und der Physik aufgegeben hatte, um zur Armee und nach Afghanistan zu gehen. Genauso wenig, wie dass er sich seine zottelige Studentenfrisur zu einem militärisch korrekten Kurzhaarschnitt hatte zurechtscheren lassen. Raines selbst hatte hier seinen vierzigsten Geburtstag gefeiert und war sich zum ersten Mal während seiner gesamten militärischen Laufbahn so vorgekommen, als würde er langsam alt.

Der weibliche Lieutenant gab ihm und Horn ein Zeichen, hinten in den Landrover einzusteigen. Entlang der Seitenwände des Laderaums waren zwei Sitzbänke angebracht, auf denen sie hinter der Fahrerkabine einander gegenüber Platz nahmen. Während sie es sich in dem engen, stickig heißen Raum noch bequem zu machen versuchten, mussten sie sich schon der Fliegen erwehren, die von draußen hereingeschwirrt kamen. Als Horn sich mit dem Ärmelaufschlag über das Gesicht wischte, blieben fettige Schweißflecken auf seiner Uniform zurück.

»Himmel, ist das eine Hitze«, beklagte sich der britische Corporal, als er zustieg und sich neben Horn setzte.

Der weibliche Lieutenant nahm ihm gegenüber Platz und zog die Tür hinter sich zu. »Schon«, bestätigte Horn, »aber warten Sie mal den nächsten Monat ab. Dann werden Sie einen richtigen Grund haben, sich zu beschweren.«

Der Corporal blickte Horn an, als hätte der etwas Unanständiges über seine Mutter gesagt, fing sich jedoch schnell wieder und machte einen Versuch zu lächeln, der aber wenig überzeugend ausfiel.

Raines kannte die Sorte: Viel zu hoher Testosteronspiegel und ständig auf eine Prügelei aus. Schon die harmloseste Bemerkung oder ein falscher Blick konnte solche Typen binnen Sekunden auf die Palme bringen. Er kannte die Sorte, weil er früher selbst einer von ihr gewesen war.

»Wie heißen Sie, mein Junge?«, fragte Raines.

»Andy Johnson, Sarge.«

Der weibliche Lieutenant beugte sich zur Fahrerkabine vor. »Setzen wir uns in Bewegung, Gentlemen!«, rief sie laut, um das Geräusch des gerade angeworfenen Dieselmotors zu übertönen.

»Jawohl, Ma'am«, sagte der Fahrer.

»Haltet eure Mützen fest«, kommentierte Raines. »Jetzt geht's los ins Land der Banditen.«

Ein stämmiger Mann mit militärisch anmutendem Kurzhaarschnitt betrat das Lokal, setzte sich zu Raines an den Tisch und legte seine Zeitung darauf ab; dann winkte er die Bedienung zu sich und bestellte einen Kaffee.

»Einen Penny für Ihre Gedanken«, sagte er.

Raines schwieg; er wartete, bis die Bedienung den Kaffee gebracht hatte und wieder gegangen war. Er musste an Matt Horn denken, daran, dass alles so unglücklich verlaufen war.

»Wie war's gestern Abend?«, wollte der Mann wissen.

Raines legte die Hand auf die Zeitung und drehte sie dann um, damit der andere die Schlagzeile über den Flugzeugabsturz lesen konnte. Raines tippte mit dem Finger auf das Foto unter der Schlagzeile. »Er war da drin«, sagte er. »Stark, meine ich.«

»Damit ist es trotzdem nicht ausgestanden. Das wissen Sie doch wohl, oder?«

»Selbstverständlich weiß ich das.«

»Was machen wir jetzt?«

»Nichts. Alles läuft weiter wie gehabt. Morgen habe ich eine Unterredung mit dem … Investor.«

Der Mann sah ihn eine Weile lang an, bevor er sich auf seinem Stuhl zurücklehnte. »Wenn Sie wollen, werde ich mitspielen. So wie alle anderen. Aber riskant ist es doch.«

Raines gab ein verächtliches Schnauben von sich. »Als ob bisher alles ein Kinderspiel gewesen wäre.«

Der andere hielt die Hände in die Höhe. »Ich wollte es ja nur gesagt haben.«

Das erinnerte Raines an einen anderen Mann, den er genau diese Geste hatte vollführen sehen, doch unter wahrlich anderen Umständen. Der Mann war ein britischer Militärarzt in dem Feldlazarett ihres Lagers in Afghanistan, seine Hände waren voller Blut gewesen, dem Blut von Matt Horn. Er hatte die Hände in die Höhe gehalten, als wüsste er keinen Rat mehr, als würde er Horn aufgeben. Raines hielt nicht viel davon, vorschnell den Mut zu verlieren, was er diesem Knochenflicker unmissverständlich klargemacht hatte.

Er sah über den Tisch hinweg sein Gegenüber an.

»Wir können jetzt nicht aufgeben«, sagte er. »Und ich möchte es auch nicht. Ich bin's Horn schuldig. Wir alle sind es.«

Die Bedienung kam wieder an ihren Tisch, und beide bestellten ein Frühstück. Raines konnte den Blick nicht von dem Foto des abgestürzten Flugzeugs auf der Titelseite der Zeitung lassen.

Jetzt werden sie mir erst recht auf die Pelle rücken, dachte er.

Und wenn schon. Sollen sie doch kommen.

3. Teil: Geheimnisse

1

Alle schwiegen.

Cahill hatte wiederholt versucht noch einmal Scott Boston beim Secret Service in Washington anzurufen, war jedoch nicht zu ihm durchgestellt worden. Sein ehemaliger Chef ließ sich jedes Mal verleugnen.

Hardy war es mit seinen Verbindungsleuten nicht besser ergangen. Nachdem man sich bereits am Morgen nicht gerade gesprächsbereit gezeigt hatte, war die Situation am Nachmittag nur noch schlimmer geworden. Plötzlich wollte überhaupt niemand mehr den Mund aufmachen. Es war, als hätte eine Fernlenkwaffe sämtliche Kommunikationskanäle zum Einsturz gebracht. Über Tim Stark redete man nicht. Dafür war gründlich gesorgt worden.

Hardy hatte sogar ihre Kontakte zur britischen Regierung genutzt, um etwas herauszubekommen. Mit dem gleichen Ergebnis.

Um halb fünf erklärte Cahill, einen Spaziergang unternehmen zu wollen, um einen klaren Kopf zu bekommen. Wortlos ließ Hardy ihn gehen. Er wusste, dass es nichts gab, was Cahill beruhigen konnte.

Cahill saß auf einem Barhocker am Fenster eines Cafés an der Buchanan Street. Ein Jugendlicher ging vorbei. Er nickte mit dem Kopf im Takt zu der Musik, die auf seinem iPod lief, und bekam nichts von dem mit, was um ihn herum passierte. Er hatte langes Haar und trug ein uraltes AC/DC-T-Shirt, das für die 1984 stattgefundene Tour der Band warb. Der

Junge war längst nicht alt genug, um dabei gewesen zu sein, wahrscheinlich hatte er das Shirt bei eBay ersteigert. Cahill musste unwillkürlich an Bruce denken, den hauseigenen »guten« Hacker und IT-Experten von CPO Security. Bruce besaß eine erstaunliche Sammlung von Rockband-T-Shirts mit deren Tourneedaten, die er allesamt bei einem Konzert der jeweiligen Tour gekauft hatte. Cahill konnte sich nicht erinnern, wann Bruce zuletzt in etwas anderem als einem solchen Band-T-Shirt zur Arbeit erschienen war.

»Ja?«, meldete sich Bruce, als Cahill ihn anrief.

»Ich bin's.«

»Was kann ich für dich tun, Boss?«

»Kannst du für mich mal die Namen Tim Stark und John Reece überprüfen?«

»Klar. Aber meinst du nicht, dass die inzwischen auf irgendeiner roten Liste stehen und wir uns verdächtig machen, wenn wir uns für sie interessieren?«

»Die stehen garantiert auf einer roten Liste.«

»Aber …«

»Ich will, dass wir uns verdächtig machen.«

»Kapiert.«

Bruce schwieg einen Augenblick.

»Soll ich mich auch in, nun, offizielle Seiten einloggen?«, fragte er schließlich.

»Nein.«

»Okay. Wann brauchst du alles?«

»Ich bin in zehn Minuten wieder im Büro.«

»Ich mach mich dran.«

Mit »offizielle Seiten« meinte Bruce interne Seiten von Strafverfolgungsbehörden, die nicht für die Öffentlichkeit vorgesehen waren und zu denen man sich nur durch Hacken Zugang verschaffen konnte. Davon ließ Cahill lieber die Finger. Die

Firewalls und sonstigen Sicherheitssysteme dieser Seiten waren gut, und obwohl Bruce besser war, bestand trotzdem ein hohes Risiko, dabei erwischt zu werden. Schon allein der Aufenthalt auf einer solchen Seite stellte ein schweres Vergehen dar.

Manchmal führte zwar kein Weg daran vorbei, doch in diesem speziellen Fall entschied Cahill, dass es reichen musste, *legale* Methoden anzuwenden.

Er ging zurück in die Firma und schnurstracks zu Bruce' Büro.

ZZ Top prangten auf dessen T-Shirt des Tages.

»Das ist wenigstens noch hausgemachte Mucke«, sagte Cahill und zeigte auf das Shirt.

Bruce schwoll vor Stolz die Brust. »Die beste Live-Band, die ich je erlebt habe.«

Er begann Luftgitarre zu spielen und machte dabei Geräusche, aus denen man mit etwas gutem Willen die Andeutung eines Gitarrenriffs von ZZ Top heraushören konnte. Jedenfalls meinte Cahill, ein solches zu erkennen, obwohl er eigentlich kein besonders großer Fan der Gruppe war.

»›La Grange‹?«, fragte er.

Bruce hörte auf, mit seinen Armen durch die Luft zu wirbeln. »Du sagst es, Boss.«

Cahill nickte nur. »Was gefunden?«

Bruce wandte sich einem der fünf Monitore in seinem Büro zu und tippte bedeutungsvoll mit dem Zeigefinger darauf. In einem amerikanischen Nachrichtenarchiv war er auf einen Bericht über eine bereits mehrere Jahre zurückliegende Ermittlung des FBI gestoßen. Stark wurde darin als einer der beteiligten Agenten erwähnt.

»Na schön«, sagte Cahill. »Und warum zeigst du mir das?«

»Weil das alles ist, was ich über den Kerl finden kann«, sagte Bruce und strich sich eine Haarsträhne hinter die Ohren.

»Was willst du damit sagen?«

»Archive. Alter Kram. Nichts Aktuelles. Normalerweise stoße ich auch bei der simpelsten Google-Suche auf etwas, aber zu ihm gibt's nicht mehr – es sei denn, dein Mann ist ein Lehrer aus Manchester, der auf seiner Facebook-Seite die Vorzüge des Sklavereisystems preist.«

Cahill schwieg.

»Das ist alles, was ich gefunden habe«, wiederholte Bruce noch einmal. »Mit dem Namen gibt's noch ein paar Spinner und ansonsten nur ganz normale Leute.«

»Und was sagt dir das?«

»Dass sich in jüngster Zeit jemand bemüht haben muss, die Aktivitäten deines Freundes zu vertuschen. Gesetzeshüter tauchen normalerweise immer irgendwo auf.«

Cahill sah sich in dem Raum um. Bruce' Büro war überraschend aufgeräumt und organisiert. Seinem Äußeren nach hielten die meisten Leute ihn für einen Chaoten und gingen davon aus, dass sein Arbeitsplatz mit McDonald's-Verpackungen und leeren Coladosen vollgemüllt war.

Doch nichts dergleichen.

»Möchtest du, dass ich mir jetzt ein paar offizielle Seiten ansehe?«, fragte Bruce.

»Nein, vielen Dank.«

Cahill ging in sein eigenes Büro und ließ sich in seinen Schreibtischsessel fallen. Er starrte den Papierkram an, der vor ihm lag, konnte sich aber nicht konzentrieren. Er wusste, dass seine hervorstechendste Eigenschaft gleichzeitig seine größte Stärke und seine größte Schwäche war – es war seine Unfähigkeit, von einer Sache, in die er sich einmal verbissen hatte, wieder abzulassen.

Jetzt hatte er sich in den Fall Tim Stark verbissen.

2

Es war schon nach sechs, als Rebecca Irvine und Kenny Armstrong ins Polizeioberkommissariat in der Pitt Street zurückkehrten. Die rasch untergehende Sonne färbte den Himmel orangerot. Über ihnen schaltete sich eine Straßenlaterne summend mal ein, dann wieder aus.

Sie hatten sich die vorherigen drei Leichenfundorte angesehen und auch einen Rundgang durch die verschiedenen Gegenden unternommen, in denen der Drogenhandel überhandzunehmen drohte. Nur zur Mittagszeit hatten sie sich eine kurze Pause und ein Sandwich gegönnt.

Dabei hatte Rebecca gemerkt, wie sehr sich die Dinge verändert hatten, seit sie selbst noch in Uniform auf Streife gewesen war. Ungefähr alle fünf Jahre schien es zu einem Machtwechsel zu kommen, wenn neue Dealer oder Banden die Vorherrschaft in einem bestimmten Bezirk übernahmen.

Auf ihrem Schreibtisch fand sie die Nachricht, dass ein Streifenbeamter angerufen und das am Flussufer gefundene Mädchen als Joanna Lewski – *Leff-ski* ausgesprochen – identifiziert hatte, eine polnische Einwanderin, die als Prostituierte polizeibekannt war. Sie zeigte Armstrong den Zettel.

»Das ist einer der zwei uniformierten Beamten, die das Mädchen heute früh gefunden haben«, sagte er, als er den Namen auf der Nachricht las. »Ich werde für morgen ein Treffen mit ihnen arrangieren, damit wir auch einen genauen Bericht bekommen.«

Rebecca nickte zustimmend. »Haben Sie irgendeine Verbindung zwischen den Opfern feststellen können?«, fragte sie.

Armstrong hatte sich ihr gegenüber an den Schreibtisch gesetzt. Die meisten Beamten waren bereits nach Hause gegangen, die Büros waren beinahe leer. Rebecca sah zwar, dass im Büro von Liam Moore noch Licht brannte, aber ihr Vorgesetzter war nirgendwo zu entdecken.

So wie immer nach sechs Uhr abends.

Armstrong streckte sich in seinem Sessel.

»Nein, bis auf die Tatsache, dass sie allesamt an einer Überdosis derselben Droge gestorben sind. Warum?«

Rebecca schlug die Akte des dritten Opfers auf und entnahm ihr einen Satz Fotos. Das erste zeigte einen jungen Mann, der zusammengerollt auf einer Matratze auf einem Fußboden lag. Seine Haut war fahl, seine Lippen waren bläulich angelaufen. Bis auf die Unterlage auf dem Boden enthielt der Raum, in dem er gestorben war, keinerlei Einrichtungsgegenstände. Die Matratze war voller Flecken, und an einigen Stellen konnte man erkennen, dass die Sprungfedern bereits nachgegeben hatten.

»Es ist vermutlich bloß mein Kriminalistenhirn, das Überstunden macht«, sagte sie, »aber haben Sie mal in Erwägung gezogen, dass das alles keine zufälligen Todesfälle sein könnten?«

Armstrong beugte sich vor und stützte seine Unterarme auf den Schreibtisch. »Sie meinen, dass man es gezielt auf die Opfer abgesehen hatte und sie nicht bloß das Pech hatten, verschnittenen Stoff zu erwischen?«

»Nur so ein Gedanke.«

Er kratzte sich am Kinn.

»Ich kann ja verstehen, dass Ihre Abteilung mit dem Blickwinkel der Drogenfahndung an diese Fälle herangeht«, sagte Rebecca. »Und sich Ihr Augenmerk auf Dealer und Verteiler und so weiter richtet. Aber vielleicht steckt doch etwas anderes dahinter. Vielleicht haben die Morde etwas mit der Person der Opfer zu tun.«

»Was bedeuten würde, dass wir es hier mit einem Serienmörder zu tun haben?«

Sie zog die Augenbrauen in die Höhe. »Ja, genau das.«

»Wenn Sie mit der Theorie hausieren gehen, bekommen die Fälle eine ganz neue Dimension. Das dürfte Warren nicht gefallen.«

»Wieso?«

»Nun, zunächst einmal würde ihm dann der Fall entzogen werden, und das CID würde übernehmen. Aber Warren liebt nichts so sehr, wie einen großen Fall zu lösen. Ist übrigens sehr hilfreich, wenn er mehr Budget für uns einfordert. Dann jedoch würde er wie ein Idiot dastehen, weil er nicht selbst auf den Gedanken gekommen ist. Vier Todesfälle bringen eine Menge Erklärungsbedarf mit sich.«

»Das sehe ich auch so …« Sie blätterte in den Akten, verglich die Fundorte der Leichen und suchte nach möglichen Übereinstimmungen. Sämtliche vier Toten waren innerhalb eines Radius von fünf Meilen gefunden worden, aber das hatte nicht viel zu bedeuten. Glasgow war keine große Stadt, und Drogenabhängige fand man hauptsächlich in heruntergekommenen Sozialwohnungen, die sich naturgemäß in bestimmten Vierteln häuften. Also war nichts Auffälliges daran, dass sich die Toten in einer überschaubaren Gegend ballten.

Armstrong sah Rebecca schweigend zu, ließ sie in Ruhe alles durchgehen.

Soweit sie feststellen konnte, war keines der Opfer in irgendeiner Weise mit einem anderen verwandt, und keinem konnte die Zugehörigkeit zu einer Gruppe nachgewiesen werden.

Die Toten waren zwei Männer: einer einunddreißig Jahre alt, der andere dreiundzwanzig.

Eine Frau von vierundzwanzig Jahren.

Und das Mädchen von heute Morgen – Joanna. Rebecca widerstrebte es, von ihr als *Frau* zu denken.

Sie war noch so jung gewesen.

Rebecca schlug die Akten zu und unterdrückte ein Gähnen.

»Sie sollten jetzt nach Hause gehen«, sagte Armstrong. »Sie haben sich innerhalb eines einzigen Tages von allem ein Bild gemacht. Das reicht. Und morgen haben wir auch noch jede Menge zu tun.«

»Aber ich möchte darauf vorbereitet sein.«

»Das sind Sie doch. Was meinen Sie denn, heute noch tun zu müssen?«

»Ich habe einfach nur das Gefühl, dass wir noch etwas unternehmen sollten.«

»Wir sind beide erschöpft, und in diesem Zustand kann man nicht sein Bestes geben. Außerdem dachte ich, dass Sie vielleicht auch mal nach Hause wollen.«

»Das möchte ich auch. Es ist nur …«

»Ja?«

Wie weit sollte sie sich diesem Mann anvertrauen?

»Ich bin vor nicht allzu langer Zeit geschieden worden«, sagte sie. »Letztes Jahr. Aber das war nicht alles. Ein Freund von mir ist ermordet worden.«

Armstrong zog die Stirn in Falten.

»Es war eine schwere Zeit für mich, und ich habe kaum arbeiten können. Mein Chef war allerdings sehr verständnisvoll.«

»Und jetzt wollen Sie das Versäumte nachholen. Ist es das?«

»Kann sein. Ich weiß nur, dass ich mich seit meiner Rückkehr in den Dienst mit dem üblichen Mist herumgeschlagen habe, den diese Stadt jeden Tag so aufwirbelt – Überfälle, Schlägereien und so. Und bei dem einen Mord, der auf meinem Schreibtisch liegt, stecke ich in einer Sackgasse.«

»Ich kann das nachvollziehen«, sagte Armstrong. »Das Gefühl haben wir alle mal. Aber Sie sind einfach nur müde. Entspannen Sie sich, und morgen fangen wir dann wieder mit frischen Kräften an.«

Rebecca seufzte. »Sie haben recht«, sagte sie, ohne ihn dabei anzusehen.

»Ich brauche auch eine Mütze Schlaf, eine Dusche und eine Rasur, und dann bin ich wieder wie neu.« Er streckte sein Kinn vor.

»Erst muss ich noch einen Anruf erledigen«, sagte sie.

Sie stapelte die Akten aufeinander, während Armstrong auf den Flur hinausging, damit sie in Ruhe telefonieren konnte.

Rebecca rief Logan an, sagte ihm, dass es später werden würde, und bat ihn, Connor von seiner Tagesmutter abzuholen. »Klar«, sagte er.

»War das Ihr Mann?«, fragte Armstrong, als er wieder in den Raum trat.

»Nein.«

»Aber Sie haben doch ein Kind?«

Ihr war jetzt nicht danach, mit Armstrong über ihr Privatleben plaudern zu müssen. Nicht nach allem, was sie heute erlebt hatte.

»Seien Sie mir nicht böse, Kenny, aber können wir das Gespräch nicht auf ein andermal vertagen?«

Er sah sie an, legte den Kopf auf die Seite und nickte dann. »Natürlich.«

»Es hat nichts mit Ihnen zu tun.«

»Machen Sie sich keine Gedanken.« Er zog seine Jacke an. »Kommen Sie, ich fahre Sie.«

Rebecca warf einen Blick auf den Stapel neuer Akten auf ihrem Schreibtisch.

Vier weitere Todesfälle. Würde das denn nie aufhören?

3

Logan lehnte sich an den Rahmen seiner Wohnungstür und wartete auf Rebecca. Sie lächelte, kuschelte sich dankbar in seine Umarmung und sog tief seinen Duft ein. Irgendwo in der Wohnung spielte Logans Tochter Ellie Klavier.

Als sie gemeinsam in den Flur traten, fragte Logan sie, wie ihr Tag gewesen sei.

»In ungefähr gleichem Maße deprimierend und belebend.«

Sie folgte ihm ins Wohnzimmer.

»Ellie!«, rief er und wandte sich wieder in den Flur. »Lass es genug sein für heute, ja?« Das Klavier klimperte noch ein paar Sekunden lang weiter und verstummte dann.

Rebecca betrat das Wohnzimmer, in dem Connor schlafend auf der Couch lag. Sein Haar war verwuschelt, sein Shirt war ihm halb über den Rücken gerutscht. Der Fernseher lief, aber der Ton war abgedreht.

»Wie war er?«, fragte sie.

»Lieb wie immer. Er ist Ellie den ganzen Tag wie ein kleiner Hund gefolgt. Ich glaube, insgeheim genießt sie seine Aufmerksamkeit.«

Rebecca beugte sich über Connor, schob ihm das Haar aus dem Gesicht und küsste ihn zärtlich auf die Stirn. Er hob eine Hand und bewegte sie suchend über der Stelle, an der sie ihn geküsst hatte. Rebecca spürte eine Woge von Glück in sich aufwallen, schluckte sie aber wieder hinunter.

Logan hatte sich ans Fenster gelehnt und beobachtete sie. »Möchtest du zu dir nach Hause?«, fragte er.

Rebecca war todmüde, wollte aber in ihre eigene Wohnung, nachdem sie das ganze Wochenende bei Logan verbracht hatte. So gern sie auch bei ihm war – noch war sie nicht so weit, wieder mit einem Mann zusammenzuleben. Noch nicht.

Sie nickte, setzte sich neben Connor und legte ihm eine Hand auf das Bein.

»War ein harter Tag?«, fragte Logan.

»Ja. Nicht nur, dass schon ein ungelöster Mord auf dem Schreibtisch liegt, jetzt bin ich auch noch bei einer Drogenermittlung hinzugezogen worden. Ein junges Mädchen wurde heute aus dem Fluss gefischt.«

Er streckte den Arm aus und schob ihr eine Haarlocke hinters Ohr.

»Und wie war's bei *dir?«,* fragte sie.

Er erzählte ihr von dem Flugzeugabsturz und dass Cahill davon redete, nach Amerika zu fliegen, um dort auf den Tisch zu hauen.

»Typisch Alex.« Sie musste grinsen.

Ellie kam zu ihnen, blieb aber an der Tür stehen. Rebecca lächelte ihr zu und erntete im Gegenzug ebenfalls ein Lächeln. Die Beziehung zwischen ihr und Logans Tochter war noch im Wachsen begriffen, sodass Rebecca sie zu nichts drängen, ihr Raum lassen wollte.

»Du wirst immer besser«, sagte sie zu ihr. »Dein Klavierspiel, meine ich.«

»Meine Lehrerin meint, ich soll mir überlegen, ob ich nicht auf eine Musikschule will. Aber ich weiß noch nicht.«

»Hört sich für mich nach einem guten Vorschlag an.«

Logan warf einen Blick auf seine Gitarre, die neben dem Fenster auf einem Gestell stand. Er kam kaum noch dazu, darauf zu spielen.

Gemeinsam fuhren sie zu Rebeccas Haus. Logan trug Connor hinein, während Ellie im Auto wartete. Als Connor im Bett lag, nahm Logan Rebecca in den Arm, versicherte ihr, dass sie sich bald wiedersehen würden, und gab ihr einen Gutenachtkuss.

Nachdem sie ein heißes Bad genommen hatte, schenkte Rebecca sich ein Glas Rotwein ein und legte sich im Wohnzimmer auf ihr Sofa, um noch einmal die Notizen vom vergangenen Tag durchzugehen. Sie konnte keinerlei Verbindungen zwischen den vier Opfern entdecken und kam sich dumm vor, weil sie die Möglichkeit Armstrong gegenüber erwähnt hatte.

Dann wurden ihr die Augenlider schwer; sie schaltete die Lichter aus und ging zu Bett. Als sie sich hingelegt hatte, drehte sie sich auf die Seite und legte eine Hand auf den freien Platz neben sich. Sie hoffte, dort noch etwas von Logans Wärme zu spüren, aber dort war nichts als Kälte.

4

Um Mitternacht saß Cahill zu Hause noch in seinem Arbeitszimmer. Er wollte auf einem Laptop seine E-Mails durchgehen, konnte sie aber nicht aufrufen. Irgendetwas funktionierte nicht. Schließlich gab er auf, klappte das Gerät zu, lehnte sich in seinem Sessel zurück und verschränkte die Arme hinter dem Kopf.

Samantha kam herein und setzte sich auf die Couch.

»Das nützt doch jetzt auch nichts mehr, Alex. Du siehst aus, als könntest du eine Mütze Schlaf gebrauchen.«

»Danke, Schatz. Du siehst auch großartig aus.« Er grinste.

»Du weißt ganz genau, was ich meine.«

Sie stand auf, stellte sich hinter ihren Mann, gab ihm einen Kuss auf den Kopf und begann seinen Nacken zu massieren. Er stöhnte genussvoll auf und beugte sich vor.

»Du wirst auch nicht jünger. Solltest du die Rolle des Superhelden nicht langsam deinen jüngeren Kollegen überlassen?«

»Die Kunden wollen nicht die Firma, Sam. Sie wollen mich. Und Tom.«

»Trotzdem wäre es gut, wenn du den aufreibenden Teil der Arbeit mal den Jüngeren überlassen würdest. Wer soll sich denn ums Geschäft kümmern, wenn du nicht mehr da bist?«

Er hob die Arme, griff nach ihren Händen und drückte sie zärtlich.

Das Telefon läutete. Cahill nahm ab und meldete sich mit seinem Namen.

»Scott Boston hier, Alex.«

Cahill setzte sich kerzengerade auf.

»Scott. Endlich.«

»Ich wollte nur mal hören … ob du mit Tim Stark weitergekommen bist? Die Sache da … mit dem Flugzeug. Du weißt schon?«

Boston hörte sich längst nicht so selbstbewusst an wie sonst. Er wirkte zögerlich und sprach abgehackt.

»Ich arbeite noch daran.«

Cahill wollte nicht zu viel verraten. Susan Jones hatte Kopf und Kragen riskiert, um sie mit den wenigen Information zu versorgen, zu denen sie Zugang hatte. Es wäre nicht fair, sie jetzt reinzureiten.

»Gibt's was … was ich für dich tun kann?«

Sam ließ ihn los und zeigte zur Decke. Sie würde ins Bett gehen. Er nickte.

»Ich weiß nicht, Scott. Als wir zuletzt gesprochen haben, hast du mich ziemlich schnell abgewürgt. Und seitdem hast du dich verleugnen lassen, wenn ich dich angerufen habe.«

Boston lachte. Es klang gekünstelt.

»Tut mir leid«, sagte er. »Das kam alles sehr überraschend für mich. Das mit Tim und dem Absturz und so.«

»Natürlich«, sagte Cahill. Er wartete darauf, dass Boston endlich auf den Grund seines Anrufs zu sprechen kam.

»Ich musste erst ein paar Sachen klären.«

»Und was hast du jetzt auf dem Herzen?«

»Du würdest mir einen großen Gefallen tun, wenn du dich nicht mehr um den Absturz kümmern würdest. Deine Fragerei macht nicht wenigen Leuten das Leben schwer.«

»Inwiefern?«

Boston seufzte.

»Du hast dich überhaupt nicht verändert, Alex. Du wusstest noch nie, wann man besser die Finger von einer Sache lässt.«

»Das liegt nicht in meiner Natur, Scott. Was ich sagen will – ich mag's nicht, wenn man mir Bockmist auftischt. Vor allem nicht, wenn das Leute tun, die ich für meine Freunde gehalten habe.«

»Jetzt hast du's mir aber dicke gegeben.«

»Ja, und zwar verdienterweise. Warum fangen wir nicht von vorn an, und du sagst mir, was wirklich los ist?«

»Dräng mich nicht.«

Cahill wurde immer wütender.

»Was du mir also verklickern willst«, sagte er und versuchte dabei ruhig zu bleiben, »ist, dass es vollkommen in Ordnung ist, wenn Melanie Stark von allen Seiten dahin gehend angelogen wird, ihr Mann wäre gar nicht in der Maschine gewesen, und man ihr dann auch noch einreden will, dass er in etwas Illegales verstrickt wäre?«

Boston schwieg, aber Cahill konnte ihn atmen hören.

»Du und ich, wir wissen beide, dass Tim Stark so sauber war, wie man nur sein kann.«

»Das war er«, gab Boston zu.

»Dann sag's mir, Scott. Worum geht es hier? Warum hast du Tim gefeuert? Und warum hat er unter einem falschen Namen diesen Flug genommen?«

»Wer hat dir ge…« Boston unterbrach sich gerade noch rechtzeitig.

»Du vergisst, dass ich genau weiß, wie ihr Jungs arbeitet. Ich bin mehr herumgekommen als die meisten anderen.«

»Ich kann dir nichts sagen.«

»Doch. Du kannst mir sagen, dass ich die Finger davon lassen soll, stimmt's?«

»Richtig.«

»Scott …«

»Du kennst mich doch, Alex. Ich bin immer offen und ehrlich zu dir gewesen, oder etwa nicht?«

»Soweit ich weiß, schon. Aber es gibt immer ein erstes Mal.«

»Aber das ist hier nicht der Fall. Glaub mir.«

Nun war es an Cahill zu seufzen. »Ist das alles, was du kannst?«, fragte er. »In Rätseln sprechen?«

»Es stehen Menschenleben auf dem Spiel, Alex. Du musst dich da raushalten.«

Cahill entging nicht der flehentliche Unterton in Bostons Stimme. »Das hat doch nichts mit dem Service zu tun, oder?«, fragte er.

»Nein.«

»Warum hast du mich dann überhaupt angerufen?«

»Ich bin nur der Überbringer der Botschaft, mehr nicht.«

»Ach? Die meinen also, es hört sich besser an, wenn ich es aus deinem Munde erfahre?«

»Ich denke schon.«

»Und was genau ist die Botschaft? Diesmal bitte im Klartext.«

»Gerne. Wenn du weiter herumstocherst, hast du dir die Folgen selbst zuzuschreiben.«

Cahill kniff die Augen zusammen. »Und was ist mit Melanie?«

»Hast du ihr gesagt, dass er in der Maschine war? Dass er tot ist?«

»Ja.«

»Dann weiß sie alles, was sie wissen muss. Vorläufig jedenfalls.«

»Himmelherrgott, Scott. Das ist alles andere als fair.«

Boston lachte. Es klang bitter. »Wann ist es in unserem Geschäft je fair zugegangen, Alex?«

Cahill wusste, dass er recht hatte, und doch verhinderte diese Einsicht nicht, dass Wut in ihm hochkochte.

»Können wir uns auf dich verlassen, Alex?«

Cahill starrte durch das Fenster seines Arbeitszimmers in die Dunkelheit.

»Alex?«

»Ich werde Melanie nichts weiter sagen.«

»Das ist nicht das, was ich hören wollte.«

»Mehr kann ich dir nicht versprechen.«

5

Cahill legte sich ins Bett, fand nach dem Telefonat mit Scott Boston aber keinen Schlaf. Er warf die Decke beiseite und schwang die Beine auf den Fußboden. Er hörte Samanthas leise Atemzüge neben sich, wandte sich zu ihr um und legte ihr die Hand auf die Schulter. Ihre Haut erwärmte sich unter seinen Fingern. Sie atmete im Schlaf ein Mal tief durch und kehrte dann zu ihrem ursprünglichen Rhythmus zurück.

Er ging wieder in sein Arbeitszimmer und rief Melanie Stark an. In Kansas war es früher Abend, doch er hatte keine Ahnung, was er ihr sagen wollte.

»Alex.« Ihre Stimme klang flach, monoton.

»Wie kommst du klar?«

»Ach, du weißt ja …« Sie sprach nicht weiter.

Er *wusste* es. »Es braucht seine Zeit«, sagte er.

Was für ein Klischee. Aber irgendwo stimmte es doch auch.

»Warum rufst du an? Bei euch muss es doch schon spät sein.«

Er warf einen Blick auf die Uhr auf seinem Schreibtisch. »Eins durch. Ist aber egal, ich musste noch arbeiten. Hast du noch einmal mit der Polizei oder mit sonst jemandem gesprochen?«

»Nein. Dafür gab es keinen Grund, oder? Tim ist tot. Das hast du mir selbst gesagt.«

»Aber möchtest du denn nicht wissen, wieso er tot ist oder was er in diesem Flugzeug wollte?«

»Ich hatte tatsächlich gedacht, dass ich das würde wissen wollen, aber jetzt bin ich mir dessen nicht mehr sicher. Was würde es mir schon bringen? Wenn ich zum Beispiel herausfinden würde, dass er in etwas … Böses verwickelt war? Was ist dann?«

»Das wird nicht geschehen. Er war immer noch Tim.«

»Aber vielleicht hat niemand ihn richtig gekannt.«

»Melanie …«

»Mach's gut, Alex.«

Er saß an seinem Schreibtisch, ballte immer wieder eine Hand zur Faust und hätte am liebsten irgendetwas kaputtgeschlagen. Zu viele seiner Freunde hatten schon ihr Leben lassen müssen, und er konnte seine Wut darüber einfach nicht hinunterschlucken. Auch darüber, dass das Andenken an einen anständigen Mann mit Füßen getreten wurde. Und was seiner Familie damit angetan wurde.

Er mochte es nicht, im Unklaren zu sein. Er hasste es, angelogen und auch noch bedroht zu werden – aber genau das hatte Boston getan. Die Sache war nun nicht mehr allein Melanie Starks Problem, sondern auch das seine.

Aber vielleicht würde er bald dafür sorgen, dass sie auch für andere zum Problem würde.

6

Dienstag

Rebecca Irvine klopfte an Liam Moores offen stehende Bürotür. Ohne von seinem Monitor aufzublicken, gab er ihr mit einer Handbewegung zu verstehen, sie möge eintreten. Sie setzte sich und wartete, während er noch etwas in seinen Computer tippte. Bis jetzt war sie noch nicht dahintergekommen, ob ihr Vorgesetzter tatsächlich immer in etwas vertieft war, wenn sie ihn sprechen wollte, oder er sich nur den Anschein gab, damit er sie warten lassen konnte. Vielleicht schaute er gerade nach, was auf Twitter für ihn eingegangen war.

»Wie ist es gestern mit dieser SCDEA-Sache gelaufen?«, fragte er schließlich, schob das Keyboard beiseite und stützte die Ellenbogen auf den Schreibtisch.

»Es war ein langer Tag.«

»Kann ich Ihnen mit irgendetwas helfen?«

»Nein. Es ist noch zu früh, um schon sagen zu können, in welche Richtung die Ermittlungen laufen werden.«

Er sah sie schweigend an. »Aber federführend bleiben die, nicht wahr? Die SCDEA, meine ich.«

»Ja. Immerhin überlassen sie mir freundlicherweise die Leitung der Ermittlung in dem Fall des letzten Opfers, dem Mädchen.«

»Tja – jeder verteidigt seine Pfründe, so gut es geht. Außerdem denken sie sowieso, sie wären uns normalen Bullen überlegen – eine handverlesene Elitetruppe eben.«

»Eben.«

»Wie ich Sie einschätze, Becky, lassen Sie sich nicht gern in Ihre Arbeit reinreden, oder?«

Sie lächelte. Er nicht.

»Versuchen Sie gute Miene zum bösen Spiel zu machen, ja? Und machen Sie sich nicht unnötig das Leben schwer.«

»Natürlich.« Sie rümpfte die Nase. »Natürlich werde ich das tun.«

Armstrong hatte sich umgezogen und geduscht, aber die Bartstoppeln waren noch immer da, nur über Nacht etwas dichter geworden. Es sah aus, als würde es nicht mehr lange dauern, bis ihm ein Vollbart gewachsen war.

»Lassen Sie sich einen Bart stehen?«, fragte sie.

Er rieb sich das Kinn. »Was Serpico recht war …«

»Also, wie sind unsere Pläne für heute Morgen?«

»Wir machen den Laborleuten ein bisschen Feuer unter dem Hintern und reden mit den Kollegen von der Streife. Mal sehen, was sich so auftut.«

»Mal sehen, was sich so auftut?« Sie sah ihn schräg von der Seite an. »Sie reden ja schon wie die Bullen in amerikanischen Filmen.«

»Und Sie sind ein bisschen sonderbar und können einem möglicherweise ganz schön auf den Geist gehen.«

Sie verzog das Gesicht. »Danke für das Kompliment.«

Armstrong biss ein großes Stück von einem Schokoladenmuffin ab. Die Krümel, die in seinem Zweitagebart hängen blieben, wischte er mit der Hand weg.

»Die Uniformierten sind schon hier«, sagte er. »Sie warten unten.«

»Schön, dass ich das auch mal erfahre.«

»Deswegen habe ich's ja gesagt.«

Sie rief beim Empfang an und bat darum, die Beamten in ihr Büro zu schicken. Als die beiden in der Tür erschienen, hob sie zur Begrüßung kurz die Hand.

»DC Irvine?«, fragte der größere der beiden Männer.

»Das bin ich. Und das ist DS Armstrong.«

Man nickte sich gegenseitig zu, die Beamten nahmen ihre Helme ab und legten sie auf den unbenutzten Schreibtisch neben dem von Rebecca. Dann zogen sie sich zwei Stühle heran und nahmen Platz. Rebecca schätzte den größeren der beiden auf Mitte dreißig und seinen etwas kleineren Kollegen auf höchstens Ende zwanzig. Beide waren schlank und trugen ihr braunes Haar kurz.

»Bei Ihnen ist gestern Morgen der Anruf aufgelaufen,

nicht wahr?«, fragte Armstrong. »Wegen der Leiche im Fluss. Joanna Lewski.«

»Ja«, sagte wiederum der größere der beiden. »Ihren Freiern gegenüber nannte sie sich Tanya. Das fand sie wohl exotischer.«

»Sie haben Sie schon einmal festgenommen. Wann war das?«

Der größere Polizist legte einen Aktendeckel vor Rebecca auf den Schreibtisch. Er war ihr zuvor überhaupt nicht aufgefallen. Sie schlug ihn auf und überflog den Bericht.

»Wir haben sie vor ungefähr neun Monaten wegen unerlaubter Prostitution an der Waterloo Street festgenommen. Außerdem stand sie unter Drogen und war auch im Besitz von Rauschgift. Heroin.«

»Hier steht, sie sei zu gemeinnütziger Arbeit verurteilt worden?«

»Ja, zu sechs Wochen, die sie auch abgeleistet hat. Das muss man ihr lassen.«

Rebecca sah ihn an. »Wie kommt es, dass Sie sich so gut an sie erinnern?«

Der Mann ließ sich nicht beirren. »Ich habe gemerkt, dass sie neu war. Irgendwie noch immer ein Mädchen. Sie tat mir leid.«

»Sind Sie schon lange bei der Truppe?«

»Geht *Ihnen* denn nie etwas nahe?«

Als Rebecca noch auf Streife war, hatte sie nicht minder verächtlich über höhere Beamten in Zivil gedacht. Als sie wieder in die Akte schaute, entdeckte sie die letzte Wohnanschrift des Mädchens – auf der anderen Seite des Flusses, in Bridgeton.

»Mit wem wohnte sie zusammen?«, fragte sie.

»Mit einem weiteren Mädchen. Etwas älter. Sie heißt Suzie Murray. Ist mehrfach auffällig geworden.«

»Ist sie ihr von jemandem als Mitbewohnerin zugeteilt worden, damit sie ein Auge auf Joanna hatte, während man sie zur Prostitution zwang?«

»Wahrscheinlich.«

»Wissen Sie, von wem?«

»Leider nicht.«

Rebecca schob die Akte Armstrong zu, der sie auf seinen Schoß legte und darin blätterte.

»Hat sie hier irgendwelche Angehörigen, von denen wir wissen sollten?«

»Nein. Soweit uns bekannt ist, ist sie allein eingereist.«

»War ja wohl noch ziemlich jung?«

Er zuckte mit den Achseln.

Rebecca trommelte mit dem Zeigefinger auf dem Schreibtisch herum und kaute auf ihrer Unterlippe.

»Später habe ich sie noch einmal gesehen«, meldete sich der kleinere Polizist zu Wort.

Der größere drehte sich auf seinem Stuhl zur Seite, um seinen Kollegen anzusehen, der den Blick erwiderte.

»Wann?«, fragte Rebecca.

»Ein paar Wochen nach ihrer Verurteilung. Ihre gemeinnützige Arbeit bestand darin, Graffiti zu entfernen. Ich hab sie dabei gesehen und gegrüßt. Hab sie gefragt, wie es ihr ging.«

»War sie high?«

»Nein. Aber allzu gesund sah sie auch nicht aus.«

Rebecca warf einen Blick auf das Foto des Mädchens in der Mappe auf Armstrongs Schoß. Sie war durchaus attraktiv.

In diesem Moment klappte Armstrong die Akte zu.

»Gibt es noch etwas, was uns weiterhelfen könnte?«

Die beiden Polizisten sahen einander an und schüttelten die Köpfe.

Nachdem sie sich verabschiedet hatten, fragte Rebecca

Armstrong, was er von dem Mädchen hielt – und von der Reaktion der beiden Streifenbeamten. Lässig schlug Armstrong die Akte wieder auf und besah sich das Foto.

»Sie wirkt ziemlich jung. Schutzbedürftig. Ich kann mir durchaus vorstellen, wieso Männer auf sie so reagieren.«

»Aber Sie sind doch selbst ein Mann.«

»Ich bemühe mich eben, Berufs- und Privatleben klar zu trennen.«

»Na, mal viel Glück dabei.«

Armstrongs Mundwinkel zuckten.

»Haben Sie schon mal etwas von ihrer Mitbewohnerin, dieser Suzie Murray, gehört?«

»Müsste lügen, wenn ich Ja sagen würde. Aber ich kenne die Sorte.«

»Was soll das heißen?«

»Dass sie bestimmt nicht gut auf uns zu sprechen sein wird.«

7

Cahill traf mit Verspätung in seiner Firma ein. Als er an Logans Büro vorbeikam, hob er nur kurz die Hand zum Gruß und eilte dann schon weiter zu seinem eigenen, wo er die Tür hinter sich schloss. Er zog die Jacke aus, hängte sie über die Stuhllehne und stellte sich dann ans Fenster. Vielleicht wäre er heute besser zu Hause geblieben?

Er wandte sich der Fotografie auf dem Regal neben seinem Schreibtisch zu – sie zeigte ihn mit Tom Hardy in ihren Uniformen in der Wüste, die Arme umeinandergelegt.

Als er hörte, wie hinter ihm die Tür aufging, drehte er sich um und sah Logan in einer ausgeblichenen Jeans und einem marineblauen Hemd hereinkommen, das er am Kragen offen trug. Vor einiger Zeit hatte Logan beschlossen, nicht mehr das schwarze Poloshirt mit dem CPO-Logo und die Kampfhosen zu tragen, die der Kleidercodex der Firma eigentlich verlangte. Die Kombination erinnerte ihn zu sehr an eine Uniform, erklärte er. Cahill dagegen hielt sich natürlich weiterhin an seine eigene Vorschrift.

»Was ist los mit dir?«, fragte Logan, als er die Müdigkeit im Gesicht seines Freundes bemerkte.

»Ach, die Geschichte in Denver …«

Logan setzte sich auf die Couch.

»Geht es dir so nahe, weil ihr beide Soldaten wart? Du und Tim Stark?«

»Wir haben nicht zusammen gedient.«

»Nein, aber du weißt, was ich meine. Army, Secret Service. Ein und dieselbe Sache, oder?«

Cahill wandte sich wieder dem Foto zu.

»Ich kenne dich doch, Alex. Dir passt die Art und Weise nicht, wie das FBI mit uns umspringt. Du magst es nicht, wenn sie so zugeknöpft sind. Das bringt dich auf die Palme.« Logan lächelte, denn er wusste, wie recht er damit hatte.

»Willst du damit sagen, dass ich ein sturer Bock bin, der sich gern mit Leuten anlegt?«

»Du hast's erfasst.«

»Tim hatte Frau und Kinder, Logan. Weißt du, wie das ist – wenn man sich immer sorgen muss, dass ihnen nichts zustößt?«

Logan nickte. Das wusste er nur zu gut. »Glaubst du denn, dass ihnen Gefahr droht?«

»Das weiß der Himmel«, sagte Cahill. »Aber ich möchte auf keinen Fall, dass ihnen etwas passiert, wenn ich es hätte verhindern können.«

»Du hast vor, in die Staaten zu fliegen?«

»So ist es.«

»Und für wie lange? Wir haben während der nächsten sechs Monate jede Menge vertragliche Verpflichtungen zu erfüllen.«

»Tom kann sich darum kümmern. Die Kunden kennen ihn.«

»Und das machst du einfach so – umsonst?«

»Selbstverständlich. Er war ein Freund.«

»Gut, wenn du meinst, das tun zu müssen, dann lass dich nicht aufhalten.«

Cahill nickte und sah ihn herausfordernd an.

»Was denn noch?«, fragte Logan.

»Kommst du mit?«

»Wofür brauchst du mich denn dabei?«

»Du kennst mich doch. Ich trete den Leute mit Vorliebe auf die Füße, damit sie ein bisschen in Bewegung kommen. Ich kenne nur eine Art und Weise, die Dinge anzugehen, nämlich frontal. Und dabei lasse ich mich kaum aufhalten.«

»Und?«

»Du bist anders. Du weißt, wie man sich diplomatisch verhält. Du kannst reden, bist geschickt im Verhandeln. Die Sache wird was ganz Besonderes sein, anders wahrscheinlich, also könnte es passieren, dass ich ein wenig … ins Schwimmen gerate.«

»Und mir kann das nicht passieren?«

»Wenn du dich den Leuten als Anwalt vorstellst, merke ich manchmal, wie sich ihre Art von einem Moment auf den anderen verändert. Ich sehe, wie sie auf dich reagieren. Wie sie mit einem Male vorsichtig werden mit dem, was sie sagen.«

»Das trifft aber nicht auf Bullen zu. Normalerweise jedenfalls nicht.«

»Die Welt hat sich verändert. Jetzt haben die Anwälte das Sagen, nicht mehr die Soldaten. Bei ihnen liegt jetzt die Macht.«

»Willst du mir etwa weismachen, die Leute würden sich weniger vor Gewalt und Druck fürchten als vor einem angespitzten Stift?«

»Exakt.«

»Möchtest du wissen, was ich darüber denke? Ich selbst würde mich lieber auf eine Kanone verlassen.«

»Wer redet hier von Kanonen?«, fragte Tom Hardy, der in diesem Moment zur Tür hereinkam.

»Man hat mich bedroht, Tom«, sagte Cahill. »Scott Boston hat mich gestern Abend angerufen und keinen Zweifel daran gelassen, dass es nicht gut für mich wäre, wenn ich weiterhin Fragen wegen Tim stellen würde.«

»Scott kennt dich wohl nicht allzu gut, oder?«

Cahill wandte sich wieder zu Logan. »Ich fliege rüber. Mit dir oder ohne dich. Bis heute Abend möchte ich deine Entscheidung hören.«

Ohne ein weiteres Wort verließ er den Raum. Logan sah Hardy fragend an.

»Ich glaube, es wäre besser, wenn du ihn begleitest«, sagte Hardy. »In dieser Stimmung ist er unberechenbar, und es ist schon eine ganze Weile her, seit ich ihn zuletzt so gesehen habe.« Er trat an die Tür und öffnete sie.

»Ich weiß nicht recht«, sagte Logan. »Schließlich habe ich doch Ellie und überhaupt …«

Hardy blickte zu Boden und schloss die Tür wieder.

»Das ist die Gelegenheit, dich erkenntlich für einen Bruchteil davon zu zeigen, was du Alex zu verdanken hast«, sagte er. »So ist das bei uns üblich, und das solltest du eigentlich wissen.«

Das wusste Logan durchaus. Genauso wie er wusste, dass Cahill und Hardy mehr für ihn getan hatten, als er je für sie tun könnte – mehr, als er ihnen je würde zurückzahlen können.

»Ich habe verstanden, Tom.«

»Ich bitte dich darum als persönlichen Gefallen. Flieg mit ihm rüber und pass auf, dass er sich an niemandem vergreift. Wenigstens nicht, solange es nicht unausweichlich ist.«

8

Logan wollte Cahill sagen, dass er mit ihm nach Denver fliegen würde, konnte ihn aber nirgendwo finden. Schließlich ging er zum Empfangstresen von CPO Security.

»Ist Alex noch da?«, fragte er.

»Ist vor ein paar Minuten gegangen«, sagte die Rezeptionistin.

»Hat er gesagt, wo er hinwollte?«

»Hat irgendwas davon gemurmelt, am Schießstand seine Wut rauszulassen.«

Logan bedankte sich und fuhr mit dem Fahrstuhl in die Tiefgarage. Dort hoffte er, Cahill noch aufhalten zu können, ehe dieser zur Schießtrainingsanlage für die Mitarbeiter von CPO Security aufbrach, die auf der anderen Flussseite in einem alten Lagerhaus an der Scotland Street untergebracht war.

Da Cahills Wagen nicht mehr an seinem üblichen Platz stand, stieg Logan in den seinen und fuhr die Rampe zur Straße hinauf, um seinem Freund zu folgen.

Als er das Lagerhaus erreichte, benutzte er eine Fernbedienung, um das elektronisch gesicherte Tor zu öffnen. Während er darauf wartete, dass das Metalltor sich lautlos beiseiteschob, erkannte er Cahills Wagen auf dem Gelände. Er fuhr durch das Tor, parkte seinen Wagen neben dem von Cahill und schloss das Tor wieder hinter sich.

In dem Lagerhaus befand sich nicht nur der Schießstand – es diente auch als Waffenarsenal der Firma. Dementsprechend hoch war der Sicherheitsstandard. Logan musste auf einem Tastenfeld neben der stählernen Eingangstür einen fünfstelligen Code eingeben, woraufhin die Leuchtanzeige auf der Tastatur von Rot auf Grün umsprang und er die Tür mit seinem Schlüssel öffnen konnte.

Das Äußere des Gebäudes wirkte bewusst heruntergekommen. Nur ein Hollywood-Regisseur hätte bemerkt, mit welchem Geschick dieser Effekt künstlich erzeugt worden war. Im Inneren sah es allerdings ganz anders aus.

Er ging einen Flur mit sauber grau getünchten Wänden hinunter, der am Ende einen rechten Bogen machte; in den Betonboden und die Decke eingelassene Halogenspots leuchteten ihm den Weg zu einer weiteren mit einem Tastenfeld versehenen Tür. Dahinter vernahm Logan das gedämpfte Geräusch von Pistolenschüssen; außerhalb des Gebäudes war nichts davon zu hören.

Nachdem er einen weiteren Zahlencode eingegeben hatte, betrat er einen Raum, der aussah wie ein Lagerraum mit Holzregalen. Indem er gegen die hintere Regalwand drückte, öffnete sich ihm der Zugang zu dem langen, schmalen Übungsraum. Neben der Tür waren an beiden Wandseiten in akkurat aufgereihten Halterungen diverse Schusswaffen befestigt; dahinter erstreckten sich zwei je fünfundzwanzig Meter lange Schießbahnen, an deren Enden die Zielscheiben an

Deckenschienen hingen, die von jedem der beiden Schießstände aus per Fernbedienung bewegt werden konnten.

Logan war schon häufiger hier gewesen, staunte aber jedes Mal aufs Neue darüber, wie laut sich die Schüsse in dem geschlossenen Raum anhörten. In der rechten der beiden Kabinen stand Cahill in klassischer Schießhaltung und feuerte auf eine ungefähr fünf Meter von ihm entfernte Zielscheibe.

Logan nahm sich ein Paar Ohrenschützer, setzte sie auf und wartete hinter Cahill, bis der sein Magazin geleert hatte. Es war nie ratsam, einen Mann, der eine geladene Waffe in der Hand hielt, von hinten zu erschrecken – ganz besonders dann nicht, wenn dieser Mann sich in einer derart miesen Stimmung befand wie Cahill.

Anhand der Einschusslöcher in der Zielscheibe konnte Logan erkennen, dass sein Freund bereits eine ganze Batterie Patronen abgefeuert hatte.

Als die Waffe sich nicht mehr durchlud, da er seine Munition verschossen hatte, stellte Cahill sich aufrecht hin und löste das Magazin, das aus dem Griff der Waffe glitt.

»Bist du auf irgendjemanden wütend?«, rief Logan und nahm die Ohrenschützer ab.

Pulverdampf umgab Cahill. Der Geruch von Kordit drang in Logans Nase.

Cahill wandte sich ruckartig um, nahm ebenfalls die Ohrenschützer vom Kopf und legte sie neben die Waffe auf das Stützbrett vor sich.

»Ich bin komplett sauer«, sagte er.

»Das ist nichts Neues.« Logan lächelte ihm zu. Um ihn aufzuheitern, griff er in den Schießstand und drückte einen Knopf, mit dem er die Zielscheibe näher heranholte.

»Aber deine Treffsicherheit hat deine Wut nicht beeinträchtigt«, bemerkte er angesichts der Zielscheibe mit den zahlreichen Einschusslöchern um den Punkt in der Mitte herum.

»Gelernt ist gelernt.«

Cahill war der beste Schütze im Team. Ihm machte niemand etwas vor. Aber auch Logan wurde von Mal zu Mal besser und konnte sich bereits mit einigen seiner Kollegen bei CPO Security messen. Cahill schätzte es, wenn seine Angestellten in Wettstreit miteinander traten – er hielt das für eine gute Art und Weise, ihr Potenzial auszutesten, ohne durch eine ernste Situation dazu gezwungen zu sein. Ihm lag viel daran, es in Ausübung ihres Berufs als Personenschützer so selten wie möglich zu körperlichen Auseinandersetzungen kommen zu lassen, denn er wusste aus Erfahrung, dass man noch so durchtrainiert sein konnte – das Pech hatte immer die Eigenschaft, einem im ungünstigsten Augenblick aufzulauern.

»Bist du immer noch wild entschlossen, deine Mission durchzuführen und nach Denver zu fliegen?«, fragte Logan.

»Ich habe gestern Abend schon unsere Flüge gebucht.«

Logan sah ihn fassungslos an.

»Morgen früh um sieben heben wir ab. Sam macht gerade das Gästezimmer zurecht, damit Ellie heute Abend schon zu uns umziehen kann. Es ist alles vorbereitet.«

Logan schaute auf seine Uhr – es ging auf Mittag zu. Ellie würde noch ein paar Stunden lang in der Schule sein, also hatte er vorerst keine Möglichkeit, mit ihr über die neuen Entwicklungen zu sprechen.

»Bin ich wirklich so vorhersehbar?«, fragte er und schüttelte den Kopf.

»Nicht vorhersehbar. Verlässlich.«

»Wie lange werden wir fort sein?«

»Das weiß ich nicht.«

»Aber du hast doch bestimmt Zimmer reserviert, oder? Schließlich müssen wir ja irgendwo schlafen.«

»Klar. In einem anonymen Hotel für Geschäftsreisende mitten in der Stadt.«

Cahill konnte Logan manchmal wirklich zur Verzweiflung treiben.

»Und für wie lange hast du dieses Hotel gebucht?«

»Drei Nächte.«

»Du meinst, das reicht?«

»Falls nicht, verlängern wir eben oder suchen uns etwas Neues.« Er breitete in einer weltumspannenden Geste die Arme aus. »Wenn du allerdings nicht möchtest …«

»Okay, ich komme ja schon mit. Es ist nur …«

Cahill ahnte bereits, was jetzt kommen würde. Logan setzte sich auf einen Stuhl.

»Ich fühle mich immer ein bisschen verloren, wenn ich mit einem von euch draußen unterwegs bin. Das ist nicht meine Welt. Ich habe noch immer Angst, einen Fehler zu machen. Ich bin Anwalt, kein Nahkämpfer.«

»Unsinn. Du hast oft genug bewiesen, dass du es draufhast und notfalls auch bereit bist, ins kalte Wasser zu springen, obwohl du nicht als Personenschützer ausgebildet bist.«

»Trotzdem …«

»Es ist ja nicht so, dass ich von dir verlange, jemanden zu erschießen. Diesmal sind wir nicht als Bodyguards unterwegs.«

»Wir wollen also nur reden?«

»Wir wollen uns mit den örtlichen Ermittlungsbehörden auseinandersetzen.«

Logan atmete durch und schüttelte noch einmal den Kopf.

»Was ist?«, wollte Cahill wissen.

»Alex, *du* kannst dich nicht mit jemandem auseinandersetzen, ohne dass es zu Handgreiflichkeiten kommt.«

»Das ist nicht wahr.«

»Aber fast.«

Cahill nahm seine Waffe und die Ohrenschützer, schob das Magazin zurück in den Griff und steckte die Waffe in ihre Wandhalterung. Seine Ohrenschützer hängte er neben die anderen an der Wand neben der Tür.

»Hast du es schon Tims Frau gesagt?«, fragte Logan, während auch er seine Ohrenschützer an einen Haken hängte.

»Nein.«

»Das solltest du aber. Sie wird es wissen wollen.«

»Damit hast du wohl recht. Warum fährst du jetzt nicht nach Hause und packst deine Sachen? Und unterwegs holst du Ellie ab und erzählst ihr, was anliegt. Ich telefoniere währenddessen mit Melanie.«

»Das reinste Dream-Team«, scherzte Logan, als er mit Cahill den Übungsraum verließ. Dann blickte er sich noch einmal nach der zerfetzten Zielscheibe um und hoffte, dass sie kein böses Omen war.

9

Nachdem Logan wieder gefahren war, ging Cahill in das mit einem runden Tisch und sechs Stühlen eingerichtete Besprechungszimmer, um Melanie Stark anzurufen.

Es war noch früh am Morgen in Kansas, aber er war überzeugt, dass sie ohnehin nur wenig Schlaf fand.

Wie es sich herausstellte, hatte er recht.

Als sie an den Apparat kam, erkundigte er sich zunächst nach ihrem Zustand.

»Frag mich in einem halben Jahr noch mal.«

Er hatte das Gefühl, dass sie sich etwas weniger bedrückt anhörte als am Abend zuvor. Aber das musste nicht viel bedeuten.

»Ich wollte dir nur sagen, dass ich die Sache nicht auf sich beruhen lassen werde. Dass ich dir helfen möchte.«

»Alex, ich weiß dein Mitgefühl wirklich zu schätzen. Aber Tim ist tot. Was bleibt da noch zu tun? Was auch immer wir unternehmen – es wird nicht dazu führen, dass er eines Tages wieder durch die Tür hereinspaziert kommt, oder?«

»Nein. Da hast du natürlich recht. Aber das heißt auch nicht, dass wir das Andenken an ihn nicht in Ehren halten sollen.«

»Ich möchte nicht unhöflich sein, Alex, aber die Worte klingen für mich im Augenblick nach einer hohlen Phrase.«

»Ich weiß. Trotzdem stimmen sie.«

»Na schön«, seufzte sie. »Angenommen, ich nehme dein Angebot an und lasse mir von dir helfen. Was hast du vor? Und was wird es mich kosten?«

»Zunächst einmal wird es gar nichts kosten. Ich berechne Freunden nichts dafür, wenn ich ihnen in einer Notlage helfe.«

»Tut mir leid. Ich wollte nicht böse klingen.«

»Du brauchst dich nicht zu entschuldigen. Das war eine völlig verständliche Frage.«

»Aber was kannst du denn von Europa aus für mich tun?«

»Nicht viel. Deswegen fliege ich morgen nach Denver.«

»Bitte?«

»Ich muss am Ort des Geschehens sein.«

»Du hast das alles organisiert, ohne mit mir darüber zu sprechen?«

Sie klang ein wenig verärgert; aber das war vielleicht ganz gut so – dass sie etwas anderes fühlte als nur Trauer oder Kummer.

»Ja«, sagte er. »Aber ich hätte es auf jeden Fall getan. Für Tim.«

»Kommst du allein?«

»Nein, es wird mich jemand begleiten. Logan, der Anwalt, mit dem du schon gesprochen hast.«

»Ich nehme nicht an, dass die Polizei oder das FBI besonders angetan davon sein wird, wenn man mit einem Anwalt bei ihnen auftaucht.«

»Ganz bestimmt nicht. Aber das ist ja gerade der Punkt.«

Sie machte ein Geräusch, bei dem Cahill sich nicht sicher war, ob es sich dabei um ein Schniefen oder um den tapfersten Versuch eines Lachens handelte, zu dem sie im Augenblick imstande war.

»Ich werde mit den Bullen, dem FBI und mit jedem sonst reden, der uns vielleicht helfen kann. Oder etwas zu verbergen versuchen könnte. Meiner Erfahrung nach kommt man letzten Endes immer ans Ziel, wenn man nur genug Staub aufwirbelt.«

»Und was, wenn alles dann auf mich zurückfällt? Werden die …«

»Ich werde dafür sorgen, dass das nicht passiert.«

»Dann muss ich mich wohl bei dir bedanken, obwohl ich natürlich keine Ahnung habe, was dabei herauskommen wird. Vielleicht möchte ich es ja gar nicht wissen. Hast du auch an die Möglichkeit gedacht?«

»Ich werde es dir nicht erzählen, wenn du es nicht möchtest.«

»Nein, ist schon gut. Ich will es wissen, egal ob die Wahrheit gut oder schlecht ist.«

»Es wird schon nichts Schlechtes sein.«

»Vielen Dank für deine Zuversicht.«

»Es gibt allerdings auch etwas, was du tun kannst, um mir zu helfen.«

»Und das wäre?«

»Kannst du Tims Sachen durchgehen – seine Kleidung, seine Taschen, seine Unterlagen, seinen Computer, einfach alles, und nach etwas suchen, was dir fremd oder ungewöhnlich vorkommt? Es könnte auch irgendetwas sein, was dir normalerweise nie aufgefallen wäre – eine gekritzelte Notiz auf einem Zettel oder eine Telefonnummer, die du nicht kennst. *Wenn* es so etwas gibt, wird es dir jetzt auffallen, wenn du darauf stößt.«

»Ich fange gleich heute damit an.«

»Und ich rufe dich an, sobald ich in Denver angekommen bin.«

Sie machte eine kurze Pause. »Seid ihr alle so?«, fragte sie schließlich.

»Was meinst du?«

»Du weißt schon. Soldaten, Polizisten und Leute vom Secret Service.«

»Ich glaube schon. Die Verbundenheit mit jemandem, an dessen Seite man sein Leben riskiert hat, lässt sich mit keiner anderen vergleichen.«

»Auch nicht mit der zu seiner eigenen Familie? Zu seinen Kindern?«

»Nein. Aber ich sage ja nicht, dass diese Verbundenheit stärker ist. Sie ist nur anders.«

»Nun … dann vielen Dank. Ich denke, Tim hätte das Gleiche für dich getan.«

»Daran habe ich keinen Zweifel.«

»Sieh dich bloß vor, Alex. Ich möchte nicht, dass … du weißt schon. Dass dir wegen dieser Sache etwas zustößt.«

»Mach dir um mich mal keine Sorgen.«

Er fuhr in die Stadt zurück, stellte den Wagen in der Tiefgarage ab und ging dann in Tom Hardys Büro. Hardy telefonierte gerade mit einem Kunden, also wartete Cahill, bis das Gespräch beendet war.

»Ich werde morgen mit Logan nach Denver fliegen und mindestens drei Tage lang weg sein, vielleicht auch mehr.«

»So lange es eben dauert?«

»Ja.«

»Und ich kann es dir nicht ausreden?«

»Dafür solltest du mich gut genug kennen.«

»Kann ich dir irgendwie helfen?«

»Ich bräuchte drüben eine Kontaktperson«, sagte Cahill.

Was er aber in Wirklichkeit damit meinte: Ich brauche jemanden, der mir eine Waffe besorgen kann.

»Klar. Du kannst da ja schlecht ohne was am Leib rumrennen.«

»Kennst du jemanden?«

»Nein. Aber ich treibe schon jemanden auf. Mach dir deswegen keine Sorgen.«

»Nichts Außergewöhnliches, Tom, du weißt ja.«

Mit anderen Worten: eine Handfeuerwaffe.

»Schon verstanden. Pass auf dich auf.«

4. Teil: Rückzugsstrategien

1

Vor einem strahlend blauen Himmel ging gerade die Sonne auf, als Seth Raines seinen Pick-up in westlicher Richtung auf die Rocky Mountains zusteuerte. Auf dem Beifahrersitz neben ihm saß ein Fahrgast. Sie ließen die Stadtgrenze hinter sich und setzten ihre Fahrt auf dem nur mäßig befahrenen Interstate 70 fort. Raines griff in die Seitentasche der Tür und zog eine Sonnenbrille hervor, die er mit einer Hand auseinanderklappte, während er den Blick nicht von der in die Berge führenden Straße wandte. In der Nacht hatte es ein wenig geschneit, und der kristallene Neuschnee glitzerte in der Sonne.

Während sie bergauf fuhren und vor ihnen bereits die ersten schneebedeckten Gipfel auftauchten, wand sich die Straße über einen Pass, bevor sie wieder in Richtung des Ortes Grant anstieg. Als sie ihn durchquerten, verließ Raines den Interstate in westlicher Richtung, um nach etwa anderthalb Meilen auf einen Fahrweg abzubiegen, der sich durch ein dichtes Waldgebiet zu einer Lichtung schlängelte. Hier oben war der Weg mit einer durchgehenden Schneeschicht bedeckt, die unter den Rädern des Kleinlasters knirschte. Nach kurzer Fahrt erreichten sie ein hohes Metallgatter. Raines hielt neben einem Pfosten mit einer Gegensprechanlage und nannte seinen Namen, während sein Atem in der schneidend kalten Morgenluft zu kleinen Wölkchen wurde.

»Kommt rauf«, sagte eine Stimme. Ein Summen ertönte, und das Tor öffnete sich langsam.

Nach ungefähr einer weiteren Meile auf dem schneebedeckten Waldweg erreichten sie die Lichtung, an deren nördlichem Rand nahe der Baumgrenze drei Holzhütten standen.

Als Raines den Wagen parkte, kamen ihnen zwei Männer in olivgrünen Tarnjacken und Jeans von der Veranda der mittleren und größten der drei Hütten entgegen. Sie trugen schusssichere Westen über ihren Jacken und hatten Sturmgewehre bei sich.

Raines und sein Begleiter stiegen aus.

»Hab das von Stark gehört«, sagte einer der beiden Männer zu Raines. »Blöde Geschichte.«

»Wir bleiben trotzdem bei unserem Plan«, sagte Raines. »Was passiert ist, ist passiert.«

»Klar doch, Boss.«

Raines' Fahrgast hatte das Gefühl, dass der Mann, der mit Raines gesprochen hatte, diesem weit mehr als bloßen Respekt entgegenbrachte, dass er ihm schon fast mit Furcht begegnete.

Raines nickte dem Mann zu und ging weiter. Sein Begleiter folgte ihm und starrte währenddessen auf die dunklen Tätowierungen an Raines' Hals. Als sie die Stufen zur Veranda der mittleren Hütte hinaufgestiegen waren, hielt Raines inne und drehte sich um.

»Die sind versiegelt«, sagte er und deutete auf die anderen beiden Behausungen.

Seine Begleitung blickte nach rechts und links; jetzt fiel auch dem Mann auf, dass die Häuschen keine Fenster hatten. In die schmucklosen Holzwände war lediglich je eine schwere Stahltür eingesetzt worden.

»Das Holz ist nur Verkleidung«, sagte Raines. »Eine Hütte, um die wahre bauliche Konstruktion zu verdecken.«

»Gefällt mir«, sagte der Mann. »Damit sie wie normale Ferienhäuser aussehen, falls jemand neugierig werden sollte?«

»Korrekt. So haben wir uns das gedacht.«

Raines öffnete die Verandatür, und sie betraten ein modern eingerichtetes Wohnzimmer mit einer zwei Etagen hohen Decke, von dessen hinterem Teil ein Bürobereich abgetrennt war. Vor einem Kamin standen zwei Sofas.

Im Bürobereich arbeiteten zwei weitere Männer an Computern. Beide trugen Jeans und derbe Baumwollhemden, sodass nur die Waffen in den Holstern, die sie um die Taille trugen, verrieten, dass es sich bei ihnen um Soldaten handelte.

Raines ging zu ihnen hinüber und betrachtete über ihre Schultern hinweg die Kalkulationstabellen auf beiden Bildschirmen.

»Sieht gut aus«, sagte er, aber in seiner Stimme schwang keine Emotion mit.

Er wandte sich wieder dem Wohnbereich zu und gab seinem Begleiter einen Wink, ihm zu folgen. Sie zogen ihre Mäntel aus und nahmen jeder auf einem der beiden Sofas Platz, wobei Raines' Gast sich im Raum umsah, während er es sich bequem machte. Raines musterte sein Gegenüber und gab sich dabei alle Mühe, den Hass, den er für ihn empfand, zu verbergen. In der Branche war es nicht üblich, sich aussuchen zu können, mit wem man zusammenarbeitete. Der Mann trug einen teuer aussehenden Anzug und ein weißes, am Kragen offenes Hemd. Auf seinen schwarzen Lederherrenschuhen hinterließ der schmelzende Schnee feuchte Flecken.

»Wie steht's mit der Absicherung der Umgebung?«, fragte der Mann.

»Bewegungsmelder. Sind mit den Computern da drüben verlinkt.«

Der andere zog die Stirn in Falten. »Keine Zäune?«

»Vorn zur Straße hin. Sonst nicht.«

»Das hört sich nicht sehr sicher an.« Er zupfte einen nicht vorhandenen Fussel von seiner tadellos gebügelten Hose. Zum ersten Mal fiel Raines sein Akzent auf. Bis jetzt hatte er ihn erfolgreich unterdrückt. Er musste sich beherrschen, nicht seine Pistole zu ziehen und dem Kerl mitten in die Fresse zu ballern.

»Aber es ist vollkommen sicher«, sagte er stattdessen, beugte sich vor und stützte die Ellbogen auf die Knie.

»Wie das?«

»Nun, Sie haben doch den Zaun an dem Gatter gesehen, durch das wir gekommen sind?«

Der andere nickte.

»Dieser Zaun erstreckt sich nach beiden Seiten bis zu den steilen Berghängen, also sind wir links und rechts durch die natürlichen Gegebenheiten geschützt. Auf diesem Weg kommt niemand hier rein, es sei denn, er ist willens, eine lange Klettertour auf sich zu nehmen.«

»Und wenn's doch einer schafft, sind da ja noch die Bewegungsmelder.«

»Sie haben's erfasst.«

»Und von der Rückseite?«

»Der einzige Zugang von hinten ist auch wieder nur über einen Bergaufstieg möglich. Das ist unwahrscheinlich.«

»Und die Bewegungsmelder?«

»Die sind mindestens eine Meile von hier entfernt installiert. Auf der nächsten halben Meile sind Tretminen im Boden und Selbstschussanlagen an den Bäumen. Sie werden durch Stolperdrähte oder per Fernschaltung aktiviert.«

»Beeindruckend.«

Raines lehnte sich zufrieden auf der Couch zurück.

»Jeder, der sich in unlauterer Absicht hier heraufwagt, bezahlt es mit seinem Leben«, stellte sein Gast fest.

»Ihrer Auffassung nach handeln die Bundesbehörden bei der Ausübung ihrer dienstlichen Pflichten also in unlauterer Absicht?«

»Vor allem das FBI.«

Raines sah ihn scharf an, erwiderte aber nichts. Der andere wich seinem durchdringenden Blick aus und tat so, als würde er sich wieder der Betrachtung der Einrichtung widmen, um zu demonstrieren, dass man ihn so leicht nicht einschüchtern konnte.

»Dann kommen wir mal zur Sache«, schlug Raines vor.

2

Nach einer kurzen Unterredung wartete Raines in dem größten der drei Blockhäuser, während einer seiner Männer ihrem Besucher den Rest des Geländes zeigte.

Durch eine Tür am hinteren Ende des Wohnbereichs betrat er sein Büro, setzte sich an seinen bescheidenen Schreibtisch und atmete ein Mal tief durch. Er fühlte sich ausgelaugter als je zuvor in seinem Leben.

Die Fahrt hier hinauf über die Waldpiste hatte seine Erinnerungen geweckt – er und seine Kameraden in dem Landrover, der sich rumpelnd und schaukelnd über die zerfurchten Holperpfade quälte, die in Afghanistan als Straßen galten.

Sie warteten über eine Stunde bei dem Mohnblumenfeld; das Meer rosafarbener Blüten wirkte beinah surreal in dem diffusen Dunstschleier der Wüste.

Die Soldaten blieben ständig in Bewegung, hielten sich nicht länger als nötig an einem Punkt auf und waren stets auf der Hut vor allem um sie herum; aus Furcht, in ein Minenfeld zu geraten, entfernten sie sich nie allzu weit von dem Fahrweg, der um das Feld herumführte. Raines hatte die entsetzlichen Verstümmelungen gesehen, die explodierende Minen zwei Männern seiner Kompanie zugefügt hatten. Dank des unverzüglichen Einsatzes der Rettungsflieger des MedEvac-*Teams hatten sie zwar überlebt, würden aber für den Rest ihres Lebens gezeichnet sein.*

Nachdem die örtlichen Polizeikräfte das Feld in Brand gesetzt und die Flammen sich an ihr zerstörerisches Werk gemacht hatten, begab man sich zurück zu den Fahrzeugen. Die Temperatur betrug fast vierzig Grad und setzte ihnen heftig zu.

Im Laderaum des Landrover nahmen sie dieselben Plätze ein wie auf der Hinfahrt. Niemand sprach ein Wort, als der Wagen sich in Bewegung setzte. Alle waren in die Betrachtung der dunklen Rauchwolke versunken, die von dem Mohnfeld in den makellos blauen Himmel stieg.

Als sie wieder durch Lashkar Gah fuhren, machte Raines erneut die Primitivität des Ortes betroffen, obwohl er schon wiederholte Male hier gewesen war. Die Häuser waren fast ausnahmslos aus Ziegeln und Lehm gebaut, und die Straßen waren kein bisschen besser als die Piste, die sie von ihrem Lager aus hierhergeführt hatte.

Nirgendwo waren Frauen zu entdecken; es gab nur Männer mit zerfurchten Gesichtern, die das Vorbeifahren des Konvois beobachteten. Gelegentlich lief eine Gruppe Kinder rufend und den Soldaten zuwinkend ein Stückchen neben dem Wagen her.

Horn wandte sich zum Fenster und winkte einem besonders begeisterten Jungen, der gut fünfzig Meter mit ihnen mithielt; Johnson hatte dafür nur ein Kopfschütteln übrig.

»Was ist?«, fragte Horn verstimmt.

»Schon gut«, sagte Johnson.

Horn starrte ihn an.

»Obwohl Sie schon so lange hier sind, entwickeln Sie immer noch eine Beziehung zu diesen Menschen?«, fragte Johnson nach kurzem Schweigen.

»Was sollen wir denn sonst machen?«

Raines spürte die Animosität zwischen den beiden Männern, mischte sich aber nicht ein. Soldaten mussten ihr Handwerk lernen, indem sie sich die Hände schmutzig machten – oder blutig. Und Aggressionen waren Teil der Arbeitsplatzbeschreibung. Allerdings bewunderte er Horns Zähigkeit – für einen behüteten Mittelklassejungen, der sich freiwillig für den Kriegseinsatz gemeldet hatte, war er kein schlechter Kerl. Nicht zum ersten Mal musste Raines daran denken, dass er stolz auf seinen Sohn gewesen wäre, hätte dieser sich wie Matt Horn entwickelt – wenn es denn seinem Sohn vergönnt gewesen wäre, seinen sechsten Geburtstag zu erleben.

Sie passierten einen etwas moderner aussehenden Teil der Stadt, und der weibliche Lieutenant erkundigte sich, warum die anderen Häuser so primitiv seien.

»Das hier ist Klein-Amerika«, beantwortete Raines ihre Frage. »Wir waren in den sechziger Jahren schon einmal hier, haben dies und das gebaut und sind dann wieder nach Hause geflogen.«

»An Orten wie diesen hält sich niemand freiwillig länger auf«, sagte die Frau.

»Sehen Sie darin Ihre Aufgabe?«

»Wie meinen Sie das?«

»Auf die hiesigen Menschen einzugehen. Ihr Vertrauen zu gewinnen. Ihnen zu sagen, dass wir hierbleiben, bis alles wieder in Ordnung ist. Dass es dieses Mal anders sein wird.«

»Ja. Sehen Sie das nicht ähnlich?«

»Schon«, sagte Raines grinsend.

Ein missbilligender Blick huschte über ihr Gesicht.

»Aber damit ist Ihrer Meinung nach etwas nicht in Ordnung, Sergeant?«

»Nicht doch. Ich glaube schon, dass eine ehrliche Absicht dahintersteckt.«

»Aber?«

Er drehte sich auf seinem Sitz, um sie ansehen zu können. Als er sie aus nächster Nähe betrachtete, bemerkte er, wie jung sie noch war – so jung wie eine ganze Reihe von Offizieren in beiden Truppen. Vermutlich hatte sie gerade erst die Offiziersschule verlassen und war ohne jegliche praktische Erfahrung hierher abkommandiert worden.

»Nur hilft es uns leider nicht viel«, nahm er seinen Faden wieder auf, »wenn wir Unterstützung aus der Luft anfordern, damit die ein paar Fünfhundertpfünder auf ein vermutetes Talibanlager abwerfen, wir hinterher reingehen, um den ganzen Mist aufzuräumen, und nur abgetrennte Glieder von Kindern und schreiende Frauen vorfinden.«

Ihre Augen verengten sich zu Schlitzen.

»Aber Krieg ist nun einmal so«, fuhr er fort. »Opfer unter der Zivilbevölkerung lassen sich leider nicht vermeiden, aber wie wollen Sie das deren Müttern und Vätern klarmachen?«

»Wir können nur tun, was in unserer Macht steht. Dennoch müssen wir es wenigstens versuchen. Oder wie sehen Sie das?«

Raines wandte sich von ihr ab und merkte, dass Johnson das Gespräch aufmerksam verfolgt hatte.

»Ich wollte nur wissen, wie Sie darüber denken«, sagte Raines.

Als er sich wieder dem weiblichen Lieutenant zuwandte, musterte die Frau ihn eindringlich. Vermutlich versuchte sie zu eruieren, ob er sie aufs Glatteis hatte führen wollen.

»Wie schade, dass Ihr Einsatz schon so bald beendet sein wird, Sergeant«, bemerkte sie.

»Wieso sagen Sie das?«

»Ich denke, dass ich sonst Gefallen daran finden könnte, die feineren Details unseres Auftrages, was die örtliche Zivilbevölkerung betrifft, ein wenig eingehender mit Ihnen zu diskutieren.«

Ein Lächeln umspielte ihre Lippen.

»Jetzt hat sie's Ihnen aber gezeigt, Sarge«, sagte Horn und lachte.

Raines wandte sich Horn zu und wollte etwas erwidern, als der Landrover über die auf der Straße deponierte Landmine fuhr, deren Explosion unter metallischem Kreischen die gesamte Vorderfront des Landrover wegriss.

Raines bekam im Bruchteil einer Sekunde gerade noch mit, wie Horns rechtes Bein unmittelbar über seinem Knie von seinem Körper abgetrennt wurde – dann gab es nur noch Finsternis.

3

Raines nahm das Telefon von seinem Schreibtisch und wählte eine Nummer in Denver. Es klingelte eine ganze Weile, doch er wartete geduldig. Er wusste, dass es eine Zeit lang dauern konnte, bis der Teilnehmer sich am anderen Ende meldete.

»Ja?«, erklang schließlich eine Stimme.

»Ich habe mich heute mit dem Typen getroffen. Du weißt, von wem ich rede?«

»Wie ist es gelaufen?«

»Er wird gerade herumgeführt.«

»Also bist du noch oben?«

»Ja.«

»Mir gefällt die Vorstellung nicht, mit ihm zusammenzuarbeiten.«

»Das hast du bereits gesagt. Aber wir sind nicht in diesem Geschäft, um Freunde zu finden. Das habe *ich dir* bereits gesagt.«

»Aber für das, was wir erreichen wollen, ist das doch gar nicht nötig. Das hast du hoffentlich nicht aus den Augen verloren, oder?«

Raines hasste den flehenden Ton in der Stimme des Mannes. »Ich habe überhaupt nichts aus den Augen verloren. Ich kann mittlerweile sogar meilenweit in die Ferne gucken, und das ist der Weg, den wir beschreiten werden. Hör also auf, jetzt schon darüber zu jammern, oder fällt dir vielleicht eine andere Möglichkeit ein?«

Der Mann schwieg. Raines kratzte sich an der Nase. »Ich möchte das nicht noch einmal diskutieren müssen«, sagte er. Er war stinksauer. »Wir haben das schließlich schon mehrmals durchgezogen.«

»Entschuldige. Es ist bloß …«

»Es ist *rein gar nichts«,* schnitt Raines ihm das Wort ab. »So und nicht anders läuft es. Wir holen diesen Knaben an Bord und tun, was nötig ist. Danach verschwinden wir von hier, und ich komme bestimmt nicht noch einmal in dieses gottverdammte Land zurück.«

Am anderen Ende entstand wieder eine Pause.

»Ist es das, was sie aus uns gemacht haben?«, fragte der Mann schließlich. »Aus dir, meine ich?«

»Du kannst jederzeit aussteigen. Du brauchst es nur zu sagen.«

»Und was geschieht dann mit mir, Seth? Sag es mir. Das Gleiche, was mit Johnson passiert ist?«

Raines musste ihm nicht antworten.

»Habe ich es mir doch gedacht.«

Raines war sich nicht sicher, ob er ihm noch trauen konnte. Sollte er vielleicht etwas deswegen unternehmen?

»Komm doch mal bei mir vorbei, wenn du wieder da bist, ja?«, sagte der Mann.

Raines versprach es und beendete das Gespräch. Er blieb noch einen Moment lang still sitzen und betrachtete das gerahmte Foto auf seinem Schreibtisch. Es war eine Aufnahme von seiner Kompanie am Tag ihrer Ankunft in Afghanistan.

Er nahm das Bild in die Hand und schaute in die Gesichter der jungen Männer, die seinem Befehl unterstanden hatten. Dann zählte er die, die nicht zurückgekommen waren. Es kam ihm so vor, als täte er das zum tausendsten Mal.

Er hielt inne, als er das Gesicht von Matt Horn betrachtete – schloss die Augen und dachte zurück.

Wieder war er in dem Landrover. Er öffnete die Augen und erstickte fast an dem Rauch, der aus dem zerfetzten Vorderteil des Wagens aufstieg. Die beiden britischen Soldaten, die eben noch dort gesessen hatten, waren verschwunden.

Irgendetwas Klebriges ließ ihn seine Augen nicht öffnen. Er wischte darüber, blickte dann auf seine Hände und sah sein eigenes Blut.

Er spürte Panik in sich aufsteigen und klopfte sich ab. Er war intakt. Alles da, wo es sein sollte. Nur sein Kopf dröhnte noch von dem markerschütternden Knall der Detonation. Er hatte keine Ahnung, wie lange er bewusstlos gewesen war.

Der Sprengsatz musste eine Landmine gewesen sein, die von dem Vorderreifen des Wagens an der Seite, auf der Matt Horn gesessen hatte, zur Explosion gebracht worden war. Das war die einzige Erklärung dafür, wieso er selbst das Unglück unversehrt überstanden hatte.

Er warf einen Blick auf Horn. Sein Kamerad hatte kein solches Glück gehabt.

Tonk-tonk-tonk.

Kugeln prallten gegen die Panzerung des Landrover. Er blickte sich um. Die Soldaten aus den Wagen hinter ihrem hatten ihre Fahrzeuge verlassen und erwiderten aus der Deckung dieser Fahrzeuge heraus das Feuer. Wo eine Kugel den Boden traf, spritzte Lehm auf.

Horn hatte den überwiegenden Teil seines rechten Beins verloren und blutete stark aus der Wunde. Sein rechter Arm hing schlaff herunter; der Ärmel seiner Uniform war ein einziger Fetzen, und das wenige, was von dem Stoff noch übrig war, war dunkelrot und klebrig.

Der linke Fuß war eine einzige Masse.

Horn beobachtete ihn. Er blinzelte und atmete in kurzen Stößen. Neben ihm hockte Andy Johnson und starrte mit weit aufgerissenen Augen den weiblichen Lieutenant ihm gegenüber an; offensichtlich stand er unter Schock. Auch Raines wandte seine Aufmerksamkeit der Frau zu. Ein scharfer Splitter, vermutlich ein von der Explosion abgerissenes Karosserieteil des Wagens, hatte ihren Helm in zwei Hälften geteilt – und ihren Kopf gleich mit. Er musste den Blick abwenden.

Dann wurde der Wagen von weiteren Schüssen getroffen.

Nichts wie raus.

Raines erhob sich und kroch zur Hecktür, konnte sie aber nicht öffnen. Durch die Detonation hatte sich die Panzerung verzogen, sodass die beiden Türhälften klemmten. Er trat dagegen, und die beiden Hälften bewegten sich, sodass zumindest ein wenig Tageslicht in das Wageninnere drang. Er versuchte es noch einmal.

Plötzlich hörte er das Wuuuuschhh *einer Bazooka. Er duckte sich instinktiv, dann explodierte die Panzerfaust mit einem lauten Knall. Raines sah auf. Sie hatte nur zwanzig Meter entfernt von dem Fahrzeug hinter ihnen eingeschlagen.*

Er griff sich sein Maschinengewehr und rammte den Kolben in den Spalt zwischen der Tür und dem Aufbau des Landrover; dann benutzte er sein Körpergewicht, um die Tür aufzuhebeln. Zunächst wollte die Tür immer noch nicht nachgeben, dann aber sprang sie mit einem Mal auf, und Raines wäre fast kopfüber aus dem Wagen gestürzt. Überall spritzte Lehm auf, die Luft wurde erfüllt vom Krachen der Schüsse und dem Zischen der Kugeln.

Johnson starrte noch immer verstört den weiblichen Lieutenant an, also stellte Raines sich vor ihn und packte sein Gesicht mit beiden Händen.

»Wir müssen uns bewegen, Soldat!«, schrie er ihn an. »Und zwar sofort.«

Johnson sah erst ihn an, dann an ihm vorbei zur offenen Hecktür hinaus auf die Kameraden hinter ihnen. Er wandte sich wieder Raines zu, nickte und griff nach seinem Maschinengewehr.

»Gib mir Deckung, während ich Horn hier rausziehe, okay?«

Raines schrie, so laut er konnte, um sich über den Krach hinweg verständlich zu machen.

Johnson verließ den Landrover, ging um ihn herum, um sich in Deckung zu bringen, und eröffnete das Feuer.

Raines beugte sich indessen über Horn und packte ihn unter beiden Armen an seiner Panzerweste. Als er ihn in die Tür gezerrt hatte, kam einer der Soldaten aus den Begleitfahrzeugen gelaufen, um ihm zu helfen. Raines war bewusst, dass sie nun ungeschützt dem feindlichen Feuer ausgesetzt waren, aber ihm blieb keine Wahl. Er konnte Horn schließlich nicht einfach hier zurücklassen.

Sie schafften es, den Verletzten um den Wagen herumzuschleppen, wo sie ihn dann auf den Boden setzten. Aus seiner Wunde lief unaufhörlich Blut und sickerte in den Staub.

Raines zog sich den Gürtel aus der Hose und wickelte ihn als provisorische Aderpresse um den Stumpf, der von Horns rechtem Bein übrig geblieben war. Horn blinzelte heftig und schrie vor Schmerzen auf. Raines zog den Gürtel so fest wie möglich und stellte mit Befriedigung fest, dass der Blutstrom nachließ. Der Junge bedurfte so schnell wie möglich ärztlicher Hilfe, damit er überhaupt eine Überlebenschance hatte.

»Wo bleibt unsere Unterstützung?«, rief Raines Johnson zu, als eine weitere Panzerfaust über ihre Köpfe hinwegflog und irgendwo in der Wüste explodierte.

»Ein Apache ist unterwegs«, antwortete Johnson, während er weiterfeuerte. »Der wird den Säcken schon tüchtig einheizen.«

Raines griff in eine seiner Hosentaschen, holte seine Morphiumspritze heraus und verabreichte sie Horn. Dann gab er Johnson ein Zeichen, es ihm gleichzutun, damit Horn eine doppelte Dosis erhielt. Als das Mittel seine Wirkung tat, entspannten sich Horns Gesichtsmuskeln.

Raines lief zu Johnson und postierte sich neben ihn, um gemeinsam die feindliche Stellung unter Beschuss zu nehmen.

Ein Apache-Kampfhubschrauber erschien über ihnen; der Pilot feuerte zwei Raketen ab und ließ dann aus seiner Dreißig-Millimeter-Maschinenkanone einen Geschosshagel auf den Feind hinabprasseln. Raines stellte das Feuer ein und verfolgte mit angehaltenem Atem die Zerstörung, die der Hubschrauber anrichtete.

Eine Kugel fetzte in seine Kampfhose, drang durch Fleisch und Muskeln und auch seinen Schienbeinknochen.

Raines ging zu Boden, während um ihn herum immer wieder Geschosse in die Erde einschlugen.

Über ihnen ratterte weiter die Bordkanone des Apache.

4

Auf der Rückfahrt in die Stadt gab Raines sich wortkarg, und auch sein Fahrgast schien sich damit zu begnügen, die Landschaft an sich vorüberziehen zu lassen.

»Wann verlassen Sie uns wieder?«, fragte Raines schließlich, als sie die ersten Hinweisschilder nach Denver passierten.

Der Mann lächelte. »Ich weiß, dass Sie mich nicht mögen.«

»Ist das so deutlich?«

»Es macht nichts. Wir müssen ja keine Freunde sein.«

»Das werden wir auch nie.«

»Ich finde es gut, dass wir unser Verhältnis zueinander geklärt haben. Dann wird es später auch keine Missverständnisse geben.«

Raines warf ihm einen kurzen Blick von der Seite zu, schwieg aber.

»Also werden Sie es tun?«, fragte er. »Sind wir im Geschäft?«

»Ja. Wir sind definitiv im Geschäft.«

5. Teil: Reisevorbereitungen

1

Während er vor Ellies Schule auf seine Tochter wartete, rief Logan Rebecca an.

»Ich bin dann ab morgen kurz weg«, sagte er, als seine Freundin sich meldete.

Da Rebecca zunächst gar nicht reagierte, wurde Logan klar, dass dies wohl ein etwas verwirrender Gesprächseinstieg gewesen war.

»Was ich sagen wollte: Ich fliege mit Alex nach Denver. Wegen des Flugzeugunglücks, von dem ich dir erzählt habe. Ellie übernachtet währenddessen bei Samantha.«

»Und wie lange wirst du fort sein?«

»Ich weiß noch nicht. Wahrscheinlich drei oder vier Tage.«

»Zeitlich gesehen kommt das vielleicht gar nicht so ungelegen. Mein neuer Fall wird mich voraussichtlich Tag und Nacht auf Trab halten.«

»Ich schaue heute nach dem Abendessen vorbei und bringe ein bisschen Zeit mit. Damit wir uns verabschieden können, wie es sich gehört.«

»Das fände ich schön. Ich rufe dich an, wenn ich zu Hause bin.«

An dem Gesicht, das Ellie zog, als sie seinen Wagen sah, und an der kurzen, hektischen Unterredung mit ihren Schulfreundinnen, die darauf folgte, konnte Logan ablesen, dass sie nicht gerade begeistert darüber war, ihn hier zu sehen.

Ja, die Freuden des Vaterseins.

Ellie öffnete die hintere Wagentür, schleuderte ihre Schultasche auf die Rückbank und setzte sich dann auf den Beifahrersitz, indem sie eine Show abzog, als sie sich unter elaboriertem Stöhnen und Seufzen in den Sicherheitsgurt wand und ihren ganzen Trotz herauskehrte, als sie unruhig auf ihrem Sitz hin und her rutschte.

Logan versuchte sie zu ignorieren und fuhr los, während Ellie durch das Fenster ihren Freundinnen zuwinkte.

Nach ein paar Minuten begann sie in der Seitentasche der Tür zu wühlen, fischte eine CD heraus und schob sie in den Player.

»Du hattest wohl andere Pläne?«, fragte er sie schließlich.

Langsam wandte sie ihm den Kopf zu und nickte.

»Tut mir leid. Es gibt da ein paar Sachen, die wir besprechen müssen.«

»Hört sich ja gefährlich an.«

»Das kommt darauf an, wie man's betrachtet.«

Mittels einer Taste am Lenkrad drehte Logan die Lautstärke der Musik herunter.

»Ich muss geschäftlich ein paar Tage weg. Vielleicht wird sogar eine Woche daraus.«

»Ab wann?«

»Morgen.«

Sie starrte aus dem Fenster. Logan warf ihr einen Blick zu, konnte ihren Gesichtsausdruck aber nicht erkennen.

»Ich habe Schule.«

»Ich weiß, Ellie. Du kannst mich leider nicht begleiten.«

»Das habe ich mir schon gedacht.«

Sie machte noch immer auf bockig. Das war ihre Art, auf Situationen wie diese zu reagieren, doch aus dem unsicheren Klang ihrer Stimme konnte er heraushören, dass dahinter etwas anderes steckte.

»Ich fliege mit Alex. Sam hat gesagt, dass du so lange bei ihnen bleiben kannst.«

Ellie kaute nachdenklich auf ihrer Unterlippe. Als ihr die Sonne ins Gesicht fiel, kniff sie die Augen zusammen.

»Was hältst du davon?«, fragte er.

»Könnte schon irgendwie cool werden.«

»Eben. So ganz ohne Väter.«

»Hmmm.«

»Wir sind heute bei Sam und Alex zum Abendessen eingeladen. Du kannst dann gleich dortbleiben, also müssen wir davor noch deine Sachen packen.«

»Okay.«

Logan war erleichtert. Es verblüffte ihn noch immer, wie schnell Ellie reifer wurde. Um sie ein bisschen zu ärgern, streckte er den Arm aus und verstrubbelte ihr das Haar. Sie stieß ihn fort und versuchte einen genervten Eindruck zu machen, was ihr aber nicht gelingen wollte.

Zu Hause ging Ellie schnurstracks in ihr Zimmer und breitete so ziemlich ihre komplette Garderobe auf dem Bett aus. Logan hievte währenddessen einen Koffer vom Flurschrank und stellte ihn in ihr Zimmer. Angesichts der Kleidermenge schüttelte er den Kopf.

»So lange werde ich dann doch nicht weg sein«, sagte er.

»Man muss auf alles vorbereitet sein.«

»Das stimmt natürlich, aber du hast schon vor, wieder hier einzuziehen, wenn ich zurück bin, oder? Du verlässt mich doch nicht?«

Sie hielt inne und sah ihn an – todernst diesmal.

»Sag so etwas nicht.«

Das Herz zog sich ihm zusammen.

Ellie packte weiter. Sie hatten sich noch nie lange mit

komplizierten Gefühlen aufgehalten, sondern zogen es im Allgemeinen vor, sie ohne große Umschweife anzusprechen und dann mit ihrem Leben weiterzumachen.

Logan realisierte, wie viel erwachsener Ellie in der letzten Zeit geworden war. Konnte das auf irgendeine sonderbare Weise etwas mit dem Tod seiner Katze Stella vor ein paar Wochen zu tun haben? Stella war nicht krank gewesen, nur eben ein altes Tier. Und dann hatte er selbst noch seinen Freund Chris Washington verloren; vielleicht hatten die beiden Todesfälle Ellie gezeigt, dass der Tod ein natürlicher Teil des Lebens war und er jeden ereilen konnte – und dass sie vom Schicksal nicht auf grausame Weise benachteiligt worden war, weil sie so früh und auf so schreckliche Weise ihre Mutter verloren hatte.

»Was ist mit Becky?«, fragte sie, während sie die Kleidungsstücke auf ihrem Bett betrachtete und nickte, als sei sie zufrieden mit ihrem Werk.

»Was meinst du?«

Sie sah ihn an. »Sie wird dir fehlen.«

»Schon, aber sie sitzt auch an einem wichtigen Fall, also muss sie hierbleiben.«

»Na gut.«

Damit schien alles gesagt zu sein.

Logan ging in sein eigenes Schlafzimmer und überprüfte noch einmal den Inhalt seiner Reisetasche. Im Vergleich zu Ellies Gepäck sah sie nicht gerade voll aus, aber sie enthielt alles, was er brauchte, und notfalls konnte er in den Staaten einkaufen gehen.

Ellie rief, dass sie noch rasch duschen wolle, dann hörte er schon, wie die Badezimmertür geschlossen und die Dusche aufgedreht wurde. Er ging in ihr Zimmer, um zu schauen, wie weit sie mit dem Packen war, und stellte zu seiner Überraschung fest, dass sie eine Menge der aus dem Schrank gezogenen Sachen wieder zurückgetan hatte und ihr Koffer abreisebereit auf dem Bett lag.

Als er sich darüberbeugte, um ihn zu schließen, bemerkte er ein Mobiltelefon, das er nicht kannte. Es war an der Seite hochkant zwischen Kofferrand und Kleidung hineingestopft worden und schaute mit der Oberseite gerade eben heraus. Er zog es hervor und drehte es zwischen den Fingern. Es war ein ungefähr drei Jahre altes Nokia-Handy.

Logan setzte sich auf Ellies Bett und schaltete das Telefon ein. Es dauerte eine Weile, bis das Logo des Netzbetreibers erschien. Die Rechnungen für Ellies normales Handy zahlte er, aber das hier lief über einen anderen Anbieter. Er runzelte die Stirn und wusste nicht, was er davon halten sollte.

Zwanzig Minuten später kam Ellie in ihrem Bademantel aus der Dusche. Das Haar hatte sie in ein Handtuch gewickelt. Logan saß noch immer gegen die Wand gelehnt auf ihrem Bett. Als sie ihn sah, blieb sie abrupt stehen.

Er hielt das gefundene Telefon in die Höhe. »Was ist das?«

Sie warf einen kurzen Blick darauf. »Ein Handy.«

Er sah sie mit hochgezogenen Augenbrauen an.

»Das sehe ich auch, Ellie. Aber was willst du damit, wo ich dir doch schon eins bezahle? Das hier habe ich noch nie bei dir gesehen.«

»Becky hat es mir besorgt.«

Logan beugte sich vor und sah sie argwöhnisch an. »Wieso?«

Ellie trat einen Schritt näher, setzte sich neben ihn, nahm ihm das Telefon aus der Hand und drückte ein paar Tasten. Dann hielt sie ihm das Handy ans Ohr.

Er hörte die Stimme ihrer Mutter. Pennys Stimme.

»Hallo, Schätzchen. Ich rufe dich an, um dir zu deinem allerersten eigenen Telefon zu gratulieren. Hoffentlich gefällt es dir. Ich liebe dich.«

Ellie schaltete das Handy wieder aus.

Logan blinzelte die Tränen weg.

»Becky hat gesagt, dass sie bei der Polizei nach Weihnachten die Beweissachen im Mordfall von Mom weggeräumt haben. Sie hat mir eine Liste davon gezeigt und gefragt, ob ich irgendetwas haben will.«

»Das hat sie mir nie erzählt.«

»Sie sagte, das wäre ihr und mein Geheimnis. Ich wusste, dass die Nachricht noch auf meinem alten Handy war, weil ich sie nie gelöscht hatte.«

»Und Becky hat auch davon gewusst?«

»Nein. Ich habe ihr nicht gesagt, warum ich das Handy haben wollte. Die Nachricht war ganz allein für mich.«

Logan nahm Ellie in den Arm und zog sie zu sich heran. Sie wehrte sich nicht, sondern legte den Kopf auf seine Schulter und drehte das Handy zwischen ihren Fingern.

»Warum hast du mir nie davon erzählt?«

Sie zuckte mit den Schultern.

»Du hast doch jetzt Becky«, sagte sie.

Logan rückte sie behutsam ein Stück von sich ab und sah sie an. »Deine Mom war für uns beide etwas ganz Besonderes, und das weiß Becky auch. Du hättest es mir ruhig sagen können.«

Ellie sah erst zu dem Mobiltelefon hinunter und dann wieder ihn an. Anschließend verblüffte sie ihn, indem sie einfach »okay« sagte, sich zu ihm vorbeugte, ihm einen Kuss auf die Wange gab und dann vom Bett sprang, um sich die Haare zu föhnen.

Sie war aus härterem Holz geschnitzt als er – so viel war klar. Er liebte sie umso mehr dafür.

2

Nach der Befragung der beiden Einsatzbeamten hatte DC Kenny Armstrong das Polizeikommissariat in der Pitt Street verlassen. Rebecca sagte er, er wolle versäumte Arbeit in seinen eigenen Fällen nachholen, versprach aber, vor fünf zurück zu sein, um dann mit ihr gemeinsam zu Suzie Murray zu fahren.

Rebecca tippte in der Zeit ein paar Berichte und erledigte weiteren Papierkram. Sie hasste Schreibtischarbeiten, und es dauerte über drei Stunden, bis alles fertig war. Manchmal beschlich sie das Gefühl, die moderne Polizeiarbeit bestünde eher darin, das Getane zu dokumentieren, als tatsächlich etwas zu tun.

Um vier Uhr nachmittags rief sie Jim Murphy an, um sich die Ergebnisse der Obduktion durchgeben zu lassen und zu erfahren, ob die Laboruntersuchung der sichergestellten Beweismittel etwas Interessantes ergeben hatte.

»Ich glaube, die Drogenfahndung hat den richtigen Riecher gehabt«, sagte Murphy.

»Inwiefern?«

»Die Ergebnisse der Blutuntersuchung liegen zwar noch nicht vor, aber ich wette, dass das Mädchen an einer Überdosis gestorben ist. Ich habe mit dem Pathologen gesprochen: Seiner vorläufigen Einschätzung nach kann man Fremdverschulden ausschließen. Es gibt keine Anzeichen von Gewaltanwendung, und in ihrer Lunge war auch kein Wasser.«

»Also war sie bereits tot, als sie ins Wasser gefallen ist?«

»Genau.«

»Schon irgendwas von den Überwachungskameras?«

»Nein.«

»Rufst du da mal an und sagst ihnen, dass sie ruhig mal in die Hufe kommen können?«

»Mache ich sofort. Wir reden dann später weiter.«

Es wurde fünf und noch später, aber von Kenny Armstrong war weder etwas zu sehen noch zu hören. Die Zeiger der Uhr näherten sich sechs Uhr und krochen daran vorbei. Rebecca rief ihre Mutter an, um sie zu bitten, Connor von der Tagesmutter abzuholen, und musste sich einen Vortrag über elterliche Pflichten anhören. Danach rief sie Armstrong auf seinem Handy an und hinterließ ihm die Nachricht, sie bitte möglichst bald zurückzurufen.

Es war halb sieben.

Als ihr Telefon klingelte, nahm sie den Hörer ab, ohne auf die Nummer im Display zu achten.

»Wird ja auch langsam Zeit«, meldete sie sich genervt.

»Wie?«

Es war Logan.

»Oh, ich dachte, es wäre mein Kollege.«

»Erwartest du einen Anruf? Dann können wir uns von mir aus auch gern nachher unterhalten.«

»Nein, nein, ist schon in Ordnung. Ich bin nur ein bisschen frustriert. Hast du immer noch vor, später zu mir zu kommen?«

»Klar. Es ist nur, dass ich dich wegen etwas fragen wollte. Wegen des Handys, das du Ellie gegeben hast.«

Das hatte sie schon völlig vergessen.

»Warum hast du mir nichts davon gesagt?«

»Ellie hat mich darum gebeten.«

»Sie ist noch ein Kind, Becky. Denkst du nicht, dass ich das hätte wissen sollen? Ich hätte ihr helfen können. Wer wusste denn schon, wie sie auf Pennys Stimme reagiert? Das hätte wieder ein Trauma in ihr auslösen können.«

»Auf Pennys Stimme? Ich verstehe nicht, wovon du redest, Logan.«

Er erzählte ihr von Pennys Nachricht auf der Mailbox.

»Davon habe ich nichts gewusst. Aber wie hat sie sie aufgenommen?«

»Es geht ihr gut.«

Er wirkte kurz angebunden, verstimmt.

»Ich habe dir doch schon gesagt, dass ich nichts davon gewusst habe.« Wahrscheinlich reagierte er nur so, weil es ihm selbst an die Nieren gegangen war – vermutlich war er sich nicht sicher, wie er sich dabei fühlte, Pennys Stimme zu hören.

Logan schwieg, sie schloss die Augen und rieb sie sich mit der freien Hand.

»Hör zu, es tut mir leid«, sagte sie. »Wenn ich das mit der Nachricht gewusst hätte, hätte ich natürlich vorher mit dir gesprochen.«

Er seufzte.

»Wir können später noch darüber reden«, schlug sie vor. »Ich rufe dich an, sobald ich zu Hause bin – wie besprochen.«

»Schon gut.«

Klick.

Schon gut? Gab es eine sprachliche Floskel, die häufiger angewendet wurde, um das genaue Gegenteil dessen zur Aussage zu bringen? Wohl kaum.

Sie probierte es noch einmal bei Kenny Armstrong und wurde immer wütender auf ihn. Als sich seine Mailbox meldete, hinterließ sie eine kurze Nachricht, dass sie sich auf eigene Faust mit Suzie Murray treffen würde und er ja nachkommen könne, wenn er Lust hätte.

Sie zog ihre Jacke an, griff sich ihre Tasche und verließ das Gebäude.

So hielt sie sich wenigstens weiteren Verdruss vom Hals.

3

Sie stand vor dem Haus in Bridgeton, in dem Joanna Lewski gelebt hatte. Es war ein zweistöckiger Eckbau aus rotem Sandstein mit einem Laden für karitative Zwecke im Erdgeschoss und Wohnungen in den Geschossen darüber. Am Himmel ging gerade eine orangerot glühende Sonne unter.

Rebecca warf noch einmal einen Blick auf den Zettel, auf den sie die Adresse gekritzelt hatte. Joanna Lewskis Wohnung befand sich hinten rechts in der obersten Etage. Sie ging zum Eingang und suchte nach dem Klingelknopf, als sie merkte, dass die Tür gar nicht verschlossen war. Sie drückte dagegen und betrat den Hausflur. Rebecca war nicht gerade begeistert von dem rotgelben Anstrich von Logans Treppenhaus, aber der war immer noch besser als diese ungetünchten grauen Gipswände hier. In dem schummrigen Licht, das durch ein dreckiges Fenster über dem Treppenabsatz fiel, konnte sie kaum die Stufen am Ende des Korridors erkennen.

Einen Augenblick lang erwog sie, einfach nach Hause zu fahren. Das hier konnte auch bis morgen warten, wenn Armstrong sie wieder begleiten würde. Da er es vorgezogen hatte, für heute Feierabend zu machen, sollte sie es ihm vielleicht nachtun.

Was natürlich rein gar nichts mit dem wenig einladenden Inneren des Hauses zu tun hatte.

Rebecca steckte den Zettel in ihre Tasche und trat ein. »Quatsch. Bringen wir's hinter uns«, sagte sie leise zu sich selbst.

Auf halbem Weg zur Treppe zuckte sie zusammen, als ihr Handy klingelte.

»Hallo«, hörte sie Armstrongs Stimme. »Wo stecken Sie? Ich dachte, wir wollten zusammen zu Suzie Murray?«

Rebecca kniff die Augen zusammen. »Sie melden sich vor fünf, haben Sie gesagt. Jetzt ist es«, sie warf einen Blick auf ihre Uhr, »fast sieben.«

»Tut mir leid. Ich hatte zu Hause ein bisschen Theater.«

»Sie sind verheiratet?«

»Würde Sie das überraschen? Allerdings muss ich Sie enttäuschen. Ich bin nicht verheiratet, habe aber eine Freundin. Wo sind Sie denn nun?«

»Schon im Haus von dieser Murray. Ich gehe jetzt allein zu ihr.«

»Möchten Sie, dass ich nachkomme? Ich könnte in zehn Minuten da sein.«

»Tun Sie, was Sie wollen, aber ich gehe jetzt zu ihrer Wohnung. So machen wir wenigstens mal einen ersten Schritt vorwärts. Es ist schon spät genug.«

»Dann gehen Sie schon mal vor. Ich werde gleich da sein.«

Rebecca steckte ihr Handy ein und ging weiter zu der Treppe am Ende des Flurs. Die schmutzigen grauen Wände setzten sich auch im nächsten Stock fort und wirkten allenfalls noch heruntergekommener.

Sie hatte gerade die erste Stufe betreten, als sie von oben Lärm hörte – als würde jemand schreien. Eine männliche Stimme. Sie lauschte, aber die Schreie hatten aufgehört. Sie war sich nicht sicher, von wo genau sie gekommen waren – vom Ende des Korridors im ersten Stock oder aus einer höheren Etage? Sämtliche Geräusche hallten von den Wänden wider und durch das ganze Treppenhaus, sodass ihr Ursprung unklar blieb.

Sie wartete einen Moment und setzte ihren Weg fort, als es still blieb. Die steinerne Treppe war von unzähligen Füßen, die sie seit der Errichtung des Gebäudes vor über hundert Jahren betreten hatten, glatt geschliffen. In der Mitte jeder Stufe war von den Schritten eine Delle entstanden. Rebecca erklomm vorsichtig die Treppe, ohne mit der einen Hand das Geländer loszulassen.

Als sie die oberste Etage fast erreicht hatte, vernahm sie ein weiteres Geräusch. Diesmal hörte es sich an wie ein dumpfer Schlag, gefolgt von einem unterdrückten Schluchzen. Es schien aus der Wohnung am Flurende zu kommen – von dort, wo Suzie Murray wohnen sollte. Und wo Joanna Lewski gelebt hatte.

Rebecca betrat den obersten Treppenabsatz, schaute den Gang hinunter und nahm die Tür an dessen Ende ins Visier. Daneben befand sich ein schmales Fenster, durch das schmutzig gelbes Licht von einer Straßenlaterne hereinsickerte.

Sie wartete, lauschte auf weitere Geräusche vom Ende des Flurs. Sie glaubte, jemanden flüstern zu hören, war sich dessen aber nicht sicher. Ein weiterer Schlag erklang, und diesmal kam er definitiv aus der Wohnung, die ihr Ziel war. Unwillkürlich wich sie zurück und überlegte kurz, ob es letzten Endes nicht doch besser wäre, auf Armstrong zu warten.

Während sie sich abwandte, um einen Blick die Treppe hinunterzuwerfen, entging ihr, dass die Tür zum dunklen Inneren von Suzie Murrays Wohnung leise geöffnet wurde.

Als sie sich ganz öffnete, hörte Rebecca hinter sich ein gedehntes Knarren und drehte sich um. Im Licht, das durch das Fenster fiel, sah sie den Umriss eines Mannes. Sein Gesicht war in der Finsternis des Treppenhauses kaum zu erkennen.

Sie vernahm etwas, das sich wie das Weinen einer Frau anhörte.

Der Mann rührte sich nicht.

Rebecca griff in ihre Tasche, holte ihren Dienstausweis hervor und hielt ihn dem Mann entgegen. »Ich bin Polizeibeamtin. Detective Constable Irvine von der Kriminalabteilung der Strathclyde Police.«

Ihre Stimme hörte sich selbstbewusster an, als sie sich fühlte. So war es ihr beigebracht worden – sich wie ein Bulle *anzuhören,* auch wenn man sich nicht so *fühlte.*

Der Mann wandte sich um und schaute nach hinten in die Wohnung. Sie betrachtete sein Profil – langes Haar, wulstige Stirn und die platte Nase eines Boxers. Plötzlich wurde ihr bewusst, wie groß und breitschultrig er war.

Sie wünschte sich, auf Armstrong gewartet zu haben.

Der Mann drehte sich wieder zu ihr um.

»Ziemlich schlechter Zeitpunkt«, sagte er und kam auf sie zu.

4

Rebecca hielt ihren Dienstausweis vor sich, als könne er ihr als Schild dienen. Der Mann kam immer näher. Sie trat einen Schritt zurück und spürte, wie ihr Fuß an der Kante der obersten Stufe abrutschte – hinter ihr ging es nur noch steil die Treppe hinab.

Der Mann stand fast vor ihr, war bloß noch drei Meter von ihr entfernt. Sie schob ihre freie Hand in ihre Tasche, tastete nach dem Pfefferspray, fand es, holte es hervor und richtete es auf den Mann.

»Bleiben Sie stehen, oder ich werde es benutzen.«

Sie sagte die Worte laut und sicher, und es reichte, um ihn innehalten zu lassen. Noch immer konnte sie sein Gesicht nicht erkennen, aber er roch nach Alkohol und Aftershave.

Er neigte den Kopf zur Seite.

Dann stürzte er sich auf sie.

Einen Augenblick lang war sein Gesicht zu erkennen, dann benutzte sie das Pfefferspray.

Er senkte den Kopf und hielt eine seiner Pranken hoch, um sein Gesicht zu schützen. Rebecca versuchte die Dose so zu halten, dass die Flüssigkeit trotzdem seine Augen traf.

Dann war er über ihr.

Er rammte ihr seine Rechte ins Gesicht, woraufhin sie mit dem Hinterkopf schmerzhaft gegen die Wand schlug; sie spürte den Schlag in ihrer Augenhöhle und auf ihrer Wange. Er war so stark, dass ihre Gesichtshälfte davon taub wurde.

Noch immer presste sie den Finger auf die Spraydose und bewegte diese hin und her in der Hoffnung, doch noch seine Augen zu erwischen – und hatte Erfolg.

Er brüllte auf und ließ von ihr ab.

Rebecca trat nach seinen Beinen und spürte, wie ihr Schuh seitlich sein Schienbein traf. Sie trat wieder zurück auf den Treppenabsatz und holte nun ihrerseits mit der Faust aus, in der sie noch immer die Dose mit dem Pfefferspray hielt, um ihm ins Gesicht zu schlagen, verfehlte ihn fast, streifte ihn jedoch noch an der Wange, woraufhin nun er es war, der die Treppe hinunterzustürzen drohte. Gerade noch bekam er mit der einen Hand das Geländer zu fassen und holte mit der anderen schon wieder nach ihr aus.

Sie sah den Schlag zu spät auf sich zukommen. Seine geballte Faust traf sie knapp unterhalb ihres Haaransatzes an der Stirn. Die Wucht des Hiebes ließ sie das Gleichgewicht verlieren, sodass sie rücklings gegen die Wand fiel.

Ihr Angreifer rieb sich kurz die Augen, bevor er sich plötzlich umdrehte und Hals über Kopf die Treppe hinunterrannte.

Rebecca blieb gegen die Wand gelehnt stehen, hörte ihn die Stufen hinunterhasten und dann die Haustür gegen die Hauswand schlagen, als er sie aufriss, um auf die Straße zu stürmen.

Sie ließ sich auf den Treppenabsatz gleiten, das Pfefferspray entglitt ihr, und sie bebte am ganzen Körper. Sie hatte das Gefühl, gleich in Tränen auszubrechen, zwang sich aber, ihre Gefühle zurückzuhalten. Stattdessen holte sie mehrmals tief Luft, damit ihr Pulsschlag sich wieder beruhigte.

Die eine Hälfte ihres Gesichtes fühlte sich heiß und straff an. Als sie vorsichtig eine Hand darauflegte, spürte sie sofort die Schwellung an ihrem Auge. Sie nahm die Hand wieder fort, sah das Blut daran und wischte sie sich an der Mauer ab, wobei sie schmierige rote Flecken hinterließ.

In ihrer Tasche suchte sie nach einer Packung Taschentücher und zog dann eine ganze Hand voll hervor, die sie sich aufs Gesicht presste. Augenblicklich sogen sich die Tücher mit Blut voll.

»Ist alles in Ordnung mit Ihnen?«

Rebecca blickte in die Richtung auf, aus der die Frauenstimme gekommen war. Ihre Besitzerin lehnte sich gegen den Türrahmen ihrer Wohnung.

»Hat er Sie geschlagen?«

Rebecca nickte und richtete sich wieder auf. Als sie sich bückte, um ihre Tasche aufzuheben, drehte sich alles um sie herum, und vor ihren Augen tanzten bunte Kreise. Als sie sich wieder unter Kontrolle hatte, griff sie nach ihrer Tasche und ging auf die Frau zu, den Packen Taschentücher noch immer gegen das Gesicht gedrückt.

»Sind Sie Suzie Murray?«

Die Frau nickte.

»Ich bin Polizeibeamtin. Kann ich Ihr Bad benutzen?«

Suzie Murray drehte sich um und sah in ihre Wohnung; dann warf sie Rebecca einen besorgten Blick zu.

»Es ist mir egal, wie es bei Ihnen aussieht«, sagte Rebecca. »Ich bin gekommen, um Sie nach Joanna Lewski zu befragen.« Als sie die Wohnungstür erreichte, sah sie, dass auch Suzie Murrays Lippe ein Schnitt zierte und ihr Unterkiefer angeschwollen war. Sie schien geweint zu haben. »Hat er das mit Ihnen angestellt?«, fragte sie.

Die Frau nickte stumm. Rebecca schätzte sie vom Aussehen her auf Mitte dreißig, aber wahrscheinlich war sie fünf bis zehn Jahre jünger. Frauen in diesem Beruf alterten schnell. Suzie Murrays Haar war zwar blondiert, aber schon wieder nachgewachsen, dass man den braunen Haaransatz erkennen konnte.

»Darf ich eintreten?«, fragte Rebecca, nahm die Tücher vom Gesicht und betrachtete das mit Blut getränkte weiße Gewebe.

»Was ist mit Joanna?«, fragte Murray und vermied es, Rebecca in die Augen zu sehen.

Rebecca war nicht auf die Idee gekommen, dass Suzie Murray eventuell noch nichts von dem Tod ihrer Mitbewohnerin wusste. *Hatte ihr denn niemand Bescheid gegeben?*

»Gehen wir erst einmal rein, ja?« Sie machte einen Schritt an Suzie Murray vorbei, betrat die Wohnung und ließ sich dann von ihr den Weg zum Bad zeigen, einer schmalen Kammer am Ende des Korridors. In der Wanne hatte sich vom ständigen Tropfen des Hahns ein dunkler Fleck gebildet; auf dem Boden lagen Kleidungsstücke verstreut.

Rebecca stellte sich ans Waschbecken, schaute in den Spiegel und drehte das Gesicht von einer Seite zur anderen, um die Verletzung zu begutachten, die der Kerl angerichtet hatte. Neben ihrem rechten Auge verlief ein etwa anderthalb Zentimeter langer Riss, ihre eine Gesichtshälfte war dick angeschwollen und hatte sich bereits dunkel verfärbt.

Sie nahm weitere Papiertücher aus ihrer Tasche und betupfte mit ihnen die Schnittwunde. Suzie Murray kam herein und nahm eine Schachtel Heftpflaster aus einer Schublade unter dem Spülbecken.

»Das ist alles, was ich habe«, sagte sie und gab sie Rebecca.

Rebecca bedankte sich. Nachdem Murray sie allein gelassen hatte, zog sie die Schutzstreifen von der Klebefläche zweier Pflaster ab und klebte sie über Kreuz auf ihre Verletzung. Als sie sie festdrückte, färbten sie sich sofort blutrot.

Sie würde einen hübschen Bluterguss bekommen, aber daran konnte sie nun nichts mehr ändern.

Als sie aus dem Bad kam, fand sie Suzie Murray im Wohnzimmer. Die Wohnung war ein einziges Chaos – überall schmutzige Wäsche und dreckiges Geschirr. Ein fleckiges Sofa an der Wand gegenüber dem Fenster zur Straße stellte die einzige Sitzgelegenheit dar. Rebecca beschloss, lieber stehen zu bleiben.

Suzie Murray strich sich das Haar aus dem Gesicht und sah sie an.

»Es ist nicht aufgeräumt.«

Rebecca war sich nicht ganz sicher, was sie darauf erwidern sollte, also schwieg sie.

»Sie sagten, Sie kämen wegen Joanna?«

»Ja. Es tut mir leid, aber Ihre Mitbewohnerin ist gestern tot aufgefunden worden.«

Suzie Murray wandte den Blick ab, zeigte aber ansonsten keinerlei Reaktion.

»Man hat sie im Fluss entdeckt. Nackt. Jemand hat sie ausgezogen und ins Wasser geworfen.«

Wieder keine Reaktion.

»Sie scheint das weder zu überraschen noch zu berühren, Suzie.«

Murray zuckte bloß mit den Achseln. »Leuten wie uns passiert so etwas eben. In so einer Gegend.«

»Wie gut haben Sie Joanna gekannt?«

»Nicht besonders gut. Sie ist erst vor einem Monat eingezogen.«

Das Übliche, dachte Rebecca – es würde nicht leicht sein, verwertbare Informationen aus Suzie Murray herauszukitzeln. Das Misstrauen der Polizei gegenüber saß tief.

»Das hört sich für mich so an, als hätten Sie nicht viel mitzureden gehabt. Ich meine, bei ihrem Einzug?«

»Ist ja auch nicht meine Wohnung. Sie gehört jemand anderem.«

Ihrem Zuhälter. Oder Beschützer. Rebecca nahm sich vor, sich beim Katasteramt schlauzumachen, wem das Haus gehörte.

»Wer war der Mann? Der eben weggerannt ist?«

Suzie Murray lehnte sich zurück, stand dann auf, trat ans Fenster und schlang die Arme um ihren Körper. Rebecca konnte schlecht einschätzen, ob sie sich so verhielt, weil sie Angst hatte oder weil sie vermeiden wollte, über den Mann reden zu müssen.

»Suzie?«

»Ich kenne seinen Namen nicht.«

»Das ist keine Antwort.«

Rebecca hörte sie seufzen.

»Er hat uns was verkauft.«

»Drogen?«

Sie nickte, blickte aber immer noch zum Fenster hinaus.

»Haben Sie schon etwas davon genommen?«

»Nein. Joanna hat den Typen gestern Abend mitgebracht. Sie sagte, sie wollten eine Party feiern.«

Rebecca sah sich um. Nicht gerade der passende Ort für eine Feier.

»Und? Haben sie?«

»Was? Sie wollen Einzelheiten hören?«

Rebecca antwortete nicht.

»Sie sind nicht lange hiergeblieben, sind dann ausgegangen.«

»Und den Stoff haben sie mitgenommen?«

Sie nickte.

»Hat er Ihnen vorher schon mal Stoff verkauft?«

Sie schüttelte den Kopf.

»Vor ein paar Wochen ist er hier mit Joanna aufgekreuzt. Sie war es, die ihn kannte und angeschleppt hat. Sagte, er hätte besseres Zeug als jeder andere.«

»Aber er hat Joanna kein Geld dafür abgenommen?«

»Drei Mal dürfen Sie raten.«

Es klopfte an der Tür. Voller Panik starrte Suzie Murray Rebecca an.

Es klopfte noch einmal, diesmal deutlich lauter.

5

Rebecca hob warnend die Hand, um Suzie Murray zu bedeuten, sich nicht von der Stelle zu rühren. Der Besucher, der geklopft hatte, hatte sich nicht von der Stelle bewegt.

Rebeccas Handy klingelte. Es war Armstrong.

»Wo sind Sie?«, fragte er.

»In der Wohnung von Suzie Murray«, flüsterte sie. »Es war jemand hier. Ich glaube, es könnte der Kerl gewesen sein, der sich der Leiche von Joanna Lewski entledigt hat. Vielleicht steht er immer noch vor der Tür.«

»Das denke ich eher nicht.«

»Wieso?«

»Ich stehe hier und warte, dass mir endlich jemand aufmacht. Ansonsten kann ich niemanden weit und breit entdecken.«

»Dann waren Sie das eben mit dem Klopfen?«

»Genau.«

Rebecca beendete das Gespräch und öffnete die Tür. Als Armstrong ihr Gesicht sah, zuckte er zusammen.

»Gütiger Himmel!« Rebeccas Stimme überschlug sich fast. »Warum haben Sie denn nichts gesagt, als Sie geklopft haben?«

»Reden gehört nicht zu meinen Gewohnheiten.«

»Warten Sie hier.«

Sie ging ins Wohnzimmer, gab Suzie Murray eine ihrer Visitenkarten und schärfte ihr ein, sie anzurufen, falls ihr etwas einfiele, was der Polizei weiterhelfen könnte. Dann wollte sie wissen, ob die junge Prostituierte die Möglichkeit hätte, irgendwo anders unterzukommen, falls der Mann zurückkäme.

»Was kümmert Sie das? Außerdem gibt's niemanden, zu dem ich könnte.«

»Ich werde jemanden zu Ihnen schicken, der Ihre Aussage zu Protokoll nimmt.«

»Hören Sie mal, Lady. Nehmen Sie das nicht persönlich, aber ich werde Ihnen nicht mehr sagen.«

Rebecca sah sie stumm an.

»Möchten Sie wissen, wie ich seit Jahren klarkomme? Ich halte mich aus allem raus. Sie müssen das schon ohne mich auf die Reihe kriegen.«

Rebecca hätte gern noch etwas gesagt, fand aber die passenden Worte nicht.

»Gehen wir!«, rief Armstrong vom Flur aus.

Rebecca drehte sich zu ihm um.

»Sie hat doch alles gesagt, was sie zu sagen bereit war. Bei ihr kommen wir nicht weiter.«

Suzie Murray bestätigte Armstrongs Einschätzung mit einem Schulterzucken.

»Unglaublich!«, schimpfte Rebecca, verließ das Wohnzimmer und zog die Tür des Apartments hinter sich zu.

»Wohin jetzt?«, fragte Armstrong.

»Jetzt fahren Sie mich ins Krankenhaus, damit sich jemand die Bescherung ansieht«, sagte sie und zeigte auf ihr Gesicht.

»Das war aber nicht meine Schuld.«

Rebecca blieb auf dem oberen Treppenabsatz stehen, schaute sich um und ging dann in die Knie, um die Dose mit dem Pfefferspray vom Boden aufzuheben.

»Ein Glück, dass ich das Zeug immer bei mir habe.«

Armstrong sah sie an. »Tut mir leid wegen allem.«

Rebecca wandte sich ab und eilte die Treppe hinunter, ohne auf ihn zu warten.

6

Logan saß am Esstisch der Cahills, als er das Telefon im Arbeitszimmer läuten hörte. Er schaute auf seine Uhr: Es war bereits neun durch. Warum hatte Becky noch nicht angerufen?

Alex Cahill erhob sich, um den Anruf entgegenzunehmen. Aus der oberen Etage, wo Ellie mit den Kindern der Cahills spielte, drang Lärm zu ihnen hinunter. Samantha Cahill schaute zur Decke und lächelte dann Logan zu.

»Wie macht sich Ellie so?«, fragte sie.

»Ganz gut. Wir waren schon längere Zeit nicht mehr bei der Therapeutin, und es nimmt sie auch längst nicht mehr so mit, wenn wir Pennys Grab besuchen.«

»Sie wirkt schon richtig erwachsen.«

Dem konnte Logan nur beipflichten.

»Du machst deine Sache gut. Als Vater, meine ich.«

»Ich hoffe doch. Aber weiß man das je?«

»Frag mich in zwanzig Jahren noch einmal.«

Nun war es Logan, der lächelte.

Alex Cahill kam mit dem Telefon am Ohr ins Esszimmer und gab Logan ein Zeichen, ihm zu folgen. Gemeinsam gingen sie ins Arbeitszimmer zurück, wo Cahill die Mithöreinrichtung der Basisstation einschaltete.

Eine weibliche Stimme wollte etwas sagen, doch Cahill kam ihr zuvor.

»Melanie, wir hören dich jetzt über Lautsprecher. Logan ist bei mir. Der Anwalt, der mich begleitet.«

Logan und Melanie begrüßten einander kurz, dann übernahm Cahill wieder die Gesprächsführung. »Was hast du gefunden?«

»Ich weiß nicht, ob es etwas zu bedeuten hat. Aber du sagtest ja, dass es keine Rolle spiele, wie unwichtig etwas auf den ersten Blick scheinen mag.«

»Erzähl weiter.«

»Ich bin Tims Sachen durchgegangen, aber auf nichts Auffälliges gestoßen. Dann fiel mir ein, dass ich unsere E-Mails gar nicht mehr gelesen hatte, seit … na, du weißt schon.«

Beide Männer schwiegen.

»Ich habe mich eingeloggt und fand eine Mail, die Tim sich selbst von seinem Handy aus unmittelbar vor dem Abflug geschickt hat. Er muss in großer Eile gewesen sein.«

»Was steht drin?«

»›D. Hunter, Denver‹. Mehr nicht.«

Cahill sah Logan an und schüttelte den Kopf.

»Sagt euch das was?«, fragte Melanie.

»Nein. Und dir?«

»Nichts. Ich habe den Namen noch nie gehört. Glaubt ihr, er hat etwas zu bedeuten?«

»Keine Ahnung«, sagte Cahill. »Aber der Zeitpunkt ist auffällig. Es scheint so, als hätte Tom etwas, das er für sehr wichtig hielt, an sich selbst geschrieben. Vielleicht sogar, damit es jemand entdeckt, falls ihm etwas zustößt. Kannst du die Mail an mich weiterleiten?«

»Mach ich. Wie ist deine Adresse?«

Cahill nannte sie ihr und versprach, sich wieder zu melden, sobald er etwas über den Namen herausgefunden hatte.

»Was hältst du davon?«, fragte er Logan, nachdem er das Gespräch beendet hatte.

Logan seufzte. »Könnte was dran sein. Wie du schon sagtest, der Zeitpunkt ist interessant.«

Cahill nickte und wählte eine Nummer. Über den Lautsprecher hörte Logan, wie ein Mann mit ausgeprägtem Glasgower Akzent sich meldete.

»Bruce, ich bin's. Alex. Kannst du etwas für mich nachsehen?«

»Klar. Was ist es denn?«

»Bitte überprüfe jegliche Verbindung zwischen Tim Stark und einem gewissen D. Hunter aus Denver.«

»Das sind ja nicht gerade viele Infos.«

»Mehr haben wir nicht.«

»Nichts weiter?«

»Das ist alles.«

»Wann brauchst du das?«

»Morgen wäre gut. Oder übermorgen. Ich werde dann drüben in den Staaten sein, also ruf mich auf dem Handy an.«

Cahill beendete den Anruf, klappte seinen Laptop auf und trommelte nervös mit den Fingern auf der Schreibtischplatte herum, während er darauf wartete, dass der Computer hochfuhr. Endlich konnte er sein E-Mail-Konto öffnen, rief Melanie Starks Mail auf und druckte den Anhang aus.

Logan stand auf, ging zum Drucker und nahm das Blatt heraus.

»Sieht nicht so aus, als würde uns das viel weiterbringen.«

Cahill warf einen Blick auf das Papier, leitete Melanie Starks Mail samt Anhang an Bruce weiter und klappte seinen Laptop wieder zu.

»Was ist der Plan für morgen?«, fragte Logan.

»Ich hole dich ab. Meinen Wagen können wir am Flughafen stehen lassen.«

»Und wenn wir drüben landen?«

»Immer der Nase nach.«

»Dir ist doch hoffentlich klar, dass wir damit rechnen müssen, dass bei den Behörden sämtliche Alarmglocken schrillen, sobald wir drüben von Bord sind und durch den Zoll gehen?«

»Ich baue sogar darauf. Wie sollen wir sonst anfangen?«

»Das ist dein Plan? Dass wir uns in den USA gleich so unbeliebt machen, dass sie uns für mehrere Stunden in eine kleine Kammer am Flughafen sperren und damit drohen, uns postwendend wieder zurückzuschicken?«

»Irgend so was in der Art. Das klappt meistens.«

Logan sah ihn ausdruckslos an.

»Guck mich nicht so an. Sie werden uns schon nicht nach Guantanamo Bay verfrachten.«

Logans Gesichtsausdruck wurde immer ungläubiger.

»Schließlich müssen wir irgendwie mit der Bundesbehörde in Verbindung treten, die für diese Sache zuständig ist. Dann können sie genauso gut auf *uns* zukommen.«

»Und wenn sie's nicht tun?«

»Dann machen *wir* uns eben bemerkbar. Wir gehen zum FBI, zu den Bullen und zu jedem, der uns einfällt.«

»Und wenn sie uns einfach ignorieren? Hast du schon mal über die Möglichkeit nachgedacht? Was willst du dann tun? Dich an die Presse wenden?«

Cahill grinste. »Nicht schlecht. Darauf bin ich noch gar nicht gekommen.«

»Es sollte ja auch ein Witz sein.«

»Nein, das ist wirklich eine gute Idee. Es gibt nichts, was die mehr hassen, wenn sie jemanden unter ihrem Radar behalten wollen.« Cahill war ganz aus dem Häuschen.

»Sehen wir erst mal zu, dass wir überhaupt ins Land kommen, ohne vorher verhaftet zu werden«, sagte Logan und wünschte sich, das Thema nie angesprochen oder den Spruch für sich behalten zu haben. »Dann sehen wir weiter.«

Samantha kam ins Zimmer und hielt Logan sein Mobiltelefon entgegen.

»Es hat geläutet. Ich dachte mir schon, dass es Becky wäre.«

Logan stand auf, nahm das Handy, ging an ihr vorbei und verließ das Arbeitszimmer. Samantha sah ihren Mann an.

»Dass du mir da drüben ja gut auf ihn aufpasst«, ermahnte sie ihn.

7

»Alles in Ordnung?«, fragte Logan. »Du hast mich ganz schön lange warten lassen.«

»Mir geht's gut. Es ist nichts.«

»*Was* ist nichts?«

Sie seufzte. »Ich hatte heute Abend so etwas wie eine Auseinandersetzung. Hat mit dem Fall zu tun, an dem ich arbeite.«

Logan hätte gerne mehr gewusst, beließ es aber vorerst dabei. »Bist du zu Hause?«

»Ja. Aber du brauchst nicht mehr zu kommen, wenn du nicht möchtest. Ich weiß, dass du morgen einen langen Flug vor dir hast.«

»Ich komme trotzdem.«

»Schön.«

Logan fuhr an Rebeccas Haus vorbei, stellte den Wagen ein Stück weiter ab und ging dann zurück. Als sie ihm die Tür öffnete, erschrak er über ihr blau verfärbtes Gesicht und das von der Schwellung halb geschlossene Auge.

»Himmel, was ist passiert? Du hast doch gesagt, es wäre nichts?«

Unsicher hob sie die Hand und versuchte mit ihr die Schwellung zu bedecken. Sie trat einen Schritt zurück und bat ihn herein. Er folgte ihr den Flur hinunter in die Küche, wo sie sich an den Tisch setzte und sich einen Becher Tee einschenkte.

Logan ging zum Kühlschrank und goss sich ein Glas Orangensaft ein. Dann setzte er sich neben sie und schob ihr das Haar hinters Ohr, um sich die Verletzung näher anzusehen. Er entdeckte, dass neben ihrem stark blutunterlaufenen Auge ein Schnitt mit drei Stichen genäht worden war.

»Eine schöne Auseinandersetzung«, sagte er. »Bist du in eine Prügelei geraten?«

»So ungefähr. Jemand, den ich in meinem Fall befragen wollte, war nicht so erpicht darauf, sich mit mir zu unterhalten.«

»Seid ihr bei solchen Befragungen nicht immer in Begleitung eines Kollegen?«

»Normalerweise schon.« Sie sah ihn von der Seite an. »Aber diesmal bin ich allein hingegangen. War wohl keine so gute Idee.«

Sie stellte ihren Becher ab und drehte sich auf ihrem Stuhl, damit sie ihn besser sehen konnte. Ihre Unterlippe zitterte. »Logan …«

Sie beugte sich vor, schlang die Arme um ihn und weinte leise an seiner Brust. Schließlich wurde ihr Schluchzen immer lauter.

»Ich hatte solche Angst. Er war viel größer und stärker als ich. Wenn ich das Pfefferspray nicht gehabt hätte …«

Sie sprach den Satz nicht zu Ende.

Er hielt sie fest und strich ihr übers Haar. Nach einem

kurzen Moment entzog sie sich ihm, nahm ein Taschentuch und betupfte sich die Augen.

Ihr Telefon klingelte. Das Geräusch unterbrach schrill die Stille des Zimmers. Rebecca meldete sich.

»Ist dort Detective Constable Irvine?«, fragte eine männliche Stimme.

»Am Apparat.«

»Hier spricht Detective Sergeant Jim Murphy. Tut mir leid, dich so spät abends noch zu stören, aber ich dachte mir, dass du vielleicht gern erfahren würdest, was wir gefunden haben.«

»Es gibt Neuigkeiten?«

»Wir glauben, dass es sich um die Kleidung deines Opfers Lewski handelt.«

»Und wieso *glaubt* ihr das nur?«

»Es ist nicht mehr viel davon übrig. Man hat die Sachen in einem Müllcontainer an einer Baustelle ungefähr eine halbe Meile entfernt vom Fundort der Leiche entdeckt. Jemand hat versucht sie zu verbrennen.«

»Ist genug Material übrig geblieben, um uns weiterzuhelfen?«

»Das wissen wir erst, wenn die Kriminaltechniker das Zeug unter die Lupe genommen haben. Aber heute fangen die ganz bestimmt nicht mehr damit an.«

»Danke, Jim.«

Sie legte das Telefon beiseite und nahm wieder Logans Hand. »Wie sehe ich aus?«, fragte sie. Sie streckte den Rücken durch, sog die Luft durch die Nase ein und reckte ihm ihr Kinn entgegen.

Logan legte den Kopf auf die Seite.

»Willst du wirklich, dass ich deine Frage beantworte?«

»Unbedingt.«

Er beugte sich vor und gab ihr einen zärtlichen Kuss auf die Lippen, dann wanderte sein Mund zu ihrer malträtierten Gesichtshälfte hinüber und küsste schließlich ihre geschlossenen Augen.

»Ist das die Antwort, die du hören wolltest?«

»So ziemlich. Hast du das schon mal geübt?«

»Nur an dir.«

Sie gingen ins Wohnzimmer und setzten sich nebeneinander auf Rebeccas überdimensionale Couch. Logan legte den Arm um sie und zog sie nah zu sich heran.

»Was ist das denn für ein Fall, bei dem du zusammengeschlagen wirst?«

»Eine Ermittlung der Drogenfahndung, bei der ich hinzugezogen worden bin, weil es schon mehrere Tote gegeben hat.«

»Was? Ein Krieg zwischen rivalisierenden Banden?«

»Nein, nichts in der Art. Überdosen.«

»Aber wieso interessiert sich die Abteilung für strafrechtliche Ermittlungen plötzlich für Überdosen?«

»Wir glauben, dass eine neue Droge im Umlauf ist. Ein Heroinderivat. Wenn die Verteiler wissen, dass sie möglicherweise tödlich wirkt, können wir ihnen auch in Verbindung mit den Todesfällen etwas anhängen und nicht nur wegen des Verkaufs.«

»So habe ich das nicht gesehen.«

»Könnten wir jetzt nicht über etwas anderes sprechen? Wann geht dein Flieger morgen?«

»Alex holt mich um sieben ab.«

»Wie geht es Ellie damit?«

»Besser, als ich gedacht hätte. Sam sagte, du könntest sie jederzeit besuchen kommen, falls du das möchtest.«

»Das werde ich tun, wenn ich denn Zeit dazu finde. Ich

habe das dumpfe Gefühl, dass dieser Fall mich noch ganz schön auf Trab halten wird.«

Eine Weile lang saßen sie einfach nur da, schwiegen, schauten ins Kaminfeuer und genossen die Stille.

Dann wandte Rebecca sich ihm zu und hauchte einen Kuss auf seinen Hals. Ihre Hand strich über seine Brust und fuhr unter sein Hemd. Auch er begann sie zu küssen.

»Du musst früh raus«, sagte sie und legte die Hand an seine Wange.

»So früh nun auch wieder nicht.«

6. Teil: Patrioten

I

Das Haus war kleiner, als Seth Raines es in Erinnerung gehabt hatte. Er stieg aus dem Wagen und ging die Stufen zur Tür des eingeschossigen Gebäudes hinauf. Er klopfte. Während er wartete, warf er einen Blick auf seinen Pick-up, den er in der unbefestigten Einfahrt hinter der bröckelnden Mauer abgestellt hatte.

»Bist du das, Seth?«, fragte eine Stimme von innen.

»Ja.«

»Komm rein. Es ist offen.«

Raines blickte auf seine Stiefel und trat sie auf der Fußmatte ab, ehe er die Tür aufstieß und in den engen Flur trat, der zu einer Küche im hinteren Teil des Hauses führte. Von beiden Seiten des Korridors gingen weitere Türen ab.

»Hier durch«, hörte er die Stimme von rechts rufen.

Er öffnete die erste Tür auf der rechten Seite und betrat den Raum. Schnell schaute er sich noch einmal um und vergewisserte sich, dass er auch keinen Schmutz hereinschleppte. Der Mann, den er besuchen wollte, saß neben dem Kamin. Obwohl es draußen warm war, prasselte darin ein Feuer. Der Mann wandte sich um, um Raines anzusehen. Der Schmerz würde nie mehr aus seinen Augen weichen, und Raines wusste, warum.

Er lag neben der Lehmpiste auf dem Boden und sah zu, wie das Blut seine Kampfhose durchdrang. Neben ihm kniete Andy Johnson und zerrte an der Hose, bis sie die Wunde nicht mehr verdeckte. Raines legte sich wieder auf den Boden und biss gegen den Schmerz, der in seinem Bein brannte, die Zähne zusammen.

»Alles okay«, sagte Johnson. »Das wird schon wieder, Mann.«

Er hatte eine hohe Stimme, die in dem Lärm um sie herum fast unterging.

Raines spürte, wie ihm die Schweißtropfen seine Stirn hinunter und in seine Ohren liefen.

Ein britischer Chinook-Hubschrauber bereitete sich im Schutz der drei Landrover, die ihn gegen die feindliche Stellung abschirmten, zur Landung vor. Ohne langes Manövrieren setzte er auf dem Boden auf, und das Sanitätsteam stürzte aus dem Laderaum. Einer der Sanitäter kam zu ihm gerannt, aber Raines rief ihnen zu, sich zuerst um Horn zu kümmern.

»Rettet sein Leben!«, schrie er, als die Männer Horn eine Sauerstoffmaske aufsetzten und ihn auf eine Trage hoben.

Die Rotorblätter des Hubschraubers drehten sich unablässig weiter und wirbelten Staub und Sand in Raines' Augen. Er kniff sie zusammen und hielt schützend eine Hand davor.

Als er ins Lager zurückgebracht wurde, lag Horn bereits auf dem Operationstisch. Während die britischen Militärärzte um Horns Leben kämpften, lehnte Raines sich gegen eine Wand des Raumes und sah ihren Bemühungen zu. Dem Blut, das aus seiner Wunde durch den Notverband sickerte, schenkte er keine Beachtung.

Man sagte ihm, er könne sich hier nicht aufhalten. »Versucht doch, mich von hier wegzukriegen«, erwiderte er.

Niemand machte den Versuch.

Sie plagten sich mit Horn ab. Mehr Mühe hätte er von niemandem verlangen können.

Zunächst sägten sie ab, was von seinem rechten Fuß übrig

geblieben war, dann versuchten sie den Blutstrom des Stumpfes, der einmal Horns rechtes Bein gewesen war, einzudämmen, indem sie die Arterien abklemmten.

Doch sein Herz blieb trotzdem stehen.

Sie öffneten den Brustkorb und legten Elektroden an den Herzmuskel, um ihn durch Stromstöße zu stimulieren.

Raines schloss die Augen. Er ahnte, dass sein Kamerad es nicht schaffen würde.

Aber er hatte es doch geschafft. Irgendwie. Und nun saß er hier vor ihm.

»Du musst diese Leute nicht mögen«, sagte er. »Sie sind nur Mittel zum Zweck, damit wir bekommen, was wir wollen, mehr nicht.«

»Ich möchte nicht darüber sprechen«, sagte Matt Horn.

»Bei dir muss man immer wieder Überzeugungsarbeit leisten. Du wirst langsam alt.«

Horn sah schweigend zu dem Fenster an der Vorderfront des Hauses hinaus. Raines hasste die Schwäche, die er in den Augen seines Freundes erblickte. Er lehnte sich neben das Fenster an die Wand. Die Furchen wollten nicht von seiner Stirn weichen. Auf dem Kaminsims stand das Foto der *Charlie Company* – an jenem ersten Tag in Afghanistan aufgenommen. Das Foto, das auch in seinem Büro in dem Blockhaus im Wald stand. Er versuchte sich den Mann, der aus Matt Horn geworden war, mit dem Gesicht des jungen Mannes auf dem Foto vorzustellen.

Horn wandte sich vom Fenster ab und folgte Raines' Blick. Mühselig erhob er sich. Er musste sich mit beiden Armen aufstützen, dann trat er mit steifen Schritten ans Fenster. Raines wusste, dass es dauern würde, bis Horn sich an seine Beinprothesen gewöhnt hatte.

»Hast du von dem jüngsten Fall gehört?«, fragte Horn. »Dem Burschen, der im Veterans Park gestorben ist?«

»Habe ich.«

»Er war Soldat. Früher jedenfalls.«

»Ich habe doch gesagt, dass ich davon gehört habe.«

»Was ist mit den anderen? Und was ist mit Stark?«

Raines löste sich von der Wand, ballte die Hände zu Fäusten und öffnete sie wieder. »Wenn das überhaupt sein Name gewesen ist.«

»Gottverdammt!«, schrie Horn ihn an. »Seit wann fällt dir das alles eigentlich so leicht?«

Als er sich abwandte, sah Raines seine Augen im Licht der Sonne glitzern. Horn wischte sich mit dem Ärmel über das Gesicht. Raines senkte den Kopf. Er fragte sich, ob es es wohl für alle leichter machen würde, wenn er Horn hier und jetzt umbrächte. Nie hätte er geglaubt, dass er jemals auf so einen Gedanken kommen würde.

»Es ist bald vorbei«, sagte er zu Horn.

»Das bringt auch keinen von ihnen zurück.« Horns Stimme zitterte. »Oder?«

»Nein.«

»Und wie viel mehr werden noch sterben?«

»Das weiß ich nicht.«

»Hast du mir sonst nichts zu sagen?«

Raines richtete den Blick wieder auf das Foto auf dem Kamin und überlegte, was er wohl tun würde, wenn er die Zeit bis zu jenem Tage zurückdrehen könnte. Würde er anders handeln? Etwas anders machen? Würde er sich vielleicht nicht freiwillig für die Fahrt zu dem Mohnblumenfeld melden? Er wusste es nicht. Es war, als ob seine derzeitige Mission fest in seiner Psyche verdrahtet wäre und ihn nichts davon abbringen könnte. In stillen Momenten genoss er es insgeheim.

»Ich habe dieses Land einmal geliebt«, sagte er.

»Das tust du immer noch.«

Er sah Horn an, lächelte und schüttelte den Kopf.

»Jetzt möchte ich es brennen sehen«, sagte er. »Obwohl ich *das Land* tatsächlich noch liebe. Nur eben die Arschlöcher nicht, die es regieren. Die können von mir aus in der Hölle schmoren für das, was sie uns angetan haben.«

Er deutete auf das Bild. »Wir müssen uns um uns selbst kümmern. Das ist es, worum es hier geht.«

»Und was ist mit den Menschen, denen wir dabei Leid zufügen?«

Nun war es Raines, der aus dem Fenster blickte. »Das habe ich dir bereits erklärt. Ich habe die Nase voll von dieser Diskussion.«

»Kannst du mir nicht wenigstens sagen, was das alles für ein Ziel haben soll?«

Raines blieb ihm die Antwort schuldig.

2

Er hielt vor seinem Apartmenthaus und blickte in den Rückspiegel. Er hatte nun einen Schatten. Seine Verfolger saßen in einer unschwer als Dienstwagen des FBI auszumachenden Limousine auf der gegenüberliegenden Straßenseite. Sie mussten dort bereits seit heute Morgen auf ihn gewartet haben. Nach dem, was mit Stark passiert war, hatte Raines zwar mit ihrem Auftauchen gerechnet, aber es beeindruckte ihn doch, dass sie ihm so schnell auf die Spur gekommen waren. Immerhin hatte er seine Wohnung unter einem falschen Namen angemietet. Andererseits fühlte er sich irgendwie auch in seiner Ehre gekränkt, weil die Männer sich kaum Mühe gaben, ihn *unauffällig* zu überwachen – es waren zwei junge Kerle in Anzügen, die an einem ganz normalen Werktag auf offener Straße in einem Ford herumsaßen. Eine solche Unbeholfenheit wäre fast zum Lachen gewesen, wären diese Männer nicht diejenigen gewesen, von denen erwartet wurde, das Land zu beschützen.

Das Land, das einmal *sein* Land gewesen war.

Raines entschied sich für einen Frontalangriff. Sie hatten sowieso nichts gegen ihn in der Hand. Er langte unter den Sitz, griff sich seine Neun-Millimeter-Smith-&-Wesson, steckte sie in den Hosenbund seiner Jeans und stieg aus seinem Pick-up. Als er die Straße überquerte und auf den Ford zuging, steckten die beiden Männer hektisch die Köpfe zusammen, um sich zu besprechen.

Er erreichte den Wagen, beugte sich zum Fenster auf der Fahrerseite hinunter und gab dem Mann am Lenkrad mit der Hand ein Zeichen, es zu öffnen. Der Mann ließ das Fenster ein kleines Stück nach unten summen und starrte Raines durch den schmalen Schlitz hindurch an.

»Lasst mich hinten einsteigen«, sagte Raines.

Der Mann wandte sich seinem Kollegen zu, der aber nicht reagierte.

»Wir sollten reden.«

Wieder sah der Fahrer zu Raines hin, starrte ihn noch einen Moment länger an und machte dann mit dem Kopf eine Bewegung in Richtung Rückbank. Raines hörte den leisen *Klick,* mit dem die Türen entriegelt wurden, ging nach hinten, öffnete eine Tür und setzte sich.

»Wie alt seid ihr, Jungs?«

Der Fahrer drehte sich zu ihm um.

»Was wollen Sie?«

»Ich habe zuerst gefragt.«

Der Fahrer seufzte und sah den Mann an, der neben ihm saß. Sie waren beide Hispanoamerikaner und machten auf Raines den Eindruck, als wären sie zu jung für den Job.

»Für mich seht ihr nicht älter aus als ... sagen wir ... dreißig. Habe ich recht?«

Der Fahrer blickte sich wieder zu ihm um, antwortete aber noch immer nicht.

»Was habt ihr gemacht, bevor ihr für die Dienstmarke und die Kanone unterschrieben habt? Oder seid ihr etwa direkt vom College zu dem Verein gestoßen?«

»Ich war Polizist«, sagte der Fahrer.

Sein Partner sah ihn an und schüttelte den Kopf. »Wieso reden wir überhaupt mit dem Kerl?«

»Und wie sieht's mit Ihnen aus, Chef?«, fragte Raines ihn.

Der Partner wandte das Gesicht wieder stur nach vorn und ignorierte die Frage.

»Ihr habt wohl noch nie für euer Land gekämpft, oder? Euch noch nie zum Wohle anderer Gefahren ausgesetzt? Das ist es nämlich, was diesen Job eigentlich ausmacht, wisst ihr das? Selbstlosigkeit.«

»Was wollen Sie von uns?«, fragte der Fahrer.

Raines lachte verächtlich.

»Was ist so komisch daran?«

»Du bist der Erste, der mich das fragt«, antwortete Raines. »So ist es nämlich dazu gekommen.«

»Was meinen Sie?«

»Wenn jemand wie du, irgend so ein Vasall der Regierung, mich tatsächlich mal gefragt hätte, was ich will, und die Frage wirklich ernst gemeint hätte, würden wir wahrscheinlich heute nicht zusammen in diesem Auto sitzen.«

»Ich weiß nicht, wovon Sie reden.«

Raines blickte zu Boden.

»Wir können das gleich hier und jetzt zu Ende bringen«, sagte der Fahrer. »Sie brauchen nur ein falsches Wort zu sagen, und wir nehmen Sie mit.«

»Um mich dann wegen was anzuklagen?«, fragte Raines, ohne aufzublicken.

»Da fällt uns schon was ein«, sagte der Partner und starrte weiter durch die Windschutzscheibe.

»Davon rede ich ja gerade«, sagte Raines und deutete mit dem Finger auf den Mann auf dem Beifahrersitz. »Ihr Burschen seid doch alle gleich, immer überzeugt davon zu wissen, was recht ist.«

»Das führt doch zu nichts«, sagte der Partner zu dem Fahrer. »Schmeiß ihn raus.«

»Seht ihr«, sagte Raines, »ihr könnt ja nicht einmal meine Frage beantworten, aber ihr behandelt mich wie ein Stück Scheiße an eurer Schuhsohle, statt zuzugeben, dass ich nichts Unrechtes getan habe. Rausschmeißen soll er mich, sagt er.«

Der Beifahrer drehte sich zu Raines um.

»Spielen Sie nicht den Unschuldsengel. Wir wissen, dass es nur eine Frage der Zeit ist.«

»Bis was?«

»Bis Sie Ihr Vorhaben in die Tat umsetzen, was auch immer es sein mag.«

Raines wusste, dass sie keinen Anhaltspunkt hatten. Er hatte Stark die ganze Zeit auf Abstand gehalten, weil ihm seine Vorgeschichte suspekt gewesen war. Er hatte längst nicht genug gewusst, als er das Flugzeug bestieg.

»Und was soll das sein, von dem ihr glaubt, mich abhalten zu können? Hat euch das jemand verraten, oder lässt man euch die ganze Zeit im Unklaren?«

»Das ist kein Spiel.«

»Das weiß *ich* sehr wohl, aber ihr, glaube ich, nicht. *Ihr* betrachtet doch alles als Spiel. Ihr habt doch keinen Sinn für die Verantwortung, die ihr im Namen dieses Landes übernehmt.«

Der Mann auf dem Beifahrersitz wandte sich wieder ab. »Wir vergeuden hier nur unsere Zeit.«

Der Fahrer seufzte noch einmal, sah seinen Partner an und dann wieder Raines.

»Wenn es also nichts gibt, was wir für Sie tun können …«

»Es gibt nichts, was ihr überhaupt irgendwann für irgendwen tun könnt. Das versuche ich euch die ganze Zeit klarzumachen.«

»Dafür können Sie bei niemandem die Schuld suchen außer bei sich selbst, Sir. Und versuchen Sie gar nicht erst, sich etwas anderes einzureden. Sie wissen es doch selbst.«

»Ihr müsstet euch mal reden hören. Irgendein Arschloch mit einer aufgeblasenen Vorstellung von seiner eigenen Wichtigkeit hat euch gesagt, dass ihr euch vor meiner Wohnung aufbauen sollt, und ihr akzeptiert blind, dass er damit recht hat, und fragt nicht einmal nach dem Grund dafür. Merkt ihr nicht, wie bescheuert das ist?«

Der Fahrer wich Raines' Blick nicht aus. »Sir, ich glaube, Sie sind hier derjenige, der irgendetwas nicht ganz richtig verstanden hat.«

»Inwiefern?«

»Sie waren Soldat, habe ich recht?«

»Das war ich. Ich habe für solche wie euch mein Leben aufs Spiel gesetzt.«

»Und warum?«

»Um meinem Land zu dienen.«

»Ich habe mich wohl nicht klar genug ausgedrückt. Lassen Sie es mich also noch einmal versuchen. Warum haben Sie

Ihre Ausrüstung zusammengepackt, ein Flugzeug bestiegen und sich in ein Tausende von Kilometern entferntes Land fliegen lassen, wo Sie in einem Krieg kämpfen mussten?«

»Weil mein Oberbefehlshaber es mir so befohlen hat.«

»Sie meinen den Präsidenten?«

»Jawohl.«

»Aber das ist nicht wahr, oder? Der Präsident ist nicht persönlich in Ihre Garnison gekommen und hat Sie persönlich angesprochen, um Ihnen einen Befehl zu erteilen.«

»So funktioniert das ja auch nicht.«

»Genau. Der Präsident gibt die Richtung vor, und Sie folgen den Anweisungen Ihrer Vorgesetzten. Sie haben das getan, ohne die Anweisungen zu hinterfragen, denn einem Befehl ist Folge zu leisten. So sind die Regeln.«

Raines beäugte den Mann argwöhnisch, wollte wissen, ob er sich über ihn lustig machte. Doch in dessen Augen war keine Spur von Heiterkeit zu entdecken.

»Soll das etwa bedeuten, dass wir gleich sind?«

»Ja.«

»Und was genau sind eure Befehle?«

»Wir beobachten Sie. Dann erstatten wir Bericht. So einfach ist das.«

»Und was glaubt ihr, bisher gesehen zu haben?«

»Bis jetzt nichts. Aber wir sind ja auch noch am Anfang.«

»Ich schätze es nicht besonders, wie ein Stück Müll behandelt zu werden, das man einfach wegwerfen kann, nachdem es seinen Zweck erfüllt hat.«

»Sir, ich weiß nicht, was für eine Laus Ihnen über die Leber gelaufen ist, aber ich werde nicht dafür bezahlt, dass ich mir darüber Gedanken mache. Ich werde dafür bezahlt, dass ich dafür sorge, dass Sie nichts tun, womit Sie anderen einen Schaden zufügen.«

Raines überlegte kurz, ob es ihm gelingen könnte, die beiden zu überrumpeln – seine Waffe zu ziehen, bevor sie reagieren konnten. Die Vorstellung von einer Schießerei in dem engen Wagen ließ seinen Adrenalinspiegel in die Höhe schnellen.

»Haben wir uns verstanden?«, fragte der Fahrer.

Raines starrte ihn so lange an, bis der andere den Blick abwandte. Ihr habt ja keine Ahnung, wie kurz ihr vor einer Schießerei seid, dachte er.

»Lassen wir es jetzt mal gut sein, ja? Wenn Sie fortan ein Leben als respektabler, gesetzestreuer Bürger der Vereinigten Staaten führen, können wir Sie auch wieder in Ruhe lassen. Wie finden Sie das?«

Raines legte die Hände in seinen Schoß.

»Vielleicht ist es dafür schon zu spät«, sagte er. »Haben Sie daran mal gedacht?«

Der Mann blickte auf Raines' Hände und ihm dann wieder ins Gesicht. Raines konnte ihm ansehen, dass ihm soeben dämmerte, dass sie einen Fremden, einen Verdächtigen sogar, in ihr Auto hatten einsteigen lassen, ohne ihn vorher zu durchsuchen. Keiner der beiden Männer vor ihm im Wagen hatte die geringste Ahnung, ob er bewaffnet war oder nicht.

»Es ist nie zu spät, Sir«, sagte der Fahrer.

Raines ließ die Arme schlaff herunterhängen. Der Fahrer rutschte auf seinem Sitz unruhig hin und her. Raines ahnte, dass er versuchte, eine Haltung einzunehmen, in der er schnell seine Waffe ziehen konnte – wobei er davon ausging, dass er sie wie alle FBI-Agenten in einem Schulterholster trug.

»Manchmal ist es das doch, mein Sohn. Deswegen werden Kriege geführt.«

Der Partner schien nicht mitzubekommen, was vor sich ging, saß nur da und starrte zur Windschutzscheibe hinaus. Raines' Verlangen war so groß, dass es fast schon körperlich schmerzte – er wollte seine ganze Wut an diesen beiden Männern und allem, was sie repräsentierten, auslassen.

»Sir …«

»Was ist?«

»Ich denke, Sie sollten jetzt besser aussteigen.«

Die Anspannung in seiner Stimme ließ seinen Beifahrer jetzt ebenfalls zu Raines blicken, der die Arme weiter hängen ließ und die Handflächen auf die Rückbank des Wagens gelegt hatte.

»Vielleicht möchte ich aber gar nicht aussteigen?«

Der Blick des Beifahrers schoss zwischen den beiden anderen Männern hin und her.

»Aber gut, dann bis ein andermal«, sagte Raines schließlich und griff nach dem Türöffner. »War nett mit euch.«

3

Das Apartment erschien ihm verlassener als je zuvor. In der Küche warf Raines seine Schlüssel auf die Anrichte, nahm eine Dose Cola aus dem Kühlschrank, öffnete sie und leerte sie in einem Zug zur Hälfte. Dann ging er ins Wohnzimmer, setzte sich auf das Sofa und zappte ziellos durch ungefähr zwanzig Fernsehkanäle, bis er auf eine Berichterstattung über irgendeine neue Militärinitiative in Afghanistan stieß. Er verfolgte die Sendung eine Weile lang, bis die diversen Befehlshaber, die interviewt wurden, zu einer verschwommen Collage verschmolzen.

Die untergehende Sonne tauchte das Wohnzimmer in diffuses Licht, bevor sie es nach und nach der Dunkelheit überließ. Raines stellte den Ton des Fernsehers leise und schloss die Augen. Das flackernde Licht des Bildschirms warf unermüdlich neue Muster auf sein Gesicht.

Die Erschöpfung drang ihm bis in seine Knochen. Er nahm noch einen Schluck Cola, ohne etwas davon zu schmecken. Während der letzten zwei Wochen war ihm aufgefallen, dass er am Essen keine Freude mehr hatte. Es war nur noch Betriebsstoff für seinen Körper. Auch Bier hatte er seit Wochen nicht mehr getrunken; er konnte sich nicht einmal mehr erinnern, an was er überhaupt je Freude gehabt hatte.

Er ließ den Fernseher laufen und ging ins Schlafzimmer, wo er aus dem obersten Regal seines Kleiderschranks einen Karton holte, den er ins Wohnzimmer trug und dort auf den Tisch stellte. Er nahm den Deckel ab und griff sich dann einen Lappen: Er sah benutzt aus, war voller Flecken und roch nach Metall und Waffenöl.

Er breitete den Lappen auf der Tischplatte aus, legte seine Smith & Wesson darauf und begann methodisch die Pistole zu zerlegen und zu putzen – wie er es bereits Tausende von Malen zuvor gemacht hatte.

Sei gut zu deiner Waffe, dann ist sie auch gut zu dir.

Als er sämtliche Bestandteile gereinigt hatte, setzte er sie wieder zusammen, wobei er darauf achtete, dass alle beweglichen Teile einwandfrei funktionierten. Zur Kontrolle nahm er das Magazin aus dem Griff, ließ es wieder einrasten und schob auch den Schlitten vor und zurück.

Dann nahm er das Magazin erneut heraus und betrachtete die oberste Patrone, die darin zu sehen war. Sie wirkte so harmlos, als könnte sie kein Wässerchen trüben. Wie konnte etwas so Kleines nur in der Lage sein, so großen Schaden anzurichten?

Das Metall des Magazins fühlte sich kalt an, als er es sich gegen die Stirn presste. Geschmeidig glitt das Magazin zurück in den Griff und rastete mit einem satten Klicken ein. Raines lud die Waffe durch, um Munition in das Patronenlager zu drücken, das sich im Lauf befand.

Jetzt wird abgerockt.

Junge Kerle sagten das immer vor ihrem ersten Einsatz. Als wäre alles nur ein Film oder so etwas. Eben nicht real.

Aber dann reißt dir eine Mine dein Bein ab.

Dein Blut strömt in den Sand.

Hast du jetzt kapiert, dass es Ernst ist?

Und was erwartet einen, wenn man dann zurück nach Hause kommt? Vielen Dank für die Opfer, die du gebracht hast, mein Sohn. Hier sind deine Entlassungspapiere. Aber nun geh und such dir einen richtigen Job, damit du deine Arztrechnungen selbst bezahlen kannst.

Kannst du dir nicht leisten?

Dumm gelaufen.

Nimm's nicht so schwer, Kamerad. Niemand hat dir was versprochen.

»Was der Mensch sät, das wird er auch ernten«, sagte er laut und hielt sich die Pistole an die Schläfe.

Er schob den Finger in den Abzugsbügel und legte ihn an den Abzug. Spürte, wie er sich bewegte.

Ein klein wenig mehr Druck, und alles wäre vorbei. Kein FBI mehr, das jeden deiner Schritte überwacht. Kein Pakt mehr mit dem Teufel. Nur noch Stille.

Er erhöhte den Druck auf den Abzug, fragte sich, ob er den Knall wohl noch mitbekommen würde, wenn der Schuss sich löste. Würde er sich des Sekundenbruchteils noch bewusst sein, in dem die Kugel durch den Lauf jagte, um gleich darauf seinen Schädelknochen zu zerschmettern und sein Gehirn zu zerfetzen?

Würde er den Schmerz noch spüren?

Die Narbe an seinem Bein begann sich bemerkbar zu machen.

Er drückte den Abzug noch etwas stärker. Noch nie hatte er ihn so weit gespannt. Würde er es diesmal zu Ende bringen? Bis die Lichter ausgingen?

In der Küche läutete das Telefon. Er wartete.

Sowie das Klingeln aufgehört hatte, setzte es auch schon wieder ein. Raines seufzte, nahm den Finger vom Abzug und legte die Waffe auf das auf dem Tisch ausgebreitete Tuch.

Er ging in die Küche und ans Telefon.

»Tut mir leid wegen vorhin«, sagte Matt Horn. »Ich wollte dich nicht verärgern, als du hier warst.«

»Ich war nicht verärgert.«

»Was machst du gerade?«

Geistesabwesend rieb er sich die Druckstelle, die die Mündung des Pistolenlaufs an seiner Schläfe hinterlassen hatte.

»Nichts Besonderes. Gucke fern.«

»Läuft was Gutes?«

»Nein.«

»Möchtest du auf ein Bier rüberkommen?«

Er trat in den Durchgang von der Küche zum Wohnzimmer und sah die Waffe auf dem Tisch liegen.

»Wir könnten uns ein Spiel ansehen«, sagte Horn gerade. »So wie früher. Das haben wir schon lange nicht mehr gemacht.«

»Klingt gut.« Er legte auf, ging zum Tisch und betrachtete die Pistole darauf. Fragte sich, ob Horn jetzt ein Sicherheitsrisiko darstellte und ob er heute Abend noch einmal zu ihm gehen und dafür sorgen sollte, dass er mit niemandem mehr redete. Aber er brachte es nicht über sich. Nicht nach allem, was gewesen war.

Er schaltete den Fernseher aus, nahm seine Schlüssel und trat in die Dunkelheit hinaus. Die Pistole lag nach wie vor auf dem Tuch auf dem Wohnzimmertisch.

7. Teil: Die innere Sicherheit

1

Mittwoch

Während sie ihren beschlagenen Badezimmerspiegel abwischte, beugte sich Rebecca Irvine vor, um ihre geschundene Gesichtshälfte zu begutachten. Sie sah noch schlimmer aus als am Abend zuvor. Vorsichtig berührte sie mit der Fingerspitze den genähten Schnitt neben ihrem Auge und zuckte vor Schmerz zusammen.

Sie trat einen Schritt zurück und drehte den Kopf zur Seite, damit sie das volle Ausmaß der Verletzung sehen konnte. Der Bereich rund um die Wunde war geschwollen und hatte sich verfärbt, sodass ihr Auge über Nacht noch kleiner geworden zu sein schien. In ihrem Kopf pulsierte ein dumpfer Schmerz. Sie nahm zwei Schmerztabletten aus der Schublade unter der Spüle und schluckte sie mit etwas Wasser.

Im Schlafzimmer zog sie sich an und war gerade dabei, sich die Haare zu föhnen, als Connor in seinem Pyjama hereingewackelt kam und seine Ärmchen um ihre Beine schlang. Sie schaltete den Fön aus und hob ihren Sohn hoch.

»Hallo, kleiner Mann. Wie geht's uns denn heute?«

Er grinste sie an, vergrub sein Gesicht an ihrem Nacken, griff mit den Händen in ihr noch feuchtes Haar und zwirbelte es um seine Finger. Dann rückte er ein wenig von ihr ab und legte eine Hand auf ihre blau angelaufene Wange.

»Tut weh, Mommy?«

Sie strich ihm das Haar aus dem Gesicht und gab ihm einen Kuss.

»Nein«, log sie.

»Guuut.«

Sie drückte ihn noch einmal fest an sich.

»Frühstück?«

»Was möchtest du denn?«

»Toast.« Mit konzentrierter Miene erwog er weitere Möglichkeiten. »Saft.«

Rebecca bewunderte es, wie er seine exakten Wünsche mit so wenigen Worten ausdrücken konnte, und wünschte sich, dass Jungen diese Fähigkeit nicht abhandenkäme, wenn sie erwachsen wurden.

Nachdem sie Connor bei seiner Tagesmutter abgesetzt hatte, sah Rebecca in den Himmel und entdeckte einen Jet, der einen Kondensstreifen hinter sich herzog. Sie schaute auf ihre Uhr und rechnete sich aus, dass Logan und Cahill in diesem Augenblick vermutlich gerade in einer Lounge in Heathrow saßen und auf ihren Weiterflug nach Denver warteten.

Als sie sich wieder in ihren Wagen gesetzt hatte, klingelte ihr Handy. Es war Armstrong.

»Was macht das Gesicht? Ich wette, es sieht aus, als hätten Sie zehn Runden im Ring verbracht?«

»Na ja, ich habe schon mal besser ausgesehen.«

»Kommen Sie heute?«

»Ja. Warum sollte ich nicht?«

»Nur so. Wegen gestern Abend, wissen Sie …«

»Sprechen Sie doch inzwischen schon mal mit Jim Murphy und finden Sie heraus, ob die Kriminaltechniker irgendetwas Wichtiges entdeckt haben. Ich habe gestern Abend mit ihm telefoniert. Er sagte, man hätte die Kleider der Lewski gefunden.«

»Wo?«

»Das weiß ich nicht genau. Aber nicht weit entfernt.«

»Intakt?«

»Nein. Wie zu erwarten gewesen war, wollte sie jemand verbrennen. Aber vielleicht können unsere Leute trotzdem noch was damit anfangen.«

»Sind die Ergebnisse der Blutuntersuchung schon da?«

»Gestern Abend waren sie's noch nicht. Fragen Sie Murphy auch danach.«

»Mal sehen, ob ich ihn finde.«

Rebecca ließ den Motor an und schaltete im Radio einen Nachrichtensender ein. Es gab eine kurze Meldung über eine im Fluss gefundene Leiche, mehr aber auch nicht. Nur nüchterne Fakten. Sie schaltete das Radio aus und fuhr in die Stadt.

Da Armstrong nicht da war, als Rebecca ihr Büro betrat, rief sie zunächst noch einmal die Firma an, die die Überwachungskameras in der Umgebung betrieb, und ließ sich in der Hoffnung auf eine Bestätigung, dass die Bänder bereits auf dem Weg zu ihr waren, mit dem diensthabenden Schichtleiter verbinden.

»Dan Patrick«, meldete sich der Mann.

»Hier spricht Detective Constable Irvine von der Strathclyde Police. Im Rahmen einer Ermittlung in einem Mordfall suchen wir sämtliches Material, das uns über die Geschehnisse der vergangenen Tage Aufschluss geben könnte. Ich habe bereits mit jemandem gesprochen und ihn gebeten, uns ein paar Bänder rüberzuschicken.«

»Verstehe. Wir sind zwar personell ziemlich unterbesetzt, aber ich werde schauen, was ich für Sie tun kann.«

Rebecca las zwischen den Zeilen, dass sich bisher niemand darum gekümmert hatte, die Videoaufzeichnungen herauszusuchen. Also betete sie noch einmal die Umstände des Auffindens der Leiche von Joanna Lewski und die ihrer Ansicht nach entscheidenden Zeiträume herunter.

»Wir müssten schon Material haben, das Ihnen weiterhelfen könnte«, sagte Patrick, »aber es wird eine Weile dauern, alles zu sichten. Es sind ja nicht gerade wenige Stunden.«

»Es ist nicht nötig, dass Sie das übernehmen, aber ich brauche die Sachen schnell. Schicken Sie alles zu Händen von Detective Sergeant Jim Murphy ins Polizeioberkommissariat in der Pitt Street. Bitte heute noch.«

Es entstand eine kurze Pause, bevor Patrick antwortete. »Ich werde jemanden damit beauftragen.«

2

Nach einer weiteren Stunde war Armstrong noch immer nicht da. Rebecca rief von ihrem Diensttelefon auf seinem Handy an.

»Ich bin es, Kenny. Wie kommen Sie weiter? Gibt es Fortschritte nach der gestrigen Obduktion?«

»Ich bin gerade in der Gerichtsmedizin mit dem Pathologen. Er hat seinen Bericht fertig und ein paar Proben aus Joanna Lewskis Körper genommen. Ich dachte, dass ich damit gleich ins Labor fahre, dann können die sich dort unverzüglich ans Werk machen.«

»Das hätten Sie mir ruhig vorher sagen können.«

»Ich versuche nur, die Sache zu beschleunigen, verstehen Sie?«

»Ich habe Ihnen schon gesagt, dass es mir gut geht, Kenny. Sie brauchen mich nicht wie eine Invalidin oder ein rohes Ei zu behandeln.«

Da es daraufhin stumm in der Leitung blieb, fragte sie schließlich: »Was für Proben haben wir denn bekommen?«

»Einen Abstrich, in dem Sperma nachgewiesen wurde, und auch ein paar Haare.«

»Sie hatte vor ihrem Tod noch Sex?«

»Das sagt der Doktor.«

»Gut. Wenn wir Glück haben, kommen wir so an die DNA des Täters.«

»Ich bringe die Sachen jetzt in die Pitt Street ins Labor, und dann treffen wir uns in Ihrem Büro. Und Sie?«

»Ich werde jetzt in unsere Rechtsabteilung gehen, um herauszufinden, wer der Eigentümer von Suzie Murrays Wohnung ist.«

»Sie wohnt also zur Miete?«

»Sagt sie jedenfalls.«

»Okay, dann weiter munter voran.«

»Warten Sie – was ist mit Jim Murphy herausgekommen?«

»Was schon? Sie sind mit der Kleidung noch nicht weiter. Aber keine Sorge, ich bleibe dran.«

Rebecca ging die Treppe ins Erdgeschoss des Gebäudes hinunter und durch den Eingangsbereich zu einem Korridor, der zu einem Großraumbüro mit vier Schreibtischen führte. Die einzige Justiziarin im Haus war eine Frau mittleren Alters mit einer Vorliebe für grünen Tee und Blaubeermuffins, die an dem der Tür nächsten Schreibtisch saß. Die Muffinsliebe war ihrer Taille nicht förderlich gewesen.

Sie blickte auf, als Rebecca auf dem Stuhl ihr gegenüber Platz nahm. Rebecca lächelte und stellte sich vor, während die Justitiarin ihre Brille abnahm und sich mit einer Büroklammer, die sie sich zurechtgebogen hatte, den Schmutz unter ihren Fingernägeln entfernte. Das Ergebnis ihrer Bemühungen wischte sie auf den Fußboden.

Das Lächeln verschwand aus Rebeccas Gesicht.

»Was kann ich für Sie tun?«, erkundigte sich die Frau. Ihr Blick sprach Bände, wie sehr sie ihre Arbeit langweilte.

»Ich benötige Ihre Hilfe. Es geht um eine Mordermittlung.«

Die Mitteilung weckte dann doch ihre Neugier. Die Justiziarin legte die verbogene Klammer beiseite und die Handflächen aneinander. »Was brauchen Sie von mir?«

»Ich müsste einen Blick in die katasteramtlichen Unterlagen werfen. Wegen einer Wohnung.«

»Wegen was genau?«

»Wem sie gehört und wann derjenige sie gekauft hat.« Rebecca lächelte erneut. »Können Sie mich einloggen?«

»Gewiss.«

Rebecca folgte der Frau zu einem unbesetzten Schreibtisch, an dem sie ihr Zugang zur Suchmaschine des Katasteramtes verschaffte. Rebecca wartete, bis die Justiziarin wieder gegangen war, tippte die Adresse der Wohnung von Joanna Lewski ein und ließ sich das Suchergebnis per Mail zuschicken. Bevor sie wieder nach oben ging, bedankte sie sich bei der Frau.

In ihrem Postfach war bereits die Mail mit dem Suchergebnis im Anhang eingegangen. Die Wohnung gehörte einer Firma, keiner Einzelperson. Aus dem Namen der Gesellschaft – »ScotLets Limited« – schloss Rebecca, dass die bewusste vermutlich nicht die einzige Immobilie war, die die Firma vermietete.

Sie öffnete den Internetbrowser und ging auf die Website des Handelsregisters – diese war für jedermann verfügbar, sodass sie sich nicht erst über die Justiziarin Zugang verschaffen musste. Hier konnte man sich über sämtliche in Großbritannien eingetragenen Unternehmen informieren. Sie fand die Suchfunktion und gab »ScotLets« ein.

Zwar erfuhr sie sofort etwas über die Rechtsform der Gesellschaft, jedoch nicht, wer die einzelnen Anteilseigner und die Geschäftsführer waren. Trotzdem ließ sie sich das Ergebnis ausdrucken.

Als Firmensitz war das Büro einer Steuerberatungsfirma in einem Gewerbegebiet nördlich des Stadtzentrums angegeben. Nachdem sie sich ihren Ausdruck von dem Zentraldrucker der Abteilung abgeholt hatte, setzte Rebecca sich wieder an ihren Computer und klickte ein Symbol an, das ihr detailliertere, dafür aber auch kostenpflichtige Informationen über einzelne Firmen lieferte. Sie musste feststellen, dass es bei ScotLets nur zwei Gesellschafter gab und beide Personen auch gleichzeitig die Geschäftsführer waren. Ihre Anschrift war wiederum die des Steuerberatungsbüros.

Eine rasche Google-Suche förderte zutage, dass dieses ebenfalls zwei Gesellschafter hatte, die wiederum mit den Eigentümern von ScotLets identisch waren. Doch daran war ja an und für sich nichts Ungewöhnliches, dachte sie – so mancher investierte schließlich sein Geld in Immobilien und verwaltete sein Portfolio mittels mehrerer Einzelfirmen. Trotzdem nahm sie sich vor, den Steuerberatern im Laufe des Tages gemeinsam mit Armstrong einen Besuch abzustatten. Sie wusste aus Erfahrung, dass es auch Investoren gab, die keine Scheu vor dem Umgang mit schmutzigem Geld hatten.

3

Als Rebecca von einer raschen Runde um den Block zurückkam, bei der sie ein wenig frische Luft geschnappt hatte, fand sie auf ihrem Schreibtisch ein Sandwich und eine Dose Cola vor. Sie blickte sich um und entdeckte Armstrong, der sich mit Liam Moore unterhielt. Als er bemerkte, dass sie nach ihm Ausschau hielt, kam er an ihren Schreibtisch.

»Habe gedacht, Sie hätten vielleicht Hunger«, sagte er. »Um auf der sicheren Seite zu sein, habe ich ein Sandwich mit Geflügelsalat genommen. Hähnchen mag schließlich jeder.«

»Vielen Dank.«

Er setzte sich auf ihre Schreibtischkante.

»Sie kennen den Boss?«, fragte sie ihn.

Armstrong warf einen Blick in Richtung Moores Schreibtisch.

»Eigentlich nicht, aber ich versuche mich als Amateurboxer. Ich wusste, dass er früher auch im Ring gestanden hat, also haben wir uns ein bisschen die Zeit vertrieben.«

Rebecca berührte ihre geschwollene Gesichtshälfte. »Soll das ein Scherz auf meine Kosten sein?«

»Aber nicht doch. Außerdem steht Ihnen das wirklich gut. Sie sehen richtig tough aus.«

Sie packte ihr Sandwich aus und öffnete die Cola. Während sie aß, setzte Armstrong ihr auseinander, dass das Labor frühestens am nächsten Tag anhand der Samenprobe ein DNA-Profil erstellen und es mit der Datenbank von Scotland Yard abgleichen könnte.

»Was haben Sie heute Nachmittag vor?«, fragte er schließlich.

Sie erzählte ihm von den Steuerberatern, denen offenbar die Wohnung von Joanna Lewski und Suzie Murray gehörte.

»Dann reden wir doch mal mit denen.«

»Meinen Sie, wir sollten vorher anrufen?«

»Nix da. Wenn das wirklich Gauner sind, ist es besser, sie unvorbereitet zu besuchen. Haben Sie die Namen mal durch den Computer gejagt?«

»Keine Vorstrafen.«

»Na gut, aber es gibt für alles ein erstes Mal.«

Armstrong fuhr sie zum Steuerberatungsbüro Marshall Scott. Er schlängelte sich durch den Großstadtverkehr, indem er ständig die Spur wechselte und jede gelbe Ampel als Aufforderung zum Gasgeben nutzte. Rebecca schnalzte ein paar Mal vorwurfsvoll mit der Zunge, was er nicht zu hören schien. Oder er ignorierte es bewusst.

»Von welchem Revier waren die beiden noch mal?«, fragte sie ihn.

»Welche beiden?«

»Die uniformierten Beamten, mit denen wir über Joanna Lewski gesprochen haben.«

»Stewart Street.«

Rebecca rief von ihrem Handy aus in der Zentrale an und bat, mit dem Polizeirevier in der Stewart Street verbunden zu werden. Dort meldete sich der diensthabende Sergeant, von dem sie erfuhr, dass beide Polizisten auf Streife wären.

»Ich brauche Informationen über zwei Damen aus dem Milieu«, sagte sie. »Wer ist bei Ihnen der Superintendent?«

»Neil Pope.«

»Können Sie mich mit ihm verbinden?«

Es summte in der Leitung, dann meldete sich eine andere Stimme.

»Pope.«

»Hier spricht DC Irvine vom CID, Sir.«

»Was kann ich für Sie tun?«

»Ich benötige Informationen über zwei Damen des horizontalen Gewerbes in Ihrem Zuständigkeitsbereich. Mit welchen Kolleginnen sie befreundet sind, wer ihr Zuhälter ist, all solche Dinge.«

»Worum geht es?«

»Mord, Sir.«

»Wer ist die Leiche?«

Wie einfühlsam.

»Joanna Lewski.«

»Ist das eine von beiden?«

»Ja.«

»Und wie nennt sich die andere?«

»Suzie Murray.«

»Gut. Geben Sie mir Ihre Nummer, ich veranlasse alles Weitere. Es wird Sie jemand zurückrufen.«

»Es ist wirklich dringend, Sir.«

»Schon klar. Wir melden uns in Kürze.«

»Vielen Dank, Sir.«

Armstrong grinste, als sie ihn ansah.

»Was?«

»Haben Sie dieses Buch geschrieben? Das darüber, wie man Freunde gewinnt und Leute vor den Kopf stößt?«

»Ich habe ihn doch nur um eine Information gebeten. Was ist damit nicht in Ordnung?«

»Er ist *Superintendent.*«

»Und?«

»Sie haben ihm gesagt, dass es sich um einen Mordfall handelt und es deshalb dringend ist, dass er sich schnell wieder meldet. Darauf dürfte er auch von selbst gekommen sein.«

Sie schloss für einen Moment die Augen.

»Sie müssen sich mehr entspannen«, riet Armstrong.

Das Steuerberatungsbüro befand sich in dem kleinsten von sieben doppelgeschossigen Gebäuden, die ein kleines Gewerbegebiet in unmittelbarer Nähe der M8 bildeten. Als sie auf den freien Kundenparkplatz neben dem Eingang fuhren, fielen Rebecca zwei teure deutsche Sportwagen mit offensichtlichen Wunschkennzeichen auf.

»Sieht aus, als würden die mit ihrer Klitsche überraschend gute Geschäfte machen«, sagte sie, indem sie eine Kopfbewegung zu den beiden Autos hin machte.

Armstrong zog die Handbremse an und warf einen Blick zur Seite. »Wir wollen doch keine voreiligen Schlüsse ziehen.«

»Ich sag's ja nur.«

Sie gingen durch eine Glastür und betraten den Empfangsbereich. Eine attraktive junge Frau mit einem Telefonheadset begrüßte sie lächelnd und erkundigte sich, ob sie ihnen helfen könne.

Armstrong zückte seine goldglänzende Dienstmarke, um sich auszuweisen. Neben ihm kam sich Rebecca ein wenig unzulänglich vor, weil sie nur ihren Dienstausweis vorzeigen konnte – und die Frau ihre Verletzungen unverhohlen anstarrte.

»Wir würden gerne mit …«, sie warf einen Blick auf den Ausdruck in ihrer Hand, »Mr. Marshall und Mr. Scott sprechen.«

Das Lächeln der Frau verkrampfte sich.

»Sie sind doch beide im Haus, nicht wahr? Ich meine, wir haben draußen ihre Autos gesehen.«

»Ich erkundige mich, ob sie Zeit haben. Kann ich ihnen schon mitteilen, worum es sich handelt?«

»Das erklären wir ihnen schon selbst, danke«, sagte Armstrong.

Sie blieben vor dem Schreibtisch stehen, während die junge Frau nacheinander ihre beiden Chefs anrief. Die Gespräche verliefen unaufgeregt – jedenfalls auf Seiten der Empfangsdame.

Rebecca sah sich um. Alle Einrichtungsgegenstände wirkten teuer, bei den Kunstwerken an den Wänden handelte es sich um Originale – ohne dass sie allerdings hätte sagen können, ob diese einen Wert darstellten oder billiger Schund waren. Doch die Räumlichkeiten sahen insgesamt nicht danach aus, als würde man sich hier jeden Mist an die Wände hängen.

Nach ein paar Minuten wurde eine Tür zur Rechten des Empfangstisches geöffnet, und ein schlanker Mann von Anfang vierzig trat mit ausgestreckter Hand auf sie zu. Er sah die Beamten unverwandt an, während er sie nacheinander mit festem Händedruck begrüßte, hatte gepflegtes dunkelblondes Haar, war auf gesunde Art sonnengebräunt und trug einen perfekt sitzenden dunkelblauen Anzug.

»Ich bin Paul Scott«, stellte er sich vor. »Kommen Sie doch mit, damit wir uns in Ruhe unterhalten können.«

4

Der zweite Steuerberater stellte sich als Lawrence Marshall vor. Er wirkte ein wenig jünger als Scott, aber eben nur ein wenig. Auch ihn umgab eine Aura von Gesundheit und Wohlstand; gekleidet war er in einen grauen Nadelstreifenanzug, sein sich lichtendes Haar trug er streng nach hinten gekämmt.

Die beiden Männer setzten sich nebeneinander an den Konferenztisch im Besprechungszimmer, das sich im Erdgeschoss des Gebäudes befand und über zwei hohe Fenster verfügte, durch die man in der Ferne die Autobahn sehen konnte. Beide taten ihr Bestes, Rebeccas Gesichtsverletzung möglichst keine Beachtung zu schenken.

»Können wir Ihnen etwas zu trinken anbieten?«, fragte Scott.

»Nein, danke«, sagte Rebecca, die sich mit etwas Abstand zu ihnen auf die gleiche Seite des Tisches gesetzt hatte.

Armstrong trat um den Tisch herum und nahm ihnen gegenüber Platz. Scott blickte zwischen den beiden hin und her.

»Was können wir für Sie tun?«

»Ihnen gehört ein Immobilienunternehmen, ScotLets. Ist das korrekt?«, fragte Rebecca.

»Ja. Gibt's damit ein Problem?«

»Nicht dass wir wüssten, nein.«

»Sie besitzen auch eine Wohnung in Bridgeton?«, fragte Armstrong.

Beide Männer sahen ihn an.

»Die Sie an zwei Frauen vermieten.«

Scott rutschte ein wenig nervös auf seinem Platz herum, Marshall ließ sich nichts anmerken.

»Sind Sie deswegen hier?«, fragte Scott.

»Sie wissen, womit diese Frauen ihr Geld verdienen?«

»Ich weiß es jetzt. Aber ich wusste es nicht, als wir den Mietvertrag unterzeichneten.«

Rebeccas Augenbrauen schossen in die Höhe.

»Fällt Ihnen nichts Besseres ein?«, fragte sie.

»Es ist die Wahrheit. Wir haben ein Maklerbüro, das sämtliche Vermietungen für uns übernimmt. Wir überlassen es denen, sich um die Referenzen und all das zu kümmern.«

»Solange also das Geld hereinkommt, stört es Sie nicht, was Ihre Mieter machen?«

»Das habe ich nicht gesagt. Es handelt sich übrigens um eine angesehene Maklerfirma. Wir haben nicht die Zeit, alles selbst zu erledigen.«

»So ist es«, pflichtete Marshall ihm bei.

»Aber über die beiden Mieterinnen wissen Sie jetzt Bescheid, ja? Darüber, was sie tun, um ihren Lebensunterhalt zu verdienen und Ihnen die Miete zu bezahlen?«

»Einer der anderen Mieter in dem Haus hat sich über sie beschwert«, sagte Scott. »Er kannte aus dem Mietvertrag unseren Firmennamen und hat sich mit seiner Beschwerde direkt an uns gewandt statt an den Makler.«

»Aber Sie haben nichts unternommen?«

»Das haben wir dem Makler überlassen.«

»Eine Zeit lang war es nicht leicht auf dem Wohnungsmarkt«, sagte Marshall.

»Also war jeder Mieter ein guter Mieter?«

»So ungefähr.«

Rebecca nahm den beiden ab, was sie sagten. Es gab keinerlei Anhaltspunkte dafür, dass sie logen.

»Können Sie nähere Angaben zu diesem Maklerbüro machen?«, fragte sie.

»Natürlich. Hier ist deren Karte.« Marshall griff in seine Jacketttasche, zog eine Visitenkarte hervor und reichte sie Rebecca. Sie warf einen kurzen Blick darauf: Es handelte sich um einen der großen Immobilienmakler mit Sitz in der Innenstadt.

»Eine der Frauen ist tot«, sagte Armstrong. »Joanna Lewski. Wir ermitteln in einem Mordfall.«

»Mein Gott!« Scotts sonnengebräuntes Gesicht wurde sichtbar blass.

»Sind Sie deshalb gekommen?«, fragte Marshall. »Glauben Sie etwa, wir hätten etwas damit zu tun?«

»Wir gehen nur sämtlichen Spuren nach, und dies ist eine.«

»Wenn wir etwas über ihren Tod wüssten, würden wir es Ihnen sagen«, erklärte Marshall.

»Das ist ja furchtbar«, klagte Scott, als wäre er mit den Gedanken nicht mehr bei dem Gespräch.

»Der Tod einer Frau, die Sie nicht kannten, scheint Sie aber ziemlich mitzunehmen«, bemerkte Rebecca.

»Es ist einfach … Ach, ich weiß doch auch nicht.«

Rebecca erhob sich.

»Wir werden uns mit Ihrem Makler unterhalten«, sagte sie.

Wieder im Wagen wollte Rebecca von Armstrong wissen, was er von Scotts Reaktion auf die Nachricht von Joanna Lewskis Tod hielt.

»Sehr seltsam.«

»Was meinen Sie? Hat er sie gekannt?«

»Schon komisch, aber die Reaktion erinnert mich an die Streifenbeamten, mit denen wir gesprochen haben.«

»Eben. Das Mädchen hat anscheinend eine ziemliche Wirkung auf Männer gehabt.«

»In dem Zustand, in dem wir sie gefunden haben, lässt sich das nicht mehr beurteilen.«

»Trotzdem hatte ich nicht den Eindruck, dass Scott uns angelogen hat.«

»Ich auch nicht. Was sollen wir Ihrer Meinung nach mit dem Gespräch anfangen?«

»Das war nicht die Reaktion von jemandem, der etwas zu verbergen hat. Eher von jemandem, der die Nachricht von ihrem Tod gerade erst erfahren hat und ehrlich schockiert ist.«

»So sehe ich das auch.«

»Wenn wir die Laborergebnisse bekommen und uns die Aufzeichnungen der Überwachungskameras angeschaut haben, werden wir dem Makler mal auf den Zahn fühlen …«

Rebecca wedelte mit der Visitenkarte, die Scott ihr gegeben hatte. »Irgendwie habe ich das Gefühl, dass wir heute einen guten Schritt weiterkommen.«

5

Rebecca stützte den Ellbogen auf ihren Schreibtisch und ihr Kinn in die Hand. Als sie merkte, dass ihre Unterlippe vorstand, versuchte sie sie schnell zurückzuziehen. Armstrong saß neben ihr und gab sich alle Mühe, ein mitleidiges Gesicht zu machen.

Jim Murphy war schmollende Polizeibeamtinnen gewohnt.

»Du weißt doch, wie es ist«, sagte er zu Rebecca. »Die Blutuntersuchungen brauchen ihre Zeit. Ich bin schon zwei Mal oben gewesen, aber die lassen sich nicht hetzen. Wenn die Ergebnisse da sind, sind sie da.«

Rebecca lehnte sich in ihrem Stuhl zurück und rieb sich die Augen. Plötzlich war sie hundemüde.

»Was ist aus den Aufnahmen der Überwachungskameras geworden? Sind die Bänder schon da?«

»Ich habe eine Mail mit digitalen Dateien im Anhang bekommen. Das erspart es mir, mich einzuloggen, um mir alles zusammenzusuchen.«

»Und? Ist was dabei?«

Murphy sah auf seine Uhr, steckte die Hände in die Hosentaschen und sah dann wieder Rebecca an. »Ich habe die Mail vor weniger als einer Stunde erhalten …«

»Du hast dir die Aufnahmen also noch nicht angesehen?«

»Nein.«

»Aber du weißt, worauf du achten musst? Du musst dir vor Augen führen, wie die Kameras positioniert sind, damit du ihre Blickwinkel richtig einordnen und die Entfernungen abschätzen kannst.«

»Das kriege ich schon hin.«

»Und besteht die Hoffnung, dass du noch heute damit anfängst?«

Wieder schaute er auf seine Uhr, rieb sich über eingebildete Bartstoppel in seinem glatt rasierten Gesicht und schob sich dann die Brille auf dem Nasenrücken zurecht.

»Nun …«

»Es ist eine Ermittlung in einem Mordfall, Jim. Bitte.«

»Na schön. Aber es ist nur ein Anfang. Auf diesen Bändern ist eine Menge drauf, und wir haben«, ein weiterer Blick auf die Uhr, »jetzt schon nach drei.«

»Ich wäre dir sehr dankbar. Ehrlich.«

Rebecca schenkte ihm ihr bezauberndstes Lächeln – wenn sie schon nicht an seine dienstlichen Pflichten appellieren konnte, musste sie es eben auf anderem Weg versuchen: mit weiblicher List und Tücke. Nicht gerade die subtile Methode, aber Murphy ließ sich davon auch nicht beeindrucken.

Das war's dann also mit dem bezwingenden Lächeln.

»Sagst du mir dann morgen, wie weit du bist?«, bat sie.

Murphy nickte, wandte sich ab und verließ ohne ein weiteres Wort den Raum.

»Das war wirklich … sehr hilfreich«, bemerkte Armstrong.

Rebecca sah Murphy nach, der das Großraumbüro durchquerte und dann durch die Tür in Richtung Treppenhaus verschwand.

»Eigentlich ist er ein sehr fähiger Mann«, sagte sie.

Sie merkte, dass Armstrong wieder ihre bewusste Gesichtshälfte anstarrte und der Schmerz wieder einsetzte. Sie legte eine Hand auf die Haut und befühlte die Schwellung.

»Ich glaube, mehr schaffen wir heute nicht. Was meinen Sie?«, fragte Armstrong.

Sie wusste, worauf er hinauswollte. »Bevor Sie noch etwas sagen: Mir geht's gut.«

»Ich hatte nicht vor, Ihnen in dieser Hinsicht zu widersprechen.«

»Aber Sie stehen kurz davor, mir nahezulegen, vielleicht etwas früher nach Hause zu gehen. Nach allem, was ich durchgemacht habe.«

Während des letzten Satzes hatte sie Anführungszeichen in die Luft gemalt. Plötzlich fiel ihr jemand ein, der die Geste tagtäglich verwendete – Cahill. Ihre Nachahmung war wohl ein Zeichen, dass sein ruppiger Charme bei ihr doch nicht ganz ohne Wirkung geblieben war.

»So etwas in der Art. Wir können doch morgen bei ihm weitermachen«, sagte Armstrong und machte eine Kopfbewegung in die Richtung, in die Murphy gegangen war.

»Was ist mit dem Maklerbüro der Steuerberater?«

Sie vollführte eine Drehung auf ihrem Schreibtischstuhl und nahm die Visitenkarte in die Hand. »Wir könnten mit denen noch reden.«

Armstrong nahm ihr die Karte ab. »Das werde ich allein erledigen. Ich kann mir kaum vorstellen, dass ich in ihrem noblen Büro von Schlägern erwartet werde.«

Rebecca sah ihn aus zusammengekniffenen Augen an und trommelte mit den Fingern auf der Schreibtischplatte herum.

»Das würde mir dann wohl die Möglichkeit geben, Connor früher von seiner Tagesmutter abzuholen«, sagte sie.

»Connor ist Ihr Sohn.«

Sie nickte, obwohl er den Satz eigentlich nicht als Frage formuliert hatte.

»Also los. Gehen Sie schon. Nehmen Sie sich ein paar Stunden frei und schlucken Sie ein paar Schmerztabletten«, ermunterte sie Armstrong.

Zu Hause kochte sie Connor sein Lieblingsessen – Spaghetti mit Käsesauce – und packte ihn in die Badewanne, nachdem sie sich zusammen eine *Scooby Doo*-DVD angesehen hatten. Connor liebte Scooby Doo – vielleicht ebenso sehr wie sie selbst.

Sie ließ ihn eine Weile mit seinen Wasserspielzeugen in der Wanne planschen und brachte ihn dann zu Bett, um ihm noch ein paar Seiten aus *Pu der Bär* vorzulesen. Er hörte wie gebannt zu, als es um Pus und Ferkels nicht gerade brillantes Vorhaben ging, Klein-Ruh zu entführen. Rebecca fand die Stelle eher ein wenig verstörend – sie erinnerte sie ein bisschen zu sehr an einen Plan für ein Kidnapping. Dann aber verpasste Känga Ferkel für seine Bemühungen zum Glück eine kalte Dusche, und im Hundert-Morgen-Wald waren Recht und Ordnung wiederhergestellt.

Verbrechen und Strafe.

Wenn es doch nur immer so einfach wäre.

Als Connor im Bett lag, hörte sie in der Hoffnung auf eine Nachricht von Logan ihre Mobilbox ab. Nichts.

»Wahrscheinlich ist er noch in der Luft«, tröstete sie sich.

Auch sie ließ sich ein Bad einlaufen und betrachtete im Spiegel den sich immer weiter ausdehnenden blauen Fleck, der scheinbar vorhatte, ihr ganzes Gesicht zu bedecken.

Sie zog sich aus, warf ihre Kleider auf den Badezimmerfußboden, ließ sich in das heiße Wasser gleiten und tauchte ihren Kopf unter. Als sie wieder nach oben kam, strich sie sich das nasse Haar in den Nacken. Anschließend hielt sie einen Waschlappen kurz unter den Kaltwasserhahn, legte ihn sich aufs Gesicht, bettete ihren Kopf auf den Badewannenrand und versuchte nicht an die Angst zu denken, die sie in Suzie Murrays Haus empfunden hatte, als der Mann, der möglicherweise Joanna Lewskis Mörder war, über sie herfiel.

6

Als die Boeing 747 über dem Denver International Airport mit dem Landeanflug begann, blickte Logan auf die riesige Fläche der Great Plains hinunter. Da er gewusst hatte, dass Denver im Schatten der Rocky Mountains lag, war er nun umso überraschter darüber, wie flach das Land war.

Auf dem Sitz neben ihm döste Cahill noch immer – er hatte die Hälfte des Fluges geschlafen, während Logan sich eine Stunde lang hin und her gewälzt hatte, bis er den Versuch zu schlafen aufgab und sich stattdessen zwei Spielfilme und einige Episoden von *Seinfeld* ansah.

Als sie eine letzte Schleife vor der Landung flogen, tauchte zu ihrer Linken das Terminalgebäude auf, dessen Dach sich an die Form von schneebedeckten Bergspitzen anlehnte – eine für einen Flughafen wohl einmalige Architektur. Sofort erinnerte sich Logan, dass Cahill ihm vor einer Weile erzählt hatte, die Konstruktion wäre unter der Last des echten Schnees bereits ein Mal teilweise eingestürzt.

Die riesige Maschine setzte auf, der Pilot fuhr die Landeklappen aus, und Logan hatte wie immer beim Landen das Gefühl, auf seinem Ledersitz nach vorn zu rutschen. Cahill rührte sich und blinzelte sich den Schlaf aus den Augen.

»Sind wir etwa schon da?«, fragte er und grinste.

Logan wollte das Lächeln erwidern, hatte aber das Gefühl, dass er nur eine Grimasse zustande brachte. Er rieb sich die Augen. Der frühmorgendliche Start begann sich bemerkbar zu machen. Seine Uhr war noch nach britischer Zeit gestellt und zeigte zehn Uhr abends, was im totalen Widerspruch zu dem strahlenden Sonnenschein vor seinem kleinen Fenster stand.

»Wie ist die Zeitdifferenz?«, fragte er Cahill.

»Sieben Stunden.«

Logan fummelte an seiner Armbanduhr herum, bis er sie auf drei Uhr justiert hatte. Während er sich streckte und gähnte, wurde die Maschine immer langsamer und steuerte auf das Terminal zu.

»Am besten wird man mit dem Jetlag fertig, wenn man sich gleich akklimatisiert. Man sollte so lange wie möglich wach bleiben.«

Logan nickte nur. Er wusste, dass sein Freund recht hatte, wusste aber auch, dass er sich mächtig würde am Riemen reißen müssen, um länger als nur bis zum Abendessen durchzuhalten.

»Das Problem mit dieser Gegend«, fuhr Cahill fort, »ist, dass man sich an die Höhe gewöhnen muss. Dir wird voraussichtlich ein bis zwei Tage übel sein, bis dein Körper sich auf die dünne Luft eingestellt hat.«

»Na, großartig.«

Cahill klopfte ihm aufmunternd auf die Schulter und löste seinen Sicherheitsgurt, obwohl die Maschine noch immer nicht ihre Parkposition erreicht hatte. Für Logan war es undenkbar, seinen Gurt loszumachen, ehe nicht das Lämpchen erloschen war; Cahill hingegen hielt sich generell nicht gern an Regeln, also erhob er sich auch noch aus seinem Sitz, um das Gepäckfach über sich aufzuklappen, was ihm einen tadelnden Blick einer der Flugbegleiterinnen eintrug, die vorn an der Zwischenwand saßen. Er lächelte ihr schuldbewusst zu – ein Blick, den er, wie sich Logan gut vorstellen konnte, wahrscheinlich während vieler Jahre perfektioniert hatte. Die Stewardess erwiderte tatsächlich das Lächeln und schüttelte den Kopf. Es hatte schon seine Vorteile, Robert Redford ähnlich zu sehen.

Aus diesem Grund wurde Cahill von seinen Freunden auch gern Bob genannt.

Im Gänsemarsch verließen sie schließlich mit den übrigen Passagieren das Flugzeug und machten sich auf ihren Weg durch eine Reihe langer Gänge. Logan fielen die vielen Indianerbilder an den Wänden auf; außerdem erklangen indianische Gesänge aus den Lautsprechern. Er fragte Cahill, was das zu bedeuten hätte.

»Das ist das schlechte Gewissen der Amis. Als würde das alles wiedergutmachen, was wir der Urbevölkerung unseres Landes angetan haben. Später wirst du sehen, dass jede Menge Straßen nach Indianerstämmen benannt sind – Champa, Arapahoe und so weiter.«

In der Ankunftshalle ging es zu wie auf jedem Flughafen der Welt: Jeder war erschöpft und müde und wollte nichts anderes, als endlich sein Ziel zu erreichen. Als sie auf die Schlangen vor den Einreisekontrollschaltern zusteuerten, war Logan froh, dass sie nur Handgepäck mitgenommen hatten.

»So, hier werden wir nun endlich erfahren, ob wir Personen des öffentlichen Interesses sind«, sagte Cahill.

»Netter Euphemismus«, bemerkte Logan.

»Bist du darauf vorbereitet, mehrere Stunden lang in einen Raum eingesperrt zu werden?«

»Nicht unbedingt. Es sei denn, in ihm steht ein Sofa, auf dem ich mich ausschlafen kann.«

»Einen Fußboden wird es bestimmt geben. Was sonst noch, das wissen nur die Götter.«

»Na, dann freu dich schon mal darauf.«

Es gab separate Warteschlangen für US-Bürger und Reisende aus anderen Ländern, also trennten sie sich, um sich jeweils in der entsprechenden Schlange einzureihen. Als Logan zwischendurch einen Blick zu Cahill warf, konnte er schon abschätzen, dass er vor seinem Freund den Schalter erreichen würde.

Nervös stand er hinter der weißen Linie und sah zu, wie vor ihm eine deutsche Familie die Einreiseprozedur durchlief; die Eltern gaben gerade ihre digitalen Fingerabdrücke ab. Der junge Mann hinter dem Tresen trug eine dunkelblaue Uniform mit dem Abzeichen des *Department of Homeland Security,* des US-amerikanischen Ministeriums für Innere Sicherheit, und eine Pistole in einem Gürtelholster. Sein Hemd spannte sich über seinem muskulösen Oberkörper.

Als die Familie abgefertigt war, winkte der Mann Logan zu sich heran, der noch schnell einen Blick zu der amerikanischen Warteschlange warf, in der Cahill mittlerweile an die dritte Stelle vorgerückt war.

»Guten Tag, Sir«, sagte der Beamte, als Logan ihm seinen Pass reichte.

Auf dem Namensschild an seinem Hemd stand »Whitaker«.

Er blickte kurz in den Pass, bevor er Logan ansah. »Was führt Sie nach Denver, Sir?«

Tadellose Umgangsformen.

»Ich bin mit einem Freund hier. Er will Verwandte besuchen.«

Whitaker blickte an ihm vorbei auf die Leute hinter Logan.

»Er ist amerikanischer Staatsbürger«, erklärte Logan. »Er steht drüben in der Schlange.«

Whitaker nickte und tippte etwas in seinen Computer, bevor er auf seinen versenkt angebrachten Monitor schaute, der Logan natürlich verborgen blieb. Danach bat er Logan, sich mit dem Digitalscanner seine Fingerabdrücke abnehmen zu lassen. Während Logan tat, wie ihm geheißen, fiel ihm auf, dass der Beamte ihm seinen Pass noch nicht zurückgegeben hatte, sondern noch immer auf seinem Keyboard herumtippte.

Wieder schaute Logan zu Cahill hinüber und sah, dass auch er nun am Schalter stand.

Whitaker reichte ihm seinen Pass zurück.

»Willkommen in Denver, Sir. Ich wünsche Ihnen einen angenehmen Aufenthalt.«

Logan bedankte sich lächelnd. Sein Herz schlug so heftig, dass es Gefahr lief, sich an seinem Brustkorb zu verletzten.

Er ging an dem Schalter vorbei und hinüber auf die Seite der US-amerikanischen Bürger, um dort auf Cahill zu warten. Cahill zwinkerte ihm zu, als er ihn erblickte. Es war wirklich erstaunlich, dass er so gelassen blieb.

Er ging zur Wand, lehnte seine Reisetasche und dann sich selbst dagegen und schloss die Augen. Er fühlte sich erschöpft, wusste aber, dass Cahill mit seiner Jetlag-Theorie recht hatte. Außerdem hatte er jetzt keine Zeit, sich eine Runde Schlaf zu gönnen – jedenfalls nicht während der nächsten paar Stunden.

Als er die Augen wieder öffnete, stand Cahill noch immer

vor dem Schalter. Der Beamte sprach gerade etwas in ein an seinem Hemd befestigtes Mikrofon. Logan löste sich von der Wand und spürte, wie sein Puls wieder zu rasen begann. Was wäre, wenn sie Cahill einkassierten und ihn hier stehen ließen? Er wusste nicht viel über die Gesetze der Vereinigten Staaten – aber vor seinem geistigen Auge sah er seinen Freund schon in einen orangefarbenen Trainingsanzug auf dem Transporter nach Guantanamo Bay, wo man ihn dann tagsüber mit einer Tüte über seinem Kopf auf dem Fußboden würde sitzen lassen.

Der Beamte beendete sein Gespräch über das Mikrofon, sah Cahill noch einmal an und gab ihm dann lächelnd seinen Ausweis zurück.

»Siehst du«, sagte Cahill, als er bei Logan war. »War doch der reinste Spaziergang.«

»Da bin ich aber froh. Orange steht dir nämlich nicht.«

Verständnislos runzelte Cahill die Stirn.

»Schon gut«, sagte Logan und nahm seine Reisetasche, »lass uns von hier verschwinden, ehe sie es sich noch anders überlegen.«

7

Als sie den Zollbereich verließen und in die Halle des Terminals kamen, hingen an den Wänden noch weitere Bilder amerikanischer Ureinwohner. Cahill zeigte auf ein darüber angebrachtes Schild, das zum Ausgang wies.

»Suchen wir uns ein Taxi«, sagte er.

Logan nickte und folgte ihm. Sie gingen einen kurzen, breiten Gang hinunter, an dessen Ende Automatiktüren ins

Freie führten. Plötzlich wurde Logan sich der beiden uniformierten Beamten vom Ministerium für Innere Sicherheit bewusst, die ihnen folgten. Er war sich nicht sicher, hatte aber das Gefühl, dass sie von den beiden Männern beschattet wurden.

»Folgt man uns?«, fragte er Cahill.

»Ist dir das gerade eben erst aufgefallen?«

»Wie lange sind die schon da?«

»Seit wir die Einreiseformalitäten hinter uns haben.«

»Aber warum hat man uns nicht gleich am Schalter festgehalten? Das hätte doch viel mehr Sinn gemacht?«

»Vielleicht wollen sie erst einmal abwarten. Herausfinden, was wir vorhaben.«

»Das glaubst du doch selbst nicht.«

Hinter der Glastür hielt in diesem Moment eine dunkle Limousine am Straßenrand.

»Stimmt«, antwortete Cahill mit Verzögerung.

»Was läuft hier?«

»Ich schätze, dass das FBI irgendwie in dieser Sache mit Tim drinsteckt und die Sicherheitstypen uns nur so lange im Auge behalten, bis das FBI hier aufkreuzt. Wahrscheinlich nehmen sie uns lieber in ihre Dienststelle mit, statt sich hier am Flughafen mit uns abzugeben. In ihrem Büro fühlen die sich sicherer.«

Die Beifahrertür der Limousine wurde geöffnet, und ein hispanoamerikanisch aussehender Mann von Anfang dreißig stieg aus. Auf der anderen Wagenseite tat es ihm der Fahrer gleich. Beide Männer trugen dunkle Anzüge und ihre Haare akkurat gescheitelt.

»Und da sind sie ja auch bereits«, sagte Cahill.

Als sie durch die Glastür traten, konnte Logan kurz die sich weit ausdehnende flache Landschaft jenseits des Flughafens sehen, über der die Sonne noch immer hoch am strahlend blauen Himmel stand. Es herrschte eine angenehme Außentemperatur, aber man konnte bereits ahnen, dass es mit dem Einsetzen des Abends um einiges kühler werden würde. Im Westen war hoch oben in den Rocky Mountains noch Schnee zu erkennen.

In diesem Augenblick kamen die beiden Männer aus dem Wagen auch schon auf sie zu. Logan blickte sich nach den beiden Sicherheitsbeamten um und sah, dass sie vor der Glastür des Terminals stehen geblieben waren.

»Mr. Cahill?«, fragte einer der Anzugträger und baute sich ein paar Meter vor ihnen auf.

»Das bin ich.«

»Dann müssen Sie Mr. Finch sein?«

Logan nickte.

Der Mann griff in die Innentasche seiner Jacke und holte eine lederne Brieftasche hervor, aus der er seinen Dienstausweis zog.

»Ich bin Special Agent Martinez, und dies ist Special Agent Ruiz. Wir sind vom FBI.«

»Was Sie nicht sagen«, bemerkte Cahill.

Martinez legte den Kopf auf die Seite, als hätte er Cahills Bemerkung nicht verstanden.

»Würden Sie uns bitte begleiten?«

Ruiz öffnete bereits die hintere Wagentür.

»Worum geht es?«, fragte Logan und stellte sich vor Cahill. »Wir sind doch nicht verhaftet, oder?«

Martinez sah erst seinen Kollegen an, dann Logan.

»Nein, Sir«, sagte Ruiz.

»Wir hoffen lediglich, dass Sie uns bei unseren Ermittlungen helfen können«, sagte Martinez wieder an beide gewandt.

Cahill hielt sich zurück und überließ es Logan, das Gespräch zu führen.

»Könnten Sie uns das ein wenig näher erläutern?«

»In unserem Büro in der Stadt können wir in Ruhe reden, Sir.«

»Ich bin Anwalt und würde es vorziehen zu erfahren, worum es hier geht, bevor ich in den Wagen steige.«

Wieder antwortete Ruiz, und Logan begann zu überlegen, ob er der ranghöhere der beiden Agenten war, obwohl es zunächst wie das Gegenteil ausgesehen hatte.

»Ich fürchte, wir sind nicht befugt, das hier und jetzt mit Ihnen zu erörtern, Sir. Aber ich bin mir sicher, dass sich alles klären wird, sobald wir erst einmal im Büro sind.«

Cahill sah Logan an und zuckte mit den Schultern zum Zeichen, dass er die Entscheidung, wie es weitergehen sollte, ihm überließ.

»Wir sind also nicht verhaftet?«, wollte Logan noch einmal von Ruiz wissen.

»Nein, Sir.«

»Und Sie haben auch nicht vor, uns mit der nächstmöglichen Maschine postwendend wieder nach Hause zu schicken?«

»Keineswegs, Sir. Sie sind in diesem Land willkommen, und Mr. Cahill ist ja ohnehin amerikanischer Staatsbürger.«

»Sie wollen uns also nur ein paar Fragen über Tim Stark stellen?«

Die Frage verfehlte nicht ihre Wirkung. Martinez sog scharf die Luft ein und sah Logan durchdringend an.

»Davon hat niemand etwas gesagt.«

»Aber darum geht es doch, oder?«

»Wie ich bereits sagte, Sir«, schaltete Ruiz sich ein, »können wir das alles durchgehen, sowie wir in der Stadt sind.«

Es schien, als sei er mit der Reaktion seines Partners nicht einverstanden.

»Dann sollten wir das wohl tun.«

Cahill nahm seine Reisetasche von der Schulter und hielt sie Martinez hin.

»Würden Sie sich bitte darum kümmern?«

Martinez zögerte kurz, bevor er nach der Tasche griff. Logan ließ sein Gepäck auf dem Pflaster stehen und folgte dann Cahill an Martinez vorbei in den Fond des Wagens. Er sah, dass Martinez den Mund zu einer schmalen Linie verzog, ehe er auch seine Tasche nahm und im Kofferraum verstaute. Er hätte schwören können, auf Ruiz' Gesicht ein kleines Lächeln gesehen zu haben, bevor dieser die Wagentür schloss.

»Das Spiel geht los«, sagte Cahill und rieb sich voller Vorfreude die Hände.

Auf der Fahrt vom Flughafen in die Stadt blieb die Klimaanlage voll aufgedreht. Logan hatte Gänsehaut. Beide Agenten trugen wie im Film Pilotensonnenbrillen. Er musste ein Lachen unterdrücken. Die Fahrt über den Interstate verlief ereignislos, und es herrschte nur wenig Verkehr. Denver wirkte auf Logan ziemlich kompakt; das Stadtzentrum schätzte er kaum größer ein als das von Glasgow. Überall reckten sich Wolkenkratzer in den Himmel, und in der Ferne ragten die Berge auf.

Logan war weder mit den geografischen Gegebenheiten des Stadtinneren noch denen der Vororte vertraut, also ließ er die Welt einfach an sich vorüberziehen. Als sie an einer Ampel hielten, standen neben ihnen zwei berittene Stadtpolizisten auf ihren Pferden. Als Logan zu ihnen hochblickte, sah er, dass die Männer zu ihren Uniformen passende dunkle Stetson-Hüte trugen. Einer von ihnen sah Logan an und hob die Hand zum Gruß.

»Willkommen im Wilden Westen«, sagte Logan leise.

»Wie?«, fragte Cahill.

»Hab nur mit mir selbst geredet.«

Ein paar Minuten später setzte Ruiz, der am Steuer saß, nach links den Blinker und verlangsamte das Tempo. Logan blickte noch einmal aus dem Fenster, als sie in die Tiefgarage eines achtzehnstöckigen Bürokomplexes fuhren.

Nachdem sie den Wagen in einer Parkbucht neben einem Fahrstuhl abgestellt hatten, stiegen die Agenten wortlos aus, gingen zum Heck des Wagens und hoben die Taschen aus dem Kofferraum. Logan wollte ebenfalls aussteigen, aber seine Tür war verriegelt.

»Dann müssen wir eben so lange hier hocken bleiben, bis sie uns rauslassen«, sagte Cahill.

Martinez und Ruiz übergaben ihr Gepäck einem Kollegen, der aus einer Tür rechts neben dem Fahrstuhl gekommen war und gleich wieder durch diese verschwand. »Sie haben unsere Taschen mitgenommen«, sagte Logan.

Auch Cahill schaute nun durch das Seitenfenster und sah die Agenten zum Wagen zurückkommen. Als die Tür von außen geöffnet wurde, stieg Logan sofort aus und wollte wissen, was das sollte.

»Keine Sorge, Sir«, sagte Ruiz. »Wir haben die Taschen nur in sichere Verwahrung gegeben.«

Seine übertrieben höfliche, offiziöse Art zu reden begann Logan gehörig auf die Nerven zu gehen.

»Sie haben kein Recht, unser Gepäck zu öffnen und zu durchsuchen. Das wissen Sie, nicht wahr?«

Ruiz schwieg einen Moment lang.

»Ist denn etwas darin, wovon wir wissen sollten?«

»Nein.«

Sie standen voreinander und sahen sich an.

»Folgen Sie mir bitte, Sir.«

Ruiz ging auf den Fahrstuhl zu, während Martinez noch zurückblieb.

Cahill gab Logan mit dem Kopf ein Zeichen, Ruiz zu folgen. Martinez blieb fünf Schritte hinter ihnen, bis sie den Fahrstuhl erreicht hatten. In der Kabine drückte Ruiz auf den Knopf für die achtzehnte Etage, und die Türen schlossen sich leise. Keiner sagte ein Wort, während fürchterliche Fahrstuhlmusik erklang. Man konnte durchaus von einem bedrückenden Schweigen reden.

Der Empfangsbereich der FBI-Außenstelle war in gedeckten Erdfarben gehalten; hinter einem Schreibtisch prangte das bekannte Emblem an der Wand, an der Rezeption saß eine junge Farbige, die ihnen entgegenlächelte.

»Wo sind wir, Martha?«, fragte Ruiz.

»Besprechungsraum vier.«

»Sind die anderen schon drin?«

»Klar doch. Geht nur, ich sage schnell Bescheid, dass ihr kommt.«

Logan hatte keine Ahnung, wer »die anderen« waren, war aber neugierig darauf, es zu erfahren. Er und Cahill folgten artig Ruiz, als dieser mit einer Magnetstreifenkarte eine Sicherheitstür mit Milchglasscheibe öffnete und dann einen engen Korridor mit mehreren Türen entlangging.

Sie waren fast am Ende des Flurs angelangt, als sie vor einer Tür stehen blieben. Ruiz klopfte, bevor er sie mit seiner Karte aufschloss. In dem Raum saßen am hinteren Ende eines langen Tisches zwei Männer. Durch hohe, schmale Fenster schien die Sonne herein.

Die beiden erhoben sich, als Ruiz die Tür aufhielt und

Logan und Cahill das Zeichen zum Eintreten gab. Als sie im Raum waren, zog Ruiz die Tür von außen wieder zu und überließ die vier Männer sich selbst.

Einer der beiden FBI-Agenten machte den Anfang, indem er mit ausgestreckter Hand um den Tisch herumkam. Er war ein durchtrainiert aussehender Schwarzer von gut eins achtzig, aber Logan fand es schwierig, sein Alter zu schätzen. Er sah aus, als würde er viel Sport treiben; die glatte Haut schmiegte sich an die Konturen seines Gesichts. Logan ging ihm entgegen und ergriff seine Hand.

Der zweite Mann blieb auf seinem Platz am hinteren Ende des Tisches sitzen. Er war etwas größer als sein Kollege, knapp eins neunzig, hatte grau meliertes Haar und trug eine kleine randlose Brille. Es war nicht zu übersehen, dass auch er sich fit hielt. Sein langer Körper passte gerade eben in den schwarzen Anzug.

»Gentlemen«, sagte der Kleinere der beiden, als er auch Cahills Hand schüttelte, »ich bin Special Agent Randall Webb, der verantwortliche Direktor des hiesigen Büros des FBI.«

Logan nickte ihm zu.

»Und das hier ist Special Agent Cooper Grange. Er ist der Leiter unserer Sonderabteilung für Terrorismusbekämpfung. Nehmen Sie doch bitte Platz.«

Logan fragte sich, ob er das Wort »Terrorismus« hatte einfließen lassen, um ihn einzuschüchtern. Wenn, dann war seine Taktik aufgegangen.

8

»Was führt Sie zu Ihrem ersten Besuch nach Denver, Mr. Finch?«, erkundigte sich Randall Webb.

»Tim Stark«, antwortete Cahill an seiner Stelle.

Webbs Blick schoss zu Cahill hinüber, aber das Lächeln wich nicht aus seinem Gesicht. Währenddessen ließ sein Kollege Logan nicht aus den Augen. Webb beugte sich vor und legte seine ineinander verschränkten Hände vor sich auf die Tischplatte.

»Sie nennen die Dinge gern beim Namen, Mr. Cahill, nicht wahr?«

Cahill nickte. »In der Tat.«

»Das kann man so halten.« Webb lehnte sich zurück und sah Grange an. »Du bist dran, Coop.«

Grange nahm sich Zeit. Er ließ keinen Zweifel daran, dass er in diesem Raum das Sagen hatte und bestimmte, wie rasch man auf den Punkt kam. Mit der geballten Energie, die hinter seiner scheinbar so gelassenen Fassade zu ahnen war, erinnerte er Logan an Tom Hardy, den zweiten Mann bei CPO Security.

»Meine Herren, Sie werden gewiss einsehen, dass wir bei einem aktuell zu untersuchenden Fall nur sehr wenige Informationen preisgeben können.«

»Es *gibt* also seitens des FBI eine Untersuchung zu den Todesumständen von Tim Stark?«, fragte Logan.

Grange schaute ihn an, wie eine Eidechse ein Insekt beäugt, das es soeben zu seinem Frühstück auserkoren hat.

»Ich habe mich vielleicht nicht klar genug ausgedrückt. Also noch mal: Ich fürchte, Sie haben diese Reise vergeblich unternommen, wenn Sie hergekommen sind, um Nachforschungen anzustellen.«

»Ist es das, was wir Tims Frau erzählen sollen?«, fragte Logan mit ruhiger Stimme. »Dass sein Tod nicht bedeutungsvoll genug ist, als dass irgendwer sie auch nur darüber unterrichtet?«

»Sie reden die ganze Zeit von seinem Tod …«

»Ja, weil er tot *ist.*«

»Was bisher aber von niemandem in diesem Raum bestätigt wurde.«

Logan machte sich Sorgen, dass Cahill die Informationen, die sie von Scott Boston bekommen hatten, ausplaudern und seinem Kontaktmann beim Secret Service dadurch ein Disziplinarverfahren oder sogar eine Anklage wegen Weitergabe geheimen Materials einbringen würde.

»Warum bestätigen Sie es uns nicht jetzt?«, schlug er vor. »Machen wir reinen Tisch.«

»Wie ich bereits sagte …«

»Ich verstehe schon. Sie dürfen nicht darüber reden.«

Cahill erhob sich und schob seinen Stuhl nach hinten. Grange behielt ihn im Auge, rührte sich aber nicht.

»Wenn wir dann also nicht verhaftet sind«, sagte Cahill, »und Sie uns auch nichts erzählen wollen, sehe ich keinen Grund dafür, die Unterredung noch fortzusetzen. Wir können also gehen?«

»Jederzeit.«

Logan sah Webb an. An seiner Körpersprache fiel ihm eine gewisse Anspannung auf, die bis jetzt nicht da gewesen war.

»Hören Sie«, schaltete er sich ein, »warum hören wir nicht damit auf, unser aller Zeit und Mühe zu vergeuden, und sprechen über das, weshalb Sie uns überhaupt hergebracht haben. Alex und ich sind müde und auch nicht gerade sonderlich guter Stimmung, nachdem wir den ganzen Tag unterwegs waren. Ich zumindest weiß, dass ich meinen Schlaf jetzt wirklich brauche. Warum also geben Sie sich nicht einen Ruck und sagen uns, was Sie uns zu sagen haben, statt um den heißen Brei herumzureden?«

Webb legte Grange die Hand auf den Unterarm.

»Sie sind in Großbritannien Anwalt, Mr. Finch, ist das richtig?«, fragte Webb.

»Das dürften Sie doch wohl wissen.«

Webb lächelte und nickte. Cahill setzte sich wieder.

»Und Sie haben auch schon mal etwas mit unserer Regierung zu tun gehabt?«

»Ja.« Jetzt wurde er hellhörig.

»Dann müssten Sie auch wissen, welche Vorgehensweise wir bevorzugen. Nichts überstürzen. Die Dinge von allen Seiten betrachten.«

Logan nickte.

»Warum also lassen Sie uns nicht diesen Weg weitergehen, anstatt nur Unruhe hineinzubringen? Wir handeln schließlich nicht planlos.«

»Das bezweifle ich nicht. Aber Alex hat einen guten Freund verloren, und die Witwe dieses Mannes kann mit ihrer Trauerarbeit nicht beginnen, solange sie nicht weiß, was geschehen ist. Im Augenblick denkt sie, ihr Mann wäre in irgendwelche krummen Geschäfte verstrickt gewesen, obwohl dieser Mann stets als höchst integer gegolten hat, soweit ich es verstanden habe.«

Webb hielt eine Hand in die Höhe und warf Grange einen Blick zu. »Sie haben recht mit alldem. Er war ein Mann von höchster Integrität. Bis zum bitteren Ende.«

»Sie bestätigen also, dass er tot ist?«

Webb schloss langsam die Augen und nickte.

»Vielen Dank«, sagte Cahill. »Ich weiß, dass ich sehr

schwierig sein kann, aber ich weiß es zu schätzen, dass Sie uns das gesagt haben.«

»Können wir uns nun darauf einigen, dass Sie sich aus der Sache heraushalten und uns unsere Arbeit machen lassen?«

Logan wollte gerade zustimmen, als Cahill ihm in die Parade fuhr.

»Ich möchte wissen, was da abgelaufen ist. Stand Tim noch auf der Gehaltsliste der Regierung? Haben Sie ihn verdeckt in irgendetwas ermitteln lassen?«

»Darüber kann ich Ihnen nichts sagen.«

Cahill deutete mit dem Finger auf Grange. »Warum nimmt der Boss Ihres Terrorismusteams an dieser Besprechung teil? Hat jemand die Maschine absichtlich zum Absturz gebracht?«

Webb seufzte. »Mehr kann ich Ihnen wirklich nicht sagen.«

»Können oder wollen Sie nicht?«

»Verstehen Sie, was Sie möchten«, sagte Grange.

Logan wurde langsam mulmig zumute. Warum musste Cahill es ständig auf ein Kräftemessen mit der Obrigkeit anlegen? – Obwohl er letzten Endes doch immer als Sieger daraus hervorging …

»Coop«, ermahnte Webb mit leiser Stimme seinen Kollegen.

»Wenn Sie uns nichts weiter sagen wollen, werden wir schon jemanden finden, der interessiert genug ist, das alles an die Öffentlichkeit zu bringen«, sagte Cahill.

»Sie meinen die Presse?«, sagte Grange verächtlich.

Er kehrt *zu auffällig* den Coolen heraus, dachte Logan.

»Genau«, antwortete Cahill. »Die Presse.«

»Für diese Drohung könnten wir Sie an Ort und Stelle festnehmen. Alle beide.«

Grange wollte einen harten Kurs fahren, aber Webb lenkte ein. »Wir wissen, was Sie geleistet haben, Mr. Cahill, und Sie können wahrlich stolz darauf sein. Allerdings ist es nicht mehr nötig, Ihre Loyalität diesem Land gegenüber noch häufiger unter Beweis zu stellen, als Sie es bisher schon getan haben.«

»Wenn es so ist, dann seien Sie aufrichtig mir gegenüber. Ich kenne die Spielregeln. Nichts von dem, was Sie mir hier erzählen, wird durch diese vier Wände hinausdringen.«

»Und was ist mit Mrs. Stark?«

»Ich werde ihr sagen, dass Tim tot ist. Dass das FBI mir seinen Tod bestätigt hat. Darüber hinaus würde ich ihr gern sagen können, dass er immer noch der Mann gewesen ist, den sie bis zum Schluss geliebt hat. Ich werde mit Ihnen absprechen, wie wir das arrangieren können, denn ich habe keinerlei Verlangen, eine laufende Ermittlung zu behindern.«

»Ich weiß das zu schätzen, aber ...« Webb hielt in einer Geste der Ratlosigkeit beide Handflächen in die Höhe. *Ich kann's nicht ändern.*

»Was ist mit dem gesetzmäßigen Recht der Öffentlichkeit auf Zugang zu Dokumenten der Regierung?«, erkundigte sich Logan.

»Die nationale Sicherheit hat Vorrang gegenüber jeglichem Interesse der Öffentlichkeit«, erklärte Grange.

»Wäre interessant, was bei dieser Frage herauskäme, wenn wir sie vor einem hiesigen Gericht austragen müssten. Hier soll das Recht auf freie Meinungsäußerung ja einen recht hohen Stellenwert besitzen, wie ich gehört habe.«

Grange setzte dem Einwurf nur eine wegwerfende Handbewegung entgegen.

Logan wandte sich von ihm ab und Webb zu. »Vielleicht gibt es ja doch noch einen Mittelweg, mit dem wir alle zufrieden sind«, sagte er.

»Woran denken Sie?«

»Ich bin überzeugt davon, dass Sie irgendwelche offiziellen Papiere auftreiben können, die wir dann unterzeichnen. Verpflichtung zur vertraulichen Behandlung von Informationen im Interesse der öffentlichen Sicherheit unter Strafandrohung von was auch immer, falls wir uns nicht daran halten.«

»Damit hätte ich kein Problem«, schaltete sich Cahill ein. »Ich habe jede Menge Knebelverträge unterschrieben, als ich noch für unser Land gearbeitet habe.«

Webb sah erst Grange an, dann Logan.

»Der Vertrag wäre nur so viel wert wie die Redlichkeit des Mannes, der ihn unterzeichnet.«

Logans Blick schweifte zu Cahill, dann wieder zu Webb.

»Haben Sie irgendwelche Zweifel an der Aufrichtigkeit und dem Patriotismus dieses Mannes? Das wäre etwas ganz Neues für mich.«

»Und wie steht's mit Ihnen?«

»Ich bin Anwalt.«

»Er möchte, dass du ihn überzeugst, Logan«, sagte Cahill.

Ein Lächeln erschien auf Webbs Gesicht, Grange verzog derweil keine Miene.

»Ich kann mich mit seinem Vorschlag nicht einverstanden erklären.«

»Nun, letzten Endes liegt die Entscheidung bei mir.«

Grange sah aus, als hätte man ihn geohrfeigt.

Webb erhob sich.

»Geben Sie mir ein paar Minuten, um darüber nachzudenken, meine Herren«, sagte er.

9

Nachdem Webb und Grange den Raum verlassen hatten, fragte Logan Cahill, ob er denn glaube, dass sie ihnen sagen würden, was es mit Tim Stark auf sich hatte.

»Kaum anzunehmen.«

»Wieso?«

»Du hast sie doch selbst gehört. All das Gerede von der nationalen Sicherheit. Wenn jetzt auch noch Terrorismusbekämpfung ins Spiel kommt …«

»Und wieso ist dann das *Department of Home Security* nicht dabei?«

»Das FBI möchte gern die Fäden in der Hand behalten. Alle Strafverfolgungsbehörden wollen das. Zusammenarbeit zwischen den einzelnen Abteilungen ist etwas, worüber mehr theoretisiert wird als sonst was.«

Cahill stand von seinem Platz auf und ging ans Fenster.

»Dir war es aber nicht ernst damit, dass wir uns an die Presse wenden, oder?«, fragte Logan.

»Nein. Und das wissen die auch ganz genau.«

»Wenn sie aber jetzt zu dem Entschluss kommen, uns nichts mehr zu sagen, wo wollen wir dann ansetzen?«

»So weit habe ich noch gar nicht vorausgedacht.« Er drehte sich zu Logan und stützte sich auf das Fensterbrett.

Logan schüttelte den Kopf. »Ich mag es, wenn ein Plan so reibungslos funktioniert.«

Cahill lachte.

Sie hatten eine halbe Stunde gewartet – Cahill begann bereits nervös zu werden –, als Webb ohne Grange zurückkam. Logan wertete das als gutes Zeichen.

Auch Webb stellte ihre Geduld noch einmal auf die Probe, indem er sich ein Glas Wasser einschenkte und dann in einem Block mit handschriftlichen Notizen blätterte, ehe er endlich das Wort ergriff.

»Ich habe mich mit Ihrem früheren Boss beim Service kurzgeschlossen, Mr. Cahill.«

»Scott Boston.«

»Ja.«

»Scott ist ein guter Mann.«

»Das ist er. Und er hatte auch nur Gutes über Sie zu berichten.«

Cahill nickte, sagte aber nichts weiter. Webb spielte mit einem Kugelschreiber auf der Tischplatte, als wäre er sich immer noch nicht sicher, wie viel er ihnen offenbaren sollte.

»Ich werde versuchen ein paar Ihrer Fragen zu beantworten, muss dabei aber gewisse sensible Bereiche aussparen.«

»Hört sich nach einem fairen Deal an«, sagte Logan.

Webb beugte sich vor und blickte Cahill an. »Ich tue das aus Respekt und aus kollegialer Hochachtung vor jemandem, der mit Stolz auf seine Dienste für dieses Land zurückblicken kann – aus keinem anderen Grund. Auf Drohungen reagiere ich sehr empfindlich.«

Cahill erwiderte Webbs Blick.

»Haben wir uns verstanden?«

»Das haben wir«, antwortete Cahill.

Augenblicklich wirkte Webb entspannter und lehnte sich in seinem Sessel zurück.

»Das Flugzeug, in dem Tim Stark saß, ist aufgrund eines Triebwerksdefekts abgestürzt. Die Unglücksursache wird im Laufe der nächsten beiden Tage öffentlich bekannt gegeben, deswegen kann ich es Ihnen schon jetzt sagen.«

»Hatten Sie ursprünglich geglaubt, die Maschine wäre

durch Fremdeinwirkung zum Absturz gebracht worden?«, fragte Logan. »Ist das der Grund, aus dem Agent Grange hinzugezogen wurde?«

Webb musterte ihn einen Moment lang schweigend.

»Viel mehr kann ich darüber im Augenblick nicht sagen. Tut mir leid.«

»Aber verraten Sie uns noch eins«, sagte Cahill. »Hat Tim ein Alias benutzt? Ich frage das, weil sein Name nicht auf der Passagierliste stand.«

»Er ist bei dem Absturz ums Leben gekommen. Mehr brauchen Sie nicht zu wissen.«

»Er hat verdeckt ermittelt?«

Webb schwieg, legte das Kinn auf die Brust und hob den Kopf dann wieder. Logan war sich nicht sicher, ob das ein bejahendes Kopfnicken gewesen sein sollte, und blickte Cahill an.

»In Ordnung«, sagte dieser. Offenbar hatte er Webbs Geste als Antwort auf seine Frage gedeutet.

»Reicht Ihnen das?«, fragte Webb.

»Für Tims Frau schon.«

»Und für Sie?«

Cahill lächelte. »Ich ziehe es stets vor, eher mehr zu erfahren als weniger.«

Nun war es Webb, der sich erhob, zum Fenster ging und auf den einsetzenden Feierabendverkehr hinunterschaute.

»Wir überprüfen gerade sämtliche Waffenkäufe im Land«, sagte er zum Fenster gewandt. »Aber das dürfte Ihnen bekannt sein.«

Logan und Cahill nahmen das als rhetorische Frage und warteten darauf, dass Webb fortfuhr.

»Vor einiger Zeit hat ein Mann begonnen, der uns bereits durch ein paar gegen die Regierung gerichtete Aktivitäten – Schmähbriefe und dergleichen – aufgefallen war, legal Waffen zu erwerben. Jedes Mal wurde automatisch eine Überprüfung seiner Person vorgenommen, aber weil er ein sauberes Führungszeugnis hatte, konnten die Käufe durchgeführt werden.«

»Irgendwo leuchtet doch bestimmt ein rotes Lämpchen auf, wenn jemand wiederholt Waffen kauft, oder?«, fragte Cahill.

Webb drehte sich wieder zu ihnen um und nickte.

»Wie man es erwarten sollte«, sagte er.

»Was geschah dann?«

»Er hat aufgehört. Nach sieben Waffenkäufen binnen eines Zeitraums von einem halben Jahr hat er einfach damit aufgehört.«

»Und?«

»Er verkaufte sein Haus – ohne sich ein anderes zu kaufen, soweit uns bekannt ist. Es gibt auch keinerlei Unterlagen darüber, dass er irgendwo eine Wohnung gemietet hätte. Jedenfalls nicht unter seinem richtigen Namen.«

»Hat er denn gearbeitet?«

»Er hat gekündigt, sich aber um keinen neuen Job bemüht.«

»Und Sie machen sich Sorgen, was er wohl vorhaben könnte?«

»Korrekt.«

»Was machen Sie jetzt?«

»Wir machen uns im Hintergrund ans Werk, um herauszubekommen, was er treibt. Immerhin haben wir ihn jetzt im Visier. Wir haben uns auch in seinem Bekanntenkreis umgehört. Und was festgestellt? Ein paar seiner Bekannten haben ebenfalls feste, gut bezahlte Stellungen aufgegeben und keinen neuen Job angetreten.«

»Was für Bekannte?«, fragte Logan.

»Alles Exsoldaten.«

»Sie haben zusammen gedient?«, fragte Logan.

Webb nickte. »In Afghanistan.«

Logan kam ein Gedanke. »Die Aktivitäten, von denen Sie sprachen, das, was ursprünglich Ihre Aufmerksamkeit erregt hat – hatte das etwas mit dem Krieg im Nahen Osten zu tun?«

»So könnte man es sagen.«

»Sie lassen es also so aussehen, als wäre Tim Stark gekündigt worden«, fasste Cahill zusammen. »Damit hat er einen legitimen Grund, auf die Regierung sauer zu sein, und findet in diesem Soldaten, diesem Exsoldaten, einen Gleichgesinnten.«

Webb nickte.

»Sie haben Stark in die Gruppe eingeschleust?«

Ein weiteres Kopfnicken.

Logan zog die Stirn in Falten. »Das kapiere ich nicht ganz«, sagte er. »Wenn Stark gefeuert wurde, damit er einen Grund hat, auf die Regierung sauer zu sein, er also unter seinem richtigen Namen auftreten konnte und sich auch keine Biografie erfinden musste, warum hat er dann einen falschen Namen für das Flugticket benutzt?«

»Um etwas mitzuteilen«, sagte Cahill. »Habe ich recht?«

»Ja«, bestätigte Webb. »Der Aliasname sollte eine Nachricht an uns sein. Durch ihn wussten wir, dass er aufgeflogen war und seine Zelte abbrach. Und da die Operation von unserem Hauptquartier aus geleitet worden war, hat er einen Flug nach Washington gebucht.«

»Also haben Sie gewusst, dass man ihm auf die Schliche gekommen war«, sagte Logan. »Deswegen haben Sie auch vermutet, dass der Absturz ein Sabotageakt gewesen sein könnte, um Stark aus dem Weg zu schaffen?«

»Ebenfalls korrekt.«

»Aber letzten Endes hat er einfach nur Pech gehabt«, sagte Cahill.

Webb nahm wieder Platz. »Jetzt wissen Sie also, warum die Sache sensibel gehandhabt werden muss«, sagte er. »Diese Leute laufen noch da draußen herum und planen immer noch das, was sie schon so lange im Schilde führen.«

»Nur haben Sie jetzt keinen Einblick mehr, weil Ihnen Ihr Spitzel fehlt.«

»Genau.«

Cahill dachte einen Augenblick lang nach.

»Brauchen Sie Ersatz?«

10

»Das kann doch nicht dein Ernst sein?«, sagte Logan zu Cahill, als sie in einem Taxi zu ihrem Hotel fuhren.

»Warum denn nicht?«

»Ist dir dein Leben noch nicht aufregend genug?«

»Komm schon, Logan. Er hat zwar gesagt, dass er darüber nachdenken wird, aber wirklich ernst ist es ihm damit nicht.«

»Wieso nicht?«

»Ich lebe schon eine ganze Weile nicht mehr in den Staaten und bin noch länger aus jeglichem anerkannten Staatsdienst raus. So einen wie mich wollen die gar nicht wieder in ihren Reihen. Jemanden, den sie nicht im Griff haben.«

»Und was sollte das Ganze dann? Dass er sagte, er würde darüber nachdenken?«

»Er wollte mir eine Freude machen.«

»Aber *wir* sind doch mit unserer Aufgabe jetzt hier durch, oder?«

»Ich habe das Zimmer für drei Nächte gebucht. Warum machen wir nicht das Beste daraus?«

»Du willst in dieser Sache trotzdem noch etwas unternehmen, nicht wahr? Ich kann es doch in deinem Gesicht sehen. Selbst wenn es Webb nicht ernst damit war, dich in irgendeiner offiziellen Funktion zu beteiligen, *möchtest du* aber beteiligt werden.«

Cahill zuckte mit den Achseln.

»Himmel, du bist echt unglaublich, Alex. Weißt du das eigentlich?«

»Immer mit der Ruhe. Wir sollten von Bruce nach wie vor eine Information darüber erhalten, was es mit diesem D. Hunter auf sich haben könnte, auf den Melanie in der Mail gestoßen ist. Warum klemmen wir uns also nicht wenigstens noch hinter die Sache, solange wir das Hotelzimmer haben?«

»Und alles, was wir herausfinden, lassen wir Webb zukommen, stimmt's?«

»Selbstverständlich.«

»Du hast noch nie etwas zu mir gesagt, was mich so wenig überzeugt hat. Und das will schon etwas bedeuten.«

Es war nach sechs, als sie das Hotel erreichten, ein modernes Vier-Sterne-Haus mit einem Restaurant im Erdgeschoss und einem weitläufigen Empfangsbereich nebst Bar eine Etage darüber. Sie checkten ein und bezogen ihre Suite mit zwei Doppelbetten.

»Gemütlich«, kommentierte Cahill, als sie eintraten.

Logan entdeckte den hinter zwei Klapptüren eines Schrankes verborgenen Fernseher an der Wand dem Bett gegenüber und suchte einen örtlichen Nachrichtensender. Binnen weniger Minuten hatten sie ihre Taschen ausgepackt und sie in dem Wandschrank unter dem Fernseher verstaut.

»Willst du jetzt Melanie anrufen?«, fragte Logan.

Cahill sah auf seine Uhr. »Das sollte ich wohl tun.«

»Zumindest haben wir gute Nachrichten für sie.«

Cahill sah ihn fragend an.

»Einigermaßen gute Nachrichten, meine ich.«

»Schon möglich.«

»Ich werde mich mal im Hotel umsehen. Währenddessen kannst du in aller Ruhe dein Gespräch führen, und danach wird erst einmal gegessen.«

Logan fuhr mit dem Fahrstuhl ins Erdgeschoss und besorgte sich einen Pappbecher mit Kaffee. Dann ging er in den Empfangsbereich, wo er Hinweisschilder auf eine Shopping-Mall erblickte, denen er folgte und die ihn durch eine Doppeltür unmittelbar in die erste Etage eines Einkaufszentrums führten. Er konnte nicht sagen, was zuerst da gewesen war – die Mall oder das Hotel.

Er schlenderte an den Läden entlang und dann wieder ins Erdgeschoss hinunter, wo er auf den Empfangstresen einer Autovermietung stieß. Mit einem Wagen, sagte er sich, würden sie wahrscheinlich besser bedient sein, als wenn sie die nächsten Tage ein Taxi nahmen oder zu Fuß gingen.

Er setzte sich auf eine Bank vor einem Fast-Food-Restaurant und spürte die Übelkeit, die Cahill ihm angekündigt hatte. Zwar nur schwach, aber das Gefühl war doch unangenehm. In dem Essensgeruch, der aus dem Restaurant zu ihm drang, hielt er es nicht länger aus, also ging er wieder die Treppe hinauf und folgte den Hinweisschildern zurück ins Hotel. Als er sein Handy hervorholte, sah er, dass er eine Nachricht bekommen hatte.

Ellie hatte sich kurz gemeldet, um ihm zu sagen, dass es ihr gut ginge und er sich keine Sorgen zu machen bräuchte – und dass er sie ja sowieso jederzeit anrufen könne. Er musste unwillkürlich lächeln, als er ihre Stimme hörte.

In ihrem Zimmer fand er Cahill in gedrückter Stimmung vor.

»Der Anruf war nicht leicht?«, fragte er und setzte sich auf sein Bett.

Cahill nickte. »Was hast du gemacht?«

»Abgesehen davon, dass mir schlecht ist …«

»Was habe ich dir gesagt?«

»Abgesehen davon habe ich eine Autovermietung entdeckt und mir gedacht, dass wir uns während unseres Aufenthalts hier vielleicht einen Wagen mieten sollten.«

»Gute Idee. Das kannst du morgen gleich nach dem Frühstück erledigen.«

»Wolltest du nicht sagen, *wir* könnten das erledigen?«

»Nein.«

»Was hast du dann vor?«

»Ich habe eine Besorgung zu machen.«

»Alex …«

»Nichts Schlimmes. Nur etwas Persönliches.«

Logan sah ihn argwöhnisch an. Er war sich nicht sicher, ob er nicht angelogen wurde, beschloss aber, die Sache zunächst auf sich beruhen zu lassen.

»Ach ja – Bruce hat mir eine Mail geschickt.«

»Steht was Interessantes drin?«

»Es gibt nur vier D. Hunters im Großraum Denver.«

»Hat Bruce über sie etwas in Erfahrung gebracht?«

»Natürlich. Aber nichts Aufregendes.«

»Aber wir werden die Namen trotzdem dem FBI übergeben, damit die sie noch einmal überprüfen, oder?«

»Nicht sofort. Ich meine, wir könnten doch ein paar Vorabinformationen einholen, wo wir schon mal hier sind.«

Logan hatte nicht mehr die Energie, sich mit Cahill darüber zu streiten. »Wie du meinst. Ich werde jetzt noch ein bisschen fernsehen und dann schlafen gehen.«

Cahill sah auf seine Uhr. »Es ist gerade mal sieben durch. Was ist mit Abendessen?«

»Wenn ich bis neun durchhalte, kann ich froh und glücklich sein. Außerdem ist mir nicht mehr nach Essen zumute.«

»Tu, was du willst. Ich mache jedenfalls jetzt einen Spaziergang und hole mir unterwegs einen Burger.«

Logan hatte keine Lust, ihn zu fragen, ob er sich nur die Beine vertreten wollte oder etwas ganz anderes beabsichtigte.

Cahill sah seinen Gesichtsausdruck.

»Mein Gott, ich geh wirklich bloß eine kleine Runde.«

11

Donnerstag

Rebecca Irvine loggte sich in ihren Computer im Polizeioberkommissariat an der Pitt Street ein und überprüfte ihre Mails. Am Vorabend um halb sieben war eine von Armstrong eingegangen, in der er ihr von seinem Besuch in dem Maklerbüro berichtete, das die Vermietungen der Steuerberater betreute. Die Nachricht war kurz und präzise:

»Sackgasse. Wir reden morgen.«

Sie holte ihre Aufzeichnungen und Unterlagen hervor und ging noch einmal die bisherigen Ergebnisse durch. Es mochte sie nicht weiterbringen, aber zumindest würden sich ihre

Gedanken auf den Fall konzentrieren, und vielleicht würde ihr das bei den weiteren Ermittlungen helfen. Während sie las, machte sie sich auf einem Block ein paar Notizen. Anschließend überflog sie, was sie geschrieben hatte:

Fentanyl/Heroin – Russland?
Überdosen – gepantschter Stoff
Lewskis Leiche – Täter ein Dealer?
Dealer und Lewski – Sex
Polizisten und Lewski – ?
Steuerberater und Lewski – ?
Suzie Murray – lügt sie, kennt sie Dealer?

Sie lehnte sich auf ihrem Stuhl zurück und dachte über den letzten Punkt nach. In der Aufregung nach dem Zusammenstoß mit dem Mann auf der Treppe hatte sie die Befragung von Suzie Murray nicht mit der gewohnten Gründlichkeit durchgeführt. Sie suchte aus der Akte die Notizen heraus, die sie sich währenddessen gemacht hatte, und las auch sie noch einmal durch.

Murray hatte ausgesagt, Joanna Lewski sei vor ungefähr einem Monat in die Wohnung gezogen und sei auch diejenige gewesen, die den Dealer – der Mann, der sie angefallen hatte – gekannt hatte. Laut Aussage von Suzie Murray hatte Joanna ihn ein paar Wochen nach ihrem Einzug in die Wohnung mitgebracht. Murray selbst hatte nichts von seinem Zeug abgenommen, während Joanna Lewski ihre Drogen mit Sex bezahlt hatte – auch das Gemisch, an dem sie gestorben war.

Eine unbeantwortete Frage machte Rebecca ganz besonders zu schaffen: Wenn sie recht in der Annahme ging, dass es Joannas Dealer gewesen war, der ihre Leiche in den

Fluss geworfen hatte, wieso war er einen Tag nach ihrem Tod schon wieder bei Suzie Murray in der Wohnung gewesen? Er hätte sich doch denken müssen, dass die Polizei in der Wohnung aufkreuzen und Suzie Murray befragen würde und er ein Risiko einging, wenn er sich dort blicken ließ. Ein großes Risiko sogar.

Weil ihr kein logischer Grund für den Besuch einfallen wollte, überflog sie noch einmal ihre Notizen. Eigentlich konnte es sich nur um das Rauschgift gehandelt haben – vielleicht hatte der Dealer etwas von dem gepanschten Zeug in der Wohnung zurückgelassen und wollte es gestern holen. Und doch ging es Rebecca nicht in den Kopf, dass er für eine solch geringe Menge – gerade genug für Joanna Lewskis persönlichen Gebrauch – dieses Risiko auf sich genommen haben sollte. Ein sichtbares Paket hatte er bei ihrer Begegnung jedenfalls nicht bei sich gehabt.

Sie rief Armstrong an. Es läutete drei Mal, ehe er ranging.

»Kenny, ich habe noch einmal über die Sache mit der Lewski nachgedacht und bin zu der Überzeugung gekommen, dass es etwas geben muss, was Suzie Murray uns verschwiegen hat – etwas über die Beziehung zu dem Mann, von dem Lewski ihren Stoff bezogen hat.«

»Zu dem Typen, der Ihnen das blaue Auge verpasst hat?«

»Ja, zu dem.«

»Und was soll mit ihm sein?«

»Nun, warum ist er am nächsten Tag in die Wohnung zurückgekehrt und hat damit riskiert, uns in die Arme zu laufen? Er hätte doch wissen müssen, dass wir im Zuge der Ermittlungen Suzie Murrays Wohnung untersuchen würden. Was also war für ihn so wichtig, dass er ein solches Risiko eingegangen ist?«

»Vermutlich Drogen.«

»Daran habe ich auch schon gedacht. Aber für eine kleine Menge würde er sich keiner Gefahr aussetzen, oder?«

Armstrong schwieg.

»Ich hätte es an seiner Stelle jedenfalls nicht getan. Aber ich bin ja nicht er, und diese Typen sind ja auch nicht die Hellsten.«

»Die ganz großen Fische schon.«

»Na ja, die *glauben,* dass sie es wären.«

»Ich weiß nicht recht. Für mich ergibt das alles keinen Sinn.«

Armstrong seufzte.

»Erzählen Sie mir noch einmal, was sie gesagt hat. Suzie Murray, meine ich.«

Rebecca las ihm ihre Notizen vor.

»Was halten Sie davon?«, fragte sie, als sie fertig war.

»Das weiß ich noch nicht. Lassen Sie mich noch ein wenig darüber nachdenken. Wir können dann ja später darüber reden.«

»Wann sind Sie wieder hier?«

»Ich muss erst noch nach Paisley in mein Büro und an ein paar anderen meiner Fälle weiterarbeiten. Aber wir sehen uns noch vor dem Mittagessen.«

Sie legte auf. Wahrscheinlich würde Armstrong am ehesten auf einen Widerspruch in der Geschichte stoßen. Im Gegensatz zu ihr kannte er die Drogenszene. Sie atmete tief durch und klopfte mit ihrem Stift auf die Schreibtischplatte.

Sie würde jetzt Jim Murphy aufsuchen und ihn noch einmal wegen der Blutuntersuchungsergebnisse und der Aufnahmen der Überwachungskameras nerven – den derzeit einzigen Spuren, die noch auf neue Erkenntnisse hoffen ließen.

»Ich gehe gerade das Material durch«, sagte Murphy und deutete auf den Bildschirm vor sich.

Rebecca sah vertraute Bilder von den Kameras im Stadtzentrum.

»War schon was für uns dabei?«

Murphy tippte mit dem Finger auf einen Notizblock neben seinem Mousepad, auf den er etwas gekritzelt hatte, was für Rebecca wie eine Art Geheimcode aussah. Sie nahm den Block in die Hand und ging die scheinbar willkürlichen Zahlen durch.

»Was ist das?«

»Verweise auf Stellen in den Filmen, die du dir vielleicht noch einmal ansehen solltest. Bestimmte Personen oder Fahrzeuge und so etwas.«

»Wie viel musst du dir noch ansehen?«

»Nach dieser noch eine Datei. Und mit der hier bin ich ungefähr halb durch.«

»Kannst du mir die andere Datei nicht rüberschicken, damit ich sie mir angucke? So kommen wir schneller weiter.«

Er nickte und schickte die Datei an ihre Mail-Adresse.

»Schon was vom Labor gehört?«, fragte sie.

Er blickte von seinem Bildschirm auf. »Du bist ein ganz schöner Quälgeist, weißt du das eigentlich?« Grinsend zog er eine Schreibtischschublade auf und nahm den Bericht heraus.

Sie überflog ihn rasch und fand ihre Erwartungen bestätigt: Fentanyl und Heroin.

Sie bedankte sich noch einmal bei Murphy und ging wieder ein Stockwerk hinunter zu ihrem Schreibtisch. Sie hatte das gute Gefühl, dass sie endlich vorankamen.

Auf ihrem Anrufbeantworter war eine Nachricht. Armstrong hatte versucht sie zu erreichen. Sofort hörte sie ihre Mailbox ab.

»Ich bin's, Kenny. Ich habe gerade eben einen Anruf bekommen. Noch eine Leiche. Hat nichts mit unserer Sache zu tun, aber mit einem meiner anderen Fälle. Ich muss zum Fundort. Wenn Sie mitkommen wollen und wir uns unterwegs kurzschließen, soll mir das recht sein. Melden Sie sich.«

Sie rief ihn zurück und sagte, dass auch sie Neuigkeiten hätte und gern mit ihm mitfahren würde.

»Ich komme in fünf Minuten vorbei und hole Sie ab«, sagte Armstrong. »Die Pitt Street liegt auf meinem Weg.«

Rebecca bedankte sich und legte auf. Der Anblick von Leichen wurde für sie viel zu schnell zur Gewohnheit.

12

Armstrong wartete schon mit laufendem Motor auf der Straße vor dem Polizeikommissariat.

»Sind Sie in Eile?«, fragte Rebecca, als sie auf dem Beifahrersitz Platz nahm. »Soweit ich weiß, haben Leichen nicht die Eigenschaft, sich von ihrem Fundort zu entfernen.«

»Wirklich lustig.«

Er steuerte den Wagen in östlicher Richtung aus dem Stadtzentrum hinaus. Rebecca schaute aus dem Fenster und sah, wie sich die Stadt in den letzten Jahren weiterentwickelt hatte – die *Gentrifizierung* der ärmeren Wohnviertel des East Ends von Glasgow. Trotz der derzeitigen Krise am Immobilienmarkt würden einige der Investoren vermutlich bald einen satten Profit einfahren.

Sie wandte sich Armstrong zu. »Wer ist der Tote?«, fragte sie.

»Ein Bursche, mit dem ich schon mal zu tun hatte.«

»Das sagten Sie bereits. Und was für eine Geschichte steckt dahinter?«

»Wollen Sie das wirklich wissen?«

»Klar.«

»Schon mal was von Frank Parker gehört?«

»Der Gangsterboss? Natürlich. Aber er ist nicht der Tote, oder?«

»Nein, aber einer seiner besten Leute. Russell Hall. Wir glauben, dass er Parkers Drogengeschäfte geführt hat.«

»Parker gilt doch auch als Nachtclubkönig, nicht wahr?«

»Ja. Ihm gehören drei Clubs in der City, und er beginnt gerade damit, sein Imperium auch auf Bars und Restaurants auszudehnen.«

»Er soll ja auch mehrere Immobilien in der Südstadt besitzen, wie ich gehört habe?«

»Stimmt.«

»Gab es da vor einigen Jahren nicht so eine große Sache wegen eines Feuers in einem Lagerhaus?«

»Ja, aber das ist schon zwanzig Jahre her. Frank ist daraus mit sauberer Weste und einer Versicherungssumme von über einer Million hervorgegangen. Das Geld hat ihn dahin gebracht, wo er heute ist. Es war sein Startkapital.«

»Warmer Abbruch?«

»So munkelte man.«

»Haben Sie jemanden unter seinen Leuten?«

Armstrong sah sie von der Seite an. »Nein.«

»Ist das die offizielle Antwort?«

»Das ist die Antwort, die Sie von mir bekommen.«

Rebecca spürte, dass es besser war, nicht weiterzubohren. In verdeckte Ermittlungen war stets nur ein begrenzter Personenkreis eingeweiht, damit nichts durchsickerte.

»Die Blutuntersuchungsergebnisse von Joanna Lewski sind da«, wechselte sie das Thema.

»Und?«

»Der gleiche Stoff wie bei den anderen.«

»Das wundert mich nicht.«

»Ist Ihnen noch etwas zu Suzie Murray eingefallen?«

»Weiß nicht. Ein Gedanke ist mir schon gekommen.«

»Ich bin ganz Ohr.«

»Es hat was damit zu tun, was ich gehört habe, als ich vor ein paar Jahren in Quantico war. Ich bin dort gewesen, weil …«

»Die Ausbildungsstätte des FBI?«

»Ja. Ein paar von uns sind rübergeflogen, um uns mal anzusehen, wie die das so machen.«

»Und?«

»Schon beeindruckend. Das Geld, das dort in die Bekämpfung des Drogenhandels fließt, übersteigt unsere kühnsten Träume.«

»Nein, ich meine, was Sie da gehört haben.«

»Ach so. Sie hatten einen Ring in Südflorida ausgehoben, der Prostituierte als Drogenkuriere benutzte. Der Stoff wurde angelandet, dann an einen Autohändler und von dem mit öffentlichen Verkehrsmitteln nach Miami weitergeleitet. Die Nutten wurden mit dem Bus von Miami aus zu dem Autohändler geschickt, von wo aus sie das Zeug in ganz normalen Tüten wieder im Bus zurück nach Miami mitnahmen.«

»Keine sehr professionelle Logistik.«

»Das war der springende Punkt. Verfolgen Sie so eine Kette mal zurück.«

»Und Sie meinen jetzt, dass unsere Leute sich was von den Amis abgeguckt haben und Lewski und Murray Kuriere waren?«

»Könnte doch sein? Was anderes ist mir nicht eingefallen.«

»Das würde zum Beispiel erklären, wieso Suzie Murray keine Lust hatte, mit uns zu reden.«

Armstrong verlangsamte das Tempo. »Da wären wir«, sagte er. Sie fuhren an einem unbebauten Grundstück einem Gewerbegebiet gegenüber vorbei.

Die Tatortermittler hatten bereits ein tragbares weißes Zelt über der Leiche aufgestellt; ansonsten wurde das Gelände mit Absperrband vor dem Betreten gesichert und von uniformierten Beamten bewacht, während Kriminaltechniker auf Händen und Füßen den Boden nach Beweisen absuchten.

Armstrong stellte den Wagen am Rand des Grundstücks ab, wo sich eine Gruppe Anwohner eingefunden hatte, die neugierig die Polizisten beobachteten. Das hier war natürlich interessanter als alles, was das Tagesprogramm im Fernsehen zu bieten hatte.

»Kommen Sie mit?«, fragte Armstrong, als er seinen Sicherheitsgurt löste.

»Warum nicht?«

Zusammen gingen sie über den Rasen und zeigten ihre Dienstmarken vor, um hinter die Absperrung zu gelangen. Rebecca sah einen Mann am Zelteingang stehen und erkannte Paul Warren, den Direktor der SCDEA.

»Kenny«, begrüßte Warren Armstrong, als die beiden sich ihm näherten. »Und DC Irvine. Was führt Sie denn her?«

»Ich begleite Kenny nur. Wir haben gerade über Joanna Lewski gesprochen.«

»Sehr gut. Ich möchte, dass Sie sich das hier ansehen, Kenny.«

Warren drehte sich um und schob den Zelteingang beiseite. Die drei traten ein.

Ein Mann in grauem Anzug und mit hellblauem Hemd lag auf dem Rücken – sämtliche Farbe war aus ihm gewichen, seine Haut war von einem unnatürlichen, wachsartigen Grau. Rebecca starrte auf die Stichwunden am Unterleib und seinem Hals. Der Boden um ihn herum war mit Blut getränkt.

»Das ist mein Mann«, bestätigte Armstrong. »Was wissen wir bisher?«

Warren setzte gerade zu einer Antwort an, als Rebecca in das Gesicht des Toten sah und scharf die Luft einsog, wobei ihre Hand an ihr verletztes Auge fuhr.

»Was ist?«, fragte Armstrong.

»Das ist er.«

»Wer?«

»Der Mann, der vor der Wohnung von Joanna Lewski über mich hergefallen ist.«

13

Sie standen wieder neben Armstrongs Wagen und schauten zu dem Zelt in der Mitte des unbebauten Grundstücks hinüber.

»Sind Sie sich sicher, dass das der Angreifer war?«, fragte Warren.

»Ja. Ich habe zwar sein Gesicht nur kurz gesehen, aber er war es ganz bestimmt.«

»Was bedeutet das für uns, Kenny?«

Armstrong warf noch einen letzten Blick zum Zelt hinüber, ehe er Warren ansah.

»Russell Hall war Frank Parkers Mann fürs Grobe, ehe er ihm die Drogengeschäfte übertrug, die er in seinen Nachtclubs betreibt. Anderthalb Jahre haben wir uns bemüht, ihm etwas nachzuweisen.«

»Wo ist die Verbindung zu Joanna Lewski?«

»Keine Ahnung. Ich kann es mir nur so erklären, dass Hall ihr möglicherweise in einem der Clubs begegnet ist und er sie entweder als Kurier benutzt hat, um Drogen von dort, wo sie nach Großbritannien eingeschmuggelt werden, nach Glasgow weiterzutransportieren, oder dass er Drogen benutzt hat, um für Sex mit ihr zu bezahlen.«

»Beides ist möglich«, fügte Rebecca hinzu.

Armstrong nickte.

»Also gehen wir davon aus, dass sämtliche Fäden bei Parker zusammenlaufen?«, fragte Warren. »Könnte es nicht aber sogar sein, dass er Hall aus dem Weg hat räumen lassen, weil er mit Joanna Lewski angebändelt hat? Wenn wir Parker einen Mord anhängen könnten …« Er lächelte in sich hinein, schüttelte aber gleichzeitig den Kopf.

»Ich denke, wir sollten Parker mal einen Besuch abstatten«, sagte Armstrong.

»Warum jetzt schon? Besser warten wir, bis alles in trockenen Tüchern ist, gehen dann mit dem Rammbock zu ihm und treten seine Tür ein.«

»Für so etwas haben wir längst nicht genug Beweise gegen ihn, und ich denke auch nicht, dass wir die in absehbarer Zeit bekommen werden. Ich würde es vorziehen, möglichst bald mit ihm zu reden.«

»Riskant.«

»Ich könnte die Befragung übernehmen«, schlug Rebecca vor. »Ich sage ihm, dass ich im Mordfall Joanna Lewski ermittle und wir glauben, Hall hätte etwas damit zu tun gehabt. Und da wir nun wüssten, das Hall für ihn gearbeitet hat …«

»Und ich würde mich still im Hintergrund halten«, sagte

Armstrong. »Wenn er glaubt, dass das Gespräch in keinem Zusammenhang mit einer Ermittlung wegen Drogenhandels steht, ist er vielleicht nicht ganz so auf der Hut.«

»Könnte klappen«, sagte Warren. »Dann los.«

Sie fuhren zurück ins Stadtzentrum. Beide verspürten das kribbelnde Gefühl, das sich einstellte, wenn sich etwas in einem Fall bewegte.

»Und wo finden wir diesen Parker?«, fragte Rebecca.

Armstrong sah auf die Uhr.

»Normalerweise isst er in einem seiner Restaurants zu Mittag, also versuchen wir es zunächst dort.«

»Kennt er Sie? Ich meine, weiß er, dass Sie bei der Drogenfahndung sind?«

»Er kennt mich ziemlich gut.«

Für Rebecca hörte sich das so an, als würde in Armstrongs Erwiderung mehr mitschwingen als bloß die Tatsache, dass er und Parker auf gegensätzlichen Seiten des Gesetzes standen – als wäre ihre Beziehung persönlich. Sie beschloss trotzdem, vorerst nicht nachzuhaken.

Armstrong fuhr in die Umgebung der *Merchant City* genannten Shoppingmeile und stellte den Wagen gegenüber einem teuer aussehenden Restaurant an einer Parkuhr ab. An den Tischen am Fenster saßen ein paar Typen, die wie Geschäftsleute aussahen: in Designeranzügen mit akkurat geschnittenen Frisuren.

»Das hier?«, fragte Rebecca, als sie ausstiegen.

»Ist sein ganzer Stolz. Hat er vor einem halben Jahr eröffnet. Hier isst er am liebsten.«

»Ich gehe davon aus, dass er nicht allein seinen Lunch einnimmt?«

»Richtig. Gangster umgeben sich gern mit ihrer Gefolgschaft. Wahrscheinlich sind ein paar schwere Jungs bei ihm.«

Rebecca nickte, und als sich im Verkehrsfluss eine Lücke auftat, liefen sie über die Straße. Armstrong zog die Restauranttür auf und ließ sie als Erste eintreten. Sie blieben vor einem Schild stehen, das die Gäste bat zu warten, bis ihnen ein Tisch zugewiesen wurde. Als ein Mann in schwarzem Kammgarnanzug und am Kragen offenem weißem Hemd mit dem Habitus eines Oberkellners zu ihnen kam, sprach Rebecca ihn an.

»Ist Mr. Parker heute hier?«, fragte sie, zog ihren Dienstausweis hervor und hielt ihn dem Mann direkt unter die Nase.

Der machte einen Schritt nach hinten, musterte erst eine Weile lang den Ausweis und dann Rebecca. »Sie haben eine neue Frisur«, sagte er schließlich. »Warten Sie, bitte.«

Rebecca drehte ihren Dienstausweis um und betrachtete ihn. Tatsächlich hatte sie noch einen blonden Bubikopf gehabt, als das Foto entstanden war, sodass sie darauf viel jünger aussah. Sie wusste schon gar nicht mehr, wann die Aufnahme gemacht worden war.

»Wirklich hübsches Bild«, kommentierte Armstrong.

Nach ein paar Minuten kam der Oberkellner zurück.

»Ist es Mr. Parker senior oder Mr. Parker junior, zu dem Sie möchten?«, fragte er.

»Senior«, sagte Armstrong.

Auch er wurde nun einer kurzen Musterung unterzogen.

»Ich glaube nicht, dass ich Ihren Ausweis bereits gesehen habe, Sir.«

Armstrong holte seine glänzende SCDEA-Dienstmarke hervor.

»Mr. Parker hat sich schon gedacht, dass Sie die Begleitung wären. Bitte, folgen Sie mir.«

Rebecca warf Armstrong einen Blick zu, doch dessen Gesicht blieb ausdruckslos. Wieder fragte sie sich, was für eine Beziehung zwischen ihm und Parker bestand. Vielleicht würde sie dahinterkommen, wenn die beiden an einem Tisch saßen.

Der Oberkellner führte sie quer durch das Restaurant, an dem Bartresen in der Mitte vorbei und in ein Privatzimmer im hinteren Teil des Gebäudes. Dann verließ er den Raum und schloss die Tür hinter sich.

Es war dunkel. Das Zimmer wurde diskret beleuchtet, und Schwarz und ein tiefes Burgunderrot waren die vorherrschenden Farben. In einer halbmondförmigen, ledergepolsterten Nische stand ein runder Tisch, den ein makellos weißes Tischtuch zierte.

Ein Stückchen weiter saßen zwei große Männer an einem Tisch unter einem Fenster und sahen den beiden Besuchern argwöhnisch entgegen. Außer ihnen hielten sich noch vier weitere Personen in dem Raum auf – drei Männer und eine Frau. Alle saßen sie an dem runden Tisch in der Nische und tranken Wein.

Die Frau war jung, blond und erhob sich auf der Stelle. Auf hohen Absätzen tippelte sie an Rebecca vorbei, wobei sie die weißen Zähne in ihrem stark gebräunten Gesicht aufblitzen ließ, und verließ das Zimmer. Parker hatte sich mit ihr eine ziemliche Blöße gegeben, was seinen Frauengeschmack betraf.

Der älteste der drei Männer war ebenfalls braun gebrannt und hatte dunkles, an den Schläfen grau meliertes, lockiges Haar, das er nach hinten gekämmt trug und mit Haargel gebändigt hatte. Der jüngste der Gruppe sah aus, als wäre er dem gleichen Genpool entsprungen. Rebecca entschied spontan, dass es sich bei ihnen um die Parkers handeln musste: Vater und Sohn.

Der dritte Mann war dünn mit einer Brille auf seiner schmalen Nase. Er erinnerte an ein Wiesel.

»DS Armstrong«, sagte der ältere Parker, erhob sich und streckte den Arm aus, um Armstrong die Hand zu schütteln.

Armstrong blickte ihn an, machte aber keine Anstalten, die Hand zu ergreifen.

»Frank«, sagte er nur.

»Mr. Parker, ich bin Detective Constable Irvine vom Strathclyde CID.«

Parker nickte ihr zu und nahm wieder Platz.

Rebecca trat an den Tisch, zog einen Stuhl darunter hervor und setzte sich. Armstrong blieb hinter ihr stehen.

»Können Sie mir sagen, was Sie über Joanna Lewski wissen, Mr. Parker?«, begann sie.

»Kenne ich nicht. Wer hat gesagt, dass ich sie kennen soll?«

»Und wie steht es mit Russell Hall?«

Parker warf Armstrong einen raschen Blick zu. »Russell kenne ich«, sagte er, wobei er den Blick nicht von Armstrong wandte.

»Woher kennen Sie ihn, Mr. Parker?«

Parker wandte sich ihr wieder zu. »Er hat früher für mich gearbeitet.«

»Früher?«

»Ja.«

»Und jetzt?«

»Nicht mehr.«

Einer der beiden Schläger an dem Seitentisch lachte.

»Weil er tot ist? Das meinen Sie doch, oder?«

Der Vorwurf traf Parker unvorbereitet. Er legte die Hände auf den Tisch und beugte sich vor. »Wie bitte?«

»Ich habe Sie gefragt, ob der Grund, aus dem er nicht mehr für Sie arbeitet, darin besteht, dass ihn gestern Abend jemand umgebracht hat.«

Parker junior wurde neben seinem Vater stocksteif.

»Darf ich davon ausgehen«, sagte Parker senior, »dass diese Joanna ebenfalls tot ist? Ist das CID deswegen hier?«

»Das ist der Grund.«

»Hat Russell sie getötet?«

»Wie kommen Sie darauf?«

»Er hatte Schwierigkeiten, sich und seine Gefühle im Zaum zu halten. Jedenfalls früher, als ich ihn noch kannte.«

»Und wann war das?«

»Russell arbeitet schon seit drei Monaten nicht mehr für uns«, sagte der Junior. »Jetzt leite ich die Clubs.«

Rebecca hätte schwören können, dass ihm bei diesen Worten die Brust schwoll, aber über das Gesicht seines Vaters huschte ein Anflug von Missfallen. Sie ahnte, was das zu bedeuten hatte und dass die Reaktion auch Armstrong nicht entgangen war: Frank Parker junior führte jetzt die Drogengeschäfte seines Vaters.

14

»Sie wollen mir also sagen, dass Sie sich von Mr. Hall getrennt haben? Ist das korrekt?«, fragte Rebecca Parker junior.

»Das ist richtig«, antwortete sein Vater. »Es hat nicht mehr funktioniert.«

»Aber er hat längere Zeit in Ihren Diensten gestanden?«

»Nichts hält für ewig.«

»Ja, das scheint mir auch so.«

Junior grinste dümmlich. Rebecca hatte ihn vom ersten Augenblick an nicht gemocht. Sie überlegte, ob er auch so selbstbewusst täte, wenn sein Vater nicht dabei wäre.

»Wann haben Sie ihn zuletzt gesehen?«

»Ich habe ihn nicht mehr gesehen, seit … wir ihn gehen ließen«, antwortete der Senior.

»Können Sie mir sagen, wo Sie gestern Abend waren? Das gilt für Sie alle.«

Rebecca ließ den Blick ostentativ durch den Raum schweifen und suchte mit sämtlichen Anwesenden den Blickkontakt.

»Selbstverständlich. Sagen Sie uns nur, was Sie wissen möchten.«

Der Senior griff in seine Brusttasche und zog eine Karte hervor. Er beugte sich über den Tisch und hielt sie Rebecca hin, bis diese sie an sich nahm. Der Alte wusste offenbar, dass die Polizei ihre Arbeit sorgfältig machte und mit ihr nicht zu spaßen war. Rebecca war sich nicht sicher, ob der Junior die Meinung seines Vaters teilte.

Nun trat auch Armstrong vor und nahm neben Rebecca den Parkers gegenüber Platz.

»Was ist passiert, Frank?«, fragte er. »Hat Russell nicht genug Geld für dich rangeschafft? Ist eure geschäftliche Beziehung deshalb zerbrochen?«

Parker senior sah Rebecca lächelnd an.

»Ihr Kollege will nicht glauben, dass ich ein ehrlicher Geschäftsmann bin.«

»Es ist nicht an mir, das zu kommentieren«, sagte sie. »Und es interessiert mich im Augenblick auch nicht. Es laufen zwei Mordermittlungen. Nur darum geht es mir.«

»Wir haben nichts damit zu tun«, sagte der Junior laut und erhob sich halb von seinem Platz. »Warum verpissen Sie sich nicht einfach?«

Rebecca sah ihn fassungslos an.

»Alles raus«, sagte Parker senior in scharfem Tonfall.

Niemand rührte sich.

»Auf der Stelle.« Seine Stimme klang fest.

Die Schläger erhoben sich und schlurften zur Tür, eilig gefolgt von dem Wiesel mit der Brille.

Park junior blieb und sank auf seinen Platz zurück.

»Du auch, mein Sohn.«

Der Junior sah seinen Vater hasserfüllt an, eher er über die lederne Sitzbank aus der Nische herausrutschte. Als er das Zimmer verließ, knallte er die Tür hinter sich zu.

»Ich möchte mich für die Torheit meines Sohnes entschuldigen«, sagte Parker. »Das ist nicht der Stil, den ich schätze.«

»Frank«, sagte Armstrong, »lass den Mist, okay? Damit schindest du bei keinem von uns Eindruck.«

Parker zuckte mit den Achseln.

»Für wen hat Russell gearbeitet, nachdem sein Engagement bei dir zu Ende war?«

Parker zupfte einen nicht vorhandenen Fussel vom Revers seines Jacketts.

»Wenn du es uns sagst, werden wir denen mächtig auf die Pelle rücken. Vielleicht schaffen wir dir dabei sogar ein paar deiner Mitbewerber vom Hals.«

»Ich weiß nicht, was Sie unter *Mitbewerber* verstehen.«

Armstrong seufzte. Rebecca hatte den Eindruck, dass seine Einmischung sich eher als kontraproduktiv erwies.

»Mr. Parker«, sagte sie, »ich bin mir sicher, dass es nicht nur in unserem, sondern auch in Ihrem Interesse liegt, einem Mörder das Handwerk zu legen. Jeder lebt dadurch sicherer. Und genau das ist mein Ziel, nichts anderes.«

Sie hielt den Blickkontakt mit Parker und hoffte, dass Armstrong seinen Mund hielt.

Parker sah von ihr zu Armstrong und wieder zurück. »Ich schätze Ihre Absichten sehr«, sagte er schließlich. »Wenn ich Ihnen helfen kann, werde ich das gern tun.«

Rebecca nickte. »Sie wissen also, für wen Mr. Hall gearbeitet hat, nachdem er nicht mehr in Ihren Diensten stand?«

»Ich habe gehört, es wäre jemand ... der neu im Geschäft ist.«

Armstrong blickte an die Decke und stöhnte verächtlich auf.

»Wir sind für jede Hilfe dankbar«, sagte Rebecca.

Parker sah sie einen Augenblick lang schweigend an. »Andrew Johnson«, sagte er schließlich.

Wollte er sich über sie lustig machen?

»Der Andrew Johnson, der tot ist? Ermordet? Das stand doch in sämtlichen Zeitungen. Ich selbst gehöre zu den Ermittlern in diesem Fall.«

»Ja, genau *der* Andrew Johnson.«

»Was wollen Sie uns erzählen? Dass Russell Hall Johnson umgebracht und anschließend sein Geschäft übernommen hat?«

Parker lächelte wohlwollend.

»Es würde mich sehr überraschen, wenn Russell das Zeug dazu gehabt hätte«, sagte er. »Was ich sagen will – Johnson war nicht sein Kaliber. Ein echter Psychopath.«

»Ich kann Ihnen nicht ganz folgen.«

»Russell hat für Johnson gearbeitet – bis zu dessen unglücklicher Begegnung mit einer Kugel. Anschließend hat er bei dem Mann angefangen, der Johnsons Nachfolge angetreten hat.«

»Und dieser Mann lebt noch, oder steht mir die Entdeckung einer weiteren Leiche ins Haus?«

Parker lachte.

»Ich kenne seinen Namen nicht, aber soweit ich weiß, erfreut er sich bester Gesundheit.«

»Und ich würde mich sehr freuen, wenn Sie über Ihre Beziehungen eventuell den Namen dieses Mannes in Erfahrung bringen und mir mitteilen könnten.«

Parker sah sie einen langen Augenblick an, ohne auch nur mit der Wimper zu zucken.

»Ich werde sehen, was ich tun kann«, sagte er schließlich. »Aber um wen es sich auch immer handeln mag, ich würde ihm aus dem Weg gehen, verstehen Sie? Jeder, der verrückt genug war, sich an Johnson zu vergreifen, hat Respekt verdient.«

Rebecca nahm eine ihrer Visitenkarten aus der Tasche und legte sie vor Parker auf den Tisch. Dann stand sie auf und wartete, dass auch Armstrong sich erheben würde.

»Vielen Dank für Ihre Unterstützung, Mr. Parker«, sagte sie, als Armstrong endlich Anstalten machte, den Raum mit ihr zu verlassen.

»*Ich* weiß sehr wohl, wie man mit diesem Abschaum umspringen muss«, sagte Armstrong mit schriller Stimme.

Rebecca sah ihn vom Beifahrersitz des Wagens aus erschrocken an.

»Aber Sie halten sich nicht daran«, fügte er hinzu.

»Woran?«

»Sie behandeln diese Leute mit Respekt – als wären Sie denen etwas schuldig.«

»Das habe ich doch gar nicht.«

»Parker ist ein Drogenhändler und ein Gangster.«

»Sind wir mit den Ermittlungen weitergekommen?«

»Darum geht es hier nicht.«

»*Ihnen* geht es vielleicht nicht darum. Aber es ist ja wohl nur zu offensichtlich, dass dieser Kerl Ihnen irgendwann in der Vergangenheit an den Karren gefahren ist. Ich will gar nichts Genaues wissen. Immerhin haben wir einen Hinweis von ihm bekommen. Den Rest überlasse ich euch von der SCDEA. Ihr habt mich schließlich hinzugezogen, damit ich mir eure Leichen ansehe. Und nur das ist es, was ich tue.«

Armstrong sah aus, als würde er zurückschießen wollen, aber dann schien seine Lust am Streiten zu verfliegen. Er ließ den Motor an und legte die Hände auf das Lenkrad.

»Fragen Sie mich noch mal nach ihm, wenn das alles vorbei ist.«

»Das werde ich.«

»Aber fürs Erste gebe ich Ihnen recht.«

»Wenn das, was er gesagt hat, stimmt, hilft es uns sehr. Dann können wir den Fall Johnson mit den Morden an Hall und Lewski in Verbindung bringen, und die Aufklärung aller Fälle rückt näher. Das nenne ich Fortschritt.«

»Mal sehen, ob ich das jetzt richtig verstanden habe«, sagte Armstrong. »Hall beginnt also für Johnson zu arbeiten. Johnsons Organisation ist diejenige, die den verschnittenen Stoff verkauft. Dann erwischt es Johnson, aus welchen Gründen auch immer, sodass ein neuer Boss das Geschäft übernimmt.«

»Richtig. Und dieser neue Typ muss derjenige sein, der Hall schließlich umgebracht hat.«

»Wahrscheinlich kann man sogar davon ausgehen, dass Hall Joanna Lewski als Gegenleistung für Sex mit Stoff versorgt hat. Und als sie daran starb, hat Hall ihre Leiche beseitigt, um Beweise zu vernichten. Zumindest war das seine Absicht. Aber was passiert dann? Halls Boss lässt ihn dafür ausknipsen, dass er so einen Schlamassel angerichtet hat.«

»Sieht so aus, als hätte er keine Skrupel, seine Spuren zu verwischen. Der Boss, meine ich.«

»Sehe ich auch so.«

»Scheint, als wäre dieser neue Typ eine ziemlich heftige Nummer.«

15

Bevor er ins Hauptquartier der Drogenfahndung nach Paisley weiterfuhr, um dort eventuell etwas über ein neues Gesicht auf der Szene in Erfahrung zu bringen – entweder über einen Kollegen oder einen V-Mann –, setzte Armstrong Rebecca in der Pitt Street ab und versprach, sich bei ihr zu melden, sowie es konkrete Neuigkeiten gab.

In ihrem Büro öffnete Rebecca den Anhang von Murphys Mail mit den Aufzeichnungen der Überwachungskameras und bereitete sich auf einen langen Nachmittag vor. Während das Video lief, spulte sie immer wieder dann rasch vor, wenn Sequenzen ihr ganz offensichtlich keine Hilfe waren.

Nach über einer Stunde fiel ihr in dem Video zum wiederholten Mal eine silberfarbene Mercedes-Limousine auf. Sie spulte zurück, dann wieder vor und versuchte den Bewegungen des Wagens zu folgen. Er fuhr in südlicher Richtung auf den Fluss zu und verschwand dann, nur um zwanzig Minuten später in entgegengesetzter Richtung wieder aufzutauchen.

»Was hast du nur da unten am Fluss gemacht?«, fragte sie laut.

Wahrscheinlich Joanna Lewskis Leiche in den Fluss geschmissen, was?

Immer wieder sah sie sich die Aufzeichnung an, bis sie eine gute Aufnahme des Nummernschildes des Wagens gefunden hatte. Sie notierte sich das Zeichen und rief dann beim zentralen Kraftfahrzeugregister an. Als man sie endlich zur zuständigen Stelle durchgestellt hatte, erklärte sie, wer sie sei, nannte ihre Dienstnummer und bat um Feststellung der Identität des Halters der Mercedes-Limousine.

Sie notierte sich den Namen, den die Sachbearbeiterin ihr nannte: Russell Hall.

Sofort informierte sie Armstrong darüber, auf was sie gestoßen war, und fragte ihn, ob er seinerseits etwas von seinen Kollegen erfahren hätte.

»Bis jetzt nichts. Die meisten von den Jungs hier haben nicht einmal gewusst, dass Hall aus Frank Parkers Organisation ausgeschieden war. Er hat seine Spuren gut verwischt.«

»Kommen Sie heute noch mal bei mir vorbei?«

»Eher nicht. Es gibt noch den einen oder anderen, den ich fragen kann. Aber vielleicht werde ich auch ein paar Verbindungsleute abklappern.«

Sie sah auf ihre Uhr. Es ging auf vier zu.

»Ich denke, wir haben für heute getan, was wir konnten«, sagte sie. »Morgen, wenn die Laborergebnisse vom Fundort von Halls Leiche da sind, beginnen wir neu.«

»Immerhin sind wir einen großen Schritt weiter als gestern. Das ist doch schon mal was.«

»Eben«, sagte sie – wenn auch wenig überzeugt.

»Schon was von Ihrem neuen besten Freund gehört?«

Sie hatte keine Ahnung, wovon er redete.

»Frank Parker?«

Rebecca seufzte. »Nein«, sagte sie. »Das werden Sie wohl nie verwinden, oder?«

8. Teil: Waffenbrüder

1

Seth Raines saß in khakifarbenen Dockers und schwarzem Hemd vor dem Fernseher, als sein Handy klingelte. Er kannte die Nummer. Sie gehörte dem Mann, den er zu den Blockhütten im Wald mitgenommen hatte.

»Auf meiner Seite ist alles klar«, sagte die Stimme am anderen Ende der Leitung. »Jetzt liegt es an Ihnen. Wann wollen Sie den Austausch?«

»Das muss ich erst mit meinem Team absprechen.«

»Okay. Ich kann mir vorstellen, dass es ziemlich viel vorzubereiten gibt.« Der Mann machte eine kurze Pause. »Oder haben Sie Sicherheitsbedenken?«

Raines überlegte, ob dieser Mann etwa ebenfalls jemanden auf ihn angesetzt hatte und daher wusste, dass er vom FBI beschattet wurde. Wie dem auch sei – Offenheit war für ihn ein Prinzip jeder Geschäftsbeziehung.

»Ich werde vom FBI beobachtet.«

»Das ist unerfreulich.«

»Sie haben nichts gegen mich in der Hand. Es ist pure Schikane.«

»Und warum?«

»In der Vergangenheit habe ich ein paar Dinge aufgeschrieben, über die sich gewisse Leute aufgeregt haben könnten, weil es ihnen einen falschen Eindruck davon vermittelt hat, wer ich bin und was ich möglicherweise vorhabe.«

»Einen falschen Eindruck?«

»Genau. Außerdem glauben wir, dass einer von den Leuten versucht hat, sich in unser Team einzuschmuggeln.«

Ein längeres Schweigen auf beiden Seiten folgte.

»Davon höre ich zum ersten Mal.«

»Die Sache ist inzwischen erledigt. Er hatte nie auch nur den Hauch einer Chance, von unseren Plänen zu erfahren.«

»Aber einen Verdacht müssen sie doch haben?«

»Quatsch. Die haben keinen blassen Schimmer, worum es geht.«

»Nun gut. Meiner Erfahrung nach sind sie auch nicht besonders fix im Schlüsseziehen.«

»Sag ich doch. Wir sind auf der sicheren Seite.«

»Haben Sie schon eine Vorstellung, wie Sie mit dem derzeitigen Interesse vom FBI an Ihnen umgehen wollen?«

»Das habe ich.«

Beide wussten, was gemeint war.

»Gut. Dann melden Sie sich, wenn der Zeitpunkt feststeht?«

»Ja.«

Ohne ein weiteres Wort beendete der Mann am anderen Ende der Leitung das Gespräch.

Raines wusste, dass er mindestens noch ein Mal in die Berge würde hinauffahren müssen, bevor sein gemeinsam mit dem Mann geplantes Vorhaben zum Abschluss gebracht werden würde; mit den FBI-Leuten, die an seinen Fersen klebten, kein leichtes Unterfangen. Vielleicht bestand ja die Möglichkeit, einen Teil der Strecke per Bus oder Bahn zurückzulegen, und sich dann von einem seiner Männer abholen zu lassen. So müsste er sie sich vom Hals schaffen können.

Er tippte Matt Horns Nummer ins Telefon.

»Was macht dein Kopf nach gestern Abend, Seth?«, erkundigte der sich.

»Mir geht's gut. War ja auch nicht viel.«

»Kann ich von mir leider nicht behaupten. Was liegt an?«

»Ich habe gerade einen Anruf von dem Kerl bekommen.«

»Und?«

»Er will die Sache zu einem Abschluss bringen. Ist das für dich in Ordnung?«

»Ja. Aber erwarte nicht, dass ich deshalb vor Freude an die Decke springe.«

»Das verlangt auch keiner. Ich werde noch einmal rauf in die Berge müssen, um noch ein paar Sachen zu regeln. Du solltest dabei sein.«

»Ich weiß. Wann?«

»Morgen.«

»Und was ist mit deinen Freunden vom FBI?«

»Da fällt mir schon was ein. Überlass das nur mir.«

2

Am Donnerstagmorgen verließ Cahill kurz nach sieben das Hotelzimmer, während Logan noch schlief. Er ging in die Bar hinunter, setzte sich ans Fenster und rief Tom Hardy an. In Großbritannien war es jetzt Nachmittag.

»Ich bin's, Tom. Ich muss mich langsam mal mit der Kontaktperson treffen, die du für mich organisiert hast.«

Die Waffe.

»Klar. Soll ich dir die Adresse mailen?«

»Kannst du das gleich machen?«

»Ich lege auf und schick dir alles rüber.«

»Wer ist es?«

»Eine *Sie.* Eine Frau.«

»Und woher kennen wir sie? Woher kommt sie?«

»Tut mir leid, aber ich habe keine Nachforschungen angestellt. Sie ist Inhaberin eines ganz legalen Waffenladens und beliefert nebenher noch Kunden, die Sachen brauchen, die nicht zurückverfolgt werden sollen. Man sagt ihr nach, sie würde peinlichst genau darauf achten, nur mit Leuten Geschäfte zu machen, die das Recht auf ihrer Seite haben.«

Cahill lächelte.

»Erwähn ihr gegenüber meinen Namen«, sagte Hardy. »Das wird reichen.«

Cahill nahm ein Taxi in die überwiegend von Weißen bewohnte Vorstadt südlich von Denver. Wie in den meisten großen Metropolen der USA unterschieden sich die einzelnen Viertel hauptsächlich durch die Hautfarbe ihrer Einwohner. Denver teilte sich in einen von Afroamerikanern bewohnten Osten, einen hispanoamerikanischen Norden und Westen sowie den von Weißen bevorzugten Süden. Allerdings gab es immer auch Ausnahmen, und so konnte Cahill, als der Wagen auf der dem Waffengeschäft gegenüberliegenden Straßenseite hielt, denn auch eine Schwarze hinter dem Tresen erkennen. Obwohl es erst halb neun war, hatte der Laden bereits geöffnet.

Er stieg aus und ließ den Blick zuerst ein paar Minuten durch die Gegend schweifen. Er fand nichts Bemerkenswertes daran – sie wirkte weder ausgesprochen gut situiert noch arm, die Häuser waren sauber und gepflegt und hatten kleine, nicht minder gepflegte Vorgärten. Es war ein guter Ort, um nicht aufzufallen.

Er überquerte die Straße und betrat das Geschäft. Als er die Tür öffnete, läutete über seinem Kopf eine Glocke. Die Frau hinter dem Tresen blickte auf und lächelte ihm zu; gerade bediente sie einen Mann, der ein kariertes Hemd und eine Baseballcap mit dem Logo der *Denver Broncos* trug.

»Bin gleich bei Ihnen«, sagte sie mit Bostoner Akzent – lang gedehnte Vokale. »Schauen Sie sich doch bis dahin um.«

Cahill nickte und erwiderte, das würde er tun. Er hatte keine Ahnung, ob sie ihn als einen ihrer *anderen* Kunden erkannt hatte.

Während er eine Runde durch den kleinen Laden drehte, konnte er, da er sich wieder in seiner Heimat befand, aufs Neue darüber staunen, was für todbringende Waffen es hier für jedermann zu kaufen gab; auf Plakaten warben Schießstände um Kunden und Vereine von Waffenfreunden um neue Mitglieder. Cahill war im Krieg Soldat gewesen, er wusste, wie man mit Waffen umging, aber hier konnte jeder Idiot in diesen Laden hereinmarschieren und so ein Ding erwerben, wenn er nur eine Empfehlung dabeihatte.

Er sah sich gerade im hinteren Teil des Geschäfts um, als der Kunde sich verabschiedete und wieder die Glocke ertönte. Er ging zum Tresen und streckte der Frau lächelnd die Hand entgegen, die sie ergriff und schüttelte.

»Ich bin Elizabeth Holmes«, sagte sie, »aber nennen Sie mich doch Lizzie. Was kann ich für Sie tun?«

Sie hatte einen festen Händedruck und trug ein T-Shirt mit dem Logo von Smith & Wesson. Als sie ihm die Hand schüttelte, konnte Cahill die sehnigen, gut ausgebildeten Muskeln ihres Unterarms erkennen. Ihr Haar war kurz, und ihre braunen Augen standen weit auseinander. Er schätzte sie auf Ende vierzig.

»Tom Hardy meinte, ich sollte mal bei Ihnen vorbeischauen, wenn ich in der Stadt bin«, sagte er.

Sie hielt seine Hand noch einen Moment lang in der ihren, ließ sie dann los und stemmte beide Fäuste in die Hüften. Die Pose wirkte irgendwie mädchenhaft.

»Ich freue mich immer, neue Freunde kennenzulernen«, sagte sie.

»Gleichfalls.«

»Bist du ein Exbulle oder was?«

»Army, dann Secret Service.«

»Dann bist du ja wahrscheinlich ziemlich rumgekommen. Und was machst du jetzt so?«

Ich lerne dich gerade näher kennen.

»Personenschutz. Unternehmensbosse und Politiker. Die Art von Leuten.«

Sie machte große Augen. »Auch Stars?«

»Manchmal. Aber eigentlich versuche ich die lieber zu vermeiden.«

»Sehr vernünftig. Trotzdem: Sie zahlen gut.«

»Das tun sie, Lizzie.«

Sie musterte ihn einen Augenblick lang, kam dann hinter ihrem Tresen hervor und ging zur Eingangstür.

»Lass mich nur mal eben abschließen, dann gehen wir in den Keller.«

Sie verriegelte den Laden und hängte ein Schild in die Tür, auf dem stand, sie wäre in einer halben Stunde wieder da.

»Komm mit«, sagte sie und steuerte auf eine Tür hinter dem Tresen zu.

Cahill folgte ihr. Hinter der Tür gingen sie eine schmale Treppe hinunter, an deren Fuß sich eine weitere Tür mit drei Sicherheitsschlössern befand, die sie öffnete. Als die Tür nach innen aufging, wusste Cahill an der Art, mit der Lizzie sie ihm aufhielt, dass die Tür gepanzert war und die Holzverschalung nur als Tarnung diente.

Er ging an ihr vorbei und betrat einen hell erleuchteten

Kellerraum, der als Werkstatt mit ein paar langen Arbeitsbänken und Regalen an zwei Wänden eingerichtet war. An einer der beiden anderen Wände stand ein großer Metallschrank.

»Wie bist du zu dem Job gekommen?«, fragte er, während sie an einer am Gürtel ihrer Jeans befestigten Kette nach dem richtigen Schlüssel suchte.

Sie sah ihn über ihre Schulter hinweg an.

»Boston Police Department. Zwanzig Jahre.«

»Und wieso das jetzt? Und warum in Denver?«

Sie zuckte mit den Achseln. »Warum nicht?«

Als sie den Metallschrank öffnete, kamen mehrere an Metallstiften befestigte Handfeuerwaffen zum Vorschein. Cahill trat einen Schritt näher heran. Am Boden des Schranks stapelten sich auf zwei Regalbrettern die Munitionsschachteln.

»Eines noch, ehe wir weitermachen.« Lizzie stellte sich vor ihn und presste ihre Hand fest auf seine Brust. »Ich weiß, dass du mir empfohlen worden bist, aber was hast du mit meinen Sachen vor?«

»Reine Selbstverteidigung.«

Sie sah ihn durchdringend an.

»Okay, Soldat. Aber ich musste ja fragen, nicht?«

Angehört hatte es sich so: *Ookeeh, Sooldaah. Aba ich muddaja frang, nich?*

Cahill nickte. »Klar.«

»Wonach suchst du denn?«

Wonachsuch steden.

»Nach igendetwas Zuverlässigem. Vielleicht eine Glock?«

»Von den bösen Jungs habe ich jede Menge da. Brauchst dir nur eine auszusuchen.«

Er besah sich die Waffen und deutete dann auf eine. Lizzie forderte ihn auf, sich selbst zu bedienen, also nahm er sie von ihrer Halterung und wog sie in seiner Hand.

»Passt die für dich?«, fragte sie.

Er nickte. »Die ist gut.« Er griff noch einmal in den Schrank und nahm eine identische Waffe heraus.

»Die kommt noch dazu«, sagte er. »Nur für den Fall der Fälle, man weiß ja nie …«

Sie pflichtete ihm mit einem Kopfnicken bei. »Man kann nie vorsichtig genug sein. Munition auch?«

Lizzie war ganz nach Cahills Geschmack. Unkompliziert. Sagte kein Wort zu viel.

Er kaufte noch eine Schachtel Patronen und zwei Nylonholster und zahlte in bar. Als sie ihr Geschäft abgeschlossen hatten, ging sie ihm voraus die Treppe zum Laden hinauf.

»Pass da draußen gut auf dich auf, Soldat«, ermahnte sie ihn, während sie die Ladentür wieder öffnete. »Böse Menschen gibt's überall, aber das weißt du ja.«

3

Logan schwang die Beine aus dem Bett auf den Teppichboden, krümmte die Zehen und streckte sie wieder. Dann sah er, dass Cahills Bett schon gemacht war – die Decke war militärisch akkurat straff gezogen, und auf dem Kissen hatte er ihm auf einem Hotelbriefbogen eine Nachricht hinterlassen: Er wäre eine »Besorgung« machen gegangen, Logan solle derweil einen Wagen anmieten – »einen mit ein paar Pferdestärken unter der Haube, falls wir das später brauchen«.

Brauchen wofür?

Er duschte, trocknete sich mit dem Handtuch ab und zog seine Jeans und ein schlichtes blaues T-Shirt an. Von Müdigkeit war keine Spur mehr, und er war glücklich, ohne Unterbrechung durchgeschlafen zu haben. Da er Hunger hatte, schnappte er sich seine leichte *Merrell*-Windjacke und ging ins Restaurant hinunter.

Nach dem Frühstück überprüfte er seine Mailbox, hatte jedoch keine Anrufe erhalten. Es war in Schottland noch zu früh, um Ellie anzurufen, also steckte er das Handy in die Tasche und machte sich auf den Weg zur Autovermietung, die er am Abend vorher in der Einkaufspassage gesehen hatte.

Es waren noch nicht viele Leute unterwegs; für die meisten war es schließlich ein normaler Arbeitstag, und Denver bot sich nicht gerade als Urlaubsziel an – außer wenn man die Stadt als Ausgangspunkt für Ausflüge in die nahe gelegenen Skigebiete benutzte.

Logan verbrachte eine geschlagene Stunde in der Autovermietung – die meiste Zeit davon hinter einer gewichtigen amerikanischen Lady, die es sich nicht nehmen lassen wollte, der Angestellten der Mietwagenfirma jede Einzelheit ihres Fluges von Chicago zu erzählen. Aber nicht nur das: Sie sei hier, um ihre Schwester zu besuchen. Diese sei nämlich krank, und der Ehemann der Schwester, der ja noch nie was getaugt hätte, …

Logan versuchte nicht hinzuhören.

Nach einem kurzen Versuch der Angestellten, ihn von einem teureren Cabriolet zu überzeugen, mietete Logan den PS-stärksten Cadillac im Angebot. Er machte auf ihn den Eindruck, als besäße er genügend Power für das, was auch immer Cahill damit vorhatte. Dann ließ er sich die Papiere aushändigen, die in einem mit dem Logo der Firma bedruckten Mäppchen steckten, und sich den Weg zum Fahrzeug beschreiben.

In der knackig frischen Morgenluft ging er zu Fuß zum Parkplatz, auf dem er mithilfe eines Angestellten, der so gelangweilt wirkte wie überhaupt nur möglich, dann auch seinen Wagen fand. Als er den Zündschlüssel drehte, erwachte der Motor mit einem wohlklingenden Brummen zum Leben.

Die nächsten fünfzehn Minuten verbrachte Logan damit, sich mit sämtlichen Knöpfen und Schaltern des Wagens anzufreunden und auf dem Parkplatz so lange seine Runden zu drehen, bis er sich an die Getriebeautomatik gewöhnt hatte – und auch daran, wie man von der für ihn falschen Seite nach links oder rechts abbog. Als er mit sich zufrieden war, suchte er in dem Navigationsgerät nach einer Sehenswürdigkeit, zu der er fahren konnte, um ein Gefühl für den richtigen Verkehr zu bekommen. Er entschied sich für Invesco Field, das Stadion der *Denver Broncos,* da es ein wenig außerhalb der Stadt lag.

Wieder war es ein klarer Tag, und die Fahrt zum Stadion erwies sich als sehr angenehm. Logan stellte den Wagen ab und ging in das kleine Museum, in dem man sich alte Fotos von der Footballmannschaft anschauen und etwas über ihre Geschichte erfahren konnte.

Als er wieder nach draußen trat, klingelte sein Handy.

»Hast du einen Wagen?«, fragte Cahill.

»Ja. Einen Cadillac.«

»Klingt gut. Wo bist du?«

»Beim Footballstadion.«

»Wieso denn das?«

»Ohne besonderen Grund. Ich bin einfach mal losgefahren. Und was ist mit dir?«

»Ich bin wieder im Hotel. Kommst du bald zurück?«

»Klar. Hast du deine Besorgung erledigt?«

»Ja.«

»Wahrscheinlich ist es besser, wenn ich nichts Genaueres darüber weiß?«

»Du hast's erfasst. Übrigens würde ich heute Nachmittag gern versuchen, mit diesen Leuten zu sprechen.«

Logan wollte gerade nachfragen, wen er denn meinte, dann fiel ihm ein, dass es sich wohl um die D. Hunters handeln musste, deren Adressenliste Bruce ihm am Abend zuvor gemailt hatte.

»Gut. Ich fahr dann jetzt los. Bin in zehn bis fünfzehn Minuten da.«

Logan fand in der Nähe des Hotels einen freien Parkplatz und kaufte sich eine Zeitung – *The Denver Post* –, ehe er zu Cahill hinauf in ihre Suite ging.

»Du solltest derjenige sein, der fährt«, sagte er. »Schließlich bist du hier zu Hause.«

»Aber immer doch«, sagte Cahill. »Meinst du, du überlebst es, mein Beifahrer zu sein?«

Logan sah seinen Freund an und fragte sich nicht zum ersten Mal, ob Cahill nicht doch ein bisschen wahnsinnig war – wahnsinnig auf eine Art, die Männer wie Cahill von gewöhnlichen Leuten unterschied.

Männer, die imstande waren, sich in ein Schlachtgetümmel zu stürzen und Minuten oder Stunden später unversehrt wieder herauszumarschieren.

4

»Die Spermauntersuchung hat einen Treffer ergeben«, berichtete Murphy, der sich auf der Ecke von Rebeccas Schreibtisch niedergelassen hatte.

Sie lächelte ihm zu. »Du weißt wirklich, wie man das Herz einer Frau erobert.«

Er strahlte so, dass sie seine Seifenblase der Glückseligkeit nicht zum Platzen bringen wollte, indem sie ihm sagte, dass sie sich schon gedacht hatte, dass das Sperma von Russell Hall stammte.

»Russell Hall«, stellte Murphy denn auch fest.

»Ist bekannt. Der Name ist bereits aufgetaucht.«

»Befindet er sich in Gewahrsam?«

»So ähnlich.«

»Was heißt das?«

»Kommt drauf an, ob die Obhut eines Pathologen als Gewahrsam zählt.«

»Er ist tot?«

Sie nickte. »Irgendwann gestern Abend oder heute früh im East End. Wahrscheinlich ist er jemandem auf den Schlips getreten, als er Joanna Lewski umgebracht hat.«

Murphy legte die DNA-Ergebnisse auf ihren Schreibtisch und verließ ihr Büro. Irgendwie wollte in ihr keine rechte Freude über die Fortschritte aufkommen.

Sie nahm sich noch einmal die Notizen vor, die sie gemacht hatte, während sie die Bänder der Überwachungskameras angesehen hatte, suchte noch einmal nach der Stelle mit der Autonummer von Halls Mercedes. Plötzlich kam ihr ein Gedanke – wie würde ein Rauschgiftdealer den Kauf eines Luxuswagens finanzieren? Bestimmt nicht mit Bargeld. Das erregte nur Aufsehen beim Händler.

Wenn er nun also noch einen Leasing- oder Ratenvertrag laufen hätte …

Sie rief die polizeiliche Datenbank für Kreditauskünfte auf, gab das Kennzeichen des Wagens ein und erhielt die Information, dass der Mercedes mit zehntausend Pfund über eine Kreditvermittlung finanziert worden war und das Darlehen auf einen Firmennamen lief.

Ein weiterer Blick ins Handelsregister bestätigte, dass besagte Firma ihren eingetragenen Sitz unter der Adresse des Steuerberatungsbüros von Marshall Scott hatte.

Im ersten Moment war Rebecca sprachlos, dann aber fing sie sich und rief sofort Armstrong an, um ihm von ihrer Entdeckung zu berichten.

»Können Sie herkommen, damit wir ein zweites Mal gemeinsam hinfahren?«, fragte sie.

»Wie wär's, wenn wir uns gleich einen Durchsuchungsbescheid holen und die Bude auf den Kopf stellen?«

»Dafür haben wir noch nicht genug in der Hand. Sehen wir lieber, was herauskommt, wenn wir schon wieder unangemeldet bei denen auf der Matte stehen.«

»Okay. Ich bin schon fast da.«

»Fassen Sie doch bitte noch mal alles kurz für mich zusammen«, bat Armstrong, als sie schon im Auto saßen. »Damit ich auch alles nachvollziehen kann, Sie verstehen schon.«

»Klar. Also, Russell Hall hat für Frank Parker die Rauschgiftgeschäfte geführt.«

»So weit bin ich im Bild.«

»Vor drei Monaten ist er bei Parker ausgestiegen, um sich zuerst mit Johnson zusammenzutun und anschließend mit seinem bis jetzt noch unbekannten neuen Boss. Dieser ist vermutlich der wahre Eigentümer der Wohnung, in der Joanna Lewski und Suzie Murray gewohnt haben – und nicht die Steuerberater.«

»Warum betonen Sie das so?«

»Nun, vorerst ist es eine reine Mutmaßung, aber Hall war in einem Luxuswagen unterwegs, der über eine Firma mit Verbindungen zu Marshall und Scott finanziert worden ist, was wahrscheinlich bedeutet, dass beide in unsaubere Geschäfte verwickelt sind.«

»Sie meinen, die Steuerberater waschen für die Organisation von Halls Boss Geld?«

»Exakt.«

»Und sie fühlen sich ihrem Klienten so stark verpflichtet, dass sie einen Teil des Geldes darauf verwenden, Wohnungen für Prostituierte zu kaufen, und diese auf ihren eigenen Namen laufen lassen.«

»So sieht das Geld noch sauberer aus. Außerdem gibt es dadurch keine einzige Verbindung zu Hall oder seinem Boss.«

»Eben. Und wenn sie sich mit so grundsätzlichen Dingen wie der Finanzierung von Fahrzeugen befassen, bedeutet das wahrscheinlich, dass sie Zugang zum gesamten Finanzwesen der Organisation haben.«

»Klingt danach, als könnten wir den ganzen Laden knacken, wenn wir nur Einblick in ihre Bücher erhalten.«

»Möglicherweise.«

Als sie den Wagen parkten, fiel ihnen sofort auf, dass die beiden Autos, die bei ihrem ersten Besuch hier gestanden hatten, verschwunden waren. Rebecca blickte Armstrong an.

»Ob die nach dem, was Hall passiert ist, das Weite gesucht haben?«

Er zuckte mit den Achseln. »Lassen Sie uns erst einmal sehen, was es hier heute zu erfahren gibt.«

Die Empfangsdame wirkte nervös, als sie eintraten.

»Erinnern Sie sich noch an uns?«, fragte Rebecca und zeigte ihr den Dienstausweis.

Die Frau nickte. »Sie sind nicht da«, sagte sie. »Seit gestern Abend sind sie nicht mehr hier gewesen.«

»Ist das normal?«

»Eigentlich nicht. Sie haben heute Vormittag sogar ein paar Termine verpasst, das tun sie normalerweise nie, ohne mir nicht wenigstens Bescheid zu geben.«

»Haben Sie versucht, sie zu erreichen?«

Sie nickte noch einmal. »Zu Hause und auf ihren Handys. Ich habe ihnen auch Mails und eine SMS geschickt.«

»Und Sie haben rein gar nichts von auch nur einem der beiden gehört?«

»Nein. Meinen Sie, dass ihnen etwas passiert ist?«

Rebecca tat die Frau leid. Wahrscheinlich hatte sie zum letzten Mal ihren Gehaltsscheck von Marshall und Scott bekommen.

»Ich fürchte, ja«, sagte sie. »Haben Sie die Privatadressen Ihrer beiden Chefs?«

Die Frau starrte ins Leere. »Die darf ich Ihnen nicht geben.«

Armstrong stützte sich mit den Händen auf ihren Schreibtisch. »Schauen Sie mal«, er warf einen Blick auf ihr Namensschildchen, »Mary, es ist sehr gut möglich, dass Ihre Arbeitgeber sich mit ein paar unangenehmen Leuten eingelassen haben und sich nun vor ihnen in Acht nehmen müssen – falls sie nicht bereits auf der Flucht vor ihnen sind. Je eher wir also die Adressen von Ihnen bekommen, umso leichter machen Sie es uns. Natürlich können wir sie auch über den polizeilichen Weg ermitteln, aber damit würden wir nur wichtige Zeit verlieren.« Er richtete sich wieder zu seiner vollen Größe auf. »Sie wollen der Polizei doch Ihre Unterstützung nicht versagen, oder? Wer weiß, gegen wen sich die Ermittlungen in dieser Angelegenheit noch richten werden.«

Die Frau verstand die Andeutung sofort und wurde augenblicklich zwei Nuancen blasser. Nachdem sie etwas in ihren Computer getippt hatte, begann ein Drucker unter ihrem Schreibtisch zu summen und spuckte einen Papierbogen aus, den sie Armstrong reichte.

»Danke«, sagte er.

»Was soll ich denn jetzt bloß tun?«, fragte sie. Ihre Augen füllten sich mit Tränen, ihre Stimme zitterte.

»Ich würde vorschlagen, dass Sie abschließen, nach Hause gehen und sich ab morgen auf Jobsuche machen«, sagte Rebecca und legte ihre Hand auf die der Frau. »Ihnen passiert schon nichts. Aber rufen Sie mich bitte an, falls Sie etwas hören.« Sie legte ihre Visitenkarte vor sie auf den Tisch. Die Frau starrte sie an, als hätte sie in ihrem Leben noch nie so etwas gesehen.

Als sie wieder im Wagen saßen, fragte Armstrong sie nach ihrer Meinung zu der Situation.

»Ich habe kein gutes Gefühl«, sagte sie.

»Ich auch nicht.«

»Wenn dieser Bursche Johnson und Hall umgebracht hat, werden zwei Buchhalter kein Problem für ihn darstellen.«

»Vor allem, wenn die beiden den Schlüssel zu seinem Geld haben.«

»Sollen wir zu den beiden Adressen jeweils eine Streife schicken?«

Armstrong wedelte mit dem Blatt Papier, das die Frau ihm gegeben hatte. »Nein«, sagte er. »Beide Adressen sind nicht weit entfernt. Liegen beide im West End. Wir könnten in einer halben Stunde dort sein. Sind Sie vorbereitet auf das, was wir dort vorfinden könnten?«

»Nicht wirklich, aber was macht das schon für einen Unterschied?«

5

Marshalls Wagen mit seinem Wunschkennzeichen parkte in der Garagenzufahrt seines modernen Hauses. Offenbar hatte er ein älteres Gebäude gekauft, es abreißen lassen, und sich dann an gleicher Stelle sein neues Zuhause aus Glas und Stahl erbauen lassen. Ein sehr teures Zuhause.

»Es spielt keine Rolle, was man als Steuerberater verdient«, bemerkte Rebecca, »aber keinesfalls springt bei einer Zweipersonenfirma mit einem solchen Büro genug heraus, um sich so etwas hier leisten zu können.«

»Da gebe ich Ihnen recht.«

»Wir hätten sie doch gründlicher durchleuchten sollen.«

Sie sah Armstrong an, und ein Gefühl überkam sie, als ob sich ihre Gesichtshaut straffte.

»Ab jetzt haben sie sich alles selbst zuzuschreiben«, sagte Armstrong, öffnete die Fahrertür und stieg aus.

Er lief vor Rebecca die Garageneinfahrt hoch. Bei Marschalls Wagen blieb er stehen, legte beide Hände ans Gesicht, um durch die Seitenscheibe zu sehen.

»Nichts«, sagte er, als Rebecca zu ihm aufschloss.

Sie ging an ihm vorbei zur Vordertür des Hauses. Sie war aus schwerer Eiche und doppelt so groß wie normale Eingangstüren. In beide Hälften war Glas eingelassen, durch das man in einen geräumigen Eingangsbereich sehen konnte. Auf den ersten Blick konnte Rebecca nichts Ungewöhnliches feststellen.

»Wirkt alles normal«, sagte sie.

Neben der Tür war eine Gegensprechanlage montiert, an die auch eine Videokamera angeschlossen war, sodass die Bewohner im Inneren des Hauses sehen konnten, wer vor ihrer Tür stand. Als Rebecca den Klingelknopf drückte, erklang drinnen ein Glockenspiel.

Dann warteten sie.

Klingelten noch einmal.

Warteten.

»Macht wohl keiner auf«, sagte Rebecca.

Armstrong drückte die Türklinke hinunter. Mit einem Klicken schwang die Tür nach innen auf. Die beiden sahen sich an. Ohne Worte wechseln zu müssen, waren sie sich einig: Eine unverschlossene Haustür war kein gutes Zeichen.

Sie standen im Eingang, blickten ins Haus und lauschten auf ungewöhnliche Geräusche. Alles war totenstill.

»Hat er Familie?«, fragte Rebecca.

»Weiß ich nicht.«

»Es ist irgendwie zu ruhig.«

»Sollen wir Verstärkung rufen?«

»Weil wir unbewaffnet sind?«

Er nickte.

Noch einmal warf sie einen Blick in das Haus. Es wirkte verlassen – als wäre sämtliches Leben aus ihm gewichen. Was immer das auch bedeuten mochte.

»Nein, ich glaube nicht, dass wir uns Sorgen machen müssen, dass da jemand drin ist.«

Sie betrat das Haus. Er verstand den Wink und folgte ihr.

Am Ende des Eingangsbereiches führte eine offene Treppe in die obere Etage und zu einer Galerie mit gläsernem Geländer. Sie durchquerten sämtliche Räume im Erdgeschoss, ohne dass ihnen etwas auffiel, und gelangten als Letztes im hinteren Teil des Hauses in die Küche – sie war in Schwarz und Grau gehalten und wirkte mit einer zentralen Kochinsel und der modernsten Ausstattung, die man für Geld kaufen konnte, sündhaft teuer. Marmorgeflieste Stufen führten zu einer Speiseecke hinunter, von der man durch ein Glasdach freien Blick Richtung Himmel hatte.

Rebecca ging um die Kochinsel herum, blieb mit einem Mal stehen, winkte Armstrong zu sich heran und deutete auf den Fußboden.

Ein verschmierter Blutfleck auf den Fliesen. Auch eine der unteren Schranktüren war mit Blut bespritzt.

»Scheint auf diese Stelle beschränkt zu sein. Ansonsten habe ich hier keinerlei Blutspuren entdeckt.«

Rebecca ging um die Kochinsel herum. Eine der Schubladen mit Küchenhandtüchern stand offen.

»Hat sich vielleicht ein Geschirrtuch rausgeholt«, sagte sie und zeigte auf die offene Schublade, »und es auf die Wunde gepresst.«

Armstrong nickte. »Entweder hat er ihn nach oben oder nach draußen geschleppt.«

»Sehen wir zuerst oben nach.«

Eine Blutspur führte von dem Parkettboden der Galerie im ersten Stock bis zu einer geschlossenen Tür am Ende eines langen Flurs. Sie folgten ihr vorsichtig, um nicht hineinzutreten und damit Beweise zu vernichten.

Rebecca fühlte, wie ihr Herz schneller pochte und das Blut in ihren Kopf schoss. Sie streckte den Arm aus und öffnete die Tür.

Es schien, als hätte Marshall sehr wohl eine Familie gehabt.

Hinter der Tür lag eine Frau auf dem Fußboden; ihr Körper hinderte Rebecca daran, die Tür ganz zu öffnen. Ihr Gesicht war dunkel verfärbt von den Schlägen, die man ihr zugefügt hatte, mit einem tiefen Schnitt durch ihre Kehle war ihr fast der Kopf abgetrennt worden.

Es roch nach Blut und Darminhalten. Als Rebecca sich durch den Türspalt schob und ihr der Gestank in die Nase drang, musste sie sich die Hand vorhalten.

Auf dem Bett lag Marshalls Leiche. Rebecca sah auf den ersten Blick, was man mit seiner rechten Hand angestellt hatte – zwei Finger fehlten ganz, die restlichen waren auf grässliche Weise verstümmelt worden. Sein Gesicht hatte man mit einem Kissen zugedeckt – oder vielmehr mit dem, was von dem Kissen noch übrig war, denn es war mit mehreren Messerstichen in Fetzen gerissen worden und vollkommen blutverschmiert.

Als Rebecca um das Bett herumging, fand sie dahinter die Leiche eines Jungen. Armstrong war in der Tür stehen geblieben und starrte noch immer entsetzt auf den toten Steuerberater.

Seiner Kleidung nach musste der Sohn ein junger Teenager gewesen sein – genauer war sein Alter bei der massakrierten Masse, die früher sein Gesicht gewesen war, nicht zu bestimmen.

In Rebeccas Magen begann es zu rumoren.

Reiß dich zusammen, Becky.

Sie wandte sich von der Leiche des Jungen ab und sah Armstrong an.

»Hier liegt noch ein Toter. Ein Kind.«

»Er hat sie zu Tode gequält.« Armstrong konnte den Blick noch immer nicht von Marshall losreißen. »Warum nur?«

»Für mich sieht es so aus, als hätte der Täter es genossen. Das macht ihn extrem gefährlich.«

6

Eine Stunde später erhielt Rebecca einen Anruf von Detective Sergeant Ewen Cameron aus dem Haus von Marshalls Partner. Sie stand in der Garagenzufahrt, während der Wagen der Spurensicherung vorfuhr. Cameron war ein Veteran mit fünfzehn Jahren Streifendienst auf dem Buckel – und doch versagte ihm fast die Stimme.

»Alle tot«, sagte er.

»Wie viele?«

Bitte nicht noch mehr Kinder.

»Zwei. Mann und Frau.«

»Hat man sie gefoltert?«

Cameron gab ein unverständliches Geräusch von sich.

»Ja, das könnte man so sagen«, würgte er schließlich hervor.

»Kinder hatten sie nicht?«

»Doch, auf den Fotos im Haus ist eine Tochter. Wir wissen noch nicht, wo sie ist.«

»Aber im Haus ist keine Spur von ihr?«

»Nein.«

»Gut.«

Armstrong kam aus dem Haus und stellte sich neben sie.

»Sie haben Scott und seine Frau gefunden«, sagte sie. »Das gleiche Szenario.«

»Mist.«

»Immerhin scheint ihre Tochter davongekommen zu sein. Zumindest sieht es bis jetzt danach aus.«

Armstrong trat von einem Fuß auf den anderen. Rebecca sah ihn an. Es wirkte so, als wollte er etwas sagen.

»Was ist?«, fragte sie.

Er stand wieder still.

»Das ist es, was die Frank Parkers dieser Welt tun.«

»Kenny, ich bin keine blutige Anfängerin, die gerade von der Polizeischule kommt. Ich habe meine Zeit auf Streife runtergerissen und mich zu dem Posten, den ich jetzt habe, hochgearbeitet. Ich weiß, wie diese Leute sind.«

»Wirklich?«

»Wirklich. Was ich gesehen habe ...« Sie wandte sich von ihm ab, als der erste der Kriminaltechniker an ihr vorbei ins Haus ging. »Ich habe genug gesehen«, nahm sie den Faden wieder auf, »um zu wissen, wozu Menschen fähig sind.«

»Und trotzdem haben Sie ihn behandelt, als hätte er Ihren Respekt verdient.«

Langsam wurde es ihr zu viel. »Das ist Quatsch, Kenny, und das wissen Sie auch. Ich habe nur meine Arbeit getan, bin einer Spur nachgegangen und habe versucht, mich nicht von meinen persönlichen Gefühlen beirren zu lassen.«

Wieder trat er von einem Fuß auf den anderen und vermied es dabei, ihren Blick zu erwidern.

»Wenn der Zeitpunkt dafür gekommen ist, wird es mir ein Vergnügen sein, ihm Handschellen anzulegen. Aber vorerst wäre es möglich, dass er uns dabei hilft herauszufinden, wer das getan hat. Noch sind wir immerhin keinen großen Schritt weiter als am Anfang.«

»Er ist Abschaum«, zischte Armstrong.

Sie beschloss, ihn direkt zu fragen. Sie hatte sowieso das Gefühl, dass er es loswerden wollte. »Also gut: Was ist zwischen Ihnen passiert?«

Armstrong beobachtete, wie weitere Kriminaltechniker vorfuhren.

»Ich hatte einen guten Kumpel, der verdeckt ermittelte. Das ist jetzt ungefähr drei Jahre her. Parker hat es rausgefunden und ihm eine Falle gestellt, um es so aussehen zu lassen, als hätte mein Kollege Dreck am Stecken. Er kam für achtzehn Monate ins Gefängnis, hat seinen Job verloren, seinen Pensionsanspruch und seine Frau.« Er blickte die Straße hinunter, als würde er einen Punkt weit jenseits des letzten Hauses am Ende der Straße fixieren. »Als er rauskam, hat er sich das Leben genommen. Gleich am ersten Tag, wenn Sie es genau wissen wollen.«

»Und woher wussten Sie, dass Parker dahintersteckte?«

Er sah sie an, wandte sich ab und ging wieder ins Haus.

Der Tag schleppte sich dahin. Die Stunden zogen sich endlos in die Länge. Gegen halb sechs verließ Rebecca ohne Armstrong den Tatort. Seit sie ihn nach Parker gefragt hatte, hatte er ohnehin kaum noch ein Wort mit ihr gesprochen. Seine Laune begann ihr auf die Nerven zu gehen.

Wieder in der Pitt Street fand sie zu ihrer Überraschung Liam Moore noch an seinem Schreibtisch vor. Sie berichtete ihm, dass sie auf der Stelle traten, weil praktisch jeder Zeuge nicht mehr unter den Lebenden weilte.

»Es muss einem ja fast Respekt abringen, wie er an seiner Politik der verbrannten Erde festhält und alles und jeden eliminiert, der oder das ihn mit den tödlichen Drogen in Verbindung bringen könnte«, kommentierte Moore. »Die Besessenheit ist schon beeindruckend.«

»Beeindruckend?«

Er zuckte mit seinen massigen Schultern. »Alles ist relativ.«

»Das ist es wohl.«

»Was ist denn jetzt mit diesem Parker? Glauben Sie, er kann uns weiterhelfen?«

»Das kann ich Ihnen nicht sagen. Ich bin ihm erst ein einziges Mal begegnet.«

»Lassen Sie sich bloß nicht beirren. Armstrong kommt schon drüber hinweg.«

»Jawohl, Boss.«

Moore schnaubte, lehnte sich in seinem Stuhl zurück und streckte sich. Jeden Augenblick rechnete Rebecca damit, dass der Stuhl unter seinem Gewicht zusammenbrach. Doch er hielt.

Moore sah auf seine Uhr und dann in das fast leere Großraumbüro hinter der Glasscheibe. Fast alle waren schon nach Hause gegangen. »Ist spät geworden«, sagte er.

Auch Rebecca ließ den Blick über die leeren Schreibtische schweifen und schaute dann ihrerseits auf die Uhr. »Habe ich gar nicht gemerkt.«

»Gehen Sie jetzt nach Hause. Heute Abend gibt es nichts mehr zu tun.«

Sie stand auf.

»Noch etwas, Becky«, sagte er, als sie schon in der Tür stand. »Wir kriegen den Burschen.«

Sie wandte sich um und nickte, wusste aber nicht recht, ob sie das glauben sollte.

7

Der Vormittag war voller Rückschläge für Logan und Cahill. Bei sämtlichen vier D. Hunters, die Bruce aufgetrieben hatte, ließ sich nicht im Entferntesten eine Verbindung zu Tim Stark oder zum FBI herstellen. Bei ihnen handelte es sich um eine Hausfrau in Broomfield, einen Anwalt aus dem Büro des Offizialpflichtverteidigers, einen Bauarbeiter, der gerade eine Woche Urlaub in Vegas machte, und einen Fünfzehnjährigen, der noch auf die Highschool ging. Das alles hatten sie zwar schon von Bruce erfahren, doch nun hatten sie die lebenden Beweise gesehen.

»Totale Sackgasse«, sagte Cahill, als sie nach ihrem letzten Besuch – bei der Mutter des Fünfzehnjährigen – wieder in den Wagen stiegen.

»Was hattest du denn erwartet? Dass das eine Art Codename ist?«

Cahill warf ihm einen gequälten Blick zu.

»Also? Willst du *jetzt* dem FBI davon erzählen?«

»Wozu? Ist doch eine Sackgasse.«

»In Denver schon. Aber wer sagt uns denn, dass wir diesen D. Hunter nur hier suchen müssen?«

Am Gesicht seines Freundes konnte Logan ablesen, dass Cahill diese Möglichkeit noch nicht in Betracht gezogen hatte.

»Daran habe ich gar nicht gedacht«, sagte er.

Logan schüttelte den Kopf.

»Himmel, wie dämlich ich mir vorkomme.«

Logan versicherte ihm, dass es so schlimm nun auch wieder nicht um ihn stünde.

»Wir haben erledigt, wofür du hergekommen bist. Du hast eine Antwort auf deine Fragen bezüglich Tim Stark bekommen, und Melanie hat eine Sorge weniger. Sehen wir also zu, dass wir nach Hause kommen.«

Cahill hatte seine Hände fest um das Lenkrad gelegt. »Vielleicht sollten wir tatsächlich noch einmal mit Webb reden«, sagte er. »Ihm erzählen, was wir herausgefunden haben.«

»Das halte ich für sehr vernünftig.«

Cahill ließ den Motor an und fuhr über die Bordsteinkante. Logan hörte währenddessen seine Mobilbox ab. Er hatte zwei Nachrichten bekommen: je eine von Rebecca und von Ellie. Er hörte sie sich an und wünschte, bei den beiden in Glasgow zu sein.

»Wie spät ist es?«, fragte Cahill.

Logan schaute auf seine Uhr. Es war schon nach drei.

»Okay, lass uns ins Hotel fahren, uns etwas frisch machen, und dann gibt's ein frühes Abendessen. Webb können wir auch morgen noch sehen.«

»Außerdem müssen wir uns noch um den Rückflug kümmern.«

»Vielleicht auch das.«

Logan hatte keine Ahnung, was er von der Aussage halten sollte.

Während Cahill noch im Bad war, nahm Logan seinen Laptop aus seiner Reisetasche und ging damit in die Hotelbar. Er bestellte sich eine Flasche *Easy Street,* das in Denver gebraute Weizenbier, setzte sich an einen Tisch am Fenster und schaute auf die Straße hinaus. Das Bier war gut.

Er stellte den Laptop auf den Tisch und klappte ihn auf. Während er darauf wartete, dass der Computer hochfuhr, lehnte er sich in seinem Stuhl zurück und überflog die Zeitung, die er am Morgen gekauft hatte. Die Artikel auf den ersten paar Seiten handelten von einer illegalen Wahlkampfspende bei einer Regionalwahl. Die Politiker sind doch überall auf der Welt gleich, dachte Logan.

Der Computer piepte kurz und verlangte die Eingabe des Passworts. Logan tippte es ein und ging dann über die Wi-Fi-Verbindung des Hotels ins Internet.

Er ärgerte sich so über die Erfolglosigkeit ihrer Suche nach dem ominösen D. Hunter, dass er ein örtliches Telefonverzeichnis aufrief und den Namen als Suchbegriff eingab.

Die Trefferliste bestand aus zwei der Personen, denen sie heute bereits einen Besuch abgestattet hatten, ziemlich vielen Hunters ohne Vornamenskürzel, einem Dr. Hunter und einer Anwaltsfirma – Dutton Hunter Green. Letztere hielt Logan für vielversprechender als alles andere, also ging er auf deren Website und scrollte sich durch die Namen der Anwälte. Doch keiner davon sprang ihm ins Gesicht.

Schließlich startete er bei Google eine Suche mit »Hunter, Denver«, die über hundert Seiten an Ergebnissen lieferte. Er überflog die ersten fünfzehn, bis er auf etwas Interessantes stieß – einen zehn Jahre alten Artikel aus eben der Zeitung, die er sich am Morgen gekauft hatte. In ihm ging es um einen jungen Polizeibeamten, der bei einem Banküberfall mit einer Schießerei Verletzungen davongetragen hatte. Er war auf dem Weg zu seiner ersten Schicht als frischgebackener Streifenpolizist gewesen, als er in die Sache hineingeriet, bei der auch schon das FBI vor Ort war. Der Name des Polizisten war Jacob Hunter.

Der Artikel ließ Logan keine Ruhe. Er las ihn zwei Mal hintereinander. Als ein leitender Polizeidetective zur Untersuchung der Ursachen für die Schießerei zitiert wurde, kam Logan ein Gedanke: Wenn Jacob Hunter vor zehn Jahren bei der Polizei angefangen hatte, könnte er es inzwischen zum Detective gebracht haben.

D. Hunter – Detective Hunter.

Das würde einen Sinn ergeben – vielleicht war Tim Stark auf etwas gestoßen, das darauf hinwies, dass Hunter irgendwie in ein Vorhaben der Bande verwickelt war, in die das FBI ihn eingeschleust hatte?

Er googelte »Detective Hunter, Denver« und fand einen weiteren Zeitungsartikel aus jüngerer Zeit, in dem es um einen kriegsversehrten Veteranen ging, der tot in einem der

Parks im Stadtzentrum aufgefunden worden war. Einer der Ermittler der Mordkommission wurde dahin gehend zitiert, dass der Tod des Mannes eventuell in Zusammenhang mit weiteren Todesfällen stehen könnte, die sich während der vergangenen Wochen zugetragen hatten. Darauf festlegen lassen wollte sich der Beamte allerdings nicht – wie üblich.

Der Name des Beamten lautete Detective Jake Hunter.

»Was hältst du davon?«, fragte er Cahill, als er wieder oben im Zimmer war. »Vielleicht ist er das ja?«

Er wartete, bis Cahill die beiden Zeitungsartikel gelesen hatte, auf die er gestoßen war.

»Ich weiß nicht recht«, sagte Cahill schließlich. »Warum sollte ein verdeckt ermittelnder FBI-Agent etwas mit einem Großstadtbullen von der Mordkommission zu schaffen haben?«

Logan dachte einen Augenblick lang nach. »Vielleicht hat er keine ganz saubere Weste. Der Bulle, meine ich. Ist in irgendwas verwickelt, dem Stark auf die Spur gekommen ist.«

Cahill überflog die Artikel erneut.

»Wir sollten das FBI darüber informieren, oder?«, fragte Logan.

»Nur nichts überstürzen.«

»Was willst du damit sagen?«

»Wir wissen doch gar nicht, was für eine Rolle Hunter bei alldem spielt. Oder ob es wirklich *sein* Name war, den Tim an sich selbst geschickt hat. Wenn er tatsächlich etwas mit einem Fall zu tun hatte, an dem Tim dran war, könnte es doch auch sein, dass er sich den Namen nur als Gedächtnisstütze notiert hat, weil Hunter jemand war, den er noch befragen wollte. Denk nur daran, was Webb gesagt hat. Tim hat den Flug unter einem falschen Namen gebucht, weil seine verdeckten Ermittlungen aufgeflogen waren. Er muss geahnt haben, dass die Burschen ihm auf den Fersen waren, und wusste vielleicht nicht, wie viel Zeit ihm blieb oder ob er überhaupt noch lebend aus der Sache herauskommen würde.«

»*So* hat Webb das aber nicht gesagt, Alex.«

»Schon gut, trotzdem käme das unter dem Strich heraus.«

»Falls du jetzt das denkst, was *ich glaube,* dass du denkst, dann ist das eine Schnapsidee, Alex. Überlass das den Profis.«

Cahill legte den Zettel auf den Tisch und sah Logan an.

»Nach allem, was wir während der vergangenen paar Jahre zusammen durchgemacht haben, kannst du mir so etwas ganz ohne jede Spur von Ironie ins Gesicht sagen? Du hast doch erlebt, wie sogenannte Profis arbeiten. Vertraust du denen und ihrer Arbeit etwa noch?«

»Das hat aber doch nichts mit dem FBI zu tun.«

»Wenn du mich fragst, ist das ein und dasselbe. Ich jedenfalls bin nicht bereit, eine so wichtige Sache in deren Hände zu legen. Ich bin es Tim schuldig, mehr als das zu unternehmen.«

8

»Wir kommen morgen rauf.« Raines telefonierte mit seinem Stellvertreter im Camp in den Bergen.

»Wann ungefähr?«

»Nach dem Frühstück. So um neun.«

»Soll mir recht sein.«

»Wir müssen allerdings abgeholt werden. Das FBI ist mir auf den Fersen, deshalb möchte ich nicht selbst fahren. Zu

Fuß kann ich sie noch in der Stadt ziemlich leicht abschütteln.«

»Sag mir nur, wann und wo, und ich bin da.«

»Nein. Du bleibst an Ort und Stelle. Schick jemand anderen.«

»Nur eine Person? Und was ist, wenn dir die FBI-Typen plötzlich auf die Pelle rücken?«

Raines überlegte einen Moment. Er wollte sich mitten in der Stadt nicht auf eine Schießerei einlassen. Aber wie hieß es so schön in dem Song der Rolling Stones? *You can't always get what you want.*

»Du hast recht. Schick zwei Leute und geh sicher, dass sie nicht mit leeren Händen kommen.«

»Kapiert.«

»Ich werde in dem Frühstückslokal sein, wo wir uns immer treffen.«

»Im *Fried Egg* an der Ecke Seventeenth und Market?«

»Genau da.«

»Möchtest du, dass die Jungs in die Stadt kommen, damit du sie nur zu rufen brauchst, wenn du so weit bist? Sie werden sich stets in deiner Nähe aufhalten. So kannst du erst die FBI-Männer in Ruhe abschütteln.«

»Ja. So machen wir's.«

»Soll das bedeuten, dass es jetzt losgeht?«

»Das tut es.«

»Ich bin froh, wenn's vorbei ist.«

»Ich auch. Immer auf dem Posten bleiben, Kamerad.«

Raines war sich unsicher, ob er nach seiner Fahrt in die Berge gleich wieder in seine Wohnung zurückkehren würde, also packte er Kleidung für eine Woche in seine Reisetasche, bevor er Matt Horn anrief.

»Wir werden morgen früh in der Stadt abgeholt. Kannst du dich mit mir zum Frühstück in unserem Lokal treffen?«

»Sicher. Wann?«

Raines war froh, sich an diesem Morgen von Horn kein Gejammer anhören zu müssen. Wahrscheinlich könnten sie die Sache auch ohne ihn durchziehen, aber es war doch sicherer, ihn in greifbarer Nähe zu wissen. Dann mussten sie sich um ihn als Risikofaktor keine Sorgen machen.

»Hast du noch irgendwelche Vorbehalte?«

»Nein.«

Raines war wieder auf eine zögerliche Reaktion von Seiten Horns vorbereitet gewesen. Er war erleichtert, als diese ausblieb.

»Gut. Dann treffen wir uns um halb neun zum Frühstück. Vorher muss ich noch die FBI-Leute abschütteln, die an mir kleben, aber das sollte nicht allzu schwer sein. Es sind Anfänger.«

»Unterschätz sie nicht, Seth.«

»Ich habe mir schon ein Bild von ihnen gemacht. Mit denen werde ich keine Probleme haben.«

»Was soll ich machen, falls du dich verspätest?«

»Bestell dir schon mal was zum Frühstück. Ich rufe dich über Handy an, wenn ich auf dem Weg bin.«

Plötzlich hatte er das Gefühl, Horn noch etwas anderes sagen zu wollen, als ihm lediglich Anweisungen zu erteilen.

»Bald ist es vorbei, Matt.«

»Das sagst du dauernd.«

Raines seufzte.

»Du bist derjenige, den's damals erwischt hat«, sagte er.

»Ich weiß.«

»Ich habe dich aus diesem Drecksloch von einem Krankenhaus geholt.«

»Ich sagte doch, dass ich's weiß.«

»Niemand sonst hätte sich um dich gekümmert. Weder die Army noch die Regierung.«

Horn schwieg.

»Aber jetzt zahlen wir's ihnen heim. Hast du verstanden?«

»Deine Vorträge sind überflüssig, Seth.«

Raines überraschte der Groll, der in Horns Stimme mitschwang.

»Ich habe doch gesagt, dass ich dabei bin«, sagte Horn, und seine Stimme wurde noch lauter. »Bringen wir es hinter uns.«

»Genau das wollte ich hören.«

9

Vom Portier ihres Hotels ließen Logan und Cahill sich den Weg zum Polizeipräsidium von Denver beschreiben und nahmen dann von der Sixteenth Street den kostenlosen Shuttlebus, der die Einkaufsmeile hinauf- und hinunterfuhr. Ihr Ziel war dessen Endhaltestelle an der Ecke Broadway.

»Das *State Capitol Building* ist da drüben am östlichen Ende des Parks«, erklärte Cahill, als der Bus sie abgesetzt hatte und wieder losfuhr. Er zeigte auf das stattliche Bauwerk mit der goldenen Kuppel. »Wir müssen rüber zur Westseite hinter dem *State Capitol Building.*«

Während sie das kurze Stück Weg bis zum Park zurücklegten, bemerkte Logan ein weiteres imposantes Gebäude mit einem Uhrenturm und ionischen Säulen davor, das dem *Capitol Building* gegenüberstand.

Allein schon der Park an sich hätte einen erhebenden Anblick abgegeben, hätten ihn nicht so viele Penner zu ihrem Wohnort auserkoren. Einige lagen in Grüppchen ausgestreckt unter Bäumen und tranken Alkohol unbekannter Herkunft, während andere auf den Wegen mit Decken und ihren sonstigen Habseligkeiten beladene Einkaufswagen vor sich herschoben. Logan fiel auf, dass ein paar von ihnen Jacken und Hosen aus Armeebeständen trugen.

Cahill ließ die Szene schweigend auf sich wirken.

»Seit meinem letzten Besuch hier ist es noch schlimmer geworden«, sagte er schließlich.

Sie gingen weiter, bis sie das *City-County Building* passiert hatten und nach links in die Cherokee Street einbogen, in der das Polizeipräsidium lag. Es bestand aus zwei fünfstöckigen Gebäuden aus braunen Ziegeln mit tiefdunkel getönten Scheiben, die einen L-förmigen Komplex an einem öffentlichen Platz bildeten.

Über den Eingangstüren beider Gebäude prangten Schilder. »Verwaltung« stand auf dem einen, während das andere darauf hinwies, dass hier Untersuchungshäftlinge verwahrt wurden. Cahill deutete auf das Erstere, und sie schritten auf die Glastür zu.

Im Foyer des Gebäudes befand sich hinter einer kugelsicheren Scheibe ein Empfangstresen, an dem zwei uniformierte Beamte saßen. Während Cahill zu dem Tresen ging, schlenderte Logan in der Halle umher und betrachtete einige Ausstellungsstücke aus der Geschichte der Polizei von Denver.

»Wir suchen Detective Jake Hunter«, erklärte Cahill.

»Wie heißen Sie?«

Cahill nannte ihre Namen.

»Was wollen Sie von ihm?«

»Wir hätten eventuell Informationen für ihn.«

Der Sergeant, der sich auf einem Block Notizen gemacht hatte, blickte auf. Zwischen seinen Augen bildete sich eine senkrechte Falte. Man hätte die Reaktion als Stirnrunzeln bezeichnen können, wäre da nicht die vollkommene Ausdruckslosigkeit seines Blickes gewesen. Er war ein hochgewachsener Mann, der vermutlich bereits seiner Pensionierung entgegenging, hatte strähniges graues Haar und ein rundliches Gesicht. Über den Rand seiner Brille hinweg sah er Cahill fragend an und wirkte dabei ein wenig herablassend, als wäre sein Gegenüber ein unmündiges Kind.

»Ist er da?«, fragte Cahill. »Detective Hunter?«

Der Sergeant sah ihn weiterhin durchdringend an, bis sein Blick sich auf Logan richtete, der an den Tresen getreten war und sich nun neben Cahill stellte. Logan, der nicht wusste, was bisher zwischen den beiden gesprochen worden war, schwieg und versuchte einen möglichst harmlosen Eindruck zu machen.

»Was für Informationen?«, wollte der Sergeant wissen.

»Ach, da sind wir uns selbst nicht ganz sicher, aber es geht um den Tod eines FBI-Agenten.«

Der Sergeant musterte die beiden noch eingehender. Endlich wandte er sich von ihnen ab, schrieb etwas auf seinen Notizblock, bat seine Besucher, sich zu setzen, und nahm den Hörer des Telefons auf seinem Schreibtisch in die Hand.

Logan und Cahill saßen in der Mitte des Foyers und beobachteten, wie der Sergeant telefonierte, konnten aus der Entfernung jedoch nichts verstehen. Schließlich legte er wieder auf und winkte sie zu sich heran.

»Es kommt gleich jemand, um mit Ihnen zu sprechen«, sagte er.

»Sollen wir uns wieder hinsetzen?«, fragte Cahill.

»Wenn Sie möchten.«

Sie nahmen wieder Platz und mussten ungefähr eine halbe Stunde warten, bis ein Mann von Ende zwanzig in einem dunkelblauen Anzug und mit hellem, fast blondem Haar durch eine Tür links des Tresens kam. Fragend sah er den Sergeant an, woraufhin der auf Logan und Cahill deutete.

»Ich bin Detective Collins«, stellte sich der Mann im Näherkommen vor. »Wie ich gehört habe, haben Sie Informationen für uns?«

Er baute sich vor den beiden auf, als wolle er nur hören, worum es sich handelte, und sich dann schnell wieder zurückziehen – als sei das seine Methode, mit Leuten umzugehen, die ihm nur seine Zeit stehlen wollten. Als er die Daumen in seinen Gürtel hakte, sah Logan das unter seiner Anzugjacke verborgene Pistolenholster an seiner rechten Hüfte.

Cahill erhob sich.

»Ich denke, es wäre besser, wenn wir uns ungestört unterhalten könnten.«

»Warum?«

»Es geht um eine etwas heikle Angelegenheit.«

Collins warf Logan einen Blick zu, der sitzen geblieben war, und sah dann wieder Cahill an. »Wer sind Sie?«, fragte er.

Logan wusste, dass Cahill mit diesem Knaben keinen Schritt weiterkäme, wenn er sich so wie gewohnt verhielt, also erhob er sich nun ebenfalls, um die Sache in die Hand zu nehmen.

»Mein Name ist Logan Finch«, stellte er sich vor und streckte Collins die Hand entgegen. »Das ist Alex Cahill.«

Collins schüttelte ihm die Hand. »Sie sind wohl nicht von hier?«

»Nein. Ich bin Anwalt. Wir kommen auf Bitten der Witwe eines Bundesagenten in Zusammenhang mit dessen Tod.«

Collins legte den Kopf auf die Seite. Was Logan gesagt hatte, schien ihn nicht weiter zu beeindrucken. Vermutlich hatte er ständig mit Anwälten zu tun und zweifellos keine besonders hohe Meinung von den meisten von ihnen.

»Ist das FBI darüber unterrichtet?«

»Wir haben nur darum gebeten, ein paar Minuten lang in Ruhe mit Detective Hunter sprechen zu dürfen. Wir möchten die Angelegenheit ungern hier draußen diskutieren.«

Collins blinzelte.

»Falls Sie meinen, dass wir Ihnen nur Ihre Zeit rauben, können Sie uns auch gleich vor die Tür setzen«, fügte Cahill hinzu.

»Und wer sind Sie noch mal?«, fragte Collins.

»Alex Cahill ist ein ehemaliger Unteroffizier der US Army und früheres Mitglied Ihres Secret Service.«

Collins sah Cahill noch einmal an, bevor er sie bat, ihm zu folgen.

Sie gingen durch die Tür, durch die Collins gekommen war, und dann durch den dahinter installierten Metalldetektor. Collins führte sie einen schmalen Korridor entlang zu einem Besprechungszimmer, hielt ihnen die Tür auf und wartete, bis sie beide Platz genommen hatten.

»Bleiben Sie hier«, sagte er, bevor er die Tür wieder schloss. Mehr nicht. Sie hörten den Hall seiner Schritte, als er den Flur hinunter davonging.

»Die erste Hürde haben wir genommen«, sagte Logan. »Obwohl ich immer noch der Meinung bin, dass wir zunächst mit Webb hätten sprechen sollen. Schließlich war Tim Stark sein Mann und kein Bulle.«

»Erst mal abwarten, wozu das hier führt. Ich bin auf Hunters Reaktion gespannt.«

»Aber anschließend erstatten wir Webb Bericht?«

»Natürlich.«

Wenn Cahill »natürlich« sagte, hieß das im Klatext: *Abwarten und Tee trinken. Danach sehen wir weiter.*

10

Sie mussten ungefähr eine Viertelstunde warten, bis die Tür sich wieder öffnete und Collins eintraf. Begleitet wurde er von einem etwas älteren Mann von etwa Logans Größe und mit kurzen dunklen Haaren. Bekleidet war er mit einer schwarzen Hose, einem weißen Hemd mit hochgekrempelten Ärmeln und einer einfarbig roten Krawatte. Ein Jackett trug er nicht, sodass man sein Pistolenholster am Gürtel sehen konnte.

»Ich bin Detective Hunter«, stellte er sich vor und streckte den Arm aus, um Logans Hand zu schütteln. Logan fiel die helle Narbe auf, die sich über seinen rechten Unterarm zog – vermutlich eine Erinnerung an den Banküberfall damals. Hunter machte einen ernsten Eindruck. Man war geneigt zu glauben, dass er *nie* anders aussah als todernst.

Auch Cahill schüttelte ihm die Hand, dann setzten sie sich einander gegenüber an den Tisch, während Collins neben der Tür an die Wand gelehnt stehen blieb, die Arme vor der Brust verschränkte und seine Beine kreuzte.

»Danny … Detective Collins, meine ich, sagte mir, Ihre Anwesenheit hinge mit dem Tod eines FBI-Agenten zusammen.«

Logan nickte.

»Und was hat das mit mir zu tun?«

»Wir wissen noch nicht, ob es überhaupt irgendetwas mit Ihnen zu tun hat. Deswegen sind wir ja hier.«

»Ich verstehe nicht.«

»Vielleicht sollten wir von Anfang an erzählen.«

»Das ist meistens hilfreich.«

Logan sah Cahill an.

»Detective«, begann dieser, »damit Sie wissen, wer wir sind und dass man unseren Worten Glauben schenken kann: Ich bin Soldat der US Army im Ruhestand und ehemaliger Agent des Secret Service. Heute bin ich in Großbritannien, in Schottland, Geschäftsführer einer Personenschutzfirma.«

Hunter behielt Cahill scharf im Auge, während dieser sprach, schwieg aber.

»Ich bin Anwalt«, sagte Logan. »Ich arbeite in seiner Firma.«

»Wir werden versuchen, das nicht gegen Sie zu verwenden«, sagte Collins grinsend.

Hunter ließ Cahill weiterhin nicht aus den Augen.

»Sie können unsere Angaben überprüfen«, schlug Cahill vor. »Machen Sie nur, wir warten so lange.«

»Schon erledigt, Mr. Cahill. Wir sind im Bild.«

»Beim Secret Service habe ich mit einem Kollegen namens Tim Stark zusammengearbeitet«, begann Cahill. »Er war vorher beim FBI. Durch und durch Amerikaner. Sie wissen, was ich meine?«

Hunter nickte.

»Tim war außerdem ein guter Freund von mir. In dieser Woche bekomme ich dann aus heiterem Himmel einen Anruf von seiner Frau Melanie, die mir erzählt, er sei in der Maschine gewesen, die hier in Denver abgestürzt ist, aber niemand wolle ihr etwas sagen, und sein Name stünde auch nicht auf der Passagierliste der Fluggesellschaft.«

Hunters Miene zeigte noch Verständnislosigkeit, aber er ließ Cahill fortfahren, ohne ihn zu unterbrechen.

»Ich habe mich Melanie zuliebe ein wenig umgehört. Um es kurz zu machen – Tim hat hier in Denver für das FBI verdeckte Ermittlungen durchgeführt.«

»Wie haben Sie das erfahren?«

»Wir haben den hiesigen FBI-Chef gefragt.«

»Und der hat Ihnen das gesagt? Einfach so?«

»Genau.«

Hunter zog die Augenbrauen in die Höhe, wandte sich von Cahill ab und sah Collins an, der keine Gefühlsregung zeigte. Logan vermutete, dass die beiden ein Team waren. Sie schienen aufeinander eingespielt zu sein und konnten offenbar ohne Worte miteinander kommunizieren.

»Und das hat uns zu Ihnen geführt«, fügte er hinzu.

»Fahren Sie fort.«

»Tim Stark hat an sich selbst eine E-Mail geschickt, bevor er an Bord der Maschine ging. Kurz vor seinem Tod. Sie lautete ›D. Hunter, Denver‹, das war alles.«

»Und Sie glauben jetzt, dass er mich damit gemeint hat? Das klingt mir aber sehr dünn.«

»Wir wissen es eben nicht. Auf jeden Fall hat er keinen der anderen D. Hunters in dieser Stadt gemeint. So viel steht fest.«

»Sie haben alle befragt?«

Logan nickte.

»Das ist wirklich weit hergeholt«, sagte Hunter. »Ich kenne diesen Stark nicht. Habe nie von ihm gehört, bis Sie gerade eben seinen Namen erwähnten.«

»Kennen Sie jemanden beim FBI?«

Hunter überlegte einen Augenblick. Kurz änderte sich sein Gesichtsausdruck – aber Logan konnte die Reaktion nicht deuten. Er fragte sich, ob Cahill das auch gesehen hatte.

»Ich habe ein paarmal mit denen zu tun gehabt«, sagte Hunter schließlich. »Aber es hatte nie etwas mit dieser Sache zu tun, was auch immer das überhaupt sein soll.«

»Haben Sie Dreck am Stecken?«, fragte Cahill.

Logan schoss herum und sah Cahill erschrocken an. Hunter jedoch lehnte sich nur in seinem Sessel zurück und hielt ansonsten Cahills Blick stand. Collins löste sich von der Wand und machte einen Schritt nach vorn.

Ruhig wandte sich Hunter an Logan.

»Ihr Freund ist sehr direkt«, sagte er.

»Jetzt spucken Sie's schon aus«, drängte Cahill.

»Um Ihre Frage zu beantworten – nein, ich habe keinen Dreck am Stecken. Warum haben Sie mich das gefragt?«

»Das würde erklären, wieso Sie für Tim von Interesse waren.«

»Falls er mit seiner Notiz denn wirklich mich gemeint hat.« Er beugte sich in seinem Sessel vor. »Hat das FBI Ihnen auch gesagt, an was dieser Stark dran war? Nähere Einzelheiten?«

»Nicht wirklich.«

»Was *hat* man Ihnen denn gesagt?«

»Sie hatten eine Gruppe von Exsoldaten im Visier, die nichts Gutes im Schilde führten, wollten aber nicht damit rausrücken, um was genau es sich dabei handelte. Wahrscheinlich wissen sie es selbst nicht.«

Collins kam an den Tisch und setzte sich in den Sessel neben Hunter. Logan wertete das als Zeichen dafür, dass die Erwähnung von Exsoldaten sein Interesse geweckt hatte.

»Wie ist das FBI ihnen auf die Spur gekommen?«, fragte Hunter.

»Deren Chef – seinen Namen kenne ich nicht – hat irgendwas irgendwo zu Papier gebracht, was deren Aufmerksamkeit erregt hat. Vermutlich irgendeinen Mist gegen die Regierung. Dann hat er seinen Job gekündigt und begonnen legal Waffen zu erwerben. Schließlich hat er sein Haus verkauft und ist untergetaucht.«

»Ein solches Verhalten weist für gewöhnlich darauf hin, dass einer etwas plant. Da wären wir uns einig«, sagte Collins.

»Sie sprachen von einer Gruppe«, sagte Hunter. »Wie viele waren es?«

»Keine Ahnung. Das hat man uns nicht gesagt. Aber dieser Typ soll ein paar Freunde haben, die ähnlich wie er gehandelt haben. Beispielsweise haben sie ohne ersichtlichen Grund ihre Jobs aufgegeben.«

»Klingt für mich nach einem klassischen Fall von Schmalspurterrorismus«, sagte Collins.

»Ich weiß. Aber überzeugt bin ich nicht davon.«

»Warum sagen Sie das?«, fragte Hunter.

»Wie sollten sie so etwas finanzieren? Ohne Job und ohne Geld in der Hinterhand?«

»Sie könnten sich mit einer weiteren Gruppe zusammentun, die finanziell besser dasteht?«

»Das glaube ich nicht. Es ist kaum anzunehmen, dass es hier in der Gegend gleich zwei solche Gruppierungen gibt und das FBI bisher von keiner der beiden gewusst hat.«

Hunter stand abrupt auf, um Wasser zu holen. Er fragte die Gäste, ob sie auch etwas trinken wollten, was beide bejahten, woraufhin er den Raum verließ und Collins ein Zeichen gab, ihm zu folgen.

»Was hältst du davon?«, fragte Cahill, nachdem sie fort waren.

»Ich glaube ihm, wenn er sagt, dass er keinen Dreck am Stecken hat.«

»Ich auch.«

»Und dafür kann man dem Herrgott dankbar sein. Was hast du dir bloß dabei gedacht, ihn das ohne Umschweife zu fragen?«

Cahill zuckte mit den Achseln. »Ich habe ihn so eingeschätzt. Er kam mir gleich wie ein anständiger Kerl vor.«

Logan blies die Wangen auf und atmete tief aus. »Ich schwör's dir, Alex, die Zusammenarbeit mit dir verkürzt meine Lebenserwartung um Jahre.«

»Aber sie waren definitiv interessiert, als ich das mit den Soldaten erwähnte. Hast du das auch gemerkt?«

»Schon. Ich nehme an, das mit dem Wasser war nur ein Vorwand, um hinauszugehen und sich zu besprechen, ehe sie weiter mit uns reden.«

»Ja, kein Zweifel.«

Hunter und Collins kamen mit zwei Pappbechern für Logan und Cahill zurück und setzten sich mit ihren eigenen Getränken wieder an den Tisch.

»An was für einem Fall arbeiten Sie beide denn gerade?«, fragte Cahill. »Irgendwas Militärisches?«

»Sie wissen, dass ich Ihnen nicht viel zu laufenden Ermittlungen sagen darf.«

»Das werte ich als ein Ja. Das FBI würde sich bestimmt dafür interessieren.«

Zum ersten Mal lächelte Hunter. Es ließ ihn viel jünger aussehen.

»Wir vertreten eine Angehörige eines Opfers, das möglicherweise mit Ihrer Ermittlung in Zusammenhang steht«, sagte Logan. »Abgesehen von Ihrer Meinung zu Anwälten halten Sie die Familie doch meistens auf dem Laufenden, nicht wahr?«

»Nicht detailliert«, sagte Collins.

»Wenn an der Geschichte etwas dran ist«, sagte Hunter, »wird uns nichts anderes übrig bleiben, als mit dem FBI zu reden. Obwohl es mir lieber wäre, wenn wir alles selbst in der Hand hielten.«

»Sie sagten, Sie hätten in der Vergangenheit schon mit dem FBI zusammengearbeitet«, sagte Logan. »Darf ich das so verstehen, dass die Zusammenarbeit nicht so gut funktioniert hat?«

Hunter rieb sich abwesend die Narbe an seinem rechten Arm, ertappte sich dabei und zupfte an seiner Hemdmanschette, als wolle er den Ärmel herunterziehen und die Narbe bedecken.

»Vor einigen Leuten dort habe ich höchsten Respekt. Einer meiner engsten Freund ist beim FBI in Quantico. Es ist bloß ...«

Collins warf seinem Partner einen Blick zu.

»Dass wir alle gebrannte Kinder sind?«, ergänzte Cahill.

Hunter sah ihn an. »Genau so ist es.«

ll

»Wir hatten hier in Denver gerade erst eine Reihe von Todesfällen durch gestrecktes Heroin«, sagte Hunter.

»Eigentlich nicht unser Metier«, fügte Collins hinzu.

»Sie sind bei der Mordkommission, nicht wahr?«

»Ja.«

»Jedenfalls«, nahm Hunter den Faden wieder auf, »häuften sich die Todesfälle. Schwerpunktmäßig in dem Park drüben beim *Capitol Building.*«

»Wie viele?«

»Fing mit dreien an. In der letzten Woche kamen dann zwei weitere hinzu.«

»So wild hört sich das für mich gar nicht an.«

»Bemerkenswert war die Art der Droge. Ein Heroinderivat. Mit Fentanyl gestrecktes Heroin, um genau zu sein. Kriegt man nicht an jeder Ecke.«

Logan erinnerte sich, erst vor Kurzem von etwas Ähnlichem gehört zu haben, konnte sich aber nicht darauf besinnen, wann und wo. »Was ist daran so bemerkenswert?«, fragte er Hunter.

»Heroin ist in den Staaten kein besonders begehrtes Produkt. Kommt hier nicht oft vor. Crack ist die größere Nummer.«

»Ein plötzlicher Anstieg an Herointoten bedeutet also was? Dass jemand mit einem neuen Produkt auf den Markt drängt?«

»Höchstwahrscheinlich.«

»Aber was hat das mit Exsoldaten zu tun?«, wollte Cahill wissen.

»Wir haben uns mit der Drogenbekämpfungsbehörde kurzgeschlossen«, sagte Collins. »Wollten wissen, ob die in der Region Denver oder sogar in unserem Bezirk über irgendwas Ähnliches gestolpert sind.«

»Und das war ein Volltreffer, nehme ich an?«, fragte Cahill. »Hatte etwas mit Exsoldaten zu tun?«

»Stimmt.«

»Können Sie uns mehr darüber sagen?«

Hunter erhob sich, ging zur Tür, kam aber dann wieder an den Tisch zurück.

»Wir sind jetzt an einem Punkt, an dem ich der Meinung bin, dass dies ausschließlich eine Sache der Strafverfolgungsbehörden untereinander ist. Es tut mir leid, aber ich fühle mich nicht wohl dabei, noch mehr zu sagen.«

Logan wusste, dass Cahill sich damit nicht würde abspeisen lassen, und auch Hunter schien es ihm am Gesicht abgelesen zu haben.

»Ich respektiere Ihre Leistungen, Mr. Cahill. Wirklich. Und dass dieser Agent ein Freund von Ihnen gewesen ist. Aber wir stoßen hier in möglicherweise sehr sensible Bereiche vor. Vertrauliche Informationen dürfen nur Strafverfolgungsbehörden untereinander weitergeben.«

»Sie sprechen von nationaler Sicherheit?«

»Ja.«

»Ich bin nach wie vor zum Zugang zu solchen Informationen berechtigt. Sie können das gern nachprüfen.«

Hunter setzte sich wieder und starrte Cahill an.

»Ich bin permanent zugangsberechtigt. Das bringt der Job so mit sich.«

»Von Seiten des Secret Service?«, fragte Collins stirnrunzelnd. »Das habe ich noch nie gehört.«

»Nein, von Seiten einer anderen Abteilung.«

Collins' Augen wurden groß. »Sie scheinen ja ganz schön rumzukommen.«

»Ich habe in meinem Leben eine Menge gesehen und erlebt, Gentlemen. Belassen wir es dabei.«

»Davon war in Ihren Unterlagen aber nichts zu lesen, als ich Sie vorhin überprüft habe«, sagte Hunter. »Von dieser anderen Abteilung, meine ich.«

»Das soll auch keiner wissen. Das ist ja gerade der Sinn dabei.«

»Und wie sollen wir dann wissen, dass Sie die Dinge erfahren dürfen?«

»Ich kann Ihnen sagen, wen Sie fragen können.«

Collins zog einen Kugelschreiber und ein kleines Notizbuch aus der Innentasche seines Sakkos.

»Dann mal zu«, sagte er.

»Mit Ihnen ist alles klar«, sagte Collins zu Cahill, als er fünf Minuten später in den Raum zurückkam. »Aber was ist mit ihm?«

Er zeigte auf Logan.

»Er ist mein Anwalt.«

Collins sah Hunter an, der wiederum Cahill anblickte.

»Wir müssen mit dem FBI über die Sache reden«, sagte Hunter und ignorierte Collins' Frage bezüglich Logan.

»Ich werde Sie den zuständigen Leuten persönlich vorstellen«, versprach Cahill.

Collins setzte sich wieder.

»Sie wissen, dass der Kokainhandel in Kolumbien seinen Ursprung hat?«, fragte Hunter.

Logan und Cahill nickten.

»Die Mexikaner haben auch ihre Finger drin. Tatsächlich kommen die meisten Drogen über die mexikanische Grenze ins Land und nicht aus Kolumbien. Einer der Drogenbarone hat es sich zur Gewohnheit gemacht, Exsoldaten als Sicherheitskräfte anzuheuern.«

»Wissen Sie das von Ihren Kollegen von der Drogenbekämpfung?«

»Ja. Es hat sich herausgestellt, dass einer der Soldaten jetzt einen hohen Rang in einem mexikanischen Kartell innehat und drei Mal in den vergangenen sechs Monaten ins Land eingereist ist.«

»Ist er hier in Denver mit dem Flugzeug gelandet?«

»Korrekt. Die Drogenbekämpfungsbehörde ist im Besitz einer Liste der bekannten oder vermuteten Kartellmitglieder und deren Fußvolk, damit sie sämtliche ihrer Bewegungen verfolgen kann, wenn auch nur eins von ihnen in die Vereinigten Staaten einreist. Manchmal bringt es mehr zu beobachten, wo sie hinwollen oder mit wem sie reden, als sie gleich bei der Einreise zu verhaften.«

»Das leuchtet mir ein«, sagte Cahill. »Und weiß man, warum dieser Drogenboss in die USA eingereist ist?«

»Nichts Konkretes. Wir haben nur Fetzen aus abgefangenen Gesprächen.«

»Und?«

»Die Kollegen meinen, das Kartell würde versuchen, eine Verbindung zu einer hiesigen Gruppe in den Vereinigten Staaten aufzubauen.«

»Darf ich raten? Die Gruppe besteht auch aus früheren Militärangehörigen?«

»Gratuliere. Sie haben gewonnen.«

»Aber Sie sagten doch, die Todesursache der Drogenopfer wäre in allen Fällen eine Überdosis Heroin gewesen. Wo besteht der Zusammenhang mit Mexiko, über das normalerweise Kokain bezogen wird? Wird gerade das Sortiment erweitert?«

»In diesem Punkt sind wir uns noch nicht ganz schlüssig. Genauso wie die Drogenfahnder. Aber Heroin kommt auch über Mexiko ins Land.«

»Hört sich so an, als hätten Sie bis jetzt nur einzelne Teile eines Puzzles, könnten sich aber das Gesamtbild noch nicht vorstellen.«

»So könnte man das sagen.«

»Hat die Drogenbekämpfungsbehörde Namen von hiesigen Kontaktpersonen des Mexikaners herausbekommen?«

»Nein. Sie haben zwar ein paar Gespräche verfolgt, aber die gingen an illegal geklonte Mobiltelefone. Nichts Verwertbares.«

»Wissen Sie«, sagte Logan und streckte die Arme in die Höhe, »ich begreife sehr wohl, warum das FBI sich seit dem 11. September so auf die Terrorismusbekämpfung konzentriert hat. Für mich besteht kein Zweifel, dass sie geglaubt haben, auch Stark würde in die Richtung gehen. Das haben sie uns ja fast aufs Butterbrot geschmiert. Wenn aber nun diese Gruppe, die Stark zu infiltrieren versuchte, gar nichts mit dergleichen am Hut hatte? Vielleicht ging es ihnen ganz einfach nur ums schnöde Geld – wie allen Kapitalisten?«

»Das sind Drogenhändler«, sagte Cahill verächtlich.

»Richtig. Aber vielleicht war Stark nahe an der Wahrheit dran, und sie haben Verdacht geschöpft. Hätte er von den Todesfällen durch gepanschtes Heroin gelesen und eine Verbindung zu den Leuten gesehen, in deren Mitte er sich befand, dann würde das erklären, warum er mit Ihnen sprechen wollte, Detective.«

Hunter verschränkte die Arme vor der Brust.

»So könnte es gewesen sein. Aber vorläufig ist es bloß eine Theorie, nichts weiter.«

»Ich glaube, Sie sollten wirklich mit dem FBI reden«, sagte Cahill.

Hunter schaute auf seine Uhr. Es war fast sechs.

»Arbeiten die so spät noch?«, fragte er.

»O ja«, sagte Cahill.

»Ich bin gleich verabredet«, sagte Collins und wirkte dabei peinlich berührt.

Hunter sah ihn an.

»Was denn?«, sagte Collins. »Mit der Blonden. Das weißt du doch?«

Hunter schüttelte den Kopf, hob die linke Hand und zeigte ihm den Finger, an dem sein Ehering steckte.

»Das heißt noch lange nicht, dass du dich nicht mehr daran erinnern kannst, wie es davor war.«

»Geh du nur, wenn du willst. Und ich werde versuchen, heute Abend noch etwas mit dem FBI auf die Beine zu stellen. Wie es scheint, haben wir eine Menge zu bereden.« Er sah Cahill an, der ihm mit einem Nicken beipflichtete.

»Ach, scheiß drauf«, sagte Collins. »Ich lasse euch nicht hängen.«

»Kündigen Sie uns an«, sagte Hunter zu Cahill.

12

Rebecca Irvine kam gegen sechs nach Hause, kochte Pasta mit Tomatensauce und ergötzte sich während des gemeinsamen Abendessens am Küchentisch an Connors Bericht über seine Erlebnisse bei der Tagesmutter. Geduldig hörte sie zu, wie er sich mit begrenztem Vokabular verständlich zu machen suchte, und wischte ihm im Minutentakt den Mund ab, um den herum sich die Sauce immer weiter ausbreitete. Sie fühlte sich wie erschlagen.

Nachdem sie ihren Sohn ins Bett gebracht hatte, ging sie ins Wohnzimmer und setzte sich mit untergeschlagenen Beinen aufs Sofa. Sie wurde einfach nicht den Geruch aus dem Haus der Marshalls los – obwohl sie sich nicht sicher war, ob sie ihn wirklich noch immer in der Nase hatte oder es nur eine Sinnestäuschung war. Auch das Fernsehen half ihr nicht dagegen.

Sie griff nach dem Telefon und wählte Logans Mobilfunknummer. Es läutete ein einziges Mal, dann schaltete sich die Mobilbox ein. Sie hinterließ ihm eine kurze Nachricht – alles sei in Ordnung. Er möge sie doch anrufen, sobald er die Gelegenheit hätte.

Sie wollte gerade die Fernbedienung vom Fußboden aufheben, als sie hinter der Jalousie des Fensters zur Straße einen Schatten vorbeihuschen zu sehen glaubte. Sie erstarrte. Ihre Hand blieb über der Fernbedienung schweben, während vor ihrem geistigen Auge Bilder aus dem Haus der Marshalls auftauchten. Plötzlich hatte der tote Sohn der Marshalls Connors Gesicht. Energisch schüttelte sie den Kopf, damit das Bild verschwand.

Sie lauschte angestrengt, ob sich draußen etwas rührte.

Nicht weit von ihrem Haus entfernt hörte sie eine Autotür, die geöffnet und wieder zugeschlagen wurde, und gleich darauf gedämpfte Männerstimmen, konnte aber nicht einordnen, ob sie sich näherten oder sich von ihr fortbewegten.

Leise schlich sie in den Hausflur und griff sich ihren ausziehbaren Schlagstock. Sie blieb im dunklen Flur neben der Haustür stehen und lauschte auf Geräusche von draußen, als sie schon wieder die Männerstimmen hörte. Diesmal gab es keinen Zweifel daran, dass sie näher kamen.

Die Stimmen wurden lauter, bis die Männer auf der anderen Seite vor ihrer Haustür standen. Rebecca blickte die Treppe hinauf. Connor war ganz allein. Sie überlegte, die Tür aufzureißen und die Männer zu überrumpeln, indem sie hinausstürzte und auf sie eindrosch.

Als im nächsten Moment die Türglocke erklang, wäre Rebecca vor Schreck fast aus der Haut gefahren. Sie erhaschte ein Bild von sich in dem langen Flurspiegel – in einem pinkfarbenen Jogginganzug aus Nicki-Stoff und mit einem stählernen Schlagstock in der Hand.

Es läutete noch einmal.

Einen Augenblick lang zögerte sie; dann stellte sie sich dicht hinter die Tür und blickte durch den Spion. Es war Frank Parker mit einem seiner Leibwächter.

»Ich möchte nur mit Ihnen reden«, sagte Parker laut.

Wiederum zögerte sie eine Sekunde, dann ließ sie den Schlagstock fallen und versetzte ihm mit dem Fuß einen Tritt, wodurch er gegen die Fußleiste knallte und ein Stück Farbe absplitterte. Dann öffnete sie die Tür.

Parker trug einen seiner tadellos geschnittenen Anzüge. Hinter ihm stand einer der Hünen, die sie schon im Restaurant gesehen hatte.

»Detective«, sagte Parker zur Begrüßung.

Rebecca spürte Wut in sich hochkochen. Parker musste es ihr ansehen, denn er hielt abwehrend beide Hände in die Höhe.

»Hören Sie«, sagte er, »es tut mir leid, dass ich herkommen musste. Ich wollte Sie weder verärgern noch sonst irgendwas, es ist bloß …«

»Sie haben damit eine Grenze überschritten, Mr. Parker. Sie wissen das ganz genau, und vermutlich haben Sie es sogar mit voller Absicht getan.«

Parker ließ die Arme sinken und wandte sich zu dem Mann hinter ihm um.

»Warte im Wagen auf mich.«

Der Kerl sah erst seinen Boss an, dann Rebecca. Schließlich drehte er sich um und ging zu dem nicht weit vom Haus geparkten Wagen. Rebecca ließ ihn nicht aus den Augen, bis er sich hineingesetzt hatte.

»Was soll das?«, wollte sie wissen.

»Darf ich reinkommen?«

Sie starrte ihn an. Es war schwierig, in seinem Gesicht zu lesen.

»Sie lassen mir ja keine Wahl.«

»Wenn Sie mich erst näher kennen – und es ist durchaus von Vorteil, mit mir bekannt zu sein –, dann werden Sie merken, dass ich ein Kavalier der alten Schule bin, Detective.«

»Was wollen Sie damit sagen?«

»Dass ich geschäftlichen Umgang gern auf freundschaftlicher Basis pflege. Sie mögen es nicht glauben, aber Ehre und Vertrauen bedeuten mir viel.«

»Ganovenehre«, sagte sie.

Parker sah sie gekränkt an.

»Wenn Sie wollen, lasse ich Sie in Ruhe«, sagte er. »Aber dann werden Sie nie wieder ein Wort über den Mord an Russell Hall von mir hören.«

Rebecca hasste es, auf Parkers Bedingungen eingehen zu müssen, aber sie hatte sich mit ihrer dämlichen Bemerkung ja selbst ein Bein gestellt und bereute sie längst.

»Eines wollen wir mal klarstellen«, sagte sie. »Ich bin Polizeibeamtin und Sie ...«, Parker sah sie eindringlich an, »sind dem Anschein nach tatsächlich ein Gentleman. Das will ich Ihnen gerne zugestehen.«

»Aber?«

»Aber Sie sind auch eine Persönlichkeit, für die sich die Polizei dieser Stadt interessiert.«

»Welch wohlwollender Euphemismus.«

»Jeglicher Kontakt zwischen uns wird rein beruflich sein.«

»Verstanden. Das war auch meine Absicht.«

»Warum haben Sie mich dann vorher nicht angerufen? Oder ein Treffen in der Stadt arrangiert? Wir müssen unser Gespräch ja nicht gerade im Kommissariat führen, aber das hier ist ... unangemessen.«

»Dafür entschuldige ich mich. Doch wie ich bereits sagte: Man kooperiert meiner Erfahrung nach am besten miteinander, wenn es so etwas wie eine Vertrauensbasis gibt.«

»Was wollen Sie also hier?«

»Ihnen zeigen, dass ich keine Bedrohung für Sie darstelle. Wir können in Ihrem Haus ein angenehmes, professionelles Gespräch führen, und Sie werden mich als einen Mann erleben, dem man vertrauen kann. Ich erweise der Polizei die Höflichkeit und den Respekt, die sie verdient.«

»Und was ist mit Kenny?«

»Es ist Mr. Armstrong, der ein Problem mit mir hat.«

Sie war gespannt darauf, was Parker zu sagen hatte, konnte sich aber immer noch schwer mit dem Gedanken abfinden, den Mann zu solch später Stunde in ihr Haus zu lassen.

»Ich habe heute ein paar Dinge gesehen, die ich lieber nie gesehen hätte. Menschen können einander schreckliche Dinge antun.«

Parker schürzte die Lippen. »Ich hab's im Fernsehen gesehen. Sie auch.«

»Langsam gewöhne ich mich an diese Auftritte.«

»Ich war's jedenfalls nicht«, sagte er schließlich.

»Ich weiß.«

»So etwas ist nicht meine Art.«

»Ich kann nichts dazu sagen, was Ihre Art ist und was nicht.«

Parker seufzte. »Lassen Sie mich Ihnen ein Angebot machen«, sagte er. »Wenn Sie mir gestatten hereinzukommen und wir uns unterhalten, dann werde ich das auf der Habenseite als Gefälligkeit von Ihnen verbuchen. Schließlich bin ich in Besitz von Informationen betreffs Russells Arbeitgeber, die für Sie von Interesse sein dürften, also wären normalerweise *Sie* mir etwas schuldig.«

Rebecca runzelte skeptisch die Stirn. Sie wusste, dass es

für Beamte der Kriminalpolizei gang und gäbe war, Unterweltkontakte zu pflegen, aber dieser Kerl war schmieriger, als ihm guttat. Nach kurzem Zögern trat sie zur Seite, um Parker hereinzulassen.

»Ein hübsches Haus haben Sie«, sagte er, als er sich im Wohnzimmer auf das Sofa setzte.

Rebecca hatte den Eindruck, dass er das sogar ernst meinte.

»Ich weiß, dass solche Beziehungen für beide Seiten nützlich sein können«, sagte sie. »Aber ich möchte trotzdem klarstellen, dass wir uns das nächste Mal vorher absprechen.«

Parker nickte.

»Zukünftige Treffen werden zudem nicht in meinem Haus stattfinden. Ich möchte Sie nie wieder in der Nähe sehen.«

Er sah sie an und nickte wieder.

»Worum geht es also, Parker?«

»Sie möchten, dass ich gleich zur Sache komme?«

Jetzt war es an ihr zu nicken.

»Nun, ich habe mich umgehört – wie ich es versprochen habe. Was Russell Halls derzeitiges Beschäftigungsverhältnis angeht.«

»Aha. Und?«

»Es ist beiläufig ein Name gefallen.«

»Haben Sie den tatsächlich jetzt erst gehört, oder wussten Sie ihn schon die ganze Zeit, haben ihn aber für sich behalten?«

»Ich dachte, wir hätten uns darauf geeinigt, respektvoll miteinander umzugehen?«

Sie schwieg, war nicht bereit, sich bei ihm zu entschuldigen.

»Möchten Sie den Namen hören?«

»Ja.«

»Butler.«

»Das ist alles? Kein Vorname?«

Parker schüttelte den Kopf.

»Wissen Sie noch mehr? Was er treibt oder wo ich ihn finden kann?«

»Dem, was ich hier ausplaudern darf, sind gewisse Grenzen gesetzt. Das leuchtet Ihnen doch ein, oder?«

»Abhebungen vom Habenkonto sind wohl auch streng limitiert, was?«

Parker erhob sich vom Sofa und lachte.

»Das haben Sie sehr schön ausgedrückt.« Er wandte sich zur Tür. »Bleiben Sie ruhig sitzen.«

Dabei hatte sie überhaupt keine Anstalten gemacht aufzustehen.

»Übrigens«, sagte Parker, als er die Tür zum Flur öffnete. »Ich glaube, dieser Butler hat vorher mit Johnson zusammengearbeitet. Beide sind in ihrem früheren Leben Soldaten oder so etwas gewesen.«

Rebecca sah zu, wie er die Tür leise hinter sich ins Schloss zog.

13

»Ist ein Weilchen her, Jack«, sagte Seth Raines, als der Mann seinen Anruf entgegennahm.

Jack Butler grunzte als Antwort.

»Wie läuft's bei dir? Gehen die Geschäfte?«

»Äh …«

»Bist du betrunken?«

»Nein, ich bin nicht betrunken. Nur müde. Die letzten Tage waren ziemlich hart, und hier ist es kurz vor drei Uhr früh.«

Raines blickte auf seine Uhr. Es ging auf acht Uhr abends zu. Immer vergaß er den enormen Zeitunterschied.

»Tut mir leid.«

»Schon gut. Was willst du?«

»Wir steigen aus dem Geschäft aus.«

Wahrscheinlich war es das Beste, es Butler geradeheraus zu sagen. Ohne lange Vorrede. Er wusste, dass es ihm nicht gefallen würde. Nicht, nachdem er ihn angewiesen hatte, Johnson zu beseitigen.

»Bitte?« Butler klang eher verwirrt als wütend.

»Wir haben von den Mexikanern ein Angebot bekommen, das wir nicht zurückweisen können. Wir lassen uns auszahlen.«

»Du meinst wohl, du hast Schiss vor denen bekommen. Die Konkurrenz droht dir, und schon gibst du klein bei.«

Raines hatte keine Ahnung, ob Butler das ernst meinte oder nicht.

»Du solltest mich besser kennen.«

Wiederum grunzte Butler in den Hörer. Raines wusste nicht, ob das Geräusch Verstimmung, Hohn oder eine Mischung aus beidem zum Ausdruck bringen sollte.

Er kannte Butler nicht allzu gut, hatte aber Andy Johnsons Empfehlung vertraut. Johnson war derjenige gewesen, auf den die Idee zurückging, aus der schließlich das von dem Camp im Wald aus und in Großbritannien geführte Geschäft entstanden war. Das gesamte Geld, das er nach seiner Entlassung aus der Army als Inhaber eines privaten Sicherheitsdienstes im Irak und in Afghanistan verdient hatte, hatte er ausgegeben gehabt und war äußerst verlegen um Bares gewesen. Butler hatte mit Johnson in Afghanistan zusammengearbeitet und unterhielt Kontakte zur dortigen Drogenszene – die er Johnson an einem ausgesprochen feuchtfröhlichen Abend offenbart hatte.

Johnson war mit Raines in Kontakt geblieben. Von ihm hatte Johnson auch von Matt Horns Problemen erfahren und dass dieser ebenfalls dringend Geld brauchte.

Für Raines heiligte bei der Angelegenheit der Zweck die Mittel. Er musste genug Geld sammeln, um Horn aus dem Krankenhaus zu holen und ihm ein Paar Beinprothesen zu kaufen, mit denen er zumindest gehen konnte. Die man ihm in der Klinik gegeben hatte, saßen so schlecht, dass sie die Haut aufrieben und Horn wochenlang mit eitrigen Wundblasen ans Bett gefesselt war. Dann war auch noch eine richtige Infektion dazugekommen – die ihn fast das Leben gekostet hätte.

Inzwischen war Raines allerdings bei der Überzeugung angelangt, dass er mehr mit Butler als mit Johnson oder Matt Horn gemein hatte: dass die Arbeit sein und Butlers Verlangen förderte, sich durch Gewalttätigkeit Geltung zu verschaffen.

In stillen Augenblicken fragte er sich, ob er immer schon ein Mensch gewesen war, der für Gewalt und den damit verbundenen Adrenalinschub gelebt hatte. Und ob der Krieg oder vielmehr das, was an jenem Tag passiert war, nachdem sie von dem Mohnblumenfeld weggefahren waren, verbunden mit den Demütigungen, die Matt von »seinem« Land hatte erdulden müssen, schlicht und einfach den wahren Seth Raines zum Vorschein gebracht hatte – der sich von den Restriktionen befreit hatte, die die Gesellschaft einem aufzuerlegen suchte.

»Und wo soll ich meinen Stoff herbekommen, wenn du aussteigst? Von den Mexikanern?«

»Das bleibt ganz dir überlassen.«

»Du lässt mich im Stich, nicht wahr?«

»Natürlich nicht. Du wirst schon eine Lösung finden.«

»Könnte nicht viel schlimmer sein als der verdammte Schlamassel, den Horn angerichtet hat«, schnaubte Butler. »Dein kleiner Kumpel mit dem Abschluss in Chemie, der unbedingt die Herstellung übernehmen sollte. Sieh uns doch jetzt an. Was ist daraus geworden?«

»Hattest du noch mehr Überdosen?«

»Ja. Und ich musste meine Spuren verwischen.«

»Was meinst du damit?«

»Du weißt sehr gut, was ich damit meine. Ich musste ein paar Leichen zurücklassen, an denen die Bullen jetzt herumschnüffeln.«

Raines zupfte an seiner Manschette. Er hatte das Gefühl, als würden die Dinge gleich aus dem Ruder laufen. Erst war Johnson kaltgemacht worden, weil er die Profite abschöpfen wollte, dann das mit Stark, und jetzt drohte auch noch Butler alles zu entgleiten. Sie waren alle in Gefahr.

»Ich mache mir Sorgen wegen Matt«, sagte er zu Butler.

»Der hatte nie den Nerv für so etwas. Nicht mehr, nachdem er aus dem Krankenhaus gekommen war. Und jetzt humpelt er auf seinen neuen Beinen herum.«

»Es gab einen V-Mann vom FBI, der sich bei uns einschleusen wollte.«

»Was?«, entfuhr es Butler. »Wegen Matt?«

»Nein. Das glaube ich nicht, aber ich weiß es nicht.«

»Und warum machst du dir dann Sorgen? Du redest wirres Zeug.«

»Matt leidet an Depressionen. Wegen der Überdosen. Ich glaube, er packt es nicht mehr.«

»Dann tu das, was ich auch getan habe.«

Raines verstand nicht ganz, was Butler meinte, und fragte nach.

»Mach ihn kalt. Das ist die einzige Art und Weise, um sicherzugehen, dass er dich nicht in den Knast bringt.«

Der Gedanke war Raines selbst bereits mehr als nur ein Mal gekommen. Aber wäre dann nicht alles umsonst gewesen? Die ganze Sache war doch bloß entstanden, um Matt aus dem Krankenhaus zu holen. Damit er wieder gesund wurde. Erst später, als die Geschäfte anliefen, waren sie auf die Idee gekommen, mehr daraus zu machen.

»Scheiß auf Matt«, sagte Butler. »Und auf das FBI. Mach es so wie ich. Jeder, der ein Risiko darstellt, muss verschwinden. Jedes schwache Glied. Und hab bloß kein schlechtes Gewissen deswegen. Es spielt keine Rolle, ob es Zivilisten sind oder ob sie eine Marke tragen. Es gibt nur zwei Sorten Menschen: Soldaten und den Rest. Und um diesen Rest ist es nicht schade.«

»Und wie geht es bei dir jetzt weiter?«

»Mach dir um mich mal keine Gedanken. Du tust, was du tun musst, genauso wie ich. Ich kann schon selbst auf mich aufpassen.«

»Na schön. Dann war das jetzt wohl unser letztes Gespräch?«

»Es war … interessant.«

Er fuhr zu Matt Horns Haus und blieb davor in seinem Wagen sitzen. Es war noch hell. Seine Waffe steckte in einem Holster unter dem Beifahrersitz. Er beugte sich vor und zog das Holster zu sich heran, nahm die Pistole heraus und legte sie sich in den Schoß. Dann schloss er die Augen. Sah alles wieder vor sich.

Matt im Krankenhaus. Vor Schmerzen schreiend. Er wollte wissen, warum es ausgerechnet ihn …

Dann die geradezu atemberaubende Arroganz und Interesselosigkeit seitens der Krankenhausverwaltung, die sich ausschließlich dafür interessierte, wie viel Geld mit der Behandlung zu verdienen war.

Matt, der immer schwächer wurde, als er von mehreren Infektionen heimgesucht wurde.

Er selbst, wie er im Warteraum des Krankenhauses ausrastete und die Bude auseinandernahm.

Die herablassenden Antwortschreiben auf seine Briefe.

Wie er sich bis zur Betäubung besoffen und dann die Drohungen ausgestoßen hatte.

Und in der tiefsten Tiefe seiner Verzweiflung der Gedanke, sich die Kontakte, die Johnson und Butler in Afghanistan geknüpft hatten, zunutze zu machen. Die beiden Männer, für die Gewalt und Blutvergießen zum Lebensinhalt geworden waren, schienen auf andere eine beinahe magnetische Anziehungskraft auszuüben.

Er versuchte sich daran zu erinnern, wie er sein Tun vor sich selbst gerechtfertigt hatte. Vor dem Krieg wäre er nie im Leben auf so eine Idee gekommen. Vor Matt. Hatte in seinem Kopf etwas *klick* gemacht? Vielleicht hatte es ja daran gelegen, dass Matt ihn an seinen Sohn erinnerte – und an die Schmerzen und das Leid, dass er hatte erdulden müssen, ehe der Blutkrebs ihn viel zu früh dahinraffte.

War er seit dem Tod seines Sohnes jemals bei gesundem Verstand gewesen? Wahrscheinlich nicht, gab er sich selbst die Antwort.

Dann riss ihn ein Taxi, das vor dem Haus hielt, aus seinen Gedanken. Die Haustür öffnete sich, Horn kam steifbeinig heraus und quälte sich auf den Rücksitz.

»Wo willst du hin, Matt?«, fragte sich Raines laut.

Er ließ den Motor an und folgte dem Taxi.

14

»Cooper Grange«, sagte Danny Collins zum dritten Mal innerhalb ebenso vieler Minuten. »Hört sich an wie ein Cowboy.«

Er saß neben Jake Hunter auf dem Beifahrersitz des Wagens und drehte sich zu Logan und Cahill um.

»Trägt er vielleicht auch noch einen Stetson?«

»Jedenfalls nicht, als ich ihn das letzte Mal gesehen habe«, scherzte Logan.

Sie hatten Webb in seinem Büro angerufen und sich mit ihm und Grange verabredet. Webb hatte sie angewiesen, den Wagen auf der Straße vor dem Gebäude abzustellen; Grange würde unten auf sie warten und sie in die oberste Etage begleiten. Hunter und Collins hatten sich am Telefon nur knapp zu ihren laufenden Ermittlungen geäußert und lediglich erklärt, es gäbe einen Hinweis auf eine Gruppe von Exsoldaten, die möglicherweise mit einem mexikanischen Drogenkartell in Verbindung stand. Für Webb waren schon die wenigen Informationen Grund genug gewesen, sich mit ihnen zu treffen.

Grange stand bereits am Straßenrand, als der Wagen vorfuhr. Obwohl er den dunklen Rändern unter seinen Augen nach zu urteilen offensichtlich einen langen Tag gehabt hatte, saß sein Anzug noch tadellos.

Logan und Cahill hielten sich im Hintergrund, während Hunter und Collins sich händeschüttelnd mit Grange bekannt machten. Grange warf Cahill einen Blick von der Seite zu und dirigierte die vier dann schweigend in die Eingangshalle des *Federal Building* und zu den Fahrstühlen.

Webb erwartete sie in dem Besprechungsraum neben seinem Büro am Ende des Flurs. Er hatte sein Jackett über die Stuhllehne gehängt, die Krawatte gelockert und die Hemdsärmel hochgekrempelt. Hunter stellte sich und seinen Kollegen Collins vor.

»Lassen Sie uns gleich zur Sache kommen«, sagte Webb, als er sich wieder setzte.

Hunter und Collins nahmen nebeneinander Platz.

»Was ist mit den beiden?«, fragte Grange mit einem Seitenblick auf Logan und Cahill. »Sie sollten nicht anwesend sein.«

Webb sah erst Grange an, dann Hunter.

»Was meinen Sie dazu, Detective?«

Hunter wandte sich zu den beiden um.

»Ich habe nichts dagegen, wenn sie bleiben. Schließlich haben sie uns zusammengeführt.«

»Indem sie Informationen vorenthalten haben«, bemerkte Grange.

»Wollen Sie sie vielleicht lieber in Ihrem Keller einschließen?«, fragte Collins.

»Danny.« Hunter bedachte seinen Kollegen mit einem kurzen Kopfschütteln.

Grange war noch immer nicht glücklich.

»Er hat einen Freifahrtschein«, sagte er und deutete mit dem Finger auf Cahill. »Der Anwalt nicht. Ich bin nicht dafür, dass er dabei ist.«

»Der Anwalt bleibt«, stellte Cahill fest.

»Nein«, erklärte Logan, »schon gut. Ich möchte nicht im Weg sein. Zeigen Sie mir, wo ich etwas zu trinken und zu essen bekomme, dann werde ich dort warten.«

Cahill öffnete den Mund, um Einwände zu erheben, aber Logan war schneller.

»Wir sollten doch alle an einem Strang ziehen«, sagte er.

»Coop«, sagte Webb zu Grange, »gastfreundlich zu sein ist das Mindeste, was du für den Mann tun kannst. Es könnte ein langer Abend werden.«

Grange schnaufte verächtlich, öffnete die Tür und wartete, dass Logan sich erhob. Er geleitete ihn zurück in den Empfangsbereich und dann durch eine gesicherte Tür in ein Großraumbüro. Hier verrichteten die FBI-Agenten wohl ihre alltägliche Arbeit, dachte Logan. Das Büro war fast menschenleer – bis auf eine Frau an einem Tisch am Fenster und die beiden Hispanoamerikaner, die ihn und Cahill am Flughafen abgepasst hatten. Martinez und Ruiz saßen einander gegenüber an ihren Schreibtischen und blickten auf, als Grange mit seinem Gast eintrat.

»Kümmert euch um ihn«, sagte er. »Besorgt ihm einen Kaffee oder was immer er will.«

Ohne eine Antwort abzuwarten, drehte er sich um und verließ den Raum. Logan sah die beiden Agenten an, die wiederum einander anstarrten. Schließlich erhob sich Ruiz und baute sich vor Logan auf.

»Kaffee soll's also sein, ja? Mögt ihr Engländer nicht lieber Tee?«

»Ich bin kein Engländer.«

Ruiz sah ihn fragend an.

»Schottland ist ein eigenes Land.«

»Meinetwegen. Was darf ich denn nun bringen?«

»Kaffee wäre mir recht.«

Grange kam zurück in das Besprechungszimmer, ging um den Tisch herum und setzte sich neben Webb. Sein Jackett legte er nicht ab. Hunter, Collins und Cahill saßen den beiden FBI-Agenten gegenüber.

»Ich schätze diesen Konkurrenzkampf zwischen den einzelnen Organisationen nicht«, begann Webb. »Wir alle haben das gleiche Ziel, also können wir die Karten auch auf den Tisch legen.«

»Nur zu.« Hunter nickte zustimmend.

Webb schob eine Akte, die vor ihm auf dem Tisch lag, zu Hunter hinüber.

»Vor ungefähr einem Jahr sind wir auf Seth Raines aufmerksam geworden«, sagte Webb, während Hunter die Akte aufschlug. »Er war Sergeant bei den Marines. Erste Aufklärungsdivision. Das wird Ihnen etwas sagen, Mr. Cahill, nicht wahr?«

Cahill nickte.

»Gegen Ende seines Einsatzes in Afghanistan geriet er in der Provinz Helmand in einen Hinterhalt. Das Fahrzeug, in dem er unterwegs war, fuhr auf eine Bodenmine und geriet anschließend unter schweren Beschuss von feindlichen Heckenschützen.«

Hunter blätterte in der Mappe, bis er auf ein Foto von Raines stieß. Cahill beugte sich zu ihm hinüber, um ebenfalls einen Blick darauf zu werfen. Es zeigte einen Mann in typischer Militärpose: aufrecht und ernst. Raines hatte ein geradezu grotesk kantiges Kinn und auffallend dunkle Augen. Unter seinem Hemdkragen krochen Tätowierungen hervor.

»Tote?«, fragte Cahill.

»Vier, darunter auch eine britische Armeeangehörige. Mehrere Verwundete.«

»Und Raines?«

»Er hat einen Schuss durchs Bein abbekommen. Er und einer seiner Männer, Matthew Horn, gehörten zu einer kleinen Eskorte, die die Vernichtung einer Opiumplantage überwacht hatte und sich auf dem Rückweg in ihr Lager befand, als es sie erwischte. Den offiziellen Berichten nach gab es einen heftigen Schusswechsel. Raines und ein britischer Soldat«, Webb schlug eine weitere Akte auf und fuhr mit dem Finger über die Zeilen eines Berichtes, »Corporal Andrew Johnson von der Royal Military Police, beide haben sich durch besondere Tapferkeit ausgezeichnet. Sie sollen mehrere Leben gerettet haben. Johnson erlitt eine Schussverletzung am Kopf. Er hat zwar überlebt, musste aber aus dem Dienst entlassen werden. Wurde emotional instabil, neigte zu Gewalttätigkeit. Bei einer Auseinandersetzung hat er ein paar Zivilisten übel zugesetzt.« Er tippte mit dem Finger auf den in der Mappe eingehefteten Bericht.

»Und was ist mit Raines schiefgelaufen?«, fragte Hunter.

»Sein Untergebener, Matthew Horn, zog sich schwerste Verwundungen zu. Ihm mussten beide Beine amputiert werden. Selbst als er wieder in der Heimat war, hat er noch ziemlich stark im Krankenhaus gelitten. Wegen Infektionen. Hat gerade mal so überlebt.«

»Was war mit Raines' Verletzungen?«

»Davon hat er sich recht rasch wieder erholt.«

»Und psychisch?«

»Wenn man das auch von seiner Psyche sagen könnte, wären wir wohl nicht hier.«

»Erzählen Sie weiter.«

»Raines wird aus dem Krankenhaus entlassen, fängt aber an, sich lautstark über Horns Behandlung zu beschweren. Einmal hat er in der Klinik alles kurz und klein geschlagen und ist dafür in den Bau gewandert. Dann fing er an, Leuten Briefe zu schreiben. Ungefähr zu der Zeit, als es Horn besonders schlecht ging, enthielten diese Briefe auch versteckte Drohungen.«

»Zum Beispiel?«

»Dass dieses Land seinen Verpflichtungen gegenüber seinen Soldaten nicht nachkäme und jemand dafür bezahlen würde. Nichts allzu Konkretes.«

»Und da haben Sie sich eingeschaltet?«

»Ja«, antwortete Grange. »Wir nehmen solche Drohungen sehr ernst.«

»Glauben Sie, dass Raines im Gefängnis durchgedreht ist?«, wollte Cahill von Grange wissen.

»Kann sein. Wer weiß das schon?«

Cahill konnte sich nicht wirklich für Cooper Grange erwärmen.

»Jedenfalls«, fuhr Webb fort, »haben wir ein paar unserer Leute losgeschickt, damit die mit Raines und seiner Exfrau reden. Er ist auf die Fragen kaum eingegangen. Hat sie mehr oder weniger ignoriert.«

»Und anschließend hat er angefangen Waffen zu horten und ist ausgestiegen?«, fragte Cahill.

»Richtig. Und es sieht so aus, als hätte er einige gleichgesinnte Veteranen um sich geschart.«

»Aber wie ist Tim Stark in all das hineingeraten? Damals war er ja noch beim Secret Service.«

»Wir wollten heimlich jemanden in die Gruppe einschleusen und brauchten dafür jemanden mit einer Geschichte, die einer Überprüfung standhalten würde«, sagte Grange. »Jemanden, der eine regierungsfeindliche Story erzählen konnte. Stark hatte sich wieder für den Dienst beim FBI beworben, also erschien es uns vor diesem Hintergrund naheliegend, es so aussehen zu lassen, als wäre er vom Secret Service entlassen worden, was der Grund für seine Unzufriedenheit wäre.«

»Aber Raines hat ihm die Geschichte nie abgekauft«, sagte Cahill. »So viel ist klar, oder?«

»Das denken wir auch«, sagte Webb. »Tim hat für den Flug nach Washington den Namen John Reece benutzt. Das war die Identität, die wir ihm gegeben haben, damit er im Fall der Fälle rasch untertauchen und möglichst auch seine Spuren verwischen konnte.«

»Aber er ist nie nahe genug an die Leute herangekommen, um zu erfahren, was genau sie vorhatten?«, fragte Hunter.

»In den ersten Monaten lief es ganz gut«, sagte Grange. »Wir erhielten regelmäßig Berichte von ihm, die dann aber immer seltener wurden. Es war zu riskant für ihn geworden.«

»Was uns nun zu Ihnen führt, Detective«, sagte Webb zu Hunter. »Was haben Sie gerade für einen Fall an der Hand?«

15

Als sein Mobiltelefon klingelte, warf Logan Ruiz und Martinez einen kurzen Blick zu, holte es dann aus seiner Tasche und sah, dass der Anruf von Rebecca kam.

»Hallo«, sagte sie, als er ranging, »ich bin's.«

»Becky? Wie spät ist es bei euch?«

»Sehr spät. Oder vielleicht auch sehr früh? Kommt drauf an, wie man es betrachtet.«

»Was ist los?«

»Nichts. Ich kann bloß nicht schlafen. Wegen des Falls, an dem ich arbeite. Also dachte ich, ich rufe mal an.«

»Ich freue mich, dass du das getan hast.«

»Und wie geht es dir? Passt Alex auch gut auf dich auf?«

»Eigentlich eher nicht. Und ob du's glaubst oder nicht, ich sitze hier in Denver gerade im Büro des FBI.«

»Wie bitte?«

»Das ist eine lange Geschichte. Vorher waren wir schon im Polizeipräsidium.«

»Das klingt wie das typische Urlaubsprogramm à la Alex Cahill.«

Logan lachte. »Ich erzähle dir alles genauer, wenn ich wieder da bin. Und was macht dir an deinem Fall so zu schaffen?«

»Ach, ich weiß es nicht. Es war einfach ein harter Tag. Wir waren an einem Tatort mit mehreren Mordopfern. Eines davon war noch ein Junge, ein Teenager.«

»Hört sich nicht gut an.«

»War es auch nicht. Ich hasse diesen Drogenkram. Dann schon lieber jeden Tag einen Raubüberfall.«

Drogenkram.

»Aber jetzt geht's mir schon wieder besser«, fuhr sie fort. »Wo ich mit dir rede, meine ich.«

Logan hörte nur mit halbem Ohr zu. Sein Gehirn spulte die Erinnerung gerade zu einer früheren Unterhaltung mit ihr zurück, bei der sie etwas von Todesfällen durch eine Heroinüberdosis erwähnt hatte, in denen ihre Abteilung ermittelte. Er erhob sich und ging in den Eingangsbereich des Gebäudes, wo er außer Hörweite der beiden Agenten war.

»Hast du nicht neulich was von Todesfällen erzählt, bei denen Rauschgift im Spiel war?«

»Ja, das ist noch der gleiche Fall. Die Sache heute. Was ist damit?«

»Das kann ich dir nicht sagen. Möglicherweise gar nichts. Aber wir sind aus einem ähnlichen Grund hier beim FBI.«

»Wie bitte?«

»Ach, vergiss es. Ich glaube, ich rede nur wirres Zeug. Tut mir leid. Muss wohl noch der Jetlag sein.«

»Was heißt: aus einem ähnlichen Grund?«

»Überdosen. Die hat es hier auch gegeben. Scheint so, als hätten irgendwelche ehemaligen Soldaten etwas damit zu schaffen.«

Es entstand eine Pause.

»Becky?«

»Ich habe heute erfahren, dass auch in meinem Fall Exsoldaten im Spiel sind. Du erinnerst dich doch an den Mord, von dem ich dir erzählt habe – von dem auch in den Zeitungen berichtet wurde? Der Mann, der in einem Range Rover erschossen wurde? Er hieß Andrew Johnson und soll einer von denen gewesen sein – obwohl ich noch keine Gelegenheit hatte, das zu überprüfen, denn die Quelle, aus der ich das erfahren habe, ist vielleicht nicht besonders zuverlässig.«

Logan hatte sich auf den Stuhl hinter dem Empfangstresen gesetzt und sich einen Kugelschreiber genommen, den er jetzt in seiner freien Hand drehte.

»Aber du hast einen Jetlag, und bei mir ist es mitten in der Nacht«, sagte sie lachend, »klar, dass da nicht viel Vernünftiges herauskommt.«

Logan legte den Stift weg und fuhr sich mit der Hand durchs Haar. Er lehnte sich gerade in dem Stuhl zurück, als die weibliche Agentin aus dem Büro kam. Auf dem Weg zu den Fahrstühlen warf sie ihm einen Blick zu.

»Wo steckt eigentlich Alex?«, erkundigte sich Rebecca.

»Er sitzt mit den Bossen vom FBI und den Bullen hinter verschlossenen Türen und bespricht die Sache.«

»Wie kommt es, dass du nicht dabei bist?«

»Anwälte kann doch niemand leiden.«

»Es gibt einen, den ich sehr gern mag.«

Er musste lächeln. »Nett, dass du das gesagt hast.«

»Na gut, dann lege ich mich jetzt wieder ins Bett und versuche noch eine Runde zu schlafen, ehe der Wecker klingelt. Ich schätze, ich werde morgen den ganzen Tag mit Papierkram verbringen. Es ist der reinste Albtraum.«

»Okay. Dann sehen wir uns, wenn ich wieder da bin.«

Rebecca legte das Mobilteil ihres Telefons auf den Küchentisch und nippte an ihrem Tee. Mitten in der Nacht, wenn finsterste Gestalten sich noch immer draußen herumtrieben, entfaltete er eine wahrhaft wohltuende Wirkung.

Sie musste an Frank Parker und seinen Sohn denken. An dem Platz, den sie in der Welt innehatten, konnten sie sich so verdammt sicher fühlen. Aber Parker mochte sich noch so zugänglich geben und noch so bemüht sein, als altmodischer Kavalier gesehen zu werden – er führte nach wie vor eine Gewaltherrschaft. Auf sein Wort hin mussten Menschen sterben. Er verkaufte Drogen, die das Leben anderer zerstörten. Und jetzt?

Soldaten, die als Drogenkuriere gearbeitet hatten, wurden mit einem Loch im Kopf aufgefunden.

Leute, die Drogengeld gewaschen hatten, wurden in ihren eigenen vier Wänden gefoltert und massakriert.

Parker hatte Rebecca mit seinem Besuch aufgewühlt. Zweifellos war auch das Teil seiner Strategie – sie wissen zu lassen, dass er jederzeit bei ihr auftauchen konnte, egal ob sie nun Polizistin war oder nicht. Alles musste nach seiner Pfeife tanzen.

Sie leerte ihre Tasse, spülte sie aus und ging in ihr Schlafzimmer im Obergeschoss. Früher hatte sie es geliebt, ins Bett zu kriechen und sich die Decke bis ans Kinn hochzuziehen, sicher aufgehoben in der Wärme wie im Mutterleib. Heute Abend jedoch wollte ihr beim besten Willen nicht warm werden – zu tief saß ihr die Kälte in den Knochen

16

Hunter nahm sich Zeit, um seine Ermittlung von vorn bis hinten zu erörtern, und ging dabei auf wesentlich mehr Einzelheiten ein, als er es im Polizeipräsidium mit Logan und Cahill getan hatte. Detailliert ließ er sich über die Informationen aus, die er von den Rauschgiftfahndern erhalten hatte, und über die abgehörten Telefongespräche.

»Wäre Tim Stark hier, könnte er uns vielleicht sagen, ob dieser Mexikaner mit Raines in Verbindung getreten ist«, sagte Webb, als Hunter seinen Bericht beendet hatte.

»Möglicherweise hat er etwas gehört und sich dann was zusammengereimt«, sagte Cahill. »Und damit wollte er dann zu Ihnen, Detective Hunter.«

Webb nickte nachdenklich.

»Klingt plausibel«, sagte er. »Trotzdem haben wir absolut nichts Konkretes, oder?«

»Nein«, sagte Hunter, »da gebe ich Ihnen recht.«

Cahill wurde langsam nervös. »Aber Sie werden doch etwas unternehmen, oder?«, fragte er.

»Selbstverständlich«, sagte Webb. »Wir werden die Spur weiterverfolgen und herausfinden, ob eine Verbindung besteht.«

»Aber das liegt doch klar auf der Hand.«

»Tut es nicht«, widersprach ihm Hunter. »Ich gebe zu, dass es so klingt, aber zwingend ist es nicht. Überlegen Sie doch mal, was wir haben. Das Einzige, was einen Verknüpfungspunkt zwischen den beiden Ermittlungen darstellt, ist die E-Mail von Tim Stark. Sie *könnte* etwas mit mir zu tun haben, aber ebenso gut könnte sie etwas völlig anderes bedeuten.«

»Und weil Tim Stark nicht mehr lebt, können wir uns dessen nicht sicher sein«, fügte Webb hinzu. »Also müssen wir die E-Mail behandeln wie jeden beliebigen Hinweis, indem wir sie gründlich überprüfen.«

Cahill wusste, dass die beiden recht hatten, wollte es aber nicht wahrhaben. Tim Starks Tod musste doch wenigstens einen Sinn gehabt haben. Sie weiterbringen.

»Und was passiert jetzt?«, fragte er.

Logan waren gerade die Augen zugefallen, als im Büro ein Telefon läutete und ihn aus dem Halbschlaf riss. Der Klingelton unterschied sich von den vielen anderen, die erklungen waren, seit er hier auf Cahill wartete.

Martinez erhob sich von seinem Schreibtisch und ging zu einem Telefon, das neben der Tür zur Eingangshalle an der Wand befestigt war. Einen Moment lang sprach er in den Hörer und hörte dann seinerseits eine Weile lang zu. Es kam Logan wie eine Ewigkeit vor, obwohl es in Wirklichkeit wahrscheinlich kaum mehr als eine Minute gewesen war.

Martinez hängte ein, ohne noch einmal etwas gesagt zu haben, und ging zu seinem Schreibtisch zurück. Er wechselte ein paar leise Worte mit seinem Kollegen Ruiz, woraufhin beide ihre Jacketts überstreiften und eilig das Büro verließen. Logan folgte ihnen auf den Gang und sah, dass sie in Richtung des Raumes gingen, in dem die Besprechung stattfand.

Webb erhob sich, um zu signalisieren, dass die Sitzung beendet wäre.

»Lassen Sie uns morgen weiterreden«, sagte er zu Hunter. »Dann überlegen wir uns, wie wir vorgehen.«

Hunter nickte.

»Und wer was unternimmt«, fügte er hinzu. »Wir können unsere Ermittlung ja schlecht Ihnen überlassen. Das ist wohl klar, oder?«

»Selbstredend.«

Es klopfte kurz an der Tür, bevor sie sich öffnete. Agent Martinez und Ruiz traten ein.

»Was ist?«, fragte Grange.

»Wir haben einen Mann hier, der sagt, er müsse mit dem verantwortlichen Dienststellenleiter sprechen.«

Alle Anwesenden blickten Webb an, der nicht allzu beeindruckt schien.

»Und?«, sagte er. »Mehr habt ihr nicht aus ihm herausbekommen? Ziemlich dürftig, das muss ich schon sagen.«

Je mehr Cahill von Webb sah und hörte, umso mehr fand er Gefallen an dem Mann.

»Da gibt es natürlich noch was«, sagte Ruiz. »Er sagte, sein Name wäre Matt Horn. Er hätte Informationen über Seth Raines und Tim Stark.«

17

Raines ahnte, was Horn in dem Gebäude an der Stout Street vorhatte, schließlich wusste er nur zu gut, dass sich das Büro des FBI dort befand. Eigentlich hätte das etwas in ihm auslösen müssen, aber er empfand nichts. Noch einmal warf er einen Blick auf die Waffe neben sich auf dem Beifahrersitz.

Raines beobachtete, wie Horn aus dem Taxi stieg und zu der Gegensprechanlage neben dem Haupteingang des Gebäudes ging. Zu der späten Stunde waren die Türen natürlich abgeschlossen, aber ein Wachmann war zugegen – für den Fall, dass doch noch jemand ins Gebäude wollte, was, wie Raines mutmaßte, in Anbetracht dessen, womit sich das FBI befasste, vermutlich häufiger vorkam.

Das Taxi fuhr davon und ließ Horn allein zurück – er stützte eine Hand gegen die gläserne Eingangstür, während er sich vorbeugte, um durch die Sprechanlage mit dem Wachtposten zu reden.

Raines ergriff die Waffe, öffnete die Wagentür und stieg aus. Er ließ die Tür offen stehen und ging um den Wagen herum. An der Bordsteinkante hielt er inne, überlegte, ob er hinüberlaufen und beide auf einen Schlag erledigen sollte – ohne Zeugen.

Dann sah er, wie Horn einen Schritt zurücktrat und der Wachmann sich von seinem Schreibtisch erhob. Seinem Auftreten nach war er ein pensionierter Bulle.

Raines trat auf die Straße.

Hielt seine Waffe fester.

Aber dann ließ er den Moment verstreichen, der Wachmann öffnete die Tür und ließ Horn herein. Bevor er sich abwandte und mit seinem Besucher im Gebäudeinneren verschwand, warf er Raines noch einen längeren Blick zu.

Raines ging zurück zu seinem Wagen, setzte sich hinein und legte die Waffe zurück auf den Beifahrersitz.

»Der Plan für morgen hat sich geändert«, sagte er, als sein Anruf entgegengenommen wurde. »Es sollen alle kommen.«

9. Teil: Gnade

1

Logan war allein in dem Großraumbüro, als Cahill durch die Tür zum Empfangsbereich kam und sich auf eine Ecke des Schreibtisches setzte, neben dem sein Freund wartete.

»Was ist los?«, fragte Logan. »Sah aus, als hätte irgendetwas sie aufgescheucht.«

»Das kann man wohl laut sagen. Einer der Soldaten aus der Gruppe ist hier aufgekreuzt. Ein Typ namens Matt Horn.«

»Echt?«

Cahill sah ihn an.

»Was bist du? Ein sechzehnjähriges Mädchen?«

»Warum?«

»Echt«, äffte Cahill ihn nach und schüttelte verständnislos den Kopf.

Logan stand auf und trat ans Fenster. Als er auf die Straße hinunterblickte, sah er auf der gegenüberliegenden Seite einen geparkten Wagen. Er beobachtete ihn einen Moment lang, bis er davonfuhr, dann wandte er sich wieder Cahill zu.

»Erzähl schon.«

»Sie sind der Erkenntnis, dass sich ihre jeweiligen Ermittlungen mit der gleichen Sache befassen, immer noch keinen Schritt näher gekommen. Die Bullen und die FBI-Typen, meine ich. Aber vielleicht verhilft ihnen dieser Horn ja jetzt zur Klarheit.«

»Was meinst du, warum er hier ist?«

»Wer weiß? Schlechtes Gewissen vielleicht?«

»Was hast du denn nun erfahren?«

»Ich weiß nicht, ob ich dir das erzählen kann.«

Logan sah ihn stirnrunzelnd an. Cahill machte ein todernstes Gesicht, aber er hielt es nicht lange genug durch, um überzeugend zu wirken.

»Ach, was soll's«, sagte er schließlich. »Ich hab da drinnen ja nichts unterschrieben.«

»Du warst schon immer vertrauenswürdig.«

»Horn und Raines, sein Sergeant, sind offenbar vor einiger Zeit in Afghanistan in einen Hinterhalt geraten. Horn hat es richtig schlimm erwischt. Er hat beide Beine verloren und wäre im Krankenhaus beinahe gestorben.«

»Und wo sind die Zusammenhänge?«

»Es scheint, dass Raines nicht zufrieden mit der Behandlung Horns war, als er hier ins Militärkrankenhaus kam. Letzten Endes ist Raines ausgerastet.«

»Aber noch immer weiß keiner, ob das alles etwas mit Drogen zu tun hat, oder?«

»Richtig.«

Logan setzte sich wieder. Cahill verschränkte seine Hände und ließ die Knöchel knacken.

»Sind alle zusammen in diesen Hinterhalt geraten?«, fragte Logan. »Auch die anderen ehemaligen Soldaten, die untergetaucht sind?«

»Das glaube ich nicht. Aber ein Brite war auch dabei.«

Logan sah Cahill an.

»Was ist?«, fragte Cahill.

»Ich weiß nicht. Vielleicht gar nichts.«

»Jetzt spuck's schon aus.«

»Es hat mit Becky zu tun. Sie ist in eine Ermittlung der Rauschgiftfahndung eingespannt worden.«

»Ich kann dir nicht ganz folgen.«

»Ich komme ja selbst kaum mit.«

Cahill zog die Stirn in Falten.

»Also«, sagte Logan, »Becky hat mir erst vor ein paar Tagen davon erzählt. Eingefallen ist es mir erst wieder, als Hunter heute über seine Ermittlungen sprach, aber da hab ich noch nicht geschaltet. Vorhin am Telefon sagte Becky dann, sie hätte Informationen, dass auch in ihre Sache Soldaten verwickelt seien.«

»Und?«

»Ich drücke mich wohl nicht klar genug aus. Sie ist genau wie Hunter in diese Drogenermittlung hineingezogen worden. Es geht um rätselhafte Todesfälle durch eine Überdosis unter verdächtigen Umständen.«

Cahill rieb sich die Augen.

»Wie war der Name des Soldaten?«, wollte Logan wissen. »Der von dem Briten?«

Cahill kniff die Augen zusammen und dachte nach.

»Johnson«, sagte er schließlich. »Andrew Johnson.«

»Okay, also ist er einer von ihnen. In Beckys Fall, meine ich. Oder war es zumindest.«

»Wie bitte?«

»Er ist tot. Ermordet.«

Wieder ging die Tür zum Foyer auf, und Webb und Grange betraten den Büroraum. Beide steuerten auf Cahill zu.

»Wir zwei werden uns allein mit Horn unterhalten«, sagte Grange.

Cahill sah Webb fragend an, woraufhin dieser mit dem Kopf nickte.

Cahill hätte nicht übel Lust gehabt, sich mit Grange und Webb anzulegen – weil er nur allzu gern Leute provozierte und es Grange ganz besonders ärgern würde. Es schmeckte ihm überhaupt nicht, wie sich die Dinge entwickelten. Dass

Soldaten – Männer wie er – ein solches den Atlantik überspannendes Drogengeschäft anleiern konnten, überstieg seinen Verstand.

Doch wenn es etwas gab, was er in den letzten Jahren gelernt hatte, dann, dass Menschen in extremen Situationen zu beinahe allem fähig waren.

»Wir müssen sofort mit Becky reden«, sagte Logan, als sie wieder allein waren.

2

Randall Webb und Cooper Grange warteten geduldig an dem Tisch im Konferenzzimmer, während Ruiz Matt Horn half, auf einem Stuhl Platz zu nehmen. Als Horn endlich saß, nickte Webb Ruiz zu, woraufhin dieser aus dem Raum ging, die Tür jedoch offen ließ. Dann betraten Hunter und Collins das Zimmer, schlossen die Tür hinter sich und setzten sich an ein Ende des Tisches. Horn musterte die beiden, bis Webb das Wort ergriff und die Anwesenden einander vorstellte.

Horn hüllte sich vorerst in Schweigen.

»Was können wir für Sie tun, Mr. Horn?«, ermunterte ihn Webb.

Horn rutschte auf seinem Stuhl hin und her, verzog das Gesicht und sah dann Hunter und Collins an.

»Müssten Sie mir nicht zuerst meine Rechte vorlesen?«

»Warum sollten wir?«, fragte Grange.

»Ich weiß nicht. Wird das nicht immer so gehandhabt?«

»Warum erzählen Sie uns nicht zunächst Ihre Geschichte, bevor wir entscheiden, wie es weitergeht?«, schlug Webb vor.

Horn rutschte noch einmal auf dem Stuhl herum, um es sich bequemer zu machen. Jeder sah ihn erwartungsvoll an.

»Ich habe diese Männer getötet. Die Drogenabhängigen. Das war ich.«

Eine vielversprechende Eröffnung.

»Warum fangen Sie nicht einfach von vorn an, Mr. Horn? Das wäre hilfreich.«

»Wie weit soll ich ausholen?«

»Das kommt darauf an, wann alles angefangen hat.«

»Es war in Afghanistan.«

Seine Stimme zitterte, seine Kehle war wie zugeschnürt.

»Damals habe ich meine Beine verloren.« Er blickte auf den Boden und rieb sich die Oberschenkel.

»Sie sind in einen Hinterhalt geraten.«

Er kniff die Augen zusammen und sah Webb an. »Sie wissen davon?«

»Ja. Hat es mit dem Angriff angefangen?«

»Ich glaube schon. Wären wir da nicht hineingeraten …«

»Erzählen Sie uns davon.«

»Es waren Seth und Andy. Bis Andy umkam. Aber auch schon davor hauptsächlich Seth. Er ist völlig durchgedreht, nachdem das mit mir passiert war.«

»Andy?«, fragte Grange dazwischen.

»Andy Johnson.«

Grange blätterte in der Akte, die vor ihm auf dem Tisch lag.

»Der schottische Corporal der *Royal Military Police*?«

»Ja. Er war nicht mehr der Gleiche, nachdem er angeschossen worden war. Das passiert, wenn einem ein Stück des Schädels weggeballert wird.«

»Ich komme nicht mehr ganz mit«, unterbrach ihn Webb. »Johnson ist inzwischen tot?«

Horn nickte.

»Erzählen Sie uns doch Schritt für Schritt, wie alles angefangen hat«, bat Webb noch einmal.

»Ich brauchte Geld, um meine Behandlung zu bezahlen, aber Seth hatte keines. Nachdem er aus der Army entlassen worden war, hat Andy in Afghanistan eine private Sicherheitsfirma betrieben. Durch einen Kameraden, einen Mann namens Jack Butler, hatte er drüben ein paar Kontakte geknüpft. Kontakte mit Drogenhändlern. Es ging um Heroin. Dadurch wollte er zu Geld kommen. Seth war dagegen, als er die Möglichkeit das erste Mal erwähnte, aber dann wurde er immer verzweifelter, immer wütender auf alles und jeden, dass er einfach *alles* getan hätte.«

»Für Sie?«

»Ja.«

»Warum?«

Horn räusperte sich. »Er hat einen Sohn gehabt, der früh gestorben ist. Seth hat sich danach von seiner Frau getrennt. Ich glaube nicht, dass er je darüber hinweggekommen ist. Mich hat er als eine Art Ersatzsohn betrachtet.«

»Und das hat er Ihnen so gesagt?«

»Nicht so deutlich.«

»Aber als Sie dann verwundet wurden …«

»Ich bin beinahe gestorben. War klinisch ungefähr eine Minute lang tot, bevor ich wieder ins Leben zurückgeholt wurde.«

Webb lehnte sich zurück und sah Hunter an. »Haben Sie Fragen, Detective?«

Horn wandte sich Hunter zu.

»Sie sagten, Sie hätten sie getötet«, begann Hunter. »Wie haben Sie das gemeint?«

»Ich bin Chemiker und hatte die Idee, das Heroin mit

Fentanyl zu verschneiden. Ich wollte mich nützlich machen und Seth und Andy nicht zur Last fallen. Das wäre ihnen gegenüber nicht fair gewesen.«

»Aber Sie haben es nicht richtig gemacht?«

»Doch, eigentlich schon. Ich wusste ganz genau, was ich tat.«

Hunter sah ihn fragend an. »Das verstehe ich jetzt nicht. Wenn die Mischung doch richtig war, warum sind die Leute dann gestorben?«

»Ich habe das Mischverhältnis geändert, aber Seth nichts davon gesagt.«

»Sie *wollten,* dass Menschen starben?«

»Ja.«

Horn wirkte vollkommen emotionslos. Als hätte er die Geschichte in einen Winkel seines Gehirns verbannt, in dem sie ihm nichts anhaben konnte.

»Aber warum?«

»Damit es endlich aufhört. Damit man uns kriegt.«

»Warum wollten Sie gefasst werden?«

»Die Mexikaner.«

Langsam dämmerte es Hunter, und die einzelnen Teile des Puzzles fügten sich zusammen.

»Weil die Sie sonst umlegen würden«, sagte er, »weil Sie sich in ihr Geschäft gedrängt haben?«

Horn lächelte, aber es war ein trauriges Lächeln.

»So war es nicht. Sie wollten uns auszahlen. Sie fanden Gefallen an dem, was wir taten, weil sie mit dem Kauf eine Herstellungsmöglichkeit auf der amerikanischen Seite der Grenze erwerben würden. Sie wollten den Markt überschwemmen.«

»Was ihnen die Mühe erspart hätte, ihr Produkt weiterhin über die Grenze schmuggeln zu müssen.«

»Eben. Außerdem waren das auch Soldaten. Jedenfalls der Typ, mit dem wir verhandelt haben.«

»Waffenbrüder und so ein Mist, was?«, warf Grange ein.

Horn zuckte nur mit den Schultern. »Ich konnte nicht einfach dabeisitzen und es geschehen lassen.«

»Eins verstehe ich trotzdem noch nicht«, sagte Hunter. »Was für eine Rolle hat Johnson bei alldem gespielt?«

Horn machte ein Gesicht, als hätte man ihm eine dumme Frage gestellt.

»Er hat die Operation in Großbritannien geleitet. Zumindest so lange, bis Seth erfuhr, dass er die Hälfte des Profits in die eigene Tasche steckte. Als er das herausbekam, hat Seth Butler angewiesen, ihn umzubringen.«

Webb sah Hunter an, der zum Zeichen, dass er vorerst keine Fragen mehr hatte, abwehrend die Hände in die Höhe hielt.

»Also, Matt«, sagte Webb. »Was sollte das Ganze denn nun werden? Warum haben Sie so viel Geld zusammengerafft? Wollten Sie Ihrem eigenen Land den Krieg erklären?«

Horn sah ihn verständnislos an und schüttelte den Kopf.

»Ist es etwa das, was Sie glauben?«

Er begann zu lachen.

»Was?«, fragte Grange.

»Wir haben damit angefangen, weil wir alle pleite waren und nicht weiterwussten. Aber die anderen gewöhnten sich ans Geld. Mehr steckt nicht dahinter. Deswegen haben sie auch an die Mexikaner verkauft. Wir bekommen fünf Millionen Dollar in bar.«

»Also geht es nur um Geld?«

»Gibt es irgendetwas anderes, was sonst noch zählt?«

Grange blickte ihn angewidert an.

»Und was erwarten Sie nun von uns, Matt?«, fragte Webb. Immer der Pragmatiker.

»Dass Sie dem ein Ende bereiten. Ich dachte, das hätte ich schon gesagt?«

»Aber Sie wollen doch bestimmt einen Handel? Straffreiheit, weil Sie uns geholfen haben. Habe ich recht?«

»Tun Sie, was Sie wollen. Es ist mir egal, was mit mir geschieht. Machen Sie dem nur ein Ende.«

»Und wie sollen wir das anstellen?«

»Ich treffe mich morgen früh mit Seth in der Stadt zum Frühstück. Zeit und Ort werde ich Ihnen gleich sagen, dann können Sie ihn mit minimalem Aufwand festnehmen. Außerdem werde ich Ihnen noch verraten, wo sich die anderen verstecken und wo das Zeug hergestellt wird. Das Camp liegt in den Bergen.«

»Sie haben also vor, reinen Tisch zu machen?«

»Klar. Natürlich nur, wenn Sie es wollen.«

Es klopfte. Grange erhob sich und öffnete die Tür. Cahill und Logan standen davor.

»Wir haben hier am Telefon einen Detective aus Schottland, mit dem ihr Jungs vielleicht sprechen möchtet«, sagte Cahill.

3

Detective Superintendent Liam Moore war ein Gewohnheitstier. Er war gern Vorgesetzter: Die Stellung bedeutete, dass er sich nicht mehr die Füße plattlaufen musste, er an den meisten Tagen seine feste Arbeitszeit von neun bis sechs hatte und die Überstunden seinem Team überlassen konnte. Früher hatte er sich auch den Buckel krumm gearbeitet, aber jetzt wurde er respektiert und vielleicht sogar ein wenig gefürchtet. Seiner Meinung nach war es von Nutzen, wenn ein Vorgesetzter seinen Leuten ein Minimum an Furcht einflößte.

Demzufolge war Moore auch nicht allzu erbaut davon, dass seine Frau ihn mitten in der Nacht wachrüttelte und ihm den Telefonhörer ans Ohr hielt. Seine Laune wurde noch schlechter, als er die Stimme von DC Irvine vernahm.

Becky kniete sich immer so in ihre Arbeit hinein. Was gut war. Oder auch schlecht.

So wie jetzt.

»Sir, es tut mir leid, Sie zu wecken, aber …«

»Kommen Sie zur Sache.«

»In dieser Rauschgiftgeschichte ist eine neue Situation eingetreten.«

Eine Situation. Das hörte sich nicht gut an. Überhaupt nicht.

»Nach allem, was ich in Erfahrung gebracht habe, sieht es so aus, als wäre unser Fall nur ein Teil einer größeren Operation, die von Colorado aus gesteuert wird.«

»Colorado? In Amerika?«

»Genau.«

»Wie sind Sie denn darauf gestoßen?«

»Das ist eine lange Geschichte.«

»Jetzt sagen Sie es mir schon!«

»Das FBI ist auch involviert.«

Moore setzte sich in seinem Bett auf und zog seiner Frau die Bettdecke weg, was diese mit einem Grunzen quittierte.

»Haben Sie schon mit der SCDEA darüber gesprochen?«

»Nein. Ich habe es eben erst erfahren.«

Moore blickte auf die Uhr neben seinem Bett. Wie spät es auch immer sein mochte – für ihn war es *zu früh.*

»Das FBI bespricht sich gerade in dieser Angelegenheit.«

»Woher wissen Sie denn das nun schon wieder?«

»Äh …«

Moore wartete.

»Die Antwort gehört auch zu der langen Geschichte, Sir.«

»Sagen Sie's mir einfach, Becky, okay? Ich krieg's ja doch irgendwann raus.«

Also erstattete sie ihm Bericht.

»Wir unternehmen vorerst nichts«, erklärte er, als sie ihre Erzählung beendet hatte.

»Sir?«

»Es ist mitten in der Nacht, und es hört sich so an, als hätten die Amis alles, was in ihrem Land passiert, unter Kontrolle.«

»Und was ist mit unserem Land?«

»Um das werden wir uns am Morgen kümmern. Sobald es tatsächlich morgens ist, wollte ich sagen. Wenn normale Leute aufwachen.«

»Sollten wir uns nicht wenigstens mit dem FBI kurzschließen? Jetzt sofort, meine ich?«

»Nein. Ich möchte erst die SCDEA mit im Boot haben.«

»Aber …«

»Kein Aber. Kommen Sie um sieben Uhr dreißig in mein Büro. Dann entscheiden wir, was wir unternehmen.«

Er legte auf, ohne eine Antwort abzuwarten.

4

Cooper Grange sah Logan wütend an und ging zu seinem Platz zurück.

Was habe ich denn jetzt schon wieder falsch gemacht?, fragte sich Logan.

»Gibt es noch weitere Informationen, die Sie uns vorenthalten haben?«, wollte Grange von Cahill wissen.

»Haben Sie nicht zugehört?«, antwortete Logan an seiner Stelle. »Wir haben das alles eben erst erfahren.«

»Das behaupten *Sie.*«

»Was denn? Glauben Sie etwa, wir hätten uns verschworen, Ihnen etwas zu verschweigen?«

Grange wollte zu einer Erwiderung ansetzen, aber Webb gab ihm mit hochgehaltener Hand zu verstehen, sich zurückzuhalten.

»Wichtig ist«, sagte Webb, »dass wir die Information *jetzt haben.* Wir haben die Gelegenheit, einen international operierenden Rauschgiftring zu sprengen, also müssen wir unser weiteres Vorgehen unbedingt koordinieren. Prescht einer von uns vor, kann das unsere Kunden aufschrecken.«

Logan nickte.

»Könnten Sie jetzt in Schottland anrufen?«, fragte Webb. »Um den Kontakt herzustellen?«

Logan wollte die Nummer schon in sein Handy eintippen.

»Warten Sie.« Webb schob ihm das Konferenztelefon über den Tisch hinweg zu. »Nehmen Sie lieber das. Die Lautsprecheinrichtung ist wahrscheinlich besser als die Ihres Mobiltelefons.«

»Hallo?« Rebeccas Stimme klang zögerlich, als sie den Anruf entgegennahm.

»Ich bin's noch mal, Becky«, sagte Logan.

»Hi, Logan! Hör mal …«

»Ich sitze jetzt mit der Polizei und Agenten des FBI zusammen.«

»Detective Irvine? Hier spricht Special Agent Randall Webb vom FBI. Ich leite die hiesige Außenstelle.«

»Was kann ich für Sie tun, Agent Webb?«

»Mr. Finch hat uns gerade über den Zusammenhang zwischen unseren jeweiligen Ermittlungen unterrichtet. Ich hielt es für angebracht, dass wir unsere Aktivitäten koordinieren.«

»Da bin ich ganz Ihrer Meinung. Aber die Ermittlung wegen Drogenvergehens liegt nicht in meinen Händen. Ich helfe den Kollegen lediglich aus.«

»Verstehe. Was würden Sie also vorschlagen?«

»Ich fahre jetzt ins Büro. Mein Vorgesetzter Liam Moore möchte, dass ich ihm Bericht erstatte. Anschließend wollen wir mit der SCDEA reden. Das ist die hiesige Abteilung für Drogenfahndung.«

»Dann sollte ich wohl lieber mit Detective Moore sprechen?«

»Detective Superintendent Moore. Ja.«

Webb sah auf seine Uhr. »Es ist noch sehr früh bei Ihnen, Detective Irvine. Wann sollen wir wieder miteinander sprechen?«

»Bald wird es bei Ihnen sehr spät sein.«

»Wir arbeiten so lange wie nötig. Ich bin sicher, das ist bei Ihnen nicht anders.«

»Natürlich nicht. Ich werde gleich zu meinem Boss fahren. Ich würde zunächst allein mit ihm sprechen und Sie dann später zurückrufen, um unser Vorgehen zu koordinieren, wenn es recht ist. Wir müssen auch die SCDEA mit einbeziehen.«

»Selbstverständlich. In der Zwischenzeit haben wir ja noch … äh … andere Dinge, mit denen wir uns beschäftigen können. Lassen Sie bald wieder von sich hören, Detective.«

Nachdem der Anruf beendet war, herrschte Stille im Konferenzraum. Webb lehnte sich auf seinem Stuhl zurück und sah erst Hunter und Collins, dann über den Tisch hinweg Logan und Cahill an.

»Ich fürchte, ich muss Sie beide bitten, uns wieder zu verlassen«, sagte er und fixierte dabei gezielt Cahill. »Das sehen Sie doch ein?«

Logan wusste sehr gut, dass Cahill das ganz bestimmt *nicht* einsehen würde, und wartete schon auf die Reaktion seines Freundes.

»Schließlich müssen wir für morgen früh eine Operation planen. Uns bleibt also nicht mehr viel Zeit«, fügte Webb noch hinzu.

Cahill erhob sich. Logan dachte schon, sein Freund würde zum ersten Mal ohne viel Aufhebens den Raum verlassen, aber als er ebenfalls aufstehen wollte, spürte er auf seiner Schulter Cahills Hand, die ihn zurück auf den Stuhl drückte.

Wie man sich so täuschen kann.

»Sie sind hinter einem Soldaten her, habe ich recht?«, wollte Cahill von Webb wissen.

»Richtig.«

»Hat einer von Ihnen ein militärisches Training absolviert oder verfügt über Kampferfahrung?«

Niemand antwortete.

»Das habe ich mir schon gedacht.«

»Wir brauchen kein militärisches Training, um mitten in der Stadt jemanden festzunehmen«, sagte Grange. »Das ist unser Alltag.«

»Das bezweifle ich nicht. Ich wollte auch keine taktischen Vorschläge machen.«

»Sondern?«

»Ich kann Ihnen sagen, wie Raines tickt. Wovor er auf der Hut sein wird. Wie er sich verhalten könnte, wenn er das Gefühl hat, dass etwas faul ist. Damit alles so reibungslos verläuft wie möglich. Das ist doch unser aller Ziel, oder etwa nicht?«

»Was genau wollen Sie uns mitteilen, Mr. Cahill?«, fragte Webb.

»Lassen Sie mich dabei sein. Ich werde Ihnen helfen, sich in den Kopf dieses Kerls hineinzuversetzen.«

»Eine Art Berater?«

»Wie immer Sie es nennen wollen.«

»Das könnte ich mir als ganz nützlich vorstellen.«

Cahill grinste.

5

Freitag

Es war sieben Uhr früh, und Rebecca saß schon mit angeschalteter Schreibtischlampe und dem Monitor ihres Computers als einzigen Lichtquellen bei der Arbeit. Nachdem sie auf Umwegen über Amerika erfahren hatte, dass besagter Butler mit Vornamen Jack hieß, hatte sie seine derzeitige Wohnanschrift ausfindig machen wollen, war aber auf keine Adresse gestoßen.

Sie wollte nicht erst Liam Moores Eintreffen abwarten, um Armstrong auf den neuesten Stand zu bringen, was Andrew Johnsons Ermordung, jenen ominösen Butler und die Vorgänge in Colorado betraf. Sie mochten sich zwar nicht sehr grün gewesen sein, als sich ihre Wege gestern getrennt hatten, aber er hatte dennoch ein Anrecht darauf, auf dem Laufenden gehalten zu werden.

Vielleicht würde sie Frank Parkers spätabendlichen Besuch bei ihr verschweigen. Der würde ihm möglicherweise die Laune verderben.

Armstrong hörte sich überraschend munter an, als sie ihn auf seinem Handy anrief.

»Wo sind Sie?«, fragte Rebecca.

»Zu Hause.«

Er klang, als wäre er immer noch sauer auf sie.

»Ich brauche Sie in der Pitt Street.«

»Wozu?«

»Eine neue Spur. Große Sache. Und bestellen Sie auch Ihren Chef her. Er wird mit einbezogen werden wollen.«

Sie wusste, dass Armstrong das hellhörig machen würde.

»Was ist los?«

»Ich habe jetzt keine Zeit für Details. Ich muss noch mit meinem Superintendent sprechen.«

»Wann sollen wir da sein?«

»So bald wie möglich.«

»Ich rufe den Boss an. Aber wehe, das ist nichts.«

»Das ist was. Ganz bestimmt.«

Eine Viertelstunde später traf Liam Moore im Büro ein. Er war noch dabei, sich seiner Jacke zu entledigen, als Rebecca schon in der Tür stand.

»Ich habe Armstrong von der SCDEA angerufen«, sagte sie. »Er kommt mit seinem *Director General* her.«

»Sie verlieren aber auch keine Zeit. Wie immer.«

»Ich hielt das für das Richtige.«

»Das war es auch. Wie lange werden sie brauchen?«

»So lange es dauert herzufahren.«

»Gut. Dann informieren Sie mich erst einmal über alles, bevor die beiden eintreffen.«

Rebecca nickte, setzte sich auf den Besucherstuhl vor Moores Schreibtisch und legte ihre Akte auf die Tischplatte. Sie quoll vor neuem Material fast über, also ordnete sie sie, so gut es ging, und erstattete Moore dann Bericht.

Das gleiche Spiel wiederholte sich eine Stunde später im Beisein von Armstrong und dessen Chef Paul Warren.

Als Rebecca geendet hatte, sah Warren Moore an, bevor er das Wort ergriff.

»Es ist also nur ein Mann, der hier die Geschäfte führt?«, fragte er Rebecca.

»Soweit es mir bekannt ist, ist dies zurzeit der Fall, Sir. Aber das FBI könnte mehr darüber wissen.«

»Haben wir eine Ahnung, wo er wohnt?«

»Nein. Aber das hier.« Sie nahm Kopien eines Fotos von Butler aus ihrer Mappe und reichte sie herum.

»Ich habe sie heute früh von unserem Archiv bekommen. Sie sind vier oder fünf Jahre alt, aber das Beste, was ich auftreiben konnte.«

»Unsere allererste Priorität muss es sein, den Burschen hinter Gitter zu bringen«, erklärte Moore. »Sind wir uns da einig?«

Warren nickte.

»Wir dürfen ihn nicht frei herumlaufen und jeden umbringen lassen, der ihn identifizieren könnte. Es hat schon genug Tote geschehen. Das Letzte, was wir jetzt brauchen, sind noch mehr Leichen.«

»Wie sollen wir vorgehen?«, fragte Rebecca.

Moore deutete auf die Akte in ihrem Schoß.

»Gehen Sie alles durch, was wir über ihn finden können. Militärdienst, Familie, frühere Adressen. Alles. Verfolgen Sie jede Spur. Und wenn Sie Verstärkung brauchen, lassen Sie es mich wissen. Ich werde Leute für Sie abstellen.«

»Soll ich auch mit unserer Presseabteilung sprechen? Damit sein Name und das Foto veröffentlicht werden?«

Moore lehnte sich zurück und verschränkte die Hände hinter dem Kopf.

»Was halten Sie davon?«, fragte er Warren.

»Meinem Gefühl nach sollten wir das eher nicht tun. Jedenfalls noch nicht gleich. Wenn er davon Wind bekommt, könnte er durchdrehen und ein Blutbad anrichten.«

Moore stimmte ihm zu.

»Ist es nicht schon ein bisschen zu spät, um das noch zu verhindern?«, warf Armstrong ein. »Wenn man bedenkt, was er mit Johnson, Russell Hall und den Steuerberatern angestellt hat, wie viel schlimmer kann es dann noch werden?«

»Das wissen wir nicht«, sagte Moore. »Das ist ja eben das Problem. Wir haben keine Ahnung, zu wie vielen Morden er noch fähig ist. Also geben wir ihm lieber nicht noch einen Anlass.«

»Wer wird jetzt mit dem FBI reden?«, erkundigte sich Rebecca.

»Das erledige ich«, sagte Warren. »Würden Sie mir die Namen der Agenten nennen?«

»Okay«, sagte Moore, »dann machen wir uns an die Arbeit und bringen diesen Dreckskerl hinter Schloss und Riegel.«

6

Rebecca kehrte an ihren Schreibtisch zurück, vertiefte sich wieder in ihre Aufzeichnungen und konzentrierte sich dabei auf die wenigen Informationen, die sie über Butler hatte. Doch sie konnte sie so oft durchgehen, wie sie wollte – sie waren viel zu dürftig, als dass sie sie auch nur einen Schritt weiterbrachten. Der Kerl war das reinste Phantom.

Sie blätterte ihre Mappe noch einmal von vorn bis hinten durch. Nach zehn Minuten stieß sie auf einen handgeschriebenen Zettel mit Notizen von vor ein paar Tagen, als sie sich einen ersten Überblick über den Fall verschafft hatte. Eine Zeile sprang ihr geradezu ins Auge:

Suzie Murray – lügt sie, kennt sie Dealer?

Es ging ihr weniger um den Inhalt der Notiz, sondern vielmehr um die Assoziationen, die sie auslöste – Prostituierte und deren Lebensumstände. Sie nahm den Hörer des Diensttelefons und wählte die Nummer des Polizeireviers an der Stewart Street.

»Stewart Street«, meldete sich eine männliche Stimme.

»Superintendent Pope, bitte.«

»Wer spricht dort?«

»DC Irvine vom CID.«

»Bleiben Sie dran.«

Aus einer Minute Wartezeit wurden erst zwei, dann drei.

»Pope«, meldete sich schließlich eine Stimme.

»Hier spricht DC Irvine vom Oberkommissariat an der Pitt Street, Sir.«

»Ich weiß. Worum geht es?«

»Wir haben Anfang der Woche schon einmal miteinander telefoniert. Es handelt sich um die Ermittlung in einem Mordfall.«

Pope schwieg. Sie konnte ihn atmen hören, aber er sagte nichts.

»Sir?«

»Wegen der Prostituierten?«

»Das ist korrekt, Sir.«

»Sie wollten Auskünfte über andere Mädchen, die mit Ihrer Leiche in Zusammenhang standen?«

»Stimmt.«

Sie hörte Papiere auf seinem Schreibtisch rascheln.

»Ich habe zwei Namen und eine Adresse«, sagte Pope, nachdem es noch eine Weile geraschelt hatte.

Rebecca notierte sich beide Namen und die Adresse einer Wohnung im East End – nicht weit von dem Fundort von Russell Halls Leiche entfernt. Am liebsten hätte sie Pope gefragt, wie lange er schon auf diesen Informationen hockte, aber sie biss sich auf die Zunge und bedankte sich stattdessen bei ihm, woraufhin er ohne ein weiteres Wort auflegte.

Einen Moment lang erwog sie, einfach zu der Adresse zu fahren, erinnerte sich dann aber daran, was beim letzten Mal geschehen war, als sie einen Alleingang gewagt hatte. Sie berührte die Verletzung in ihrem Gesicht und begab sich auf die Suche nach Armstrong.

Er war noch immer bei Moore, Warren allerdings war nirgendwo zu sehen. Sie steckte den Kopf zur Tür herein.

»Kenny?«

Als er seinen Namen hörte, drehte er sich erschrocken um. Sie hielt ihm den Zettel mit den beiden Namen und der Adresse entgegen.

»Ich habe hier die Anschrift von zwei weiteren Mädchen, die mit Joanna Lewski und Suzie Murray gearbeitet haben.«

Armstrong sah sie fragend an.

»Der Superintendent der Stewart Street hat sie mir gegeben. Ich habe schon mal mit ihm telefoniert, falls Sie sich erinnern.«

»Und er hat Sie jetzt zurückgerufen?« Armstrong sah auf seine Uhr.

»Nein, ich musste ihm hinterhertelefonieren.«

Armstrong wandte sich von ihr ab und blickte Moore an, der schwieg.

»Also gut«, sagte Armstrong, »ich muss in einer Stunde bei dem Gespräch mit dem FBI sein, aber danach fahren wir hin.«

Während er sprach, wich sein Blick nicht von Moore, sodass Rebecca sich mit seinem Hinterkopf zufriedengeben musste. Sie ging zurück an ihren Schreibtisch und sah auf ihren Monitor, als sich der Bildschirmschoner einschaltete. Jemand war an ihrem Computer gewesen und hatte das Foto einer C-Prominenten mit nacktem Oberkörper aufgerufen.

Sie konnte es sich nicht erklären, aber sie musste grinsen.

Es waren komische Zeiten.

7

»Ich glaube, die haben uns nur in das absolute Minimum eingeweiht, damit wir Ruhe geben«, beschwerte sich Logan, als er und Cahill kurz vor Mitternacht mit dem Fahrstuhl vom achtzehnten Stock ins Erdgeschoss fuhren.

»Was willst du damit sagen?«

»Dass sie uns zwar erlauben, während des Vorgeplänkels dabei zu sein, uns aber vor die Tür setzen, wenn sie mit unserer Polizei telefonieren.«

»Da hast du wohl recht.«

Logan verblüffte Cahills zurückhaltende Reaktion.

»Bist du nicht sauer?«

Cahill wandte sich ihm zu und verdrehte die Augen. »Nein.« Als Logan seinem Blick folgte, entdeckte auch er die in der Fahrstuhlkabine installierte Kamera. Er schwieg, bis sie in ihrem Mietwagen saßen und ins Hotel zurückfuhren.

»Was ist los mit dir?«, fragte er Cahill.

»Ich habe von diesen Burschen alles bekommen, was ich brauchte.«

Logan konzentrierte sich auf die Kreuzung vor ihnen. Das Fahren auf der rechten Seite war ihm noch immer fremd. Nachdem er vorsichtig links abgebogen war, konnte er wieder reden.

»Alex, das hier ist eine todernste Geschichte. Wir müssen uns da raushalten. Überlass den Rest dem FBI.«

»Wie in Ruby Ridge? Oder in Waco?«

Logan hatte noch nie etwas von Ruby Ridge gehört, und WACO war seiner Erinnerung nach der Codename für eine Aktion der amerikanischen Kontrollbehörde für Alkohol, Tabak, Schusswaffen und Sprengstoffe gewesen. Er fragte nicht weiter nach.

»Na und? Das ist nicht mehr unser Problem. Wir haben die Wahrheit über deinen Freund herausbekommen. Lass uns nach Hause fliegen.«

»Das kann ich nicht.«

»Kannst du nicht ein einziges Mal zurückstecken?«

Cahill schwieg und sah aus dem Fenster.

»Was ist dir an dieser Sache denn so wichtig?« Logan schrie mehr, als dass er sprach.

Cahill seufzte.

»So bin ich eben.«

»Was soll das nun wieder bedeuten?«, fragte Logan, steuerte den Wagen auf den Kantstein zu und hielt.

Cahill blickte ihn wieder an. In dem grellen Licht der Straßenbeleuchtung sah er älter aus als je zuvor. Die Falten in seinem Gesicht zeichneten sich so deutlich ab wie Straßen auf einer Landkarte. Das Leben im Dienste seines Vaterlandes war nicht spurlos an ihm vorübergegangen.

»Ich bin eben ich – das wollte ich damit nur sagen. Ich habe noch nie zurückgesteckt und werde es auch nie tun.«

Logan wich dem Blick seines Freundes nicht aus.

»Ein guter Mann hat sein Leben verloren. Vielleicht nicht unmittelbar durch die Hand von diesem Raines und seinen Leuten, aber doch mehr oder weniger. Und er war nicht einfach bloß ein guter Mann, sondern einer, der sein Leben für andere und für sein Land aufs Spiel gesetzt hat. Einer, der mit mir zusammen gedient hat. Es hätte durchaus passieren können, dass wir im Kampf Seite an Seite für das, woran wir glauben, gefallen wären.«

»Aber …«

»Ich weiß, dass Webb und Grange und Hunter und all die anderen genauso denken, aber das ist kein Trost. Für mich ist das was ganz Persönliches, also kann ich es nicht einfach so auf sich beruhen lassen.«

Logan legte die Arme gekreuzt aufs Lenkrad.

»Du hast genug mit mir erlebt, um mich zu verstehen.«

»Ich glaube nicht, dass ich dich je verstehen werde, Alex. Dafür sind wir einfach zu verschieden.«

»Aber wenn ich dich bitte, das hier mit mir durchzuziehen und mir den Rücken zu stärken – wirst du das dann tun?«

»Das weißt du doch.«

Cahill legte ihm die Hand auf die Schulter.

»So verschieden sind wir doch nicht«, sagte er.

Als sie wieder im Hotel waren, rief Logan seine Tochter auf ihrem Handy an. Sie müsste jetzt schon wach sein und sich bald auf den Weg zur Schule machen.

»Hallo, Ellie. Wie geht es dir?«

»Ganz gut. Aber ich vermisse mein eigenes Zimmer und hätte auch gern wieder meine eigenen Sachen um mich.«

»Ich weiß. Mir geht's genauso.«

»Wann kommst du nach Hause?«

»Bald. Wahrscheinlich schon morgen.«

Vorausgesetzt, ich bin nicht tot oder im Gefängnis.

»Cool.«

Es war das erste Mal, dass er sie das sagen hörte.

»Wenn ich wieder da bin, unternehmen wir was zusammen, ja? Gehen essen oder so.«

»Shoppen auch?«

Er musste lachen. »Wenn du das möchtest.«

»Na klar.«

»Abgemacht. Es ist schon spät hier, ich muss jetzt schlafen gehen.«

Cahill hatte ihn während des Telefongesprächs beobachtet. »Hat sich nett angehört«, sagte er.

»War es auch.«

»Sie fehlt dir.«

»Natürlich.«

»Also sieh zu, dass du zu ihr zurückkommst. Das Mädchen braucht dich.«

»Ich lasse dich nicht im Stich, falls du das denkst.«

»So habe ich das nicht gemeint. Wir haben schließlich beide eine Familie.«

Es stimmte. Nichts verband zwei Menschen so miteinander wie ihre Blutsverwandtschaft.

Logan ging ins Bad und spritzte sich kaltes Wasser ins Gesicht. Es war ein langer Tag gewesen. Als er sich abgetrocknet hatte, ging er zurück in den Wohnteil ihrer Suite. Cahill saß an dem kleinen Tisch neben dem Fenster und sah fern, doch Logan war sich sicher, dass er nichts von dem mitbekam, was auf dem Bildschirm lief. Auf seinem Bett lagen zwei Pistolen in ihren Holstern und eine Schachtel mit Munition.

»Das hast du besorgt?«, fragte Logan. »Als ich den Wagen geholt habe?«

Cahill sah ihn an und nickte.

»Sind die legal?«

»Nein.«

»Woher hast du sie?«

»Das kann ich dir nicht sagen.«

»Aber doch hoffentlich nicht von einem Kriminellen?«

Noch während er die Frage formulierte, dämmerte ihm, wie dämlich sie sich anhören musste. Aber dann war sie auch schon ausgesprochen, und er wünschte sich, seine Worte rückgängig machen zu können.

Cahill lachte. Es klang echt und nicht so, als würde er sich über ihn lustig machen wollen.

»Ich weiß schon, was du fragen wolltest. Sie ist Expolizistin.«

»Und wie kommt sie dazu, illegale Waffen zu verkaufen?«

Cahill zuckte mit den Schultern. »Sie wollte etwas Gutes tun.«

Logan schüttelte den Kopf und setzte sich aufs Bett.

»Eine davon soll wohl für mich sein?« Er nahm eines der Holster, zog die Waffe heraus und wog sie in seiner Hand. Sie fühlte sich schwer an. »Und geladen hast du sie auch schon?«

»Ansonsten sind die Dinger einem nicht gerade von Nutzen.«

Logan schob die Waffe zurück in das Holster und legte sie wieder aufs Bett.

»Also«, sagte er, »was hast du vor?«

8

»Warum hast du Hunter unterstützt, als er Webb gedrängt hat, bei der Festnahme von Raines morgen ein Team von Scharfschützen bereitzuhalten?«, fragte Logan.

Sie saßen noch immer in ihrer Suite vor dem inzwischen leise gestellten Fernseher. Auch die beiden Waffen lagen noch auf dem Bett.

»Du kennst doch mein Motto?«

»Welches von den vielen meinst du genau?«

»Wer bei den Vorbereitungen versagt …«

»Bereitet sein Versagen vor. Ja, das habe ich schon mal gehört.«

»Webb sagte, Horn hätte ihnen erzählt, er würde sich allein mit Raines treffen, nicht wahr?«

»Ja.«

»Wenn man Horn glaubt, dann hat er sich schon eine Weile mit dem Gedanken getragen, sich zu stellen. Er hat absichtlich den Drogencocktail verpanscht, um auf sich aufmerksam zu machen.«

»Und hat damit Menschen getötet. Es hätte auch andere Mittel und Wege gegeben.«

»Du verstehst nicht, worauf ich hinauswill.«

»Doch, das tue ich. Du meinst also, dass sein Verhalten Raines' Argwohn geweckt haben könnte, denn der scheint ja ganz offensichtlich nicht dumm zu sein.«

»Sehr richtig.«

»Also könnte Raines jetzt einen Verdacht gegen Horn hegen und ihm demzufolge nicht alles sagen.«

»Sprich weiter.«

»Was wiederum bedeutet, dass wir darauf vorbereitet sein

müssen, dass er zu der Verabredung morgen nicht allein aufkreuzt.«

»Ich wusste doch, dass nicht alles, was ich dir beigebracht habe, vergeblich war.«

»Das Problem ist nur, dass ich nicht glaube, dass Webb oder Grange kapiert haben, was du ihnen sagen wolltest. Denn warum halten sich die Scharfschützen im Gebäude der Polizei bereit statt vor Ort?«

»Das passiert aus einer Mischung aus hochnäsiger Arroganz, die für das FBI typisch ist, wie die Erfahrung lehrt, und dem Bestreben, die Sache möglichst ruhig über die Bühne zu bringen. Wenn Raines sich nicht gleich einer ganzen Armee gegenübersieht, hoffen sie, dass seine Reaktion weniger ...«

»Extrem ausfällt?«

»Das ist die richtige Bezeichnung. Ja.«

»Und was hältst du davon, dass Hunter sich klar auf deine Seite geschlagen hat?«

»Nach allem, was man über diesen Bankraub liest, in den er verwickelt war, hat er allen Grund, vorsichtig zu sein. Jeder neue Mist, den das FBI baut und bei dem jemand ums Leben kommt, würde nur wieder demonstrieren, dass sie ihre Vorgehensweise für die einzig und allein richtige halten.«

»Ich glaube, Grange hat sich nur dagegen ausgesprochen, weil er gegen dich in die Opposition gehen wollte.«

»Da magst du wohl recht haben. Taktisch ausgesprochen klug, oder?«

Logan brachte ein Lächeln zustande, obwohl der Knoten, zu dem sich sein Magen vor Anspannung zusammenzog, mit jeder Minute enger wurde. Noch einmal schweifte sein Blick zu den Waffen hinüber.

»Du weißt, dass du immer noch Nein sagen kannst«, erklärte Cahill, als er das besorgte Gesicht seines Freundes sah. »Ich ziehe es auch allein durch.«

Logan erhob sich, ging zum Fenster und schaute auf die Stadt. Dann drehte er sich um, lehnte sich gegen das Fensterbrett und sah Cahill an.

»Erzähl mir, was du vorhast«, sagte er.

»Webb und Grange werden auf der anderen Straßenseite sein – in dem Gebäude gegenüber dem Lokal, in dem Raines mit Horn verabredet ist. Dabei handelt es sich um ein dreigeschossiges Wohnhaus. Die Bewohner der ersten Etage werden in einem Hotel untergebracht, sodass das FBI ihre Wohnung als Kommandozentrale benutzen kann. Von hier aus stehen sie in ständigem Funkkontakt zu ihren Agenten auf der Straße und zu der Spezialeinheit.«

»Hunter und Collins werden in dem Lokal sitzen – aber an verschiedenen Tischen«, ergänzte Logan. »Gekleidet wie normale Angestellte, die auf dem Weg zur Arbeit frühstücken.«

»Du sagst es. Außerdem werden noch zwei weibliche FBI-Agenten und ein männlicher da sein, die als der Besitzer und zwei Bedienungen auftreten.«

»Und die echten werden nach Hause geschickt?«

»Es dürfen sich keine Zivilpersonen in dem Lokal aufhalten. Das wäre zu gefährlich.«

»Aber was ist, wenn normale Gäste kommen? Was ist mit denen?«

»Die werden gleich an der Tür mit irgendeiner Begründung abgewimmelt, warum sie nicht bedient werden können. Otto Normalverbraucher schlucken alles, wenn man es ihnen nur überzeugend genug verkauft.«

»Wir sind aber auch Otto Normalverbraucher.«

Cahill sah ihn ausdruckslos an.

»Vergiss es«, sagte Logan schnell. »Wir haben also fünf Gesetzeshüter in dem Lokal und zwei auf der anderen Straßenseite.«

»Und Ruiz und Martinez, die in einem geparkten Wagen an der Ecke der Seventeenth Street sitzen werden.«

»Und wir beide marschieren da mittenrein und bestellen uns Frühstück?«

»Mitsamt unseren illegalen Waffen.«

»Daran habe ich gar nicht mehr gedacht.«

Logan schüttelte den Kopf.

»Die FBI-Leute werden durchdrehen, wenn wir da auftauchen. Und wie sollen wir überhaupt in den Laden reinkommen? Die werden uns doch wegschicken wollen.«

»Ich glaube, die kennen mich inzwischen gut genug und werden nicht den Erfolg ihrer Operation riskieren, indem sie uns rausschmeißen.«

»Hört sich an, als wäre es das Einfachste auf der Welt.«

»Aber das ist es eben nicht. Und sieh du zu, dass du möglichst außerhalb der Schusslinie bleibst, falls Raines sich zum Losballern entschließen sollte.«

Logan nickte.

»Überlass die Drecksarbeit nur mir«, sagte Cahill.

»Worauf du dich verlassen kannst.«

»Falls du allerdings gezwungen sein solltest, auf Raines zu schießen …«

»Dann bin ich zu allen Schandtaten bereit.«

9

In Armstrongs Wagen fuhren sie zu der Wohnung im East End von Glasgow, in der die beiden Prostituierten wohnten, deren Namen Rebecca von Pope erhalten hatte. Während Armstrong den Wagen auf der Duke Street aus der Innenstadt lenkte, vertiefte sich Rebecca in die alte Aufnahme von Butler und versuchte in seinen Augen etwas zu entdecken, was als Erklärung für die Morde dienen könnte, die er begangen hatte. Doch was sie sah, war nur ein digitales Faksimile des Mannes: farbige Tinte auf Fotopapier. Je länger sie auf das Bild starrte, desto surrealer wurde es. Schließlich steckte sie das Foto in die Ablage in der Beifahrertür und blickte hinaus.

»Wie ist es mit dem FBI gelaufen?«, fragte sie schließlich.

Armstrong warf ihr einen Seitenblick zu und schaute dann wieder auf die Straße.

»Wir haben denen nicht viel erzählen können. Wir wissen ja nicht einmal, wo wir bei diesem Butler ansetzen sollen.«

»Und was haben sie für einen Eindruck gemacht?«

»Sie waren sehr darauf bedacht, nur nicht zu viel auszuplaudern. Haben nur durchblicken lassen, dass sie dicht dran wären und bald zuschlagen wollten.«

»Inwiefern?«

»Darüber haben sie sich nicht näher ausgelassen.«

»Aber wir arbeiten doch mit ihnen zusammen, oder?«

»So gut, wie es zu diesem Zeitpunkt möglich ist, ja. Trotzdem wollen die die Fäden selbst in der Hand behalten.«

»Und die Lorbeeren einheimsen.«

»So sieht's aus.«

Eine Weile lang schwiegen beide. Rebecca sah auf die Uhr. Es ging auf neun zu. Vermutlich schliefen die beiden

Prostituierten nach ihrer Nachtschicht noch, aber vielleicht war es gar nicht mal so schlecht, sie zu überrumpeln. Dann rutschte ihnen eventuell etwas heraus, was sie unter normalen Umständen zu verschweigen versucht hätten – ob nun aus Angst oder wegen ihres generellen Misstrauens der Polizei gegenüber.

»Ich muss Ihnen etwas erzählen«, sagte Rebecca.

Armstrong sah sie weder an, noch sagte er etwas.

»Wie ich an Butlers Namen gekommen bin.«

»Das hatte ich mich schon die ganze Zeit gefragt.«

Sie holte rasch tief Luft.

»Frank Parker hat ihn mir genannt.«

Sie bemerkte, wie sich Armstrongs Hände am Lenkrad verkrampften, seine Fingerknöchel weiß wurden und sich die Haut über ihnen straffte.

»Er stand gestern Abend plötzlich vor meiner Haustür.«

Nun sah Armstrong sie doch an. Seine Augen funkelten zornig.

»Denken Sie sich bloß nichts Verkehrtes«, beeilte sie sich zu sagen. »Er wollte mir Informationen zukommen lassen.«

»Wie großmütig.«

»Hören Sie, Kenny …«

»Ist Ihnen klar, dass er eine Gegenleistung dafür verlangen wird?«

»Durchaus.«

»Dann ist ja gut. Aber das ist eine Sache zwischen Ihnen beiden. Ich habe nichts damit zu tun. Trotzdem sollten Sie sich vorsehen.«

Sie spürte, dass die Art, wie sie in dem Restaurant mit Parker umgegangen war, und der Umstand, dass er sie zu Hause aufgesucht hatte, ihr Verhältnis zu Armstrong verändert, ihm die Zusammenarbeit mit ihr vergällt hatte. Nie würde er etwas, was von Parker kam, vorbehaltslos betrachten – auch wenn es sie in ihrem Fall voranbrachte. Sie würde nichts daran ändern können.

»Der Fall wird bald abgeschlossen sein«, sagte sie. »Jetzt, da wir wissen, um wen es sich bei Butler handelt, wird er sich nicht mehr für alle Ewigkeit vor uns verstecken können.«

Und wir müssen nicht länger als Partner zusammenarbeiten. Aber das ließ sie unausgesprochen.

Sie hatte sich nichts vorzuwerfen, was die Art betraf, in der sie mit Parker umgegangen war. Das gehörte zu ihrem Job. Armstrong würde eben zusehen müssen, wie er mit seinen Dämonen fertigwurde.

10

Die vier Männer beanspruchten sämtliche Sitzplätze in der Doppelkabine des Pick-ups. Über die Ladefläche war eine Abdeckung aus schwerem Segeltuch gespannt worden, unter der sich zwei Automatikgewehre und vier Handfeuerwaffen verbargen. Dem Kleinlaster folgte unauffällig eine fünf Jahre alte Limousine mit zwei Insassen auf den beiden Vordersitzen und zwei weiteren Automatikgewehren in einer Tasche im Kofferraum.

Sämtliche sechs Männer schwiegen während der Fahrt. Es war die sprichwörtliche Ruhe vor dem Sturm. Alle waren sie Kriegsveteranen und Stresssituationen gewohnt; es spielte keine Rolle für sie, dass die Widersacher, gegen die sie diesmal in die Schlacht zogen, ihre eigenen Landsleute und Angehörige der US-amerikanischen Strafverfolgungsbehörden sein würden.

Sie standen nun auf der anderen Seite des Gesetzes. Wichtig war nur noch, dass sich ihr Handeln schon bald für sie auszahlen würde. Das konnte ihnen niemand wegnehmen – keiner ihrer Landsleute und auch das FBI nicht.

Ein Feind war ein Feind, ganz gleich, unter welcher Flagge er kämpfte.

Zehn Meilen vom Stadtzentrum Denvers entfernt bewegten sich die beiden Fahrzeuge durch die Nacht.

II

Die Wohnung war eine von vieren in einem Mehrfamilienhaus und lag im Obergeschoss rechts. Das Gebäude war ein vermutlich irgendwann in den Fünfzigern oder Sechzigern errichteter Sozialbau. Neben dem Eingang befand sich eine weitere Tür, die in eine der beiden Erdgeschosswohnungen führte.

Armstrong parkte am Fahrbahnrand vor dem Haus. Rebecca blickte zu den Fenstern des Obergeschosses hinauf.

»Die Vorhänge sind zugezogen«, stellte sie fest.

»Vielleicht ist niemand zu Hause.«

»Ich glaube eher, dass sie noch schlafen. Wollen wir sie aufwecken?«

Im Garten des Nachbarhauses zur Linken spielten zwei höchstens sieben oder acht Jahre alte Kinder, ansonsten war weit und breit niemand zu sehen. Rebecca lächelte einem der Kinder zu und bekam zum Dank den Stinkefinger gezeigt.

»Reizend«, sagte sie leise.

Sie stand hinter Armstrong, als dieser gegen die verschlossene Haustür klopfte. Sie warteten eine halbe Minute, dann versuchte Armstrong es noch einmal etwas lauter. Beim dritten Mal hämmerte er mit der Faust gegen die Tür, bis sie jemanden die Treppe herunterkommen hörten. Eine vom Schlaf, von Drogen oder von sonst was trunkene Frauenstimme erkundigte sich, wer da sei.

»Polizei«, sagte Armstrong. »Wir müssen mit Ihnen reden.«

Sie konnten hören, wie die Frau wieder nach oben ging und sich dann gedämpft mit jemandem beratschlagte, jedoch nicht, ob es sich bei diesem jemand um einen Mann oder eine Frau handelte.

Als Armstrong sich zu ihr umwandte, zog Rebecca fragend die Augenbrauen in die Höhe.

»Vermutlich überlegen sie, wo sie schnell ihren Stoff verstecken können«, sagte Armstrong, wandte sich wieder zur Tür und schlug noch einmal mit der Faust dagegen.

Dann wurde drinnen am Schloss gefummelt, und die Tür ging nach innen auf. Vor ihnen stand eine Frau von ungefähr zwanzig Jahren in einem fleckigen Bademantel.

»Kommen Sie«, sagte Armstrong, betrat den Hausflur, nahm die Frau beim Ellbogen und führte sie die Treppe hinauf.

Rebecca folgte ihm. Es roch nach Schweiß und nach Marihuana. Der Teppichbelag auf den Stufen war abgenutzt, die Ränder ausgefranst. Das Muster war vor dreißig Jahren modern gewesen.

Armstrong erreichte mit der Frau den oberen Treppenabsatz, stieß die nur angelehnte Wohnungstür auf und trat in den Flur. Rebecca befand sich zwei Treppenstufen hinter ihm, als der erste Schuss fiel.

Wenn etwas Unerwartetes passiert, braucht das Gehirn eine kurze Schrecksekunde, um zu reagieren. Als Rebecca den Schuss hörte, blieb sie wie angewurzelt stehen.

Dann fiel ein weiterer.

Eine Frau schrie.

Noch einer.

Rebecca stürzte die restlichen beiden Stufen hinauf und in die Wohnung.

12

Die Frau, die ihnen die Tür geöffnet hatte, lag mit dem Rücken an der Wand auf den Dielen. Ihre Augenlider zuckten noch, aber an der Tapete hinter ihr, dort, wo sie zu Boden gesunken war, zeichneten sich verschmierte Streifen aus Blut und anderen Körpersubstanzen ab. Unterhalb ihres rechten Schlüsselbeins lief aus einer Schusswunde Blut, das von ihrem Bademantel aufgesogen wurde.

Armstrong war nicht zu sehen. Eine Tür am Ende des Flurs wurde geöffnet, und eine nur mit einem Höschen bekleidete Frau desselben Alters kam aus einem Badezimmer, als Rebecca neben der ersten Frau in die Knie ging. Rebecca war sich nicht sicher, was genau die zweite Frau mitbekommen hatte, aber sie verschwand schnell wieder im Bad und verschloss die Tür.

»Kenny!«, rief Rebecca.

Armstrong gab ihr von der ersten Tür rechts ein Handzeichen. In gebückter Haltung lief sie zu ihm.

Er befand sich in einem Schlafzimmer, in einer ähnlichen Haltung wie die Frau auf dem Korridor – er saß neben der Tür auf dem Boden und lehnte sich gegen die Wand. Als er die andere Hand hob, sah Rebecca, dass ihm der kleine Finger und der Ringfinger fehlten. Aus den schartigen Stümpfen sickerte Blut. Er war kreidebleich und stand ganz offenbar unter Schock.

Rebecca riss ein Kissen vom Bett, zog den Bezug ab, wickelte den Stoff fest um die Wunden und verknotete ihn dann, so gut sie konnte. Augenblicklich färbte er sich rot.

Sie nahm sein Gesicht in ihre Hände.

»Butler?«, fragte sie.

Armstrong schloss die Augen. Als sie ihn schüttelte, öffnete er sie wieder.

»War es Butler, Kenny?«

Er schüttelte den Kopf, aber sie wusste nicht, ob er ihre Frage verneinen oder ihr mitteilen wollte, dass er es nicht wusste. Doch darauf kam es jetzt nicht vordringlich an. In der Wohnung hielt sich noch immer jemand mit einer Waffe auf.

Sie duckte sich und warf einen raschen Blick in den Flur. Die Frau hatte das Bewusstsein verloren, ansonsten war niemand zu sehen.

Sie nahm ihr Handy aus ihrer Tasche, wählte drei Mal die Neun und schilderte der Telefonistin, die den Notruf entgegennahm, in so wenigen Worten wie möglich die Situation.

»Ich brauche dringend bewaffnete Verstärkung«, keuchte sie.

Die Frau reagierte schnell – wie die meisten ihrer Kolleginnen und Kollegen. Sie behielt Rebecca in der Leitung, bis sie ihr bestätigen konnte, dass ihre Notfallmeldung weitergegeben und darauf reagiert worden war.

»Möchten Sie die Verbindung aufrechterhalten, Detective?«, fragte sie.

»Ja. Ich lege nicht auf, dann haben Sie alles auf Band, was hier passiert. Aber ich werde jetzt nicht mehr mit Ihnen sprechen.«

Sie legte das Handy neben die geöffnete Tür, damit sämtliche Geräusche auch am anderen Ende zu hören waren.

Dann holte Rebecca tief Luft und rief: »Jack Butler!«

Keine Reaktion.

»Ich bin Polizeibeamtin. Ein Einsatzwagen mit bewaffneten Kollegen ist auf dem Weg hierher.«

Sie wusste nicht, was sie noch sagen sollte, also schwieg sie. Es hätte ja auch wenig Zweck, ihm weitere Gewalttaten ausreden zu wollen, er war sowieso schon wegen mehrfachen Mordes dran.

Irgendwo auf dem Flur wurde eine Tür geöffnet, dann näherten sich Schritte. Sie wollte sich von der Tür entfernen, stolperte dabei aber über Armstrongs ausgestreckte Beine und fiel auf ihren Hintern.

13

Die Frau aus dem Badezimmer hastete, noch immer nur mit Höschen bekleidet, an der Schlafzimmertür vorbei. Rebecca hörte, wie sie die Treppe hinunter und aus der Haustür rannte und zusammenhanglos zu schreien begann.

Auch innerhalb der Wohnung waren wieder Geräusche zu hören. Rebecca hielt die Luft an.

»Soll das etwa heißen, dass Sie unbewaffnet sind?«, ließ sich eine Männerstimme aus unbestimmter Richtung her vernehmen. »Und dass sich jetzt erst ein Streifenwagen auf den Weg macht?«

»Mr. Butler?«, fragte Rebecca laut.

»Wie geht's Ihrem Partner?«

»Er lebt.«

»Schade. Aber das kann sich schnell ändern, wie Sie wissen.«

Sie hörte, wie er sich bewegte. Die Geräusche schienen näher zu kommen, aber sicher war sie sich nicht. Armstrong streckte seine unverletzte Hand aus und berührte sie am Ärmel. Sie wandte sich ihm zu, und er deutete hinter sie. Als sie den Kopf drehte, entdeckte sie neben dem Bett einen Baseballschläger aus Aluminium an der Wand. Auch kriminelle Elemente schienen allzeit zur Selbstverteidigung bereit sein zu wollen.

Rebecca richtete sich auf, entfernte sich von der Tür und bückte sich nach dem Schläger. Dann stellte sie sich mit dem Rücken an die Wand neben die Tür. Ihre Atemstöße waren schnell und flach, als würde ihre Lunge nicht genügend Sauerstoff aufnehmen, auf ihrer Stirn bildeten sich Schweißperlen, und das Herz schlug hörbar in ihrer Brust.

Sie packte den Baseballschläger mit beiden Händen und hielt ihn vor sich in die Höhe. Ihre Hände zitterten, aber gleichzeitig verspürte sie den Adrenalinstoß in ihrem Inneren.

Sie ging leicht in die Knie und hielt den Baseballschläger waagerecht, um damit jedem, der in der Tür erschien, einen Hieb zu versetzen.

»Sie sind erledigt, Butler!«, rief sie.

Sie hörte ihn lachen.

»Ich glaube eher, dass das auf Sie zutrifft.«

Über Rebecca splitterte der Türrahmen, als zwei Kugeln sich in ihn hineinbohrten. Rasch wandte sie den Kopf zur Seite, spürte aber schon den Schmerz, als Holzsplitter sie an der Wange und am Kopf trafen. Sie behielt ihre Position bei, während ein weiterer Schuss ertönte, aber die Kugel blieb im Wandgips auf der anderen Seite der Tür stecken.

Er will mich durch die Wand hindurch erschießen.

»Zählen Sie schon die Kugeln?«, rief Butler.

Mist, das hatte sie vergessen. Schnell versuchte sie sich zu erinnern, wie oft er bereits geschossen hatte.

»Sparen Sie sich die Mühe!«, hörte sie ihn rufen. »Ich habe noch jede Menge.«

Die Frau, die aus dem Haus geflüchtet war, schrie noch immer auf der Straße. In der Ferne glaubte Rebecca Sirenen zu hören, aber dann war das Geräusch wieder weg. Möglicherweise hatte sie es sich nur eingebildet.

Drei weitere Schüsse fielen. Der Gips spritzte nur so von der Wand, als sie in sie eindrangen.

Rebecca warf einen Blick aus dem Fenster, das zur Straße hinausging. Sie konnte hindurchklettern, sich am Fensterbrett festhalten und sich dann fallen lassen. Aber dann würde sie Gefahr laufen, sich den Knöchel oder das Bein zu brechen, und damit ein leichtes Ziel für Butler abgeben. Außerdem müsste sie dann Armstrong allein zurücklassen. Sie verwarf den Gedanken.

Wo blieb bloß die verdammte Verstärkung?

14

Am nördlichen Ende der Seventeenth Street, mitten in der Innenstadt von Denver, hielten die beiden Fahrzeuge vor der Union Station. Über ihnen prangte eine große Werbetafel, die die Leute aufforderte, mit der Bahn zu reisen.

Es war kurz vor vier Uhr morgens.

Der Fahrer des Pick-ups stieg aus, ging auf die andere Straßenseite und blickte sich um. Sie waren drei Häuserblocks von dem Frühstückslokal an der Ecke Market Street entfernt, in dem sich Raines mit Matt Horn treffen würde. Es herrschte wenig Verkehr auf den Straßen, die Luft fühlte sich kalt auf seiner Haut an.

Der Mann ging zu der Limousine, deren Seitenfenster lautlos heruntergelassen wurde.

»Und nun?«, fragte der Fahrer.

»Er sagte, wir sollen warten.«

»Und was dann?«

»Er ruft an, wenn alles so weit ist. Wenn er sich in Bewegung setzt.«

Der Fahrer der Limousine nickte und schaute an dem anderen Mann vorbei die Straße hinunter in Richtung Frühstückslokal.

»Dann gehen wir rein und schießen?«

Der Fahrer des Pick-ups nickte. »Jeder ist eine Zielscheibe.«

»Genau, wie's sein soll.«

»Okay, aber hier können wir nicht bleiben. Viel zu nah an dem Lokal. Das FBI hat sich bestimmt irgendwo in der Nähe eingenistet und beobachtet den Laden.«

Der Fahrer der Limousine pflichtete ihm mit einem Kopfnicken bei.

»Parken wir woanders. Aber nicht zu weit weg. Wir müssen schließlich in der Nähe sein, wenn es losgeht.«

Der Fahrer des Pick-ups ging zu seinem Wagen zurück und stieg ein. Er hob eine Baseballkappe vom Boden und setzte sie sich auf.

»Suchen wir uns was zum Warten. Vielleicht können wir noch ein Nickerchen machen.«

Sein Beifahrer sah ihn ernst an.

»Ist was?«, fragte der Fahrer.

»Wollen wir das wirklich durchziehen? Ich meine … wir könnten jetzt noch aussteigen. Du weißt schon, bevor …«

»Befehl ist Befehl. Und wir lassen nie einen Kameraden zurück.«

»Aber wir sind hier doch nicht im Krieg.«

»Doch, das sind wir.«

15

Rebeccas Oberschenkel begannen zu zittern vor Anstrengung, die es sie kostete, ihre Position neben der Tür beizubehalten. Sie richtete sich auf und schüttelte ihre Beine, damit die Muskeln sich entkrampften.

»Gut machen Sie das«, sagte Armstrong.

Sie sah ihn an. Er wirkte recht lebhaft. Was man so *lebhaft* nennen konnte.

»Alles klar mit Ihnen?«, fragte sie.

Er hielt seine verletzte Hand hoch. Blut tropfte auf den Teppich.

»Stimmt«, sagte Rebecca. »Tut mir leid.«

Armstrong grinste. Oder zumindest sah es so aus, als würde er ein Grinsen versuchen.

Rebeccas Kopf fuhr herum, als aus dem Flur wieder Geräusche ertönten. In kurzem Abstand wurden vier Schüsse abgegeben, die durch den Türrahmen drangen. Rebeccas Hand schnellte hoch, um ihre Augen vor den Splittern zu schützen.

Dann ging Butler aufs Ganze.

Sie hörte seine Schritte. Hörte sie auf sich zukommen.

Sie stellte sich in den Türrahmen und holte mit dem Baseballschläger zum Schlag aus. Aus seinen Militärunterlagen wusste sie, dass Butler etwas über eins achtzig groß war.

Im Zielen war sie schon immer gut gewesen. Nur das Timing war ein bisschen unglücklich.

Butler war schon fast an der Tür vorbei, als sie zuschlug. Die Spitze des Schlägers traf ihn am Ohr und ließ ihn gegen die gegenüberliegende Wand taumeln. Trotzdem behielt er das Gleichgewicht bei und richtete seine Waffe auf sie.

Sie duckte sich und fiel rücklings in das Zimmer, als die Wand, an der sie gestanden hatte, einstürzte und sie und Armstrong in eine Gipsstaubwolke einhüllte.

Mit aller Kraft warf sie den Baseballschläger in den Flur hinaus.

Schützend hielt sich Butler die Hand vors Gesicht und feuerte noch einmal in Richtung Tür.

Rebecca kniff die Augen zusammen, als die Kugeln neben ihrem Kopf vorbeizischten. *Jetzt hat er uns,* dachte sie.

Dann herrschte plötzlich Stille.

Sie hörte Butler die Treppe hinunterlaufen und auf die Straße stürmen. Ein weiterer Schuss, und das Geschrei der Frau verstummte, allerdings begannen stattdessen andere Leute zu schreien und kreischen.

Rebecca griff nach ihrem Telefon und war gerade noch rechtzeitig am Fenster, um zu sehen, wie Butler in einen Wagen sprang und mit quietschenden Reifen davonraste.

Diesmal war sie sich sicher, Sirenengeheul zu hören.

16

Der Weckanruf des Hotels erfolgte um halb sechs Uhr morgens. Cahill griff sich im Halbschlaf das Telefon und meldete sich, ehe er merkte, dass es nur die Uhrzeitansage war. Er grunzte, knallte den Apparat auf die Basisstation und stand auf, um zu duschen.

Auch Logan erhob sich, denn er wusste, dass er gleich wieder wegdämmern würde, bliebe er im Bett liegen. Er hatte unruhig geschlafen; sein Magen hatte bei dem Gedanken an den kommenden Tag Purzelbäume geschlagen. Er schaltete den Wasserkocher ein und riss ein Beutelchen Pulverkaffee auf, den er stark und schwarz trank.

Cahill verbrachte nur fünf Minuten im Bad, bevor er vollständig bekleidet wieder das Schlafzimmer betrat. Schnell ging Logan im Bad vor der Kloschüssel in die Knie und gab den Kaffee und die unverdauten Reste dessen, was er am Tag zuvor gegessen hatte, wieder von sich. Als sein Magen sich beruhigt hatte, bekam er einen Hustenanfall.

»Du solltest vielleicht lieber hierbleiben«, sagte Cahill. Er stand in der Badezimmertür und zog sich gerade das Hemd über das Pistolenholster an seinem Gürtel.

Logan rappelte sich hoch und stellte sich ans Waschbecken, um sich die Zähne zu putzen. Er wusste, dass der säuerliche Geschmack in seinem Mund ihn trotzdem den ganzen Tag begleiten würde, was immer er auch dagegen unternahm.

»Mir geht's gut«, sagte er zu Cahill, war sich selbst dessen aber ganz und gar nicht sicher.

Cahill blieb im Türrahmen stehen und glättete sich das Haar mit den Händen.

»Ich habe auch ein bisschen Schiss«, gab er zu.

Logan hielt mitten im Zähneputzen inne und sah ihn an. Cahill wirkte äußerlich wie immer.

»Ich habe gelernt, damit umzugehen, das ist alles«, sagte er.

Logan beendete seine Zahnpflege und spülte den Mund aus.

»Wie war das früher bei dir?«, fragte Cahill. »Warst du nervös, wenn du als Anwalt vor Gericht aufgetreten bist?«

»Das ist ja wohl ein kleiner Unterschied.«

»Also doch?«

»Natürlich war ich nervös. Trotzdem lief ich da nicht Gefahr, abgeknallt zu werden, oder?«

»Hast du vor den ersten Malen gekotzt?«

Logan ließ die Frage unbeantwortet.

»Ich frage dich das nicht, um dich in Verlegenheit zu bringen, Logan.«

»Ich weiß sehr wohl, warum du mich fragst, aber auch das wird nichts daran ändern, wie ich mich jetzt fühle.«

»Du kommst nur mit, wenn ich mir sicher sein kann, dass du okay bist.«

Logan sah seinen Freund lange an.

»Ich bin dabei.«

Cahill nickte und ging in den Wohnbereich der Suite zurück.

Cahill bestand darauf, dass sie zunächst etwas aßen und anschließend zu Fuß die Umgebung des Lokals auskundschafteten. Da sie in ihrem Zimmer außer ein paar Keksen nichts Essbares auftreiben konnten, teilten sie diese unter sich auf. Logan war froh, dass er sie bei sich behielt.

»Du musst eine Jacke tragen, damit man deinen Gürtel

mit der Knarre nicht sehen kann«, sagte Cahill. »Aber unauffällig.«

Logan befestigte die Pistolentasche am Gürtel und zog eine leichte, etwas längere Jacke an, die ihm lose um die Hüften hing. Cahill war ähnlich gekleidet.

»Mach genau das, was ich auch mache«, sagte er zu Logan. »Und wenn's eng wird, schieß.«

Logan nickte. Seine Kinnmuskeln spannten sich sichtbar an, als er die Zähne zusammenbiss.

»Ach ja, und versuch keinen von den FBI-Leuten oder den Polizisten zu treffen.«

Cahill lächelte ihm aufmunternd zu. Logan gelang es nicht, das Lächeln zu erwidern.

Mittlerweile war es halb sieben. Ihnen blieben noch neunzig Minuten.

17

Mit kreischenden Bremsen kam der Einsatzwagen vor dem Haus zum Stehen. Ihm folgte ein normaler Streifenwagen, der sich zufällig in der Gegend befunden und den Notruf aufgefangen hatte.

»Da rein!«, rief Rebecca den bewaffneten Polizisten zu, als sie aus ihren Wagen sprangen. »Im ersten Geschoss liegt ein Beamter mit einer Schussverletzung.«

Sie nahm sich einen Augenblick Zeit, um die Leiche der Frau anzusehen, die aus der Wohnung geflüchtet war. Nachdem Butler auf sie geschossen hatte, war sie zusammengebrochen und lag jetzt mit dem Gesicht nach unten auf dem kleinen Rasenstück vor dem Haus, sodass man das Loch in ihrem Rücken sehen konnte, durch das die Kugel wieder ausgetreten war, nachdem sie im Inneren der Frau ihr Werk der Zerstörung angerichtet hatte. Überall im Gras war Blut.

Der Fahrer des Streifenwagens, ein großkalibriger BMW, öffnete die Tür und wollte aussteigen, aber Rebecca schüttelte energisch den Kopf, lief auf ihn zu und gab ihm ein Zeichen, im Wagen zu bleiben.

»Ich fahre mit Ihnen. Wir müssen hinterher.«

Sie setzte sich auf die Rückbank und deutete in die Richtung, in die sie Butler hatte davonrasen sehen.

Der Polizist auf dem Beifahrersitz gab über Funk ihre Position durch und forderte Verstärkung aus der Luft an. Seine Sätze waren kurz und abgehackt.

Rebecca versuchte wieder zu Atem zu kommen. Sie presste sich die Hand auf ihre Brust und fühlte ihr Herz wild schlagen.

Dann schloss sie die Augen und lauschte dem Polizeifunk. Immer mehr Wagen beteiligten sich an der Verfolgung, dann meldete sich eine Stimme aus dem Hubschrauber, der sich bereits über ihnen in der Luft befand. Sowie die Meldung von der Verletzung eines Polizeibeamten hereingekommen war, hatte man sofort sämtliche Mittel zur Verfügung gestellt.

Als Rebecca die Augen wieder öffnete, bogen sie mit hoher Geschwindigkeit auf die Auffahrt zur M8 in östlicher Richtung ein. Der Polizist auf dem Beifahrersitz drehte sich zu ihr um.

»Alles in Ordnung mit Ihnen?«

Sie nickte nur, denn sie traute sich noch nicht zu, mit fester Stimme zu sprechen.

Der Hubschrauberpilot meldete sich, um durchzugeben, dass Butlers Wagen ungefähr eine halbe Meile Vorsprung vor ihnen hatte. Rebecca beobachtete, wie die Tachonadel die hundertsechzig überschritt.

Als sie merkte, dass sie sich nicht angeschnallt hatte, griff sie nach dem Sicherheitsgurt und benötigte drei Anläufe, bis die Steckzunge im Gurtschloss einrastete.

»Da ist er.« Der Fahrer zeigte auf einen Wagen, der vor ihnen ständig die Spuren wechselte.

»Der Knabe hat nicht genug PS unter der Motorhaube, um uns zu entkommen«, sagte sein Kollege. Über Funk gab er ihre genaue Position an die übrigen Fahrzeuge durch, dann schaltete er Blaulicht und Sirene ein. Die Sirene war lauter, als Rebecca es von früher in Erinnerung hatte.

Die Fahrzeuge vor ihnen verlangsamten ihr Tempo und machten ihnen Platz, sodass sie rasch zu Butler aufschlossen, während der sich rücksichtslos an den anderen Autos vorbeidrängte und beim Kolonnenspringen um ein Haar mit einem schweren Geländewagen kollidiert wäre.

»Der wird noch jemanden umbringen!«, entfuhr es Rebecca.

»Solange es er selbst ist«, bemerkte der Fahrer trocken.

Als sie an einer Ausfahrt vorbeikamen, schlossen sich zwei weitere Streifenwagen mit Blaulicht der Verfolgung an.

Der Wagen, in dem Rebecca saß, war nur noch fünfzig Meter von Butler entfernt.

Jetzt haben wir ihn, dachte sie.

Als vor Butler ein Wagen überraschend bremste, musste er einen heftigen Schlenker nach rechts machen, aber das Manöver misslang.

Butler erwischte den Wagen vor ihm mit seinem hinteren Kotflügel am Heck, drehte sich, schoss durch die Mittelleitplanke und landete geradewegs vor einem entgegenkommenden Sattelschlepper.

Dunkle Wolken stiegen vom Reifenabrieb auf, als der Lastwagenfahrer eine Vollbremsung machte. Rebecca glaubte, noch einmal Butlers Gesicht zu sehen, das sie anblickte.

Sekundenbruchteile später wurde sein Wagen buchstäblich in seine Bestandteile zerlegt.

18

Auf dem für die Aufräumarbeiten nach dem Unfall gesperrten Autobahnabschnitt wimmelte es nur so von Einsatzfahrzeugen und deren Besatzungen. Rebecca saß mit baumelnden Beinen in der geöffneten hinteren Seitentür des Streifenwagens, als ein ziviles Polizeifahrzeug vorfuhr. Liam Moore und Paul Warren stiegen aus dem Wagen. Sie hob die Hand, und die beiden kamen zu ihr herüber.

»Wie geht es Kenny?«, erkundigte sich Warren. »Ich habe gehört, dass er einen Schuss abbekommen hat, weiß aber nichts Näheres.«

»Er hat zwei Finger verloren«, sagte sie, hielt ihre eigene Hand in die Höhe und deutete auf die entsprechenden Glieder. »Ansonsten müsste er es gut überstanden haben. Ich hatte leider keine Zeit, mich um ihn zu kümmern.«

»Butler hat bereits auf Sie gewartet, als Sie bei der Wohnung eintrafen?«, fragte Moore.

»Er muss sich nach den Morden an den Steuerberatern dort versteckt haben.«

»Was ist mit den beiden Frauen aus der Wohnung?«

»Eine ist mit Sicherheit tot. Das Leben der anderen dürfte am seidenen Faden hängen. Butler hat auf beide geschossen.«

»Mein Gott«, sagte Warren kopfschüttelnd. »Der reinste Psychopath.«

»Da haben Sie recht, Sir«, sagte Rebecca.

Angesichts des zertrümmerten Autowracks schüttelte auch Moore den Kopf.

»Sie sehen nicht allzu gut aus«, sagte er zu Rebecca.

»Ich fühle mich leider auch genauso.«

Angesichts ihres eigenen Scherzes versuchte sie zu lächeln, aber es blieb beim Versuch. Es schien, als würden ihre Muskeln ihren Befehlen nicht gehorchen. Der ununterbrochene Funkverkehr um sie herum rauschte in ihren Ohren.

»Ich organisiere jemanden, der Sie nach Hause fährt«, sagte Moore.

Sie nickte und stützte das Kinn in ihre Hände. Sie hatte einfach nicht mehr die Energie, das alles zu realisieren – nun, da es vorüber war. Tränen traten ihr in die Augen, und sie schämte sich nicht, sie vor Moore und Warren wegzuwischen.

»Sie haben gute Arbeit geleistet«, lobte Moore. »Sie und Kenny. Sie haben die harte Nuss geknackt.«

Dem konnte auch Warren nur beipflichten.

»Danke«, brachte sie mit Mühe hervor. Ihr entging nicht das Zittern ihrer Stimme, also beschloss sie, lieber zu schweigen.

Einer von Warrens Leuten kam zu ihnen, um mit seinem Chef zu sprechen. Sie gingen ein Stück beiseite, wandten sich aber sogleich wieder Rebecca und Moore zu.

»Ein Anruf vom Krankenhaus. Kenny geht es gut!«, rief er.

Irgendwann wird der Tag kommen, dachte Rebecca, an dem niemand mehr um mich herum angeschossen oder umgebracht wird.

19

Logan blickte nach rechts die Market Street hinunter, die sie in nördlicher Richtung auf der Sixteenth Street überquerten. Am Ende des Häuserblocks konnte er die Außenbeleuchtung des Frühstücklokals erkennen. In den Gebäuden auf der gegenüberliegenden Straßenseite war alles dunkel, in einem Hauseingang zwei Hausnummern von dem Lokal entfernt lag ein Obdachloser. Alles wirkte normal.

»Sie werden wohl schon in dem Lokal sein«, sagte er zu Cahill. »Das FBI, meine ich.«

»Ja. Das bedeutet aber auch, dass sie bereits auf der anderen Straßenseite lauern. Wahrscheinlich haben sie die Fenster mit irgendetwas verdunkelt, damit sie Licht anmachen können, ohne dass es nach draußen scheint und jemand etwas merkt.«

Sie hatten die Kreuzung überquert und fuhren weiter.

»Aber wie wollen sie dann sehen, was auf der Straße passiert?«, fragte Logan.

»Die stehen miteinander in Funkkontakt. Vermutlich haben sie auch Kameras installiert, mit denen sie die Straße und das Innere des Lokals überwachen. Heutzutage gibt es winzige Geräte, die niemandem auffallen.«

»Es sei denn, man sucht gezielt nach ihnen.«

»Du sagst es.«

Sie passierten den Busbahnhof, überquerten die Blake Street und bogen dann nach rechts in die Wazee Street ein, die zwei Häuserblocks weiter nördlich parallel zur Market Street verlief. Hier gab es ein weiteres Frühstückslokal.

Cahill blieb davor stehen und sah auf seine Uhr. Sieben.

»Lass uns hier etwas essen. Diese Kekse heute Morgen waren eindeutig zu wenig. Mir wäre jetzt nach einem Muffin.«

Logan folgte ihm in den Laden. Er machte einen schlichten Eindruck, aber sie brauchten ja nur etwas Warmes zu trinken und zwei Muffins. Sie gaben ihre Bestellung auf und aßen schweigend. Logan zweifelte daran, dass er das Gebäck bei sich behalten würde.

»Hast du die beiden Typen am Ende der Straße vorbeigehen sehen?«, fragte Cooper Grange seinen Kollegen Randall Webb.

Grange wies auf einen der vier Monitore, die sie in der Etagenwohnung gegenüber dem Frühstückslokal aufgestellt hatten.

»Sind sie weitergegangen?«, fragte Webb.

»Schon, aber wollen wir sie uns nicht trotzdem näher ansehen?«

Grange wandte sich den beiden Agenten zu, die hinter ihm standen – zwei Männer von Mitte dreißig mit schusssicheren Westen unter ihren FBI-Windjacken. Letzten Endes hatte Webb entschieden, dass er doch mehr Leute vor Ort haben wollte. Nun waren sie zu viert in dem Apartment, Ruiz und Martinez saßen in ihrem Wagen, und drei weitere Agenten hatten in dem Lokal Posten bezogen. Dazu kamen noch Hunter und Collins.

Elf sollten wohl reichen.

»Vorläufig nicht. Aber sollten sie noch einmal auftauchen, setzt du jemanden auf sie an.«

Grange beugte sich vor und tippte mit dem Finger auf einen weiteren Bildschirm.

»Was ist mit dem?«

Webb betrachtete den Obdachlosen im Hauseingang.

»Wie lange liegt der da schon?«

Grange sah die Agenten hinter ihm fragend an.

»Der war schon da, als wir kamen«, sagte der kleinere der beiden.

Sein Kollege nickte.

»Einer soll ihn wachrütteln«, sagte Webb. »Zusehen, dass er verschwindet, aber mit möglichst wenig Aufhebens. Wenn er rumpöbelt, lasst es bleiben.«

Der kleinere der beiden Agenten verließ das Zimmer. Die drei anderen verfolgten auf dem Bildschirm, wie er zu dem Obdachlosen ging, sich neben ihn hinhockte, ihm die Hand auf die Schulter legte und ihn schüttelte.

Webb warf einen Blick auf den Monitor zu seiner Linken und sah Matt Horn ins Bild treten.

»Horn ist da«, sagte er.

Grange schaute ebenfalls auf den Bildschirm und dann auf die Uhr.

»Er ist früh dran.«

Sie beobachteten, wie Horn das Lokal betrat.

Als sie sich wieder dem ersten Monitor zuwandten, ließ der Agent gerade von dem Obdachlosen ab, drehte sich um und kam zurück. Er blickte in die Kamera und schüttelte den Kopf.

Sie warteten schweigend, bis er wieder im Raum war.

»Was ist mit ihm?«, fragte Grange.

»Der ist jenseits von Gut und Böse. Stinkt nach Schnaps und Pisse. Der wird sich so schnell nicht rühren.«

Webb betrachtete die reglose Gestalt des Mannes auf dem Monitor und entschied, mit seiner Anwesenheit leben zu können.

»Wie lange noch?«, fragte er, ohne von den Bildschirmen aufzublicken.

»Halbe Stunde«, sagte Grange.

Die beiden Männer, die ihnen vorhin schon aufgefallen waren, erschienen wieder, diesmal auf dem Monitor, dessen Kamera unmittelbar auf das Lokal gerichtet war.

20

Eine FBI-Agentin trat an die Tür, als Cahill sie aufstieß.

»Tut mir leid, Sir«, sagte sie und hielt eine Hand entschuldigend in die Höhe. »Wir haben heute ein Problem mit der Elektrik, deshalb ...«

Cahill beachtete sie nicht und ging an ihr vorbei. Es war ein recht überschaubarer Laden, dessen Eingangsbereich durch eine Trennwand vom eigentlichen Lokal abgetrennt war. Die Wand hatte ungefähr die Länge der halben Ladenfront.

Logan folgte Cahill, als dieser in den Hauptraum ging. Die Frau sah ihnen verwundert hinterher und tauschte dann einen Blick mit ihrem männlichen Kollegen, der gleich neben der Tür hinter der Kasse stand.

Die Tische waren in vier Reihen zwischen unverblendeten Trennmauern aus Ziegelstein aufgestellt, an der rückwärtigen weißen Wand führte eine doppelte Schwingtür in die Küche.

An einem Tisch zur Linken erblickten Cahill und Logan Jake Hunter. Sein Partner Danny Collins saß in der Mitte der dritten Reihe von der Wand aus, Matt Horn hatte an dem der Fensterfront nächsten Tisch ganz rechts Platz genommen. Wer jetzt das Lokal betrat, konnte ihn hinter der Trennwand nicht sehen.

Die drei Männer blickten auf, als der Mann an der Kasse mit Cahill sprach – oder vielmehr mit ihm zu reden versuchte.

Logan hatte eine unauffällige Bewegung hinter sich wahrgenommen, als er um die Trennwand herumgegangen war. Die Doppeltür an der Rückwand wurde aufgestoßen, und eine weitere Agentin sah sich um, was los war. Cahill nickte ihr zu und ging zu einem Tisch an der linken Wand, an dem ihn zwei Tische von Hunter trennten. Im Vorbeigehen nickte er ihm zu, der die Geste erwiderte und dann seine Zeitungslektüre wieder aufnahm – oder zumindest so tat.

Horn verfolgte alles mit ausdruckslosem Gesicht.

Collins schüttelte den Kopf und nahm einen Schluck von seinem schwarzen Kaffee.

Cahill setzte sich auf den der Tür nächsten Stuhl und drehte ihn so, dass er auf die Straße hinausschauen konnte. Logan nahm mit dem Rücken zur hinteren Wand Platz.

Der Agent, der an der Kasse gestanden hatte, stellte sich in den Durchgang neben die Trennwand und sah Cahill an.

»Können wir bitte zwei Kaffee bekommen?«, fragte dieser mit selbstbewusster Stimme.

»Was zum Teufel wollen die denn hier?«, entfuhr es Grange, nachdem er Logans und Cahills Eintreffen auf dem Bildschirm verfolgt hatte. »Ich habe dir doch gleich gesagt, dass wir uns mit dem nur Ärger einhandeln.« Er verzog eine Miene, dass es fast so aussah, als würde er die Zähne fletschen.

So wütend hatte Webb Grange noch nie gesehen.

»Er hat genau den richtigen Moment abgepasst«, sagte er.

»Bitte?«

»Wir können nichts mehr unternehmen. Es ist zu spät.«

Grange sah aus, als würde er gleich in die Luft gehen. Beschwichtigend hob Webb die Hände.

»Sag ihnen, dass sie cool bleiben sollen«, sagte Webb und zeigte auf den Bildschirm, auf dem man den Innenraum des Lokals sehen konnte.

Grange kochte vor Wut, ging aber dann zum Funkgerät und gab an seine Kollegen durch, dass sie cool bleiben sollten.

Logan sah zu, wie der männliche und der weibliche FBI-Beamte zurück zur Kasse gingen und leise miteinander redeten. Die zweite Agentin kam mit einer Kaffeekanne aus der Küche und füllte ihre Tassen. Sie lächelte sogar.

Logan wandte sich um und bemerkte zum ersten Mal, wie steif und angespannt Horn wirkte. Allen anderen Anwesenden gelang es einigermaßen, einen gelassenen Eindruck vorzutäuschen.

Draußen auf der Seventeenth Street beobachtete Agent Ruiz vom Fahrersitz seines Wagens aus, wie ein Pick-up einen Häuserblock nördlich der Kreuzung mit der Market Street hielt. Er und Martinez parkten vor dem Gebäudekomplex südlich davon, es trennten sie nur fünfzig Meter von dem anderen Wagen.

Ruiz versetzte Martinez, der neben ihm eingedöst war, einen Stoß in die Rippen und wies mit dem Kinn in Richtung des Wagens. Vier Personen saßen darin, mehr war nicht zu erkennen. Niemand machte Anstalten auszusteigen.

»Was hältst du davon?«, fragte Martinez.

»Gib das mal über Funk durch.«

Ruiz griff unter seine Jacke und öffnete sein Pistolenholster.

»Wir haben an der Seventeenth einen Wagen«, sagte Ruiz in sein Mikrofon. »Einen Pick-up mit vier Insassen. Over.«

Knistern.

»Verstanden«, meldete sich Webb. »Was passiert?«

Martinez wartete einen Moment, aber in dem Pick-up bewegte sich niemand. »Gar nichts, Sir.«

»Behaltet sie im Auge und meldet euch augenblicklich, wenn sich etwas ändert.«

»Verstanden, Sir.«

Martinez folgte dem Beispiel seines Partners und bereitete sich auf einen Schusswechsel vor. Sie sahen einander an. Beide hatten während ihrer gesamten bisherigen Dienstzeit noch niemals ihre Waffe gebrauchen müssen.

Eine Limousine mit zwei Personen fuhr an ihnen vorbei. Als sie auf der Höhe des Pick-ups war, verlangsamte sie ihr Tempo, wurde dann aber wieder schneller und bog nach links in die Blake Street ein.

Wieder griff Martinez zum Mikro.

»Noch ein Wagen. Eine Limousine diesmal. Ist an uns vorbeigefahren und dann in die Blake eingebogen. Over.«

Knistern.

»Fahrt ihm nach.«

Ruiz ließ den Motor an, schaute in den Rückspiegel und fuhr los. Als sie den Pick-up passierten, warf sein Partner einen Blick in den Wagen.

»Vier Männer«, sagte Martinez zu Ruiz, als sie in die Blake Street einbogen. »Hatten nicht mal einen Blick für uns übrig.«

Ruiz nickte, aber seine Kiefermuskeln verkrampften sich. Er wusste, dass es nichts Gutes verhieß, wenn vier Männer in einer solchen Situation ein vorbeifahrendes Auto ignorierten. Es wäre nur natürlich gewesen, wenn wenigstens einer von ihnen kurz zur Seite geblickt hätte.

Als die Limousine die Kreuzung der Blake Street mit der Sixteenth Street erreichte, leuchteten kurz ihre Bremslichter auf, bevor sie nach links in südlicher Richtung in die Sixteenth Street einbog – und auf die Kreuzung mit der Market Street zufuhr.

Er fährt wieder zurück.

Ruiz folgte dem Wagen und hielt an der Kreuzung, an der die Limousine abgebogen war. Als er und Martinez nach links blickten, konnten sie erkennen, dass sie kurz vor der nächsten Kreuzung mit der Market Street gehalten hatte.

Wenn diese Limousine und der Pick-up zusammengehörten, hatten sie sich jetzt an beiden Enden des Häuserblocks positioniert, in dem sich das Imbisslokal befand.

Das war nicht gut.

Martinez sah Ruiz besorgt an.

»Gib schon Bescheid«, drängte Ruiz ihn.

21

»Sie haben die Straße von beiden Seiten in die Zange genommen«, erklang Ruiz' Stimme im Raum.

Webb kontrollierte den Monitor, der das Lokal zeigte. Nichts rührte sich. Dabei entging ihm, was auf einem der anderen Bildschirme zu sehen war: Der Obdachlose drehte sich um, stand auf und ging dann die wenigen Treppenstufen zum Gehsteig hinunter. Für jemanden, der so nach Schnaps stank wie er, bewegte er sich erstaunlich sicher.

Webb sah Grange an. Grange sah die beiden Agenten an.

»Auf geht's«, sagte er und ging zur Tür.

»Schafft sie aus dem Laster raus«, sagte Webb. »Ruiz und Martinez sollen sich um die Limousine kümmern.«

Die drei Männer ließen Webb allein in dem Raum zurück. Als er sich umdrehte, sah er den Obdachlosen vor dem Frühstückslokal stehen. Es wirkte, als würde der Mann etwas in seiner Hand halten, auf das er mit dem Finger klopfte. Webb beugte sich vor, um genauer sehen zu können, aber in so kurzer Distanz war das Bild zu körnig.

Der Fahrer des Pick-ups warf einen Blick auf sein vibrierendes Handy. Es war Raines, der anrief. Er nahm den Anruf nicht entgegen, sondern drehte sich stattdessen zu den beiden Männern im Fond des Wagens um und nickte, woraufhin diese ihre Türen öffneten, ausstiegen und zur Ladefläche gingen. Einer der beiden zog die Segeltuchabdeckung beiseite, wodurch die darunter verborgenen Waffen zum Vorschein kamen.

Der zweite Mann fuhr mit der Hand unter die Abdeckung, griff sich zwei der Handfeuerwaffen und steckte sie hinten in den Bund seiner Jeans. Dann nahm er die Gewehre und stieg wieder ein, während der Mann, der die Abdeckung festgehalten hatte, sich die anderen beiden Pistolen griff.

Im Wagen erhielt jeder der vier seine Pistole und überprüfte, ob sie auch geladen war und der Schlitten einwandfrei funktionierte. Die beiden Männer auf dem Rücksitz legten sich jeweils ein Gewehr auf den Schoß.

Als Grange aus dem Gebäude auf die Straße trat, sah er, wie der Obdachlose die Tür des Frühstückscafés auf der anderen Straßenseite öffnete. Er blieb kurz stehen, um den Mann zu beobachten, aber dann traten seine beiden Kollegen hinter ihm aus der Tür, und er kümmerte sich nicht weiter um ihn.

Eilig gingen sie zur Straßenecke. Dort hielt Grange inne, zog seine Pistole aus dem Holster, hielt sie mit beiden Händen und hob sie mit ausgestreckten Armen in Kinnhöhe. Die beiden anderen Agenten taten es ihm nach.

»Wir nehmen uns den Wagen gleichzeitig von drei Seiten vor«, sagte Grange. »Jeder von euch eine Flanke, ich komme von vorn. Bei einer Bewegung, die euch nicht gefällt, oder wenn ihr etwas seht, was euch beunruhigt, schießt.«

Die Männer nickten.

»Auf los geht's los.«

Er hielt eine Hand mit drei ausgestreckten Fingern in die Höhe und begann langsam von drei an rückwärts zu zählen.

Ruiz und Martinez hatten ihren Wagen an der Kreuzung geparkt und beobachteten die Männer in der Limousine. Plötzlich hörten sie Webbs Stimme über Funk.

»Holt die Insassen aus dem Wagen und sucht sie nach Waffen ab. Grange übernimmt währenddessen den Pick-up.«

»Verstanden.« Ruiz öffnete die Fahrertür und stieg aus; Martinez tat auf seiner Seite das Gleiche. Beide zogen ihre Waffen und gingen auf den Wagen zu.

Der Fahrer der Limousine blickte auf sein Handy, dessen Display aufleuchtete. Es war der Fahrer des Pick-ups. Also war der Zeitpunkt gekommen.

Sein Beifahrer nickte und öffnete die Tür. Der Fahrer nahm eine Pistole vom Wagenboden hinter seinem Sitz, schaute in den Rückspiegel und sah zwei Männer mit schussbereiten Waffen auf den Wagen zulaufen.

Er griff nach seinem Beifahrer, um ihn zurückzuhalten, aber er war bereits ausgestiegen.

Dann hörte er die beiden Männer rufen.

»Keine Bewegung! FBI!«

22

Grange zögerte nicht lange und baute sich unmittelbar vor dem Pick-up auf. Aus knapp drei Metern Entfernung zielte er durch die Windschutzscheibe auf den Kopf des Fahrers.

Die beiden Agenten in seiner Begleitung nahmen ebenso schnell ihre Plätze links und rechts des Wagens ein. Ihre Pistolen waren auf die beiden Männer auf der Hinterbank gerichtet.

Keiner der Männer in dem Pick-up machte auch nur eine Bewegung.

»FBI!«, rief Grange. »Alle in dem Wagen stecken die Hände langsam zum Fenster raus, wo ich sie sehen kann.«

Noch immer rührte sich niemand.

»Und zwar sofort!«

Nachdem er sich und Martinez als FBI-Agenten zu erkennen gegeben hatte, blieb Ruiz stehen und richtete seine Waffe von hinten auf die Kopfstütze des Fahrersitzes. Martinez konzentrierte sich auf den Beifahrer, der sich etwa einen Meter weit von dem Wagen entfernt hatte. Der Mann stand bewegungslos da und ließ beide Arme hängen. In einer Hand hielt er eine Pistole.

»Sie da am Steuer!«, rief Ruiz. »Hände aus dem Fenster, aber schön langsam. Los!«

Der Beifahrer blickte erst Martinez an, dann Ruiz und dann wieder in den Wagen.

Der Fahrer machte keine Anstalten, dem Befehl zu gehorchen.

Ruiz hatte das Gefühl, als würde ihm gleich der Kopf

platzen. Sein Finger krümmte sich eine Spur fester um den Abzug seiner Pistole, während er langsam auf das Auto zuging.

Er und Martinez waren jetzt nur noch fünf Meter von der Limousine entfernt.

Der Fahrer des Pick-ups sah an seinem Beifahrer vorbei den FBI-Agenten an, der seine Waffe auf den Rücksitz des Wagens gerichtet hielt. Er drehte den Kopf, um auch den Agenten auf seiner Seite anzublicken, dann wandte er sich wieder Grange zu.

Die beiden Agenten links und rechts des Wagens sahen aus, als ob sie Schiss hätten.

Der dritte nicht.

Er sah aus wie ein Revolverheld.

Das war ein Problem.

»Hände aus dem Wagen! Los jetzt!«, verlangte er noch einmal. »Letzte Warnung!«

Die Männer auf dem Rücksitz drehten ihre Gewehre so hin, dass sie ihre Finger in die Abzugsbügel der Waffen stecken konnten. Dann schoben sie sie langsam nach vorn, bis sie mit ihnen, so gut sie es abschätzen konnten, durch die Türen hindurch auf die beiden Agenten links und rechts vom Wagen zielten.

Granges Geduld war am Ende. Die Kerle bewegten sich nicht. Es gab nur eine einzige Art und Weise, darauf zu reagieren. In kurzen Abständen betätigte er zwei Mal den Abzug seiner Pistole.

Die Windschutzscheibe des Kleinlasters zerbarst in einem roten Sprühnebel, als der Fahrer von den tödlichen Schüssen getroffen wurde.

Auch die beiden Männer auf dem Rücksitz feuerten nun los, es ertönte ein ohrenbetäubender Knall im Inneren der Fahrerkabine, doch die Kugeln wurden von ihrer beabsichtigten Bahn abgelenkt, als sie in die Türen eindrangen und sie durchbohrten.

Die beiden Agenten, die Grange begleiteten, erwiderten nur Sekundenbruchteile später das Feuer und zerstörten damit auch die hinteren Seitenfenster des Wagens.

Der Mann auf dem Beifahrersitz hob die Pistole, die in seinem Schoß lag, und schoss auf Grange.

Die Kugeln flogen durch die zerborstene Windschutzscheibe und an Granges Kopf vorbei.

Grange zuckte nicht einmal mit der Wimper, sondern zielte auf den Schützen und drückte zwei Mal ab.

Eine der Kugeln trennte die obere Hälfte seines Kopfes vom Rest ab.

Der Agent links von Grange sank geräuschlos zu Boden; sein halbes Gesicht war fort.

Grange leerte sein Magazin ins Wageninnere.

In dem Pick-up bildete sich eine blutig rote Wolke aus Staub von den zerfetzten Sitzen.

Dann verstummte das Feuer.

Der ganze Schusswechsel hatte weniger als fünf Sekunden gedauert.

In dem Pick-up lagen drei Leichen, der vierte Mann war schwer verletzt.

Auf der Straße ein toter Agent.

Hätte Grange mittels Einkerbungen an seinem Gürtel Buch geführt, dann hätte sich die Zahl der Kerben soeben auf sechs erhöht.

23

Ruiz hörte die Schüsse in unmittelbarer Nähe, aber das Geräusch verhallte schnell.

Alles war wieder still.

»Ein Mann ist angeschossen«, hörte er Granges Stimme über Funk in seinem Ohr. »Tot. Von dem Laster geht keine Gefahr mehr aus.«

Ruiz und Martinez gingen unbeirrt weiter auf die Limousine zu, als sich der Beifahrer zu einem Entschluss durchrang, seine Waffe fallen ließ und langsam die Hände hob.

Als Ruiz die Fahrertür erreicht hatte, riss er sie auf und zerrte den Fahrer mit nur einer Hand aufs Pflaster. Der Mann leistete keinen Widerstand. Eine Pistole entglitt seinen Fingern und rutschte ein Stück weit über die Straße. Ruiz zwang ihn mit dem Gesicht auf die Erde, ging über ihm in die Hocke und drückte seinen Hals mit einem Knie nach unten.

Martinez befahl dem Beifahrer, sich umzudrehen, und trat ihn dann mit voller Wucht in die Kniekehle. Als der Mann mit einem Aufschrei vornüberfiel, versetzte er ihm noch einen Stoß in den Rücken und fesselte ihm anschließend mit Kabelbindern die Hände. Ruiz widmete sich inzwischen dem Fahrer.

»Limousine gesichert«, gab Ruiz über Funk durch.

Er wandte das Gesicht ab, als ihn das Gefühl überkam, sich gleich aufs Straßenpflaster übergeben zu müssen, aber dann gelang es ihm, den Würgereiz zu unterdrücken.

24

Webb verfolgte am Monitor die Geschehnisse im Inneren des Lokals, als die Schießerei bei dem Pick-up begann. Die gleich darauf eingehenden Funkmeldungen waren kurz: Beide Fahrzeuge waren gesichert, aber einer seiner Männer war dabei draufgegangen.

Als Webb sich wieder dem Bildschirm zuwandte, liefen die beiden Agenten, die an der Tür des Lokals gestanden hatten, über die Straße in die Richtung, aus der die Schüsse kamen, obwohl er nicht angeordnet hatte, die Positionen zu verlassen.

In dem Moment trat der Obdachlose hinter der Trennwand des Lokals hervor.

Webb drehte sich um und stürzte zur Tür.

Logan roch den Mann schon, bevor er ihn sehen konnte. Er stank. Als Cahill ihn hereinkommen sah, hörte man von draußen den Schusswechsel.

Cahill sprang auf, sodass sein Stuhl polternd gegen die Wand stieß.

Logan bemerkte, dass der Obdachlose bei dem Geräusch nicht einmal aufblickte.

Auch Hunter erhob sich und wollte zum Ausgang des Lokals gehen, als die beiden FBI-Agenten ihre Waffen zogen und auf die Straße hinausrannten.

Collins blieb an seinem Platz sitzen.

Der Obdachlose ging schnurstracks zu Matt Horn und blieb vor ihm stehen. Er trug mehrere Schichten alter Kleidung, als unterste ein Kapuzenshirt, dessen Kapuze er sich über den Kopf gezogen hatte. Als er sie abstreifte, hob er gleichzeitig die andere Hand, in der er eine Pistole hielt, und richtete sie auf Horn.

Logan wollte seine Waffe ziehen, wusste aber, dass er nicht schnell genug sein würde. Außer ihm schenkte seltsamerweise niemand dem Obdachlosen Beachtung.

»Ich habe dich wie einen Sohn geliebt«, sagte Raines zu Horn.

Dann schoss er ihm mitten ins Gesicht.

Horn fiel von seinem Stuhl, Blut, Knochensplitter und Gehirnmasse spritzten an die Wand.

Blitzschnell drehte sich Raines um, zielte mit der Pistole auf Hunter und betätigte den Abzug.

Dass Hunter zusammengezuckt war, als Raines Horn erschossen hatte, rettete ihm das Leben. Raines war noch im Umdrehen begriffen, als er zwei Mal auf ihn feuerte, weshalb sein Arm nicht zielgenau auf sein potenzielles Opfer gerichtet war und die Kugeln über Hunter hinwegzischten, als der beim Zusammenzucken leicht den Kopf senkte.

Raines schoss wild um sich.

Cahill schrie vor Schmerzen auf und ging zu Boden.

Logan sah Blut an seinem Kopf.

Dann zielte Raines auf Logan.

Logan riss die Waffe hoch und schoss.

Die Kugel drang durch die Kleidungsschichten und streifte Raines' Unterarm. Er ließ den Arm mitsamt der Waffe schlaff hinuntersinken.

Dann gab Danny Collins drei Schüsse auf ihn ab.

10. Teil: Blut

I

Logan saß auf dem Kantstein. Überall um ihn herum pulsierte Blaulicht, es wimmelte nur so von Polizisten und Rettungssanitätern.

Eine Stunde war seit Collins' Schüssen auf Raines vergangen.

Randall Webb kam zu ihm. Logan sah hoch.

»Sie werden jetzt so schnell wie möglich in Ihr Hotel fahren, Ihre Sachen packen und die nächste Maschine nach Hause nehmen«, sagte Webb.

Logan blickte ihn verständnislos an.

»Aber was ist mit den Pistolen? Unseren Pistolen?«

»Was für Pistolen?«

Logan nickte zum Zeichen, dass er den Wink verstanden hatte, und Webb entfernte sich wieder.

Er erhob sich. Seine Beine zitterten noch immer. Er befürchtete, dass sie unter ihm nachgeben würden, aber sie hielten seinem Gewicht stand.

Er ging auf die andere Straßenseite, auf der ein Notarztwagen mit geöffneten Hecktüren stand. Cahill, der auf den Trittstufen des Ambulanzwagens saß, blickte auf und lächelte ihm zu.

»Was macht dein Kopf?«, fragte Logan.

»Fühlt sich an, als hätte jemand mit dem Hammer draufgehauen«, sagte er und befühlte den gepolsterten Verband an seiner Schläfe, den ein Sanitäter gerade anlegte.

»Ihr Freund wird wieder«, sagte der Mann zu Logan. »Es

war nur ein Streifschuss, aber er sollte die Wunde noch einmal behandeln lassen, sobald Sie wieder zu Hause sind.«

Cahill bedankte sich bei dem Mann und stand auf.

»Webb hat gesagt, wir sollen nach Hause fliegen«, berichtete Logan.

Cahill schüttelte den Kopf. »Das kann ich nicht. Noch nicht.«

Logan sah ihn an.

»Erst muss ich Webb noch um einen Gefallen bitten.«

»Meinst du nicht, dass wir sämtlichen guten Willen von ihm bereits ausgeschöpft haben?«

»Kann sein. Aber er muss mir trotzdem einen Gefallen tun.«

»Wie kann man bloß so stur …«

Cahill machte eine abwehrende Handbewegung und überquerte die Straße, um nach Webb zu suchen. Logan hatte nicht mehr die Energie, ihm zu folgen, also ließ er sich auf die Trittstufen des Ambulanzwagens nieder und beobachtete das Geschehen.

Jake Hunter und Danny Collins ließen das Chaos, das in dem Frühstückslokal herrschte, hinter sich und kamen zu ihm.

»Wie geht's ihm?«, fragte Hunter und deutete Richtung Cahill.

»Er hat einen harten Schädel.«

Hunter lachte.

»Das hat man gesehen. Und Ihnen?«

»Mir geht's gut. Aber wenn es Sie nicht stört, bleibe ich lieber sitzen.«

Hunter streckte ihm die Hand entgegen. Logan ergriff sie, drückte sie, und Collins tat das Gleiche.

»Vermutlich haben Sie da drinnen jemandem das Leben gerettet«, sagte Hunter. »Dafür sind wir Ihnen Dank schuldig.«

Logan wusste nicht recht, was er sagen sollte, also schwieg er.

»Ich hab gehört, dass Raines überlebt hat«, sagte Collins. »Zäher Sack. Drei glatte Durchschüsse.«

»Und der Rest seiner Truppe?«

Collins schüttelte den Kopf.

»Grange«, sagte Hunter, »ist wirklich der reinste Cowboy.«

»Trotzdem ein Arschloch«, sagte Collins.

Logan wollte lachen, aber es gelang ihm nicht.

»Passen Sie auf sich auf«, ermahnte ihn Hunter.

Sie wandten sich ab, um zu gehen. Als sie die Straße zur Hälfte überquert hatten, blieb Hunter noch einmal stehen und drehte sich zu Logan um.

»Die Burschen drüben in Schottland haben sie übrigens auch gekriegt!«, rief er ihm zu. »Hat noch einen Beamten angeschossen, bevor es ihn selbst erwischt hat.«

Die Worte trafen Logan wie ein Keulenschlag ins zarte Mark seines Gehirns.

Hat einen Beamten angeschossen.

Becky.

2

Cahill fand Webb vor dem Lokal im Gespräch mit einer Pressereferentin des FBI.

»Ist er tot?«, fragte er ihn. »Raines?«

Webb wandte sich Cahill zu und bat die Pressefrau, ihn für ein paar Minuten zu entschuldigen. Sie begab sich zu einer hölzernen Absperrung, hinter der sich bereits reihenweise Journalisten drängten, deren Blitzlichter aufflammten, als sie sich ihnen näherte.

»Nein«, sagte Webb. »Vorläufig jedenfalls nicht.«

»Schafft er seinen Prozess?«

»Die ersten Anzeichen deuten darauf hin.«

Cahill warf einen Blick zu dem Ambulanzwagen, in dem er behandelt worden war, und sah Logan, der sich von dem Wagen entfernte und dabei hektisch etwas in sein Handy eingab.

»Warum hat er das bloß getan?«, fragte Webb. »Warum diese Kamikazeaktion? Was hat er sich nur davon versprochen, in ein Lokal zu gehen, in dem sich lauter bewaffnete Männer aufhalten, und dort das Feuer zu eröffnen?«

»Vielleicht war er des Lebens überdrüssig. So etwas kommt vor.« Cahill scharrte mit den Füßen auf dem Trottoir. »Tut mir leid wegen Ihres Agenten.«

»Danke«, sagte Webb. »Trotzdem möchte ich, dass Sie und Ihr Freund von hier verschwinden – und zwar lieber gestern als heute. Ich habe schon genug Sorgen!«

»Logan reist heute ab.«

Webb legte den Kopf zur Seite. »Und Sie?«

»Ich habe noch etwas zu erledigen.«

»Und das wäre?«

»Dabei brauche ich Ihre Hilfe.«

»Sie haben echt Nerven. Das muss ich Ihnen lassen.«

»Habe ich das nicht schon mal irgendwo gehört?«

»Mit mir ist alles in Ordnung«, hörte Logan Rebecca sagen, als er sich immer weiter von der lärmenden Menschenmenge entfernte, die sich vor dem Frühstückslokal eingefunden hatte.

Als ein weiterer Krankenwagen unter Sirenengeheul in Richtung Krankenhaus – oder in Richtung Leichenschauhaus – an ihm vorbeifuhr, steckte er sich einen Finger ins Ohr.

»Mein Kollege ist angeschossen worden«, sagte sie.

»Was ist denn passiert?«

»Das ist eine lange Geschichte.«

»Ich habe Zeit.«

»Wir sind einer Spur nachgegangen, wollten mit ein paar Zeugen sprechen – mit zwei Prostituierten. Dabei stellte sich heraus, dass dieser Butler bei ihnen untergeschlüpft war. Er kam aus seinem Versteck und hat sofort das Feuer eröffnet. Dabei hat er Kenny Armstrong erwischt.«

»Aber er hat überlebt?«

»Schon, aber zwei Finger haben dran glauben müssen.«

»Und Butler?«

»Der ist tot. Ich habe mit eigenen Augen gesehen, wie ein Lastwagen sein Auto zermalmt hat, während er noch drinsaß.«

»Wie kommst du damit klar?«

»Für ihn war es wahrscheinlich das Beste.«

Die kalte Verachtung, die aus ihrer Stimme sprach, überraschte Logan. So hatte er sie noch nie gehört.

»Er war kein guter Mensch«, fügte sie hinzu, als hätte sie plötzlich das Bedürfnis, sich zu rechtfertigen.

»Von seiner Sorte habe ich auch schon so manche kennenlernen dürfen. Du musst dich nicht dafür entschuldigen, dass du das gesagt hast.«

»Ich weiß. Es ist nur …«

Beiden fehlten in diesem Moment die richtigen Worte.

3

Vierundzwanzig Stunden später fiel Ellie in der Ankunftshalle des Flughafens ihrem Vater in die Arme. Logan ließ sie erst wieder los, als sie sich aus seiner Umarmung förmlich befreite, und drückte dann Cahills Frau an sich.

»Na, wie war's?«, fragte Samantha und sah ihn dabei von der Seite an. »Ich finde, du siehst ein bisschen blass aus.«

»Das ist nur der Jetlag.«

Sie wirkte nicht überzeugt. »Und was ist mit Alex?«

»Er kommt in ein paar Tagen nach.«

»Das weiß ich. Das hat er mir selbst gesagt. Wie es ihm geht, meine ich.«

»Wie soll's ihm schon gehen? Er ist wie immer – Alex eben.«

Samanthas Gesichtsausdruck wurde noch eine Spur skeptischer, dann wandte sie sich ab und marschierte den anderen beiden voraus in Richtung des Fahrstuhls zum Parkdeck. Logan legte den Arm um Ellie und zog sie näher an sich.

»Wie waren deine Ferien bei Sam?«, fragte er.

»Alles gut.«

Von Herzen war das nicht gekommen.

Er blieb stehen und drehte sie so, dass sie ihm ins Gesicht sehen musste.

»Was stimmt nicht?«

Sie blinzelte, und er sah Tränen in ihren Augen schimmern. Samantha beobachtete die beiden aus einiger Entfernung.

»Sag's mir, Ellie.«

»Es war lustig. Echt.«

»Aber?«

»Ich wusste nie, wann du zurückkommst.«

»Aber du wusstest, *dass* ich zurückkomme?«

Sie war nicht überzeugt.

»So schnell reise ich nirgendwo mehr hin«, versprach er ihr.

Sie strahlte und drückte ihn so fest wie noch nie an sich.

Samantha lächelte, wandte dann das Gesicht ab und fuhr sich mit der Hand rasch über die Augen. Und dann war es wieder Logan, der Ellie fest im Arm hielt.

Im Wagen erklärte Samantha, sie wären jetzt bei ihr zum Abendessen eingeladen, und sie würde sich auf keinerlei Diskussion darüber einlassen. Logan hatte nach dem langen Flug ohnehin Hunger und erhob keine Einwände.

Erst als er Samantha ins Wohnzimmer ihres Hauses folgte, fiel ihm auf, dass die beiden Töchter der Cahills nicht mit am Flughafen gewesen waren und jemand in der Zwischenzeit auf sie aufgepasst haben musste – da sah er auch schon Rebecca auf der Couch sitzen, die ihm strahlend entgegenlächelte. Sofort stürzte er auf sie zu, schlang die Arme um sie und ließ sie erst wieder los, als er den Bluterguss auf ihrem Gesicht bemerkte.

»Froh, wieder hier zu sein?«, fragte sie.

Er grinste sie an. »So sehr, dass du es nicht glauben würdest, wenn ich es dir erzählen würde.«

Sie legte die Hände auf seine Wangen und küsste ihn.

»Vielleicht solltet ihr lieber auf euer Zimmer gehen«, kommentierte Ellie.

4

Es war ein bescheidenes Einfamilienhaus mit kleinem Garten und einem neuen Toyota in der Garageneinfahrt. Cahill kannte sich in Kansas City nicht aus, aber das hier schien ihm eine gute Wohngegend zu sein. Er stand am Fuße des Plattenweges, der zu der Eingangstür führte, und legte die

Hand an die Gesäßtasche seiner Jeans, um das flache Geschenk zu fühlen.

Als er auf den Knopf neben der Tür drückte, erklang im Haus ein Glockenspiel. Ein paar Sekunden später öffnete ihm eine Frau, die nicht viel jünger war als seine eigene. Zum Schutz vor der tief stehenden Sonne hielt sie sich die Hand über die Augen.

Melanie Stark sah besser aus, als er erwartet hatte, obwohl man an ihrem Gesicht die Spuren des Kummers erkennen konnte. Sie trug ihr blondes Haar kurz und zu ihrer Gesichtsform passend geschnitten. Cahill hatte noch nie leuchtendere blaue Augen gesehen.

»Ich bin Alex Cahill«, stellte er sich vor.

Sie ließ den Arm sinken. Cahill hatte sich nie Gedanken darüber gemacht, wie sie wohl reagieren würde, wenn er plötzlich vor ihr stand. Ihr Gesichtsausdruck blieb neutral, aber sie trat einen Schritt zur Seite und bat ihn herein.

Er wartete im Wohnzimmer auf dem Sofa, während sie in der Küche Kaffee kochte. Sie reichte ihm seine Tasse und setzte sich auf einen Stuhl neben dem Fenster.

Es war ihm unangenehm, weil sie selbst nichts trank, also nippte er nur zwei Mal an dem Kaffee und stellte die Tasse dann zu seinen Füßen auf dem Boden ab.

»Du hast bestimmt die Nachrichten verfolgt?«, fragte er.

Sie nickte. »Aber Tim wurde nie erwähnt.«

»Ich weiß. Das kommt noch.«

Jetzt huschte eine Regung über ihr Gesicht. »Was willst du damit sagen?«

»Ich habe mit dem Chef des FBI in Denver gesprochen. Er wird dafür sorgen, dass Tims Anteil bei der Sache herausgestellt wird.«

»Ich glaube nicht, dass ich dir folgen kann, Alex.«

»Ich will damit sagen, dass er ein Held war. Er hat eine Kettenreaktion in Bewegung gesetzt, durch die ein internationaler Rauschgiftring gesprengt werden konnte. Er hat wer weiß wie vielen Menschen das Leben gerettet.«

Sie erhob sich von ihrem Stuhl und schaute aus dem Fenster.

»Du meinst wohl eher, sein Tod hat das alles in Bewegung gesetzt?«

»Ja, so muss man es wohl sagen. Entschuldige.«

Sie wandte ihm noch immer den Rücken zu und schniefte kurz, als ihr die Tränen kamen.

»All das gehört zu unserem Job«, versuchte er sie zu trösten. »Jeden Tag setzen wir uns der Gefahr aus. Dazu haben wir uns verpflichtet, und Tim wusste das.«

»Das macht es auch nicht leichter.«

Er griff in seine Gesäßtasche, zog die Brieftasche hervor und strich mit der Hand über die glatte Oberfläche.

Melanie Stark drehte sich um und sah, wie er das Portemonnaie in seinen Händen drehte.

»Was ist das?«, fragte sie.

»Deshalb bin ich gekommen.«

Er stand auf, ging zu ihr und drückte ihr die Brieftasche in die Hand. Ihre Haut fühlte sich trocken und rau an. Aus der Nähe sah er, dass sie kein Make-up trug. Vermutlich hatte sie es seit Tims Tod aufgegeben, sich zu schminken. Er hoffte, dass das, was er ihr mitgebracht hatte, den anstehenden Heilungsprozess beschleunigen würde. Es war alles, was er für sie tun konnte.

Sie betrachtete die Brieftasche, und zwischen ihren Augen bildete sich eine Falte.

»Sieh rein«, ermunterte er sie.

Als sie das Portemonnaie auseinanderklappte, fuhr ihre Hand an den Mund. Er befürchtete schon, sie würde ohnmächtig werden, aber sie blieb stark.

Hinter einem durchsichtigen Plastikfenster war das Bild ihres Ehemannes auf seinem offiziellen FBI-Ausweis zu erkennen.

Auf der anderen Hälfte prangte das goldene Abzeichen eines *Special Agent.*

Eine verlorene Träne fiel auf die Plastikhülle mit Tim Starks Foto.

»Tim …« Sie konnte sich nicht mehr auf den Beinen halten, fiel in Cahills Arme und schluchzte.

Er hielt sie fest und fühlte, wie sein Hemd feucht von ihren Tränen wurde.

Ihr Schluchzen wurde immer heftiger. Die angestauten Gefühle der vergangenen Woche brachen hemmungslos aus ihr heraus.

Die Brieftasche behielt sie jedoch fest in ihrer Hand, ihre Finger lagen auf dem Bild ihres Mannes.

Als ihre Tränenflut verebbte, hörte er sie etwas sagen, konnte aber nichts verstehen, da sie das Gesicht noch immer an seine Brust presste.

Er bat sie, ihre Worte zu wiederholen.

»Ich danke dir«, sagte sie.

Ich habe es für dich getan, Tim, dachte er. *Du warst einer der Besten.*

– Ende –

Danksagungen

Wie immer danke ich meiner Familie – KayCee, Bee und LuLu.

Vielen Dank auch euch allen bei Hachette/Headline. Besonderen Dank schulde ich meinem Verleger Bob McDevitt und meiner Lektorin Ali Hope.

Die Bereitschaft anderer, sich so viel Zeit zu nehmen, meine Fragen zu beantworten oder mir aus ihrem Leben zu erzählen, erstaunt mich immer wieder und erfüllt mich mit Demut. Ohne sie hätte ich dieses Buch nicht so schreiben können. Mein Dank gilt hierbei Graeme »The Enforcer« Pearson, dem ehemaligen Direktor der Sonderabteilung für die Bekämpfung der Rauschgiftkriminalität bei der schottischen Polizei, Sergeant Larry Subia vom Denver Police Department, Fiona Taylor dafür, dass sie mich mit Joe Stewart, einem Veteranen des Irakkrieges, bekannt gemacht hat, und Joe dafür, dass er mich an seinen Erinnerungen teilhaben ließ. Und dann möchte ich mich noch bei meinem Schwager Paul Clingan (seines Zeichens Doktor der Chemie) dafür bedanken, dass er den Ball überhaupt erst ins Rollen gebracht hat.

Und Chris Hannah, vielen Dank für den guten Tipp.

Du kannst die, die Du liebst, nicht immer beschützen ...

480 Seiten. ISBN 978-3-442-37960-6

Nach der Rettung seiner Tochter aus den Händen skrupelloser Entführer vor 18 Monaten, versucht Logan Finch nun, sein Leben wieder in geordnete Bahnen zu lenken. Doch das ist gar nicht so einfach: Seine aufkeimende Beziehung zu Detective Rebecca Irvine wird durch einen Serienkiller gestört, der sich an ihre Fersen heftet, und auch sein bester Freund Alex Cahill braucht dringend Hilfe bei seinem neuesten Fall. Bald schon muss Logan eine schwerwiegende Entscheidung treffen, zwischen seinem besten Freund und der Frau, die er liebt ...

Lesen Sie mehr unter: **www.blanvalet.de**